Planeta

Susana
Martín Gijón

Planeta

NEGRA
ALFAGUARA

Papel certificado por el Forest Stewardship Council®

Penguin
Random House
Grupo Editorial

Primera edición: enero de 2022

© 2022, Susana Martín Gijón
Esta edición se ha publicado gracias al acuerdo con Hanska Literary & Film Agency, Barcelona, España
© 2022, Penguin Random House Grupo Editorial, S.A.U.
Travessera de Gràcia, 47-49. 08021 Barcelona

© Diseño: Penguin Random House Grupo Editorial, inspirado en un diseño original de Enric Satué

Printed in Spain – Impreso en España

ISBN: 978-84-204-6100-7
Depósito legal: B-17680-2021

Compuesto en Arca Edinet, S. L.
Impreso en Unigraf, Móstoles (Madrid)

AL61007

A Jan, Raquel y Adrián. Este Planeta les pertenece a ellos.

Estamos convirtiendo en efectivo mil millones de bonos de ahorro y nos los estamos gastando en baratijas.

Richard Powers

Primera parte

En la quietud del campo, los sentidos se amplifican y todo se percibe con mayor nitidez. A su nariz llega el aroma a tierra mojada entremezclado con el perfume enmohecido de los hongos. La hojarasca crea un manto que va desde los anaranjados más brillantes hasta un ocre pardo, pasando por toda una gama de tonos herrumbrosos. El crepitar de las ramas con el viento, el sonido de un riachuelo cercano, el canto aflautado del mirlo común o el trino repetitivo de una alondra se funden en una música ancestral. La brisa fría azota su rostro y la incita a respirar profundo, tratando así de no perder la cordura.

Está de pie, con los brazos atados a lo largo del cuerpo. Su capacidad de movimiento se limita a las torsiones de cintura. ¿La razón? Tiene las piernas hundidas en la tierra un palmo por debajo de las rodillas y, por más que lo intenta, no hay manera de salir. Es la sensación más angustiante de toda su vida.

Los pájaros detienen los gorjeos e incluso un grillo lejano deja de entonar su cricrí. Se hace un silencio espectral que no presagia nada halagüeño. Al poco escucha el crujido de las hojas al ser aplastadas. Sabe lo que eso significa: se está acercando de nuevo.

—No poder moverte es una putada, ¿verdad? Toda la vida haciéndolo y de repente, un día, pum. Se acabó.

El solo timbre de su voz basta para que se le erice cada centímetro de la piel. Siente el vello encresparse en brazos y piernas en una reminiscencia atávica. Sin embargo, cuando ve lo que ahora porta en las manos, el terror adquiere un tinte intolerable incluso para la parte más primitiva de su cerebro.

Grita con todas sus fuerzas mientras la cuchilla de acero templado desgarra su piel una, otra, otra vez. El olor metálico

de la sangre ya ha penetrado en las fosas nasales de un melon-
cillo. También en las de un par de buitres leonados que pla-
nean a medio kilómetro de allí y que ahora cambian el rumbo
de su vuelo.

Pero Pureza no los verá llegar. Ha perdido la consciencia
y la vida se le escapa como la sangre que le brota del cuerpo.
Tampoco podrá apreciar que ya no está de pie. Que al fin puede
descansar.

Lunes, 12 de noviembre. Sevilla, España

1.

Jadea empapada en sudor.

Clava las uñas romas en las palmas y aprieta los puños. Se agita a un lado y a otro, luchando contra las telarañas del sueño. Tras un lapso agónico, el pánico le da la fuerza suficiente para rasgarlas. Toma impulso con el brazo y empuja al malhechor, pero no llega a tiempo para salvar a la víctima. Se oye un grito que traspasa las fronteras de su pesadilla y la trae de vuelta a la realidad.

—¡Aaaaaay!

Camino se frota los ojos. Paco está en el suelo, en calzoncillos y con una sábana enredada al cuerpo.

—¿Qué haces ahí? —dice ella aún con el corazón latiéndole como si se le fuera a escapar del pecho.

—¿Cómo que qué hago aquí? Me has tirado tú, rubia.

Paco se levanta y se frota el culo con la mano derecha. Lo que le faltaba. Además del brazo malherido por aquel perro, del costado que aún está cicatrizando, de la bala alojada en la cabeza, ahora le duele el culo.

—¿Yo?

—Me dormí abrazado a ti y ahora me echas como si fuera un criminal.

—En mi sueño había uno —se disculpa Camino.

Paco la observa durante unos segundos enternecido y se mete de nuevo en la cama.

—Ven —le dice mientras la rodea con sus brazos—. Pero no me tires otra vez, ¿eh?

—Lo siento.

Él busca sus ojos y los enfrenta con gesto serio.

—Llevas demasiado tiempo con pesadillas. ¿Qué era esta vez?

—No me acuerdo —miente ella al tiempo que trata de borrar de su mente el recuerdo del matadero, de la ternera y de la mujer que pereció en su último y desquiciante caso, la policía Evita Gallego.

—Deberías tomarte un descanso.

—¿Y dejar solo a mi equipo?

—Has pasado por situaciones muy difíciles en los últimos meses.

—Todos lo hemos hecho.

—Por eso. Aprovecha ahora que la cosa está tranquila. Podríamos irnos de vacaciones, como dos enamorados.

—Eso es lo que somos —sonríe ella.

—Exacto. Y nos lo merecemos. Nos vamos a un hotel con spa, a meternos en bañeras con burbujas y beber cava todo el día.

—Prefiero la cerveza.

—Pues cerveza. Bañeras enteras de cerveza.

Camino ríe ante la ocurrencia.

—Lo digo en serio —insiste Paco—. Tú pides los días y yo organizo la escapada. Prométemelo.

Ella asiente. Paco la besa en los labios, primero con delicadeza, luego más impetuoso. Camino introduce su lengua en la boca de él, pero se separa a los pocos segundos.

—Intenta dormir otro rato. Aún es temprano.

Ella acepta con resignación. Paco sigue convaleciente desde su salida del hospital y no se atreve a presionarle. Otra cosa es que se muera de ganas de mojar. Tantos años deseándolo y, cuando por fin logran estar juntos, las lesiones de él no permiten a sus cuerpos demostrarse la pasión que se profesan.

Se deja acurrucar y permanece así, envuelta en las sábanas y entre los brazos de Paco. Sabe que no volverá a conciliar el sueño. De hecho, no quiere hacerlo. No quiere enfrentarse de nuevo con el matarife que va a segarle la cabeza a su víctima mientras los ojos de ella imploran ayuda, esa ella que es la ternera pero también y al mismo tiempo es Evita, como solo en los sueños puede ocurrir. No quiere tener ante sí otra vez el cuchillo gigantesco, el suelo teñido de rojo, ni sentir el hedor. Un hedor a muerte que lo invade todo y penetra hasta cada una de sus pesadillas. No, no, no. Pega la cabeza al cuello de Paco y aspira su fragancia suave, ese otro olor tan diferente que reconocería en cualquier lugar del planeta y que ama con todas sus fuerzas.

Afuera, el sonido rítmico e incesante de las gotas percute contra el cristal. En Sevilla no para de llover desde hace semanas. Y parece que hoy tampoco lo hará.

2.

Camino se dirige a la puerta.

—¿Lo harás hoy?
—¿Qué? —ella se hace la despistada.
—Pedirle a Mora unos días de vacaciones.
—Ya veré.
—Lo prometiste.
—Vaaaale.

Paco sonríe satisfecho y le da un beso de despedida.
Se queda mirando sus curvas marcadas por los vaqueros
hasta que se da cuenta de algo.

—El paraguas, rubia.

Camino hace una mueca de fastidio y vuelve a por él.
Le roba un último beso a Paco antes de ponerse en marcha
de nuevo. El paraguas todavía está húmedo de la noche
anterior. Y de la anterior, y de la anterior. A este paso le va
a salir moho. Se ha acostumbrado a ir andando a la Brigada, y se empeña en seguir haciéndolo aunque llegue medio
empapada todos los días. Pero pasear le aclara las ideas, y
los días en que apenas duerme lo necesita más que nunca.

Tras la última y anómala ola de calor que sufrió Sevilla en octubre, y cuando los meteorólogos más reputados
auguraban un año de terribles sequías, comenzó a llover y
ya nunca volvió a parar. Camino no se fía ni de esos hombres y mujeres del tiempo, ni de las apps que predicen lo
que podrías intuir si te pararas a echar un vistazo al cielo,
ni tampoco de los climatólogos que lanzan previsiones que
luego no se cumplen. Ella no cree en ningún tipo de experto, menos aún en los agoreros. El mundo se acaba, dicen

con cada nuevo fenómeno meteorológico que se va un poco de madre. Pues vale. A ella la pillará bailando salsa. O en esas bañeras de burbujas de las que habla Paco.

El primer día que el cielo se encapotó, lo recuerda perfectamente, fue el de la cacería a la que sometieron a Paco. El día que creyó perderle de nuevo y en el que a quien perdió fue a la nueva policía de su equipo, Eva Gallego. Esa joven flaquita de rostro aniñado que nunca se dejaba en casa una sonrisa tierna con la que desarmaba a todo el mundo. Aún se reprocha muchas cosas que salieron mal en aquella investigación. El asesino murió también, y eso es, secretamente, lo único que la consuela.

El viento arrecia y le arroja goterones fríos sobre el rostro. El paraguas se revuelve contra su dueña, quien enfrenta la ofensiva con poca maña y mucho mal genio. En mitad de la encarnizada batalla, pisa un charco que le cala hasta el tobillo. Al sacar el pie, resbala y a punto está de pegarse un buen testarazo. Maldice en voz alta. Al principio todos se lo tomaban a cachondeo. Que si esto parece Galicia, que si fijo que es una maldición de Greta por no cuidar el planeta. Pero son muchos días y la cosa ya no es motivo de guasa. Se ha activado el Plan de Emergencias, lo que implica que hay circunstancias que no pueden atenderse con los recursos habituales. Calles cortadas, garajes sumergidos, personas aisladas en sus coches a la deriva, el hundimiento de algún muro en mal estado e incluso un anciano que fue arrastrado por el agua y precisó de atención hospitalaria. Hubo un tiempo no tan lejano en el que las riadas eran el pan de cada día en Sevilla, pero ya nadie se acuerda de eso. La gente no sabe cuáles son las zonas inundables. Construyen en mitad de ellas, se hacen un sótano para montarse la bodeguita, se pasan los desfasados planes de prevención por el forro. Es el río el que no olvida. De modo que las lluvias han pillado a todos con el culo al aire.

Se encuentra la cancela del parque de los Príncipes cerrada a cal y canto. Trata de abrirla presa de la contrariedad.

Un hombre de chaleco fluorescente se acerca a ella con desgana.

—Se ha cerrado por precaución.

—¿Precaución de qué?

—Anoche un árbol se desplomó en María Luisa y no pilló a una madre con su hijo de milagro. Dicen que hoy las rachas de viento serán más fuertes.

Camino gruñe y emprende el rodeo al jardín urbano. Los apenas diez minutos en que respira cada día el oxígeno fresco del arbolado le insuflan fuerzas para enfrentar la jornada en el Grupo de Homicidios. Hoy no contará con ese atenuante.

3.

Comienza a reconocer sus costumbres.

Para ser inspectora de policía, no es que se lo curre mucho. Sale todas las mañanas a la misma hora, minutos arriba o abajo, y recorre exactamente el mismo trayecto hasta la Brigada. Ya puede hacer un sol de justicia o llover como si el mundo se fuera a acabar. Cuando finaliza la jornada, desanda el camino y regresa a casa, de donde ya no se ausenta salvo que sea martes o jueves, en cuyo caso coge el coche para ir a sus clases de baile. Una hora de salsa, diez minutos de ducha, y Camino aparece con el pelo mojado y ropa cómoda para, ahora sí, refugiarse hasta el día siguiente junto al novio madurito que se ha echado.

Él la observa desde la distancia ajustándose la gorra de visera que lleva bajo la capucha de un impermeable verde oscuro. Con la que está cayendo, nadie se extraña ante un atuendo así. Camino, en vaqueros y con una gabardina beis que a esas alturas ya chorrea, pelea con el paraguas. Afanada en la tarea, no ha mirado por dónde iba y ha metido el pie en otro charco. Sonríe divertido al oír las barbaridades que salen de la boca de la inspectora. Después, su rostro se torna serio y se le achinan los ojos. Como si no se perdonara ese gesto. Como si hubiera recordado de repente por qué está ahí. Y por qué odia tanto a esa mujer.

4.

La comisaria Mora está sentada en su despacho.

Tiene los codos apoyados en la mesa de nogal, el rostro vencido sobre las palmas de las manos, los labios apretados y la mirada baja, fija en ningún lugar. La cabellera plateada le cae hacia delante, rozando la madera.

Ayer cometió tres errores, a saber:

El primero fue quedar con Elsa. Desde que le pidió ayuda con el caso Especie, su ex no ha desperdiciado una sola ocasión para tratar de cobrarse el favor. Mora llevaba un tiempo dándole largas, pero ayer acabó cediendo. Ya fuera por los cambios hormonales de la puñetera menopausia, porque se sentía sola o porque estaba cansada de inventar excusas, aceptó esa cena pendiente.

El segundo error fue beber de la botella de vino amontillado que Elsa ya se había encargado de pedir. De esa, y de las que vinieron después.

El tercero, el más previsible dadas las premisas anteriores, y también el más catastrófico: acabar en la cama con ella.

Por la mañana consiguió huir de su propia casa sin que Elsa se despertara, pero su ex no tardó en llamarla. Mora dejó sonar el teléfono con una punzada de culpabilidad. Después comenzaron los mensajitos empalagosos, aderezados con varias cucharadas de reproche por irse sin avisar. Se van amontonando en el chat, y duda mucho que paren. Le costó meses cerrar la relación y sabe que Elsa aprovecha la mínima fisura para apalancar la vía de entrada. Basta una felicitación de cumpleaños, un «me gusta» en su nueva foto de perfil, o un encontronazo casual en el súper. No hablemos ya de todo lo que le hizo —y se dejó hacer— en su cama *king size*. Los quebraderos de cabeza con los que presiente que tendrá que lidiar se añaden al martilleo propio de la resaca que le pasa factura hoy.

El trino de un pájaro virtual le notifica un nuevo mensaje al tiempo que la jefa de Homicidios golpea la puerta del despacho y asoma su cabeza empapada. Mora no está segura de a quién le da más pereza atender.

—¿Sí, Vargas?

—Quiero pedirle una cosa, comisaria.

Un suspiro resuena en la estancia.

—Pasa.

Camino se sienta justo en el momento en que suena el repiqueteo del teléfono fijo, impidiendo cualquier intento de conversación.

5.

Cuando la comisaria cuelga, su expresión ha cambiado.

Ya no refleja hastío, sino una gravedad que Camino conoce muy bien.

—¿Un homicidio?

—Sí.

—¿Qué han dicho?

Una pausa silenciosa, un carraspeo, un ajustarse las gafas como si acaso ver la realidad más clara pudiera contribuir en algo a mejorarla. A Mora nunca han dejado de causarle desasosiego los casos más duros con los que ha de enfrentarse como cabeza de la Policía Judicial.

—Una mujer. La han mutilado y han dejado que se desangre hasta morir.

Una mezcla de ira e impotencia domina a la inspectora. Ignora la sequedad en la boca y sigue preguntando:

—¿Dónde?

—En La Algaba. Nos están esperando.

Camino asiente. Ahora el tema que la ha llevado hasta el despacho le parece fuera de lugar.

—Corre, no vaya a llegar el juez otra vez antes que nosotros —la espolea Mora.

La inspectora obedece como una autómata. Ya lidiará con la decepción de Paco más tarde.

—¡La puerta...! —grita Mora.

Pero Camino ya no la oye. La comisaria se levanta contrariada, la cierra, regresa a su asiento y, solo una vez que está segura de que nadie la ve, agarra el móvil. Los avisos que trinaron unos minutos antes siguen esperándola con la calma de quien sabe que no tiene otra cosa que hacer más que cumplir su cometido: informar, tanto si al destinatario le gusta como si no.

3 mensajes no leídos:

¿Por qué no me contestas, cari?
Solo quería darte los buenos días, aunque tenía previsto hacerlo de otra manera...
Te espero a las dos. Haré arroz caldoso, que apuesto a que hace mucho que no comes en condiciones.

Ángeles Mora vuelve a llevarse las manos a la cabeza. En la otra punta de Sevilla, a Elsa se le dibuja una sonrisa al comprobar cómo el doble *check* se tiñe de azul: esta mujer no se le vuelve a escapar a ella.

6.

Pascual y Camino se dirigen hacia el lugar de los hechos.

A la altura de La Algaba, Camino hace un gesto al oficial para que salga de la autovía de la Plata. Unos kilómetros más adelante, a su derecha aparece una llanura de un verde reluciente. La inspectora no ha parado de hablar por teléfono en todo el trayecto, de modo que Pascual no ha podido sonsacarle nada.

—Tienes que desviarte en la próxima salida —le avisa al tiempo que cuelga. Luego recoge el calcetín escurrido del salpicadero—. Mierda, sigue mojado. Desde mañana voy a ir equipada como si viviera en Londres.

—¿La salida del campo de golf? No me habrás traído hasta aquí para hacer un buen *swing*.

Ella no le ríe la gracia.

—Está ahí, Molina.

—¿La muerta? ¿Dentro?

—Junto al hoyo catorce.

Pascual deja escapar un silbido y no vuelve a abrir la boca hasta penetrar en el interior del recinto.

* * *

—¿Es posible que siempre nos toque el mismo juez?

—Yo creo que los veteranos le encasquetan las guardias. No hay otra explicación —dice Pascual.

San Millán lleva poco tiempo como magistrado en la capital, pero ya ha coincidido en varios casos con Camino, y nunca han llegado a entenderse. Un juez bisoño y concienzudo frente a una inspectora con una querencia por los atajos más elevada de lo deseable.

—Inspectora.

—Magistrado.

Ahí acaba todo el saludo.

—¿El cuerpo?

—Yo ya lo he visto. Cuando acaben, me avisan y realizo la diligencia de levantamiento.

El juez se mete en su coche a resguardarse de la tormenta. No soporta la idea de permanecer ahí un minuto más. Es que no se acostumbra, no digiere el avistamiento de cadáveres: es ver uno y hacérsele bola en el estómago durante días. Pero eso Camino no lo sabe, y San Millán lo prefiere así, porque sospecha que le estaría ridiculizando hasta el fin de los días.

—Vaya huevos —farfulla ella. Después, escruta a su alrededor—. ¿Y ahora cómo sabemos por dónde queda ese maldito hoyo?

Un policía local que está refugiado bajo el tejadillo de una caseta se les acerca y ejecuta un envarado saludo marcial que a Camino se le antoja un poco bufo.

—Agente Siruela —se presenta—. Yo les llevo.

—Descanse, por Dios. ¿Nos pone al día?

—A la orden, inspectora. El cadáver lo halló el *green-keeper*...

—¿Quién?

—El responsable del mantenimiento del campo.

—El jardinero, vamos.

—Eso he dicho yo y casi me da con el palo de golf en la cabeza. Resulta que estudió un máster y todo.

—Telita con las sensibilidades profesionales. ¿Ha llegado la forense?

—Todavía no. Tampoco el letrado, solo el juez. Se ha puesto amarillo, el pobre, y la verdad es que no es para menos, porque...

—Muy bien —Camino le corta sin delicadeza—. ¿Nos lleva al hoyo del crimen?

Los tres caminan por el terreno encharcado. Con ese tiempo, a ningún loco se le ocurriría tratar de meter la pelotita en el agujero. Luchan contra las ráfagas de lluvia y contra un viento que los vapulea sin contemplaciones. Entre eso y los nubarrones que impiden cualquier intento del sol por colar algún rayo, apenas se enteran de lo que hay a su alrededor. Tras unos minutos, avistan la bandera roja que anuncia el *green* del hoyo catorce.

La inspectora se coloca la mano derecha a modo de visera y escudriña a uno y otro lado, hasta que el agente señala en dirección a un búnker. El foso de arena, concebido para obstaculizar el juego, sirve en este caso para que el cadáver no se divise a simple vista. Ella acelera el paso hasta llegar a la altura del búnker y desciende cuesta abajo. Allí está la víctima, medio enterrada en la arena. Se toma un instante para realizar un par de inspiraciones y pone en palabras lo que sus ojos querrían no haber visto jamás:

—Le faltan los pies. Se los han cortado.

7.

Caravaggio, Italia

Barbara Volpe se sacude la nieve de las botas.

Después se enfunda los guantes y se cala el gorro sobre su pelo corto teñido de azul eléctrico. La primera nevada del año ha sido de proporciones históricas y ha pillado a todos por sorpresa, en especial a ella. Tanto cambio la va a volver loca: hace tan solo unas semanas estaba sudando a mares en Sevilla, después tuvo que comprarse una chaqueta en Nueva York, y ahora ha tirado de plumífero para visitar una granja abandonada en un pueblo perdido de la Lombardía. Y, para colmo, no ha pegado ojo con el maldito *jet lag*.

Se ajusta la capucha del abrigo para resguardarse del viento frío que le golpea la cara y mira de frente ese panorama inhóspito y desolador. Decenas de cobertizos deshabitados, con la nieve revistiendo las cubiertas de uralita. Hace días que se llevaron los cadáveres de las dos víctimas, pero Barbara se ha empeñado en conocer el lugar de los hechos; por mucho que la hayan ascendido a subdirectora, no piensa permanecer detrás de un escritorio leyendo lo que otros quieran contarle. Si lo que pretenden es que pase lo poco que le resta de la profesión en un despacho, las llevan claras.

Se ha traído con ella a Silvio, un policía gordo y coloradote con quien ya trabajó en el pasado. A pesar de su aspecto de niño rollizo con el que se mete toda la clase, es de lo más apañado que hay en la comisaría donde se coordina el caso.

—Es aquella de allí. —Señala una de las barracas del fondo y ella le mira con un gesto desdeñoso que le avergüenza ante lo innecesario de sus palabras. Y es que la nave que indica está acordonada de arriba abajo. Quien lo haya hecho no ha escatimado en cinta policial.

—¿A qué esperamos?

Silvio echa a andar campo a través. Sus pies se hunden a cada paso en el tapiz blanco que alfombra el suelo.

Ella le sigue al tiempo que aprieta la mandíbula. El frío se le infiltra en la rodilla dolorida, y el manto de nieve la obliga a alzar las piernas constantemente. Se mueve con infinita torpeza. Solo espera que su compañero no se dé la vuelta y la descubra en ese trance bochornoso.

A estas alturas todavía no sabe por dónde meter mano al caso. Estaba convencida de que la habían enviado a Sevilla y luego a Nueva York para quitársela de encima, aprovechando el descuartizamiento de aquellos cuatro infelices en el Ponte Vecchio de Florencia. Había similitudes entre los crímenes perpetrados en los tres países. Pero, cuando en España capturaron al asesino de Sevilla, desde Italia dieron por finalizada su intervención y, no solo eso: la ascendieron a *vice questore*, o lo que es lo mismo: subdirectora general de toda el área geográfica de la Lombardía.

Eso sí, tardaron dos semanas en comprarle el billete de vuelta. Ya creía que la iban a dejar viviendo como una turista *low cost* en un hotel de Manhattan. Y, cuando al fin lo recibió, hizo las maletas y se encajó en su asiento de clase económica durante las nueve horas de rigor, que para eso no se notaba el ascenso. Lo que no esperaba era encontrar a su retorno dos nuevos crímenes con un *modus operandi* similar. No se lo pensó ni un segundo antes de plantarse en la comisaría donde se llevaba la investigación.

Ve cómo Silvio le dirige una mirada apremiante tras pasar agachado por debajo de la cinta policial. Barbara está indecisa. Su rodilla no le permitirá una torsión de ese calibre. Tras unos segundos incómodos, el policía tira del plástico por la zona en que se encuentra más elevado y lo sostiene sobre su cabeza:

—Venga, jefa, que con el cargo te has vuelto muy señorona.

Barbara pasa en silencio. Intuye que Silvio sabe lo que le sucede, pero se alegra de que lo vista con esa cortesía burlona. No lleva nada bien las humillaciones de hacerse mayor.

Penetran en la nave. Parte del techo se ha derrumbado por el peso de la nieve. El suelo resbala como un tobogán untado en vaselina. Barbara se cuida mucho de ir pisando sobre la paja mojada para no acabar con el coxis roto. A ambos lados hay filas de jaulas que se reproducen hasta perderse de vista. Están vacías, pero aún apesta a hacinamiento, a pienso y a estiércol, a sudor y a sangre. La subdirectora se siente como si penetrara en una estancia gélida del infierno.

—¿Por qué se cerró?

A Barbara le gusta comprobar si sus subordinados han hecho los deberes.

—Dejó de dar beneficios. Cada vez hay menos gente que compra abrigos de visón.

—Pero tengo entendido que hubo quejas.

—En el pueblo no estaba bien vista. Los vecinos se dedicaron a hacer manifestaciones durante todo el tiempo que estuvo funcionando.

Silvio se quita los guantes y se frota los dedos para que recuperen el tacto. Incluso dentro de esa nave, diría que no se superan los cero grados. Tiene las orejas congeladas y sus pies son extensiones ajenas a su cuerpo convertidas en témpanos.

—¿Qué problema tenían los lugareños? —pregunta Barbara, que parece inmune al frío. En realidad, está aterida. Pero esa debilidad tampoco va a mostrarla.

—Causaba olores insoportables y atraía plagas de moscas. Y, cuando algún visón conseguía escapar del criadero, se colaba en las casas en busca de comida. También decían que había vertidos ilegales en la red de saneamiento, aunque eso nunca se demostró.

—Oye, este sitio es enorme. ¿Cuántas naves como esta hay?

—Unas sesenta, la macrogranja más grande de Italia. Cincuenta mil mustélidos sacrificados cada mes de noviembre.

—Y los mataban igual que a las dos víctimas.

Silvio asiente con gravedad:

—Gaseados con monóxido de carbono.

Barbara no puede evitar un estremecimiento ante la referencia. Su mente viaja a un pasado remoto que conoce solo de oídas, en el que el hermano de su abuelo murió en un campo de exterminio nazi en Polonia de la misma forma que esos hombres. Y que esos visones.

—Al menos no los despellejaron vivos.

—En teoría eso vino después.

—¿En teoría?

—He hablado con el forense esta mañana; no ha podido confirmar que el desollamiento fuera enteramente *post mortem.*

—¿Quieres decir que aún respiraban cuando les arrancaron la piel?

—Podría ser, igual que muchos de los visones. Tienen un protocolo, pero a veces falla.

Barbara toma aire. Esa es la razón por la que se encuentra allí, sufriendo el frío y los padecimientos de su cuerpo achacoso. De nuevo las réplicas de muerte animal: como los hombres de Florencia a los que descuartizaron, como el cadáver fileteado de Nueva York. Como los terribles asesinatos que sacudieron Sevilla.

—¿Ya tenemos la identidad del segundo?

—Vittorio Ferlosio.

—¿Sabemos si trabajó aquí?

—Ambos, durante años. Eran de los más cizañeros. Cuando organizaban concentraciones desde el pueblo, ellos siempre buscaban gresca. Ferlosio les llegó a arrojar los bichos muertos para que se fueran.

A Barbara le cuesta mantener la pose flemática. Y entonces lo siente. En mitad de esa nave desoladora, frente a las jaulas de unos mamíferos canijos, desgraciados y feos, feos como ellos solos, la certeza la domina con una fuerza tal que hace que el frío que entumece sus extremidades no sea nada comparado con el que se le infiltra hasta las entrañas: si no detienen a quien haya hecho esto, el juego macabro va a continuar.

8.

Camino se deja caer en una silla.

Están ella y Pascual solos en la pecera, aún sobrecogidos por la escena que han tenido que presenciar. Camino saca un par de cigarrillos y le ofrece uno a su compañero. Con el tiempo ha llegado a sentir afecto por ese oficial estricto y puntilloso. Es un tipo grande, a lo largo y a lo ancho. Una vez al año se pone a dieta, pero hace tiempo que no le toca y recupera rápido. Va cargado de hombros, como si en el fondo le costara ser el grandullón que es, excepto cuando hay que cuadrarse y se endereza hasta ponerse recto como un mástil, porque viene de familia militar y eso se lleva muy adentro. Tiene un bigotito que le hace parecer de otros tiempos, sobre todo el día que toca ponerse uniforme. Sin embargo, sus ojos bonachones desmienten la pinta de duro que la altura, la profesión y el mostacho podrían dar a entender.

Toma el cigarro que Camino le ofrece sin apenas mirar y se concentra en la pantalla del ordenador.

Camino enciende el suyo, aspira una calada generosa y suelta el humo despacio, recreándose, con la esperanza de que le atenúe los nervios y el mal humor. Después se levanta para abrir la ventana. Va a entrar agua, pero al menos no atufará a tabaco. Se descalza nuevamente, se saca el calcetín mojado y lo deja extendido en la calefacción mientras se frota el pie con ambas manos.

Ha completado la maniobra y su compañero aún sigue absorto.

—Tenemos que organizar el caso. ¿Qué demonios miras? ¿Has encontrado ya algo de interés?

—La madre de Sami le ha comprado un móvil —en la voz de Pascual hay un deje de amargura.

El comentario deja descolocada a Camino. ¿Así que era eso? No la muerta sin piernas, sino que lo que le preocupa ahora al oficial es el móvil de su hija. Suspiro profundo. Toca sacar la vena sensible que tanto le cuesta.

—¿Qué edad tiene? ¿Once?

—Doce. Se lo regaló por su cumpleaños.

—Bueno, ya lo tendrán casi todos los de su edad.

—¿Y qué? Si todos se tiran por un puente, ¿tiene que venir Noelia a empujar a mi hija?

—Qué antiguo eres, eso es de la escuela de padres del siglo pasado.

¿Vena sensible? Quién dijo qué.

—Todo lo antiguo que tú quieras —replica Pascual—. Pero a Sami le ha faltado tiempo para hacerse una cuenta en Instagram y colgar fotos poniendo morritos. Que es una cría, por el amor de Dios.

Camino disimula una sonrisa.

—Parece mayor. Ha salido grandota, como tú.

—Pues por eso mismo.

Ahora ella cae en la cuenta de lo que sucede.

—Tú la estás siguiendo.

—No, porque tiene el perfil cerrado. He creado una cuenta falsa y me estoy camelando a los amigos, a ver si me acaba siguiendo ella a mí.

La inspectora está desconcertada. El rígido oficial Molina, que la única norma que se salta es la del tabaco, espiando a su propia hija. Dicen que los adolescentes se ponen muy tontos cuando llegan a esa etapa. Camino cree que, a veces, los que se ponen tontos son los padres.

—Pero si Sami tiene la cabeza muy bien amueblada. ¿Qué necesidad hay de vigilarla como si fuera una delincuente?

—A esas edades una no se da cuenta de lo que hace.

—¿Y tú cómo sabes lo de los morritos?

—Una amiga suya tiene el perfil abierto y la etiquetó.

—Me pregunto de qué forma un carca como tú conseguiría atraer la atención de chavales de esa edad.

—Hablo su mismo lenguaje. Comparto *stories*, menciono a los *influencers* que lo petan, cosas de esas.

Ella le observa estupefacta. Era lo último que esperaba escuchar de labios del oficial. Entretanto, él ha vuelto la mirada a la pantalla.

—¡Ja! Un corazón. Sami me ha puesto un corazón.

Camino se acerca al ordenador prehistórico de la Brigada y ve una foto de un libro con una cubierta colorida de estilo infantil. Entre mariposas y tonos rosados, aparece la imagen de una chavala poco mayor que Samantha.

—Hoy es el día de publicación. Hice la foto en el escaparate de una librería cuando venía para acá.

La inspectora le mira como si no entendiera una palabra.

—Es el diario íntimo de una de sus instagramers favoritas —explica Pascual.

—Hombre, muy íntimo no será.

—Cuenta su evolución desde que le llegó la fama.

—Te juro, Molina, que no entiendo cómo no nos extinguimos. Ya está bien de tonterías. Reúne al equipo, por el amor de Dios, que tenemos a una mujer asesinada.

Pascual despega los ojos del ordenador y va en busca de sus compañeros. Unos minutos más tarde, Fito Alcalá y Lupe Quintana entran en la sala junto a él.

Alcalá es subinspector en el Grupo de Homicidios que Camino lidera desde el tiroteo al inspector Arenas acontecido en las Tres Mil. Guapo, no, atractivo más bien. Pelo cortado a cepillo, mandíbula cuadrada, ojos castaños penetrantes. Treinta y muchos, complexión fibrosa. Bíceps marcados y abdominales en tableta. Culo prieto bien puesto. La perdición para todas las mujeres que trabajan en la Brigada. No para Camino. Le irrita su chulería, pero poco a poco se van entendiendo. Aunque sea porque los dos tienen una debilidad común: Paco Arenas.

En cuanto a Quintana: policía de base, cara de las de ni guapa ni fea, concienzuda y resolutiva, con ganas de aprender y de contar con la aprobación del equipo, pero también con una mala hostia cuando se le inflan los ovarios que no te la quieres encontrar de cara. Casada con Jacobo, amo de casa regularcillo e intento frustrado de escritor, tienen un niño que les da alegrías y caldeos, como todos. Se llama Jonás y es muy rico si está de buenas, eso sí, que no se enfade, porque ha sacado el genio de la madre.

Camino carraspea, se mete en la boca un caramelo de menta para disimular el pestazo a tabaco y pide a Pascual que les ponga al tanto de las novedades.

* * *

—¿La víctima está identificada?

La pregunta la lanza Lupe en cuanto el oficial finaliza el relato de los hechos.

—Por la foto de la base de asociados al club de golf, a falta de confirmación oficial —explica Camino.

—Pureza Bermejo Cano, cuarenta y nueve años. —Pascual consulta su libreta de bolsillo—. Funcionaria de la Junta de Andalucía. Y socia del club de golf en el que le rebanaron las piernas.

Lupe hace una mueca de disgusto. Se le marcan dos arrugas verticales en el entrecejo.

—¿Casada?

—Divorciada, desde hace dieciséis años. Sin hijos.

—Entonces quizá no sea un caso de violencia machista.

—¿Por qué iba a serlo? —pregunta Pascual.

—Por probabilidad. Es la causa más común de muerte en mujeres, ¿no?

—Pero le han cortado las piernas —protesta Fito.

—¿Y qué? Algunos perpetran barbaridades contra sus antiguas parejas.

—¿Qué pasa, que los hombres somos culpables solo porque hayamos tenido una relación con alguien? —Pascual vuelve a saltar, ya de mal humor.

—Yo sí que no lo soy —replica Lupe muy molesta también ella—. La violencia es muy común en esos delitos. Recuerda los casos de este año. El último a martillazos, el anterior con arma blanca, otro con una escopeta. Por no hablar del que se llevó por delante también a los hijos.

—Mujer, estás obsesionada —dice ahora Fito con ese tono de perdonavidas que a Lupe le saca de quicio.

—Solo digo que es una posibilidad —se defiende ella.

Camino resopla. Ya están con lo de siempre. Quintana con la violencia de género, Molina llevándolo al terreno personal, Alcalá tocando las narices como norma de la casa.

—Dejadlo ya.

Pero Fito no ha acabado: tiene una teoría y piensa exponerla.

—Yo creo que es un asesino en serie.

—¿Otro? —saltan Lupe y Pascual al unísono.

—¿Qué pasa, que en Sevilla hemos comprado la patente o qué? —se suma Camino.

—Pues igual sí. Fijaos, no ha tratado de ocultar el cadáver, sino que lo ha abandonado en un lugar en el que sabe que lo encontraríamos. Está orgulloso de su obra y quiere mostrarla —explica el subinspector—. Además, se ha llevado un trofeo.

—¿Te refieres a los pies?

—Exacto. Quizá sea su primera víctima, quizá no. Pero quiere un recuerdo para revivir el placer que le ha provocado el crimen. ¿Por qué si no iba a llevárselos?

Pascual se atusa el bigote, Lupe levanta una ceja escéptica, Camino contiene un suspiro que dejaría entrever la frustración colectiva: otro asesino serial no, por favor. Esto empieza a parecerse a Estados Unidos en los años ochenta. Pero, como no tiene una teoría mejor, le deja que siga hablando.

—Además, el prototipo de *serial killer* mata mayoritariamente a mujeres y suele cometer actos de crueldad contra ellas. Es la forma de arrogarse el poder que no tiene en la vida real.

—¿Acaso hubo agresión sexual? —pregunta Lupe.

Camino rechaza con la cabeza.

—No tenía pinta, aunque habría que esperar a la autopsia para estar seguros.

—Ahí lo tienes —Lupe se dirige de nuevo a Fito—. El sexo es la motivación de la mayoría de los asesinos seriales.

—No era el caso de los dos últimos que hemos conocido en Sevilla —objeta Fito—. Pero, aunque así fuese, no implica necesariamente una agresión sexual. Puede ser un fetichista, como Jerry Brudos.

—¿Y ese quién es?

—Un asesino que coleccionaba zapatos —aclara Pascual—. Zapatos, no pies, Alcalá. No es que sea lo mismo.

—Pero Brudos se quedó con el pie de su primera víctima —insiste Fito.

—Como modelo para los zapatos que coleccionaba —sigue porfiando Pascual.

—¿Qué coño pasa, dirijo una unidad en Quantico y no me he enterado? Ya está bien, hay una única muerta, ¿no os parece un poco pronto para hablar de patrones y trofeos?

Camino lo ha dicho en un tono más cortante de lo que pretendía. Todos se han callado de golpe y ahora Fito la mira con un punto mitad dolido, mitad malaje. El resto espera a que vuelva a hablar y tome las riendas de la situación. De modo que eso hace: dar instrucciones a troche y moche.

—Lo primero es lo primero. Investigaremos siguiendo el procedimiento habitual y ya veremos a dónde nos lleva. Esta mujer no tiene marido ni hijos, pero alguien cercano habrá. Una madre, un primo, un noviete. Quintana, te toca a ti averiguarlo. Alcalá, tú habla con el gerente del club de golf. Que te dé una lista de las personas con las que jugaba. Molina, tú localiza en qué departamento de la Junta trabajaba. Cuando lo tengas me avisas y nos dejamos caer por allí.

Parece que la sesión ha terminado, pero alza la mano antes de que nadie se ponga en pie.

—Fito tiene razón en algo —concede—: Aquí se ha producido una escenificación. El asesino está enviándonos un mensaje y hay que decodificarlo.

—¿Cómo? —pregunta Lupe.

—Ni puñetera idea. Pero nos pagan para averiguarlo.

Al ver que aún no se mueven, se levanta ella misma.

—Ea, dadle caña. Una última cosa: premio para quien averigüe dónde carajo están los pies de esta mujer.

9.

Camino necesita pensar.

Ha hablado con el Servicio de Patología Forense, pero no le han aportado ningún dato que le sirva para avanzar. Las piernas de la mujer se cercenaron con una gruesa hoja de acero que fue perforando la carne y astillando el hueso hasta amputarlas por completo. Un estremecimiento de horror recorre la espina dorsal de la inspectora al representarse la imagen. La mujer murió por exanguinación. Con algo de suerte, habrá perdido el conocimiento en cuanto su asesino comenzó a serrar. La autopsia está prevista para dentro de dos días. Hay varios cadáveres esperando antes que el suyo y un estricto orden de entrada en la sala de corte y disección.

Camino también ha impartido nuevas instrucciones: que se curse la orden para acceder al domicilio de Pureza Bermejo, que pidan favores a la científica a ver si pueden agilizar los tiempos, que le hagan llegar una copia del dosier fotográfico de la escena del crimen por si se le hubiera pasado algo por alto.

Está sentada en el sillón de su despacho emprendiéndola contra sus roídas uñas. Para dejar de hacerlo, coge el móvil y repasa las notificaciones. Tiene una de la app de ajedrez: Alekhine72 acaba de invitarla a una partida. Se le abre la boca de la sorpresa. Hace tiempo que tiene fichado a ese jugador, uno de los que más alto puntúa en la clasificación. Se mentiría a sí misma si dijera que no se ve tentada de aceptarla. Pero cada vez que comienza una partida durante un caso no es capaz de rematarla y nada le da más rabia que perder sin haber tenido oportunidad de pensar en las jugadas.

Hace girar el sillón y observa a través del cristal cómo los goterones caen sin descanso. El ventanal da a las traseras del edificio. Desde ahí se ve una balsa de agua en los aparcamientos, da la impresión de que cualquier coche va a salir flotando de un momento a otro.

El temporal no remite y la situación no pinta bien. Sevilla ha sido una ciudad caracterizada por las inundaciones desde que fue levantada por los tartesios sobre los sedimentos del Guadalquivir. La navegabilidad del río la ha colmado de riquezas como puerto comercial, pero este cada tanto reclama lo que es suyo recuperándola con sus crecidas torrenciales.

A lo largo de los siglos, los sevillanos han vivido con la incertidumbre de no saber hasta cuándo el Baetis les permitiría vivir de prestado en sus terrenos, y han querido igualar su omnipotencia haciendo de todo por domeñarlo: desde las murallas que servían de barrera a cortas, diques, aterramientos, esclusas. Sin embargo, en anteriores crecidas el agua les demostró que sus ingenios eran vanos. Está por ver si, tras las obras titánicas operadas en la última década, el hombre ha vencido definitivamente al río.

Pero no son las lluvias lo que le quitan la paz a Camino. Eso no está bajo su control. Sí lo está tratar de averiguar qué hay tras el asesinato de Pureza Bermejo. Desea con todas sus fuerzas que el listillo de Fito se equivoque. Si fuera creyente, hasta rezaría para que esta vez se trate de algo puntual. Un ajuste de cuentas, un crimen pasional, una herencia considerable. Algo más de andar por casa, en definitiva. Aunque la hayan matado con un hacha, que suena a loco perturbado o a friki de la cultura vikinga, o sea, más perturbado todavía.

Un agente llama a la puerta y deja sobre su mesa una carpeta con las fotos tomadas de la escena del crimen. Se lo agradece con un rictus de algo parecido a una sonrisa: eso sí es eficiencia. Sin embargo, al ver en las fotografías lo que ya contempló de cuerpo presente, se ratifica en sus presentimientos: no van a rascar nada de ahí. Aun en el caso de que el criminal hubiera cometido algún descuido, el temporal ya se encargó de borrar todo rastro. Solo una cosa parece clara: la atrocidad que han cometido con esa mujer no se ha ejecutado en el campo de golf. Allí solo han llevado el cuerpo sin pies. Y eso lo hace alguien que ha premeditado muy bien su crimen.

El teléfono suena interrumpiendo todo flujo de pensamientos: es Pascual, que ya sabe dónde trabajaba la víctima. Se sacude las especulaciones y coge el paraguas. Hora de ponerse en marcha de nuevo.

10.

Barbara sale de la consulta del médico.

Se va sin despedirse del recepcionista, que ni se inmuta. Está acostumbrado. Cuando las noticias son buenas, todos se deshacen en sonrisas y cortesías. Pero cuando son malas ni le ven. Y en este caso lo son.

Los dolores de rodilla que ella consideró como síntoma de la edad han ido creciendo hasta extremos insoportables. Barbara detesta a los médicos, es de las que piensan que siempre que una va a consulta le encuentran algo y ya le jodieron la vida con sus restricciones y sus alarmismos. Mejor tirar para delante mientras se pueda. De modo que tardó mucho en acudir al especialista. Ahora ya sabe que demasiado.

El doctor Zanchetti acaba de ponerle nombre a su dolencia: osteosarcoma. También ha confirmado el estado en el que se encuentra. La biopsia de tejido tumoral, las pruebas radiológicas y el resto de los estudios no dejan resquicio a la duda: la metástasis ya se ha cebado con sus huesos. Zanchetti ha insistido en programar la operación cuanto antes. Ella ha salido de su consulta sin darle una respuesta. Necesita pensar. El dolor la tortura al andar, pero lo soporta con un estoicismo que siempre tuvo espacio en su vida.

No está triste, ni deprimida, ni siquiera furiosa. Tan solo la embarga la lucidez de constatar en los resultados de las pruebas médicas un escenario que nunca imaginó. Consulta la hora. Debería volver al trabajo para que nadie se percate de su ausencia. ¿Debería? Se recrimina por idiota. La enfermedad quizá se alíe con Caronte para cruzarla en breve a la otra orilla y todavía le preocupa que otros la juzguen. Eso sí que debería habérselo extirpado hace mucho. El pensamiento más inútil y desgastante del mundo: la opinión de los demás sobre una misma.

Mientras el diagnóstico la aplasta como una losa, ella ha seguido arrastrando los pies, se ha subido al coche y lo ha puesto en marcha. Conduce con el piloto automático de su cerebro, los nudillos descoloridos por la fuerza con que agarra el volante y, cuando se quiere dar cuenta, mira a su alrededor y comprueba que está en la comisaría de Caravaggio.

Silvio le sale al paso.

—Adivina qué.

Parece que ella dirige la mirada hacia él, pero sus pupilas van más allá, a algún punto perdido en el fondo de la pared. Silvio la escruta con ojos de un azul deslucido. La ha notado más flaca y ojerosa desde que se reencontraron con motivo de ese caso, pero ahora, además, está pálida como el mármol de Carrara. Al no obtener respuesta, él continúa.

—El inspector Carduccio ha detenido a un sospechoso.

—¿Por lo de los visones?

—Sí, a uno de los del pueblo. Tuvo varios altercados con las víctimas. En el último intervinieron los vecinos para separarlos y más de uno le oyó proferir amenazas.

—Ya.

—Vive en las afueras, muy cerca de la granja —continúa Silvio—. Un visón huido atacó a su perro y le dejó tuerto. Desde entonces se convirtió en uno de los principales promotores de las manifestaciones.

—¿Qué pruebas hay contra él?

—Circunstanciales.

—Carduccio es imbécil —dice Barbara con desgana—. Eso no lo hizo un vecino del pueblo.

La subdirectora ha seguido su camino hasta el despacho como si el tema no fuera con ella.

—¿Qué hacemos? —la apremia Silvio.

Ella se gira:

—Encárgate tú. Habla con él, que entre en razón.

—A mí no me hace ni caso.

—Déjame en paz, Silvio. En realidad no me necesitáis, hay todo un equipo llevando el caso.

—¿Todo un equipo? ¿Te refieres a Carduccio y su panda de orangutanes? —escupe él bajando la voz.

Barbara sabe que tiene razón. El inspector Carduccio es lo más parecido a un matón de instituto. De los que amargaban la vida al niño gordito de la clase. Pero no dice nada, porque hoy no está para decir nada. Está para..., ni ella sabe para qué está. Se da la vuelta con languidez y cierra la puerta.

Silvio piensa que es un mal día y lo único que en el fondo necesita Barbara es que alguien le diga que a pesar de los años sigue siendo la mejor policía de todo Milán, de toda la Lombardía, de Italia entera. Él lo cree así. Pero no se lo dirá, porque le invade ese extraño pudor que nos incapacita para elogiar a quien de verdad creemos que lo merece. Y porque se ampara en que, si Barbara Volpe sigue siendo la mujer que él conoce, no tardará mucho en reaccionar por sí misma.

Lo que Silvio ignora, y lo seguirá ignorando porque no se atreverá a insistir con el caso, es que Barbara se ha sentado en la silla rotatoria y ha tapado con las manos el sollozo que, por fin, emerge de su garganta. Y que seguirá llorando hasta que se quede sin lágrimas, hasta que saque fuera toda la amargura, toda la frustración, todo el miedo a dejar de existir, a que su vida se agote sin haber cumplido los sueños de juventud, a no ser recordada por nadie, a convertirse en parte de la nada, o sea, en menos que nada.

11.

Paco se estira en el sofá.

El reposo domiciliario que tiene prescrito le come la moral, y ya no sabe qué inventar para que los minutos y las horas transcurran más rápido. El aburrimiento no fue tan atroz cuando le mandaron de vuelta del hospital por primera vez a su casa, a la de toda la vida, la que compró con Flor cuando se prometieron, y donde nació Rafa y vivieron años felices. Pero en el apartamento de sesenta metros cuadrados de Camino no hay nada que hacer. Además, echa de menos a su hijo. Cierto que antes tampoco es que le viera tanto; un rato al día, con suerte. Rafa está en esa edad en que solo quiere calle, y en que cualquier colega y cualquier entretenimiento le parecen más atractivos que pasar tiempo con su padre.

Pero esos minutos diarios, invertidos en compartir una cena apresurada o ver juntos el resumen del último partido, le alegraban el alma. Aunque a veces ni se diera cuenta de ello. Ahora sí, porque ahora, si algo tiene, es tiempo para pensar.

Luego está Mago. A él sí que le echa de menos. Ese mastín buenazo que le seguía a todas partes. Si Paco se pasaba toda la tarde en el sofá, el perro se sentaba a su lado y de ahí no se movía. Si iba a la cocina a picar algo, para allá que iba Mago meneando el rabo al compás. No digamos si salía a estirar las piernas.

Y Flor. Cuánto le agobiaba, siempre pendiente. ¿Estás bien? ¿Te ahueco el cojín? ¿Te pongo una cervecita? ¿Qué quieres comer? Alguna vez salió huyendo de casa con tal de no oírla. Ahora hasta eso echa en falta. No a Flor, no malinterpretemos las cosas. Él está muy feliz con Camino y muy orgulloso de haber dado el paso. Lo que echa de menos es ese runrún por la casa, ese alguien pendiente de uno. De repente lo entiende. Su enemiga no es otra que la soledad. La maldita soledad, que le cerca por todos lados y se le cuela por dentro y ya no sabe qué hacer más que consultar el reloj o debatirse entre preguntarle a Camino a qué hora llega como el pelma en el que le horrorizaría convertirse o seguir mirando las musarañas. Las hormigas, todo lo más.

Porque eso es lo único que hay allí. El terrario de hormigas. Y, la verdad, tenía su guasa cuando se burlaba de las mascotas de Camino, incluso los primeros días en aquel apartamento, observándolas trajinar por sus túneles, pero a estas alturas las hormigas pasan de él y él pasa de las hormigas. Si por lo menos pudiera traerse a Mago. Total, Flor no lo quiere. Siempre dijo que era el perro de su marido, nunca le hizo caso más allá de mandar a Rafa a pasearlo cuando él andaba de bares con Camino y quería recordarle que no olvidara a su familia, que la tuviera presente antes de dar un paso en falso con esa mujer.

Pero ahora a Mago se lo han quedado Flor y Rafa, porque Camino tiene fobia a los perros. Solo con ver uno se le corta la respiración y le entran unos sudores que da angustia verla.

Si al menos la comisaria le concede esos días a Camino, podrán disfrutar de un paréntesis en el que las cosas serán distintas. Se desperezará tarde junto a ella, desayunarán leyendo el periódico en el bufet de un buen hotel, harán un circuito de esos de spa que le dejan a uno como nuevo. Aunque en su caso esto último sería mucho pedir. Porque si hay algo que Paco Arenas lleve todavía peor que la soledad son los dolores. Los putos dolores. Desde que salió de aquel coma por el tiroteo en las Tres Mil comenzaron las migrañas. No en vano tenía una bala alojada en el cráneo que, aunque le permitió sobrevivir, no lo hizo sin dar por saco. A veces la intensidad era tal que se le acumulaban las náuseas en la boca del estómago. Y el tormento en el fisioterapeuta para reactivar sus piernas tras los meses en coma. Pero lo sobrellevaba, y gracias a su perseverancia mejoró mucho. Luego aquel loco le secuestró y le sometió a esa caza por el monte. El dogo asesino se llevó con él buena parte del músculo del brazo. Y después el tiro en el costado. Escapó de la parca una vez más. Cualquiera diría que el exinspector de policía tiene un ángel de la guarda, o es un superhéroe con poderes que se disfraza de tipo normal y campa a sus anchas por Sevilla. Nada de eso. Es un hombre que ha envejecido mucho en el último año y que sigue vivo a costa de quedar hecho una piltrafa. Una piltrafa lacerada por los dolores, a veces intolerables. Como ahora.

Se pone en pie y va al dormitorio. En el primer cajón de la cómoda, Camino guarda una cajita de madera con el material para fumarse un porro muy de vez en cuando. Si las circunstancias fueran otras, Paco habría regañado a Camino por apropiarse de la sustancia en lugar de proceder conforme a la norma. Pero pasa por alto la naturaleza un tanto disoluta de su compañera porque resulta que eso, más que ninguna pastilla de las que le receta el médico religiosamente, mitiga su calvario. O, al menos, le atonta lo suficiente para no sentirlo con tanto rigor. En los últimos días, él solito se lo ha ventilado todo. Ahora remueve unas hebras de marihuana y suelta tal soplido de disgusto que hace que alguna de ellas salga volando. Qué más da. No darían ni para media calada. Un trallazo en la sien le hace agarrarse al cajón de la cómoda, que cae desperdigando su contenido por el suelo. Paco suelta una blasfemia y deja pasar unos segundos hasta que el dolor disminuye. Luego se agacha para enmendar el estropicio. Ahí está la lencería de Camino toda revuelta. Sujetadores de encaje, tangas deportivos, bragas anchas de algodón para los días de regla, un picardías rojo con transparencias que nunca le ha visto y en el que se recrea más de la cuenta mientras un nuevo pinchazo, este de celos, le hace preguntarse con quién o quiénes lo habrá usado. Lo coloca todo de vuelta al cajón. Va a acoplarlo en la cómoda cuando la ve bajo la cama. Es una bolsita de plástico transparente que ha debido de salir propulsada en la caída. Se tumba en el suelo, estira el brazo y logra alcanzarla. La examina con perplejidad, después la abre para verificar el contenido. Su cara refleja una inquietud que da paso a la indignación. Qué cojones hace Camino con eso.

Un latigazo aún más fuerte disipa cualquier otro sentimiento. Esta vez no remite, parece decidido a obligarle a cruzar todos los umbrales del dolor. Tras varios minutos de tortura, enajenado por el martirio en su cabeza, agarra la bolsa y se arrastra con ella en dirección a la sala, sabedor de que está a punto de deslizarse por una pendiente en la que casi todos acaban despeñados.

12.

Génova, Italia

—*¿Preparados?*

Mariola observa los gestos de excitación de los chiquillos. Tras recorrer el resto de las instalaciones, por fin van a penetrar en el espacio estrella, el lugar donde se encontrarán a escasos centímetros del depredador marino por excelencia: el tiburón. Gracias a los juegos desarrollados en el aula, ya lo saben todo sobre él: qué come, cómo se reproduce, cuántas filas de dientes puede tener. Ahora solo les falta verlo con sus propios ojos.

Lo han pasado en grande conociendo a otras especies acuáticas: peces de todas las formas y colores, medusas, pulpos, caballitos de mar, langostas, tortugas marinas. Pero si hay algo que los emociona es para lo que vienen preparándose desde que a Mariola le autorizaron la excursión y ella les contó la noticia en clase.

Le ha costado sudor y lágrimas lograrlo: cuando por fin lo tenía todo organizado, le comunicaron que estaban haciendo mejoras en el tanque y que permanecería cerrado al público unos días. Tras mucho rogar aquí y allá, consiguió un pase especial para que su alumnado no se quedara sin ver al famoso depredador. Y ahora se encuentran delante de la enorme puerta de entrada a los aposentos del rey marino.

Los invita a pasar, y el grupo conformado por los dieciocho niños y niñas del primer curso de primaria va entrando en una fila desordenada. A medida que se internan en la estancia, comienzan a escucharse chillidos nerviosos. Mariola disimula una sonrisa socarrona. Los chicos han ido de valientes, chuleándose delante de las chicas, pero en el fondo estaban cagados de miedo ante la idea de tener frente a sí la gigantesca dentadura afilada de un tiburón. Sin embargo, la cantidad y volumen de los gritos aumenta por segundos, y su sonrisa comienza a desvanecerse. Una niña se ha detenido frente a la puerta con mueca recelosa. La anima con un empujoncito y la pequeña entra sin tenerlas todas consigo.

Ella también duda ahora. Se trata de que aprendan, no de que lo pasen mal. Sabe que los progenitores evaluarán la jornada con un celo inigualable. De la calificación final del curso dependerá que el colegio vuelva a contratarla, por eso lleva desde octubre organizando actividades para que los alumnos se formen y disfruten.

Pero es que, además, resulta que adora a esos niños, y quiere que este día se les quede prendido a la memoria y que a ella la recuerden como la mejor maestra del mundo, esa de la que nunca se olvida el nombre a pesar de los años y cuya imagen se perpetúa en la mente cuando de las vivencias de la infancia tan solo quedan retazos. Y en ese espacio sin principio ni fin habitará ella, la maestra Mariola. Y el día en que conocieron a los tiburones.

El guarda se acerca con cejas interrogantes. El ruido es ya un bullicio ensordecedor.

—¿Qué ocurre?

—Los niños están viendo a los tiburones.

—Pero ¿por qué gritan así?

—Solo tienen siete años.

—Todos los días vienen niños de siete años. Y más pequeños también.

Mariola le clava una mirada llena de turbación y se abre paso entre el grupito que falta por entrar. En el tanque de agua, un hermoso tiburón tigre se desliza frente a ella, contoneándose al tiempo que mueve con elegancia su aleta trasera, y, algo más allá, varios tiburones toro y sierra se disputan los pedazos de carne desgarrada que tiñen de rosa el agua más próxima. Algunos niños están justo delante, boquiabiertos, incapaces de retirar la vista. Otros, en cambio, se han tapado los ojos con las manos y varios de ellos se revuelcan por el suelo llorando o gritando de forma histérica. Mariola se ajusta las gafas y se aproxima para examinar el alimento de los escualos mientras, al fondo, una alarma activada por el guarda comienza a silbar. Siente el pulso azotándole las sienes, un mareo que le nubla los ojos y el suelo llamándola. Por un instante cree que va a desmayarse. Después, escucha un ruido bronco que sale de su propia garganta y que se une a los gritos de los chiquillos y al sonido penetrante de la alarma. El tiburón tigre se ha sumado al banquete y se aleja con parte del botín entre las fauces: es una pieza sanguinolenta revestida de tela vaquera y rematada por una zapatilla de deporte. Mientras, los otros escualos siguen peleando por el trofeo, la cabeza de lo que en algún momento fue un ser humano.

13.

—*¿Qué pasa, Alcalá? ¿Hay novedades?*

Al salir del despacho, Camino casi ha tropezado con el subinspector Fito Alcalá, quien permanece como un panoli con el nudillo golpeando al aire.

—Esto..., sí. He hablado por teléfono con el gerente del club de golf.

—¿Y?

—Afirma que no conocía a la víctima.

—No entiendo.

—Nunca la ha visto por allí.

—Pero si era miembro del club...

—Pues, por lo que parece, no ha cogido un palo de golf en su vida.

La inspectora digiere la información.

—Vaya misterio. ¿Algún dato más?

—De momento, no.

El tono del subinspector suena extrañamente inseguro.

—Hay que plantarse allí y llegar al fondo de esto —dice Camino con convicción.

Y al ver que Fito no se mueve:

—¿Alcalá?

El subinspector permanece frente a ella, sin saber cómo seguir.

—En las zonas desfavorecidas es donde más se sufren estas cosas —se lanza al fin.

—¿Qué cosas?

—Las consecuencias del temporal —aclara él con su voz rasposa—. A mi madre se le ha encharcado la casa.

—Ah. —Camino no sabe para qué le cuenta eso—. Pero no está en zona inundable, ¿no?

Fito se encoge de hombros con una sonrisa amarga.

—Y qué más da. Cuando nadie se preocupa de un barrio, todo es un desastre. Obras levantadas aquí y allá, tuberías que se obstruyen, el alcantarillado que no se limpia nunca y ya no traga agua. El nivel ha alcanzado los cincuenta centímetros en casa de mi madre y en toda la calle están sin suministro eléctrico desde ayer. Me ha llamado llorando. Ella, que presume de que la última vez que lloró fue cuando enterraron a Franco. Y de alegría.

Es la primera vez que el subinspector le habla a Camino sobre su familia, y no entiende la novedad. Al ver que él espera algo, dice:

—Supongo que andarán por allí los de Protección Civil.

—Mi madre está sola.

—¿No tenías un hermano que vivía con ella?

Paco se lo ha contado en alguna ocasión, pero quizá no debería haberlo mencionado porque ahora el rostro de Fito se ensombrece.

—Mi hermano no está —responde, cortante.

Ella no sabe qué más decir, así que espera a que Fito continúe.

—El caso es que allí todos andan desbordados —ahora el tono del subinspector se suaviza. No hay rastro del deje macarra que suele acompañarle—. Cada uno salva su propio culo, nadie se va a meter en casa de una vecina a achicarle el agua. Ahí está, con sus años y cargando cubos.

Por fin Camino comprende.

—Vete sin problema.

—¿Y qué pasa con la investigación?

—Podemos ocuparnos los demás por unas horas, ¿no crees?

—¿Seguro? Es peliaguda, ya sabes lo que pienso de ese asesinato...

Camino va a decirle que no es el único allí que sabe hacer las cosas bien, pero se muerde la lengua a tiempo y opta por tranquilizarle.

—Somos un equipo, ¿no? Pascual irá al club de golf. Tú ve a ayudar a tu madre. En cuanto vuelvas, te ponemos al tanto de todo.

Fito sonríe con la mandíbula cerrada y se pone en marcha. La inspectora observa cómo se aleja el musculitos de la Brigada mientras piensa que la situación tiene que estar muy chunga para que ese hombre se aparte de ese caso así como así. También piensa que es la primera vez que ve en él una mirada de gratitud. Puede que lo de ser la jefa no sea tan difícil después de todo. Puede que solo necesite buscar en algún lugar dentro de sí esa misteriosa capacidad que llaman empatía.

14.

Caravaggio, Italia

Silvio corta la comunicación.

Todavía le cuesta creer lo que acaban de contarle. Actualiza la página del periódico y ahí está ya la noticia. Las fotografías que acompañan el texto se saltan todas las normas del periodismo ético. Niños con la cara mal pixelada tirados por el suelo en un ataque de histeria, un tiburón con fauces sanguinarias que alguien habrá tomado de un archivo de imágenes y que recuerda al cartel de la mítica película del mismo nombre, las fuerzas de seguridad desalojando al público, y la fotografía de un operario con varias bolsas negras conteniendo los pocos restos humanos que han podido rescatar. Sin pérdida de tiempo, introduce el nombre de la víctima en la base de datos policiales. Al ver los antecedentes siente como si una pelota le hubiera atascado el tracto respiratorio.

Inspira y exhala con lentitud y poco a poco la pelota comienza a deshacerse. Es lo que le han enseñado en las clases de yoga. Sí, los gorditos también van a yoga, aunque él se resiste a enfundarse las mallas porque parecería una de las morsas del acuario haciendo sus piruetas. Un chándal holgado ya es bastante bochornoso cuando alguna de las posturas imposibles hace que enseñe la hucha a todas esas mujeres elásticas como Boomer, el superhéroe de su infancia. Al que, dicho sea de paso, le debe cuatro empastes de muelas y alguno de los kilos de más que le acompañan desde entonces.

Observa la puerta cerrada del despacho de Barbara. Aúna todo el coraje que es capaz y se dirige hasta allí. Llama. Nadie contesta. Golpea con más fuerza.

—¿Jefa?

Un minuto después, comienza a mosquearse.

—Jefa, voy a pasar.

Intenta girar el picaporte, pero está la llave echada.

—¡Barbara!

Sigue sin contestar y Silvio comienza a impacientarse, la llama de nuevo, más fuerte esta vez.

Un compañero se asoma por el fondo del pasillo.

—Te he oído gritar. ¿Va todo bien?

—La subdirectora no está.

—Ya, se ha ido —contesta el agente redundando en la evidencia.

—Pero... ¿cuándo?

—Hará unos quince minutos.

Silvio maldice para sus adentros. Barbara ha aprovechado la escasa media hora en la que él ha salido a comer un *panino* de mortadela.

—No va a volver —el agente corrobora su presentimiento—. Ha dicho que se iba a casa.

—Barbara Volpe no ha hecho eso en su vida.

—Se le habrá subido el puesto a la cabeza.

—No digas tonterías.

Sin pensárselo, Silvio enfila el camino hacia su coche. Barbara tiene que saber lo que ha ocurrido en el acuario de Génova.

15.

Barbara se da por vencida ante los timbrazos.

Silvio no puede evitar un arrebato de pudor al ver las pintas que se gasta. Ha cambiado los jeans y el jersey de punto por una bata de boatiné bajo la cual se distingue un pijama con detalle de florecillas. Unas pantuflas con forro de lana le calzan los pies, sus hombros caen como si tuviera que sostener sobre ellos todo el peso del firmamento, y su cabello azul está levantado por la parte de la coronilla. Ahora sí que parece una viejecita. Una viejecita de esas modernas que se tiñen el pelo de colores, pero viejecita al fin y al cabo. Camina a paso de tortuga hasta el salón, se sienta y le hace un gesto abúlico a Silvio para que se acomode donde quiera.

—¿Se puede saber a qué viene tanta insistencia?

—Te has ido sin decirme nada...

—¿Acaso eres mi superior? ¿Desde cuándo hemos cambiado los papeles?

Él hace una mueca de compunción, y ella se siente lo suficientemente culpable para relajar la ofensiva.

—Es que no sé qué haces aquí —continúa—. ¿Me he perdido algo?

Silvio se agarra a esa última frase.

—Exacto, eso es. Te has perdido algo —dice al tiempo que le alarga la carpeta que ha traído consigo.

Barbara la alcanza con sus ojillos desconfiados. Se ajusta las gafas de pasta rosa que usa para leer y enfoca la vista en el primero de los documentos. Es una fotocopia a todo color de una noticia publicada hace menos de una hora.

Lee el titular con una voz más aguda de lo que hubiera pretendido: «Los tiburones del acuario de Génova devoran a su cuidador».

—Para cuando quisieron sacarlo quedaba poco más de medio pie.

Silvio adopta un tono neutro al tiempo que calibra su reacción. Pero ella mantiene la compostura. Y el tono mordaz.

—¿Por qué me traes el periódico? Es un detalle que te animo a repetir, aunque mejor a la hora del desayuno.

—Creí que la noticia te interesaría.

—¿Porque hay animales implicados?

—Sí.

—Sería un descuido. Iba a alimentarlos, se confió y cayó al agua.

Silvio se crece al asestar el golpe final:

—De eso nada. He investigado a la víctima: Luca Aliprandi fue condenado hace un año por pesca furtiva.

16.

—¿Pesca furtiva?

Barbara lo pregunta con una indiferencia fingida. Trata de mantener la curiosidad a raya, pero Silvio la conoce bien y sabe que se muere por saber más.

—El año pasado pillaron a Luca Aliprandi en un control rutinario de carretera. Le incautaron setenta kilos entre lucios, tencas y carpas.

—Pues sí que se le dio bien el día.

—También encontraron en el maletero toda la parafernalia eléctrica: las baterías, los cables, los electrodos.

—Ya.

—A él le cazaron, pero no es el único —continúa Silvio—. La sobrepesca descontrolada está esquilmando el lago de Garda. Algunas especies han desaparecido y otras están en peligro de extinción.

Barbara fija su mirada en los restos de café de la taza que tiene frente a ella y Silvio calla aguardando un dictamen que no llega.

Al fin, ella resume la situación con tono hastiado.

—De modo que Luca se comía a los peces y los peces se lo comieron a él.

—Algo así —admite él, aún más nervioso por la indolencia de Barbara que por los hechos en sí.

—Pues muy bien. ¿Quieres café? Podías preparar un poco para los dos —dice ella, sosteniendo en alto su taza vacía.

Silvio se exaspera. Ya no aguanta más toda esa pose.

—No puedo creer que no reacciones, Barbara. ¡Son los mismos!

—¿Los mismos? —repite ella, como si no supiera perfectamente a lo que se refiere.

—¡Cerdos, visones, y ahora peces! ¡Los mismos! ¡Tienen que serlo!

Barbara sigue en silencio. Su rostro inexpresivo nada tiene que ver con el bullicio que se gesta en su interior. Se ha propuesto pensar en ella misma y eso implica ignorar cualquier cosa que tenga que ver con su trabajo.

En ese momento suena el teléfono de Silvio. Barbara escucha los monosílabos que salen de su boca durante un par de minutos y le mira de reojo. Cuando cuelga, ve que tiene los labios apretados en un mohín infantil.

—Era Carduccio, ¿no? —pregunta como al desgaire.

—Sí. Y me ha caído una bronca por no estar en mi puesto.

Silvio se levanta para marcharse. A Barbara le conmueve la pesadumbre en el rostro del que fue su compañero muchos años.

—Venga, no te tomes tan en serio al inspector.

—Ahora es mi superior directo, ¿recuerdas?

—Y un orangután. Tú mismo lo dijiste.

En los ojos azulones de Silvio se atisba el remordimiento.

—Yo... Eso no fue...

—Sí fue —dice ella muy seria—. Anda, siéntate y cuéntame qué más te ha dicho.

Silvio vuelve a acomodarse.

—El juez le ha dado el visto bueno. Le van a imputar los asesinatos de la granja a Paolo Nesi, el vecino del pueblo.

Ella sopesa la información durante un minuto largo.

—Pues entonces ya está, ¿no? —se obliga a decir.

—Supongo que sí —admite un Silvio vencido.

Y, sin embargo, las pulsaciones del corazón de Barbara aumentan sin parar. Carduccio no puede hacer eso, no puede acusar de homicidio al primero que pase. ¿Qué se ha creído? De repente deja de encontrarle sentido a permanecer en su casa de brazos cruzados. ¿Para qué? ¿Para rumiar una y otra vez cómo será su final? ¿Para sentirse ya muerta en vida? *Vaffanculo*. Mientras tenga sangre en las venas, así sea un suplicio dar cada paso, no se quedará viéndolas pasar.

Silvio la observa mientras va hacia su habitación con pasos lentos y achacosos. Ya desde el dormitorio y al tiempo que se enfunda unos pantalones, Barbara alza la voz para que él la oiga:

—Llama a la científica y consigue los detalles del banquete de los tiburones. Después a la inspectora sevillana, la que llevó los casos allí. Tenemos que ponerla al tanto. Y dile a Carduccio que no se mueva de la comisaría. Le veré en mi despacho dentro de una hora.

Silvio sonríe por primera vez en todo el día. Esa sí es la Barbara Volpe que él recuerda.

17.

La calle Constancia es un ejemplo de lo que se cuece en Sevilla estos días.

Está atascada de vehículos, cuyos conductores aporrean sus bocinas como si ellas tuvieran la culpa de no avanzar, al tiempo que las escobillas rotan desquiciadas por el borroso cristal delantero.

Los pocos que se atreven a salir a la calle a pie se mueven con prisas zigzagueando aquí y allá a fin de evitar los charcos, como si jugaran a una especie de juego infantil. Una señora espolea a un perro para que agilice sus quehaceres intestinales. Más adelante, varios bomberos tratan de rebajar el nivel del agua en un comercio de moda. A Camino le dan ganas de decirles que se vayan a los sitios donde de verdad hacen falta. Pero se calla, porque sabe que las opiniones de los demás son lo último que uno quiere oír cuando está doblando turnos en jornadas maratonianas y con el cansancio inyectado hasta la médula.

Sigue avanzando con paso ágil. Más adelante, esboza una sonrisa al ver al empleado de la ferretería El Arca de Noé fregona en mano.

—Buenos días, Lolo. No se ve tan segura esa arca, ¿eh?

—Menos cachondeíto, inspectora.

—Si es que lo pones a huevo.

—Pues por eso. Que en el rato que llevo aquí achicando el agua me lo han dicho otros siete.

—Tú resérvame un hueco por si la cosa se pone fea.

—Que sepas que eso también me lo han dicho hoy un buen puñao —suspira aferrado a la fregona como si fuera uno de los mástiles de su barco.

—Para mí hay plaza, tengo enchufe —dice Camino antes de reemprender la marcha.

—Sí, pero porque el Vargas todavía viene a comprarme la quincalla.

La voz del ferretero le llega ya mitigada por el ruido de la lluvia. A Camino le trae a la mente el recuerdo de su padre aprovisionando utensilios de bricolaje. La última vez que habló con él había instalado un riego para los geranios del balcón. Sonríe al imaginarle imprecando a los cuatro vientos con las malditas lluvias que le habrán empochado ya todas las plantas.

Con ese pensamiento se ha plantado en la Secretaría General de Sostenibilidad, el lugar donde ha transcurrido buena parte de la vida de Pureza Bermejo. La sonrisa ya se le ha borrado del rostro. Se encuentra en un edificio gris y laberíntico, con flechas y carteles que orientan sobre el emplazamiento de cada uno de los departamentos en que se divide ese trocito de la mastodóntica estructura que conforma la administración autonómica. Aun con todos los indicativos, Camino se pierde varias veces. Al final acaba preguntando a un conserje, que le hace una seña para que espere: está manteniendo una conversación telefónica. Como la charla no tiene visos de finalizar, la inspectora se harta y le coloca la placa policial en las narices. El hombre corta de inmediato y la atiende. Camino le da unas gracias poco sinceras y se planta por fin en el departamento donde trabajaba Pureza. Hay siete mesas y solo dos están ocupadas. Se dirige a la mujer de la que está más cerca, una pelirroja en la treintena.

—Hola, ¿Pureza Bermejo?

—¿Quién? —La funcionaria apenas levanta la vista de la pantalla.

—Pregunto por Pureza Bermejo.

La mujer de dos mesas más allá interviene. Es morena y obesa, y va maquillada como para un guateque.

—Puri, la ingeniera —le dice a la otra. Luego mira a Camino—. Está de baja.

—¿De baja?

—Supongo. Casi siempre lo está.

Las funcionarias cruzan una mirada cómplice que no pasa desapercibida para la inspectora.

—Pero puede hablar con el otro ingeniero, Pepe. Siempre le toca arrear con el trabajo de Puri.

Camino mira a su alrededor. No hay nadie más allí.

—Ha salido —aclara la del sobrepeso.

—¿Puedo esperarle por aquí?

—Si quiere...

Camino pasea en círculos al tiempo que se debate sobre si seguir haciéndose pasar por una ciudadana al uso. Ve cómo las otras la miran de reojo. Intuye que tienen ganas de cháchara y eso inclina la balanza.

—Oiga, qué poca gente, ¿no?

—Es que ha llegado en los turnos de desayuno —explica la del pelo rojo.

—Vaya. ¿Y qué es lo que le pasa a Puri?

—Nadie lo sabe muy bien —contesta la otra—. Aparece y desaparece, como el Guadiana.

—Poca gana de trabajar —suelta la pelirroja, más categórica.

La rolliza la mira con censura, pero Camino aprovecha para seguir tirándole de la lengua.

—Unos tienen la fama...

—Y otros cardan la lana. Exacto —sonríe satisfecha la del pelo rojo.

La otra decide entrar al trapo:

—Aquí la mayoría no levantamos cabeza, ¿sabe? Y encima tenemos que soportar que la gente piense que nos lo llevamos muerto. Todo por unos pocos caraduras.

—Como Pureza... —anima Camino.

—Como Pureza —sentencian ambas al compás.

En ese momento se oye un barullo. Voces, risas, taconeo. Entran tres mujeres de diferentes edades. Una joven que no habrá cumplido los veinticinco, otra que frisará la cuarentena y otra que debe de estar a punto de jubilarse.

Las dos que estaban sentadas se apresuran a coger bolsos, chaquetas y paraguas.

—Nuestro turno —dice la pelirroja a modo de disculpa.

—Oiga, ¿y Pepe?

—Él sale a su bola. —Y después, mirando a la mayor de las recién llegadas—. Berta, te ha estado sonando el teléfono todo el rato.

Camino se contiene. Si algo ha aprendido de la administración después de tantos años es que hay que echarle paciencia. Espera a que las dos mujeres salgan y se arrima a la tal Berta, que está sacando de un neceser una barra de carmín.

—Buenas. Me han dicho que Puri casi nunca está.

La mujer levanta la cabeza y la mira muy seria.

—No le habrán ido con cuentos esas dos marujas.

—¿Cuentos?

—No haga caso, en serio.

—Pero es verdad que falta bastante, ¿no?

Berta mira a los lados. Sus otras compañeras se han vuelto a levantar, la una con una carpeta, la otra en dirección al baño.

—Mire, aprendí hace mucho a no meterme en la vida de los demás. ¿Y sabe por qué?

—No.

—Llevo treinta y cuatro años trabajando en la Junta. Treinta y cuatro, que se dice pronto.

Camino permanece callada. La mujer se retoca los labios antes de reanudar la plática.

—Yo, de jovencita, era como esas dos. Todo el día opinando de los unos y los otros. Y con malaje, para qué le voy a decir lo contrario. Que si esta ha aprovechado el embarazo para darse de baja a la primera de cambio, que si este finge un lumbago porque es interino y vienen oposiciones.

—¿Ya no opina?

Berta ignora el comentario, un poco molesta por la interrupción.

—Había una chiquilla que tenía diagnosticada depresión crónica. Y una leche, decíamos nosotras: esta lo que tiene es una jeta que se la pisa. Cada vez que le daban el alta le hacíamos la vida imposible. Le negábamos el saludo, nos íbamos a desayunar sin mirarla siquiera, hacíamos corrillos dejándola a un lado. Creíamos que se lo merecía por pegarse la vidorra a costa de nosotras, que nos levantábamos a las siete para pagar nuestro sueldo y el suyo. ¿Y sabe qué pasó?

—¿Qué?

—Un día nos comunicaron que había muerto. Se había suicidado. Fíjese usted si era o no era verdad lo de la depresión.

—Pobre chica. —Camino piensa en el capón que le habría pegado a ese grupo de víboras si las hubiera pillado en su día—. Oiga, ¿usted cree que eso es lo que le pasaba..., lo que le pasa a Puri?

—Ya le he dicho que yo no me meto en la vida de nadie —Berta lo dice muy seria, pero luego baja la voz—. Aunque, entre usted y yo, está claro que algo le ocurrió. Ahora cuando viene siempre trae cara de funeral.

Sin más, Berta se voltea hacia la pantalla de su ordenador y se pone a escribir. Camino está pensando en la forma de hacerla seguir hablando cuando la funcionaria detiene el tecleo y la mira a los ojos.

—Oiga, y usted habrá venido aquí por algo, ¿no?

—Estoy esperando a Pepe.

—¿El ingeniero? Se ha ido a visitar un terreno en Dos Hermanas.

—Pero sus compañeras me dijeron...

—Esas no se enteran de nada, mujer. Venga mañana.

* * *

Camino decide parar a almorzar a ver si así se le pasa el disgusto. Es temprano, pero apenas comió un par de galletas junto con el café de la mañana y tiene un hambre de loba. La lluvia le da hambre. Pensar le da hambre. Ponerse de mala leche le da hambre. En realidad, todo le da hambre. Para ella, la vida es lo que pasa entre comida y comida. Vaaaaale, hay otras cosas que también la dotan de sentido. Como Paco. O como perseguir criminales, sobre todo cuando cometen actos salvajes que activan dentro de ella la energía furibunda necesaria para averiguar cómo, por qué y, sobre todo, quién. Y entregarlos a la justicia para que haga su parte, a ese ente tan devaluado, tan falto de algún que otro empujoncito a fin de sobrevivir en la selva de mezquindades en que se ha convertido la especie humana.

Lo bueno de encontrarse en mitad de Triana es que cada pocos metros hay un establecimiento cuya cocina se ha empeñado en sacar del comensal suspiros de satisfacción. Entra en el Sol y Sombra, uno de los bares más emblemáticos del barrio, y pide una caña antes de sumergirse en su carta de exquisiteces.

—El salmorejo de la casa y unas croquetas de boletus.

—Buena elección, mi arma.

—Y... una tapa de pimientos aliñados. Y otra de revuelto de espárragos.

El camarero deja de apuntar para fijar la vista en la clienta.

—¿Qué? Tieneh una jartá de hambre, ¿no?

—Me rugen las tripas más que el león de la golgüinmayer.

El camarero se aleja riendo y mascullando un «qué arte», y Camino se concentra en el fondo de su vaso de cerveza. Necesita aclarar las ideas. Lo que más le preocupa es no saber por dónde meter cabeza en relación al mensaje que el asesino les está enviando. ¿Por qué dejar a su víctima en un campo de golf? ¿Por qué matarla en otro lugar y luego trasladar el cuerpo arriesgándose a que alguien le viera? Existe una escena primaria del crimen, donde este se cometió y donde quizá podrían hallar pistas, solo que no hay rastro de cómo llegar hasta ella. También una escena intermedia, el vehículo en el que la víctima fue transportada. ¿Cómo dar con él? ¿Estará ahí el arma del crimen? Que Pureza fuera socia del club y sin embargo nadie la conociera es desconcertante, pero algo le dice que, quizá por eso mismo, sea el punto en el que enfocar la mirada. Y en cuanto a las piernas..., ¿por qué cortárselas? ¿Y los pies? ¿Estarán aún en la escena primaria? ¿O, tal como sugiere Fito, el asesino los ha conservado a modo de trofeo en un acto fetichista repugnante? Eso la lleva a otra pregunta: ¿por qué dejó desangrarse a Pureza? ¿A cuento de qué esa crueldad innecesaria? ¿Acaso no pudo al menos rematarla? Preguntas, preguntas y más preguntas. Que seguirá haciéndose mientras engulle el salmorejo, las croquetas, los espárragos, los pimientos. Los dos camareros de la barra observarán con escaso disimulo a ese monstruo de las galletas en versión tapa andaluza. Han hecho una apuesta sobre cuánto y qué abandonará Camino en el plato. Solo que ninguno la ganará, porque la inspectora no piensa dejar ni las migajas. Es una cuestión de principios. Como lo es dar con el asesino de Pureza Bermejo.

Para cuando salga de allí, ya tendrá claro cuál será su siguiente paso.

18.

Paco está viendo un tutorial de YouTube.

Parece de coña, pero hasta para hacerse un chino hay tutoriales en internet. Y él habrá confiscado mucho caballo, pero nunca se lo ha fumado. Ahora ya tiene todo lo que necesita: una tira de papel de aluminio bien cortada, el turulo que se ha fabricado con el mismo material, el mechero y, lo más importante, ese polvillo parduzco cuyo menudeo tanto hostigó en sus años jóvenes en la UDYCO y que hace unos minutos ha encontrado en la que ahora es su propia casa.

Coloca con mucho cuidado el polvo sobre la lámina de papel de plata, se lleva el canuto a los labios, levanta un pico del aluminio, enciende el mechero por debajo y espera a que se caliente provocando la magia. Ahora el polvillo es una pasta marrón oscura tirando a negra de la que sale un humo que él aspira con fuerza. Lo retiene en los pulmones durante unos segundos y, aun antes de expulsarlo, cada una de sus facciones se relaja y su rostro adquiere una expresión beatífica. Espira con lentitud. Se siente mareado. Repite la operación. Cuatro, cinco, siete veces. No las cuenta. Cuando la sustancia no es más que una ceniza endurecida, hace un gurruño con todo y lo deja encima de la mesa. Luego lo recogerá. Solo quiere permanecer quieto, permitiendo el paso franco al bienestar que invade cada milímetro de su cuerpo. Se deja mecer por las olas del mar, las que le han mareado hace unos instantes. Está flotando en la playa. Camino llega en biquini contoneando sus curvas generosas, su pecho turgente, el cuerpo bronceado y la cabellera rubia despeinada por el viento. Se la ve espléndida. La crema protectora y el sudor crean reflejos de sol en su torso resbaladizo. Sus labios grandes y finos se estiran al verle, dejando al descubierto la sonrisa por la que podría llegar a matar. Se mete en el agua salpicando juguetona y llega hasta él, que la espera con los ojos brillantes por la lujuria. La toma de la cintura y le da un beso mojado. Ella se abraza a su cuerpo, las piernas escultóricas entrelazadas a su espalda. Él la acaricia entera, le baja la parte superior del biquini y le lame los pezones, duros por el efecto del frescor y de la excitación ante su lengua traviesa. Ella inclina la cabeza hacia atrás y le agarra del culo, asiéndose más fuerte a él, que nota una erección creciendo dentro del bañador. Ahora Camino desenreda sus piernas y Paco no duda un segundo. Le quita las bragas del biquini y se deshace de sus bermudas, que se pierden entre las olas mientras la penetra con ansia desesperada y ella se arquea en el agua enardecida por el placer.

Cuando acaban, Camino se deja caer hacia atrás, exhausta y satisfecha, y permite que el agua la acune a su antojo. Él la imita. Ambos hacen el muerto boca arriba, agarrados de la mano. Se dejan llevar por las olas mientras un sol tibio les acaricia la piel. En el pecho de Paco se acumula el fuego de la felicidad más inmensa.

19.

—*Por fin.*

La mujer que recibe a Fito tiene una expresión implacable. No hace amago de acercarse a darle un abrazo, ni siquiera un beso. Él tampoco lo espera. Su madre siempre fue así, no hubo jamás un gesto afectuoso entre aquellas cuatro paredes. La supervivencia era lo único que contaba para sacar adelante a tres hijos, y ahí no había espacio para carantoñas ni besuqueos. A Josefa, en el bombo de la lotería le tocó una bola de las que giran eternamente, sin deslizarse nunca por la trompeta. Las vidas regaladas las conoce solo de oídas, a través de los programas del corazón que le fascinan y al mismo tiempo detesta por todo lo que implican de privilegios injustos, de recochineo de algo con lo que no se atreve ni a soñar. Su vida no ha sido más que un panorama sombrío de subsistencia, una condena que sobrellevar a diario, con ingenio y esfuerzo, nunca con desaliento, pero tampoco con una pizca de alegría.

Es la misma mujer que rigió la infancia del subinspector Alcalá. Moño tan apretado que duele mirarlo y labios fruncidos en una mueca austera. Y es que en este barrio hasta en las expresiones se ahorra. En lo único que no ha ahorrado Josefa es en las arrugas, que se le han despilfarrado por el rostro, ni en el puñado de cabellos canos que han sustituido los negros de antaño. Va ataviada con la misma bata oscura de siempre y unas botas katiuskas que le bailan en los pies.

—¿Cómo está, madre?

—Cómo quieres que esté. Mira la que se ha liado.

—Bueno, a eso he venido.

—Pues venga. Al zafarrancho.

Con el pragmatismo de siempre, Josefa le señala los cubos y Fito se arremanga y se entrega a la tarea mientras ella va rescatando lo que puede. Ambos trabajan sin descanso durante un par de horas, cruzando las palabras necesarias.

Hay un momento en que la mujer no aguanta el dolor de espalda y se sienta en el sillón desvencijado, echado del todo a perder por el agua que lo ha bañado casi hasta la altura del cojín. Fito la ve por el rabillo del ojo y sigue trabajando como si no se diera cuenta de que su madre no puede con el alma. Siente cómo ella le observa mientras se reajusta la bata para no quedarse fría.

—¿Qué se cuenta la Susi?

Él tarda unos segundos en contestar. A su madre nunca le gustó la novia que se echó apenas cumplidos los veinte. Tenía tres años más que él y para Josefa era una desvergonzada que iba por el barrio creyéndose la reina del mambo.

—Ahí va, tirando con la peluquería.

—¿Todavía no se ha cansado?

—No sea mala, madre. Curra mucho para mantenerla a flote. Ya tiene sus clientas fijas.

—Pues que le duren. Eso es lo mejor que puede hacer una como ella, estar ocupada.

Fito se muerde la lengua y sigue a lo suyo, pero sabe que cuando Josefa empieza ya no para.

—Aunque también os podíais ocupar un poco de otras cosas. Mira la Jennifer, ya está embarazada del segundo. Si te hubieras casado con ella, al menos sería abuela, tendría algo con lo que entretenerme. —Observa a su hijo, ve que no hay reacción, sigue—. O no. Porque a la mayoría de las abuelas de este barrio se los colocan todos los días, a que los lleven, los traigan, les cambien el pañal. Para eso, mejor me quedo como estoy.

—Eso creo yo, madre.

—Ya me vale a mí, haber tenido tres hijos y que ninguno me haya dado nietos. Por cierto, ¿has ido a ver a tu hermano?

Ahí está. La pregunta del millón. Una pregunta que no es tal, porque su madre conoce perfectamente la respuesta. Como él no dice nada, ella continúa.

—Tendrías que ayudarle.

—No.

—Es tu hermano, Fito.

—Es un traficante que está donde se merece —su voz corta como el filo de una navaja.

—¿Cómo te atreves a hablar así de Josele? Ha tenido mala suerte en la vida. No todos son como tú.

—¿Mala suerte cuatro veces? No, madre. Yo no tengo una flor en el culo. Si estoy donde estoy es porque me lo he currado. Y si Josele está donde está es porque él eligió el camino fácil. Y le trincaron. Cuatro veces.

—Al menos ve a hacerle una visita.

—No.

—Él cuidó de ti cuando eras un mocoso.

—Me llevaba con sus colegas porque tú le obligabas. Y prefiero no contarte lo que aprendí de esos malajes.

Se hace un silencio tenso. La madre está calibrando algo. ¿Lo dice o no lo dice? A hacer puñetas, piensa mientras lo suelta de una vez:

—Tu hermano tiene sida.

Fito se para en seco y se gira hacia su madre. Quiere asegurarse de que no es una de sus manipulaciones para salirse con la suya. Pero ni siquiera ella sería capaz de algo así.

—¿Josele? ¿Desde cuándo?

—Quién sabe. Lo pillaría hace años, con esas jeringas que se pasaban de unos a otros. Estaba muy flaco, tenía fiebres y diarreas cada dos por tres... Con la de veces que lo he visto en gente del barrio y no se me ocurrió pensar que era lo que tenía mi hijo.

Fito piensa en la última vez que vio a su hermano. Estaba en los huesos, pero lo atribuyó a la mala vida.

—Tuvo una neumonía grave en la cárcel y se lo sacaron. Dijeron que su sistema inmunitario estaba deprimido por el virus. Desde que se enteró no levanta cabeza, lo único que hace es repetir que se morirá en esa celda asquerosa.

Él asiente con gravedad. Tiene sentido. Todo tiene sentido. Josele no habría podido tener algo simple, curable, porque a lo largo de su vida se quedó siempre con la peor de las opciones.

—Pero ya hay tratamientos que lo retrasan...

—¿Tú sabes lo caros que son los retrovirales? ¿De verdad crees que le atienden como es debido, que el gobierno va a dejarse el parné en alargar la vida de un muerto de hambre? Mi hijo está entre rejas porque en este barrio desgraciado no hay otra forma de salir adelante más que trapichear. Y nadie hará nada por él.

Fito calla. Le gustaría que su madre admitiera que sí hay otras formas de salir adelante. Nunca ha entendido por qué no está orgullosa de sus logros, por qué parece que se los recrimina en lugar de ponerle como ejemplo ante sus familiares, sus vecinos, ante el resto del barrio; por qué no recuerda una sola vez en que le haya mirado, si no con orgullo, al menos con afecto. Pero siente que ahora no toca. A su madre se le han saltado las lágrimas por segunda vez hoy. Y él se da cuenta de que lo que le hacía llorar no tenía nada que ver con sus muebles echados a perder.

Piensa en Josele. Rememora esa última vez que le vio, esa que había tratado de sepultar en el fondo de su cerebro. Fue tras cumplir tres años de condena por tráfico de estupefacientes. No llevaba mucha cantidad, pero era la segunda vez que reincidía. Le recogió a las puertas de prisión, se dieron un abrazo gélido, casi hostil, hablaron de temas superficiales en el camino de vuelta. Después Josele propuso celebrar su salida los dos juntos, antes de que Fito le dejara en casa de la madre. Fito no quería. Quería irse al gimnasio a hacer su sesión de pesas, y luego a casa con su novia, y dormir, y volver al trabajo que tanto le había costado ganarse y olvidar que tenía un hermano yonqui y reincidente que le ponía en aprietos cada vez que se arrimaba a él. Pero pensó en lo que le esperaba a Josele tras treinta y seis meses en la trena: regresar a la casa familiar con una madre inflexible a la hora de imponer sus normas, de recordarle los errores que había cometido con cada mirada acusadora, una casa en la que no encontraría un solo rastro de alegría olvidada en algún cajón. Otra condena. Tanto o más triste que aquella de la que le acababan de liberar. Y se avino. Fueron al bar del Miguel, pidieron alitas de pollo y un cubo de botellines de Cruzcampo, como en las grandes celebraciones de su juventud. Tras un par de cervezas, recordaron algunos momentos de la infancia edulcorados por el paso del tiempo. Rieron con las trastadas de Fito, con las perrerías que le hacía Josele para que espabilara. Cuando los dos iban ya finos, Fito le hizo prometer que no volvería a las drogas. Josele le miró a los ojos, le dijo que estaba limpio desde hacía tiempo y que iba a hacerse un hombre de bien. Y se dieron un abrazo, muy distinto al de horas antes. Un abrazo que contenía todo el cariño que, pese a los roces, la distancia impuesta y las decepciones mutuas, se había mantenido aletargado esperando el momento para poder mostrarse. Un abrazo de hermanos, en definitiva.

Tres semanas después, los compañeros de la UDYCO pillaron a Josele en una redada. Estaba pasando cocaína a unos chavales de quince años. Fito no volvió a dirigirle la palabra. Decidió que la relación con su hermano se limitaría a una mera cognominia. Para él, Josele estaba muerto.

Mira los ojos acuosos de su madre y nota el paso de los años. De repente la ve empequeñecida, una anciana frágil, machacada por la adversidad. Con un hijo en el talego, una hija que se fue lejos para nunca más volver, otro que reniega de su familia y solo va a verla cuando las circunstancias y sus principios de hombre decente no le dejan más remedio. Son los muebles de la propia vida los que Josefa no ha logrado salvar de la tormenta. Fito siente un nudo en la garganta y traga saliva antes de hablar:

—Iré a verle, madre.

Los surcos en la cara de Josefa se multiplican con la primera sonrisa que esboza en mucho tiempo. Pero es una sonrisa amarga, con un fondo tan colmado de tristeza que descorazona a su hijo. Casi la prefiere seria.

20.

Lupe sonríe para sí.

Ya lo tiene. Jesús Santos Ortiz contrajo matrimonio con Pureza Bermejo Cano el 23 de julio de 2002 y se divorció el 8 de junio de 2006. Apenas cuatro años. Eso es lo que dicen los expertos que dura el amor. Se pregunta si ella y Jacobo llegaron a ser conscientes del final o se adaptaron a la rutina mucho antes. Se recrimina el pensamiento. Últimamente le da demasiadas vueltas al tema. Regresa a Jesús, sevillano de nacimiento, cursó estudios de Ciencias Políticas y de Dirección de Empresas. Trabajó en la Junta de Andalucía como administrativo interino durante un tiempo. Quizá fue allí donde conoció a Pureza. La comida de Navidad, el baile posterior y las borracheras míticas de los funcionarios que por un día se sueltan la melena. O en unas cañas de viernes en las que los compañeros de un departamento y otro se acaban mezclando. O un día que fue a llevar unos papeles al jefe de Pureza, que estaba reunido, y ella le hizo el favor de recogérselos con una sonrisa que le desarmó. La imaginación de Lupe va en paralelo con su propio hastío familiar: cuanto peor le va a ella, más fantasea con historias de amor de las que se cuentan en las películas de sobremesa. Total, que Jesús y Pureza se casaron, al poco él comenzó a trabajar en la empresa privada, fue ascendiendo, y un día tomaron la decisión de separarse. O uno de ellos la tomó y al otro no le quedaron más cáscaras. Ha pasado mucho tiempo desde entonces, pero quizá quedaron como buenos amigos, quizá se llamaban por sus cumpleaños y se ponían al día de sus vidas, quizá siguieron frecuentando los mismos grupos de colegas. Le citará y le sacará toda la información que pueda. Además, Jesús querrá estar al tanto de lo ocurrido. Prepararse para ir al entierro, despedir a la que tal vez fuera la mujer de su vida. Lupe sigue buceando en el historial del exmarido de Pureza. Resulta que hay un pequeño detalle con el que no contaba: Jesús Santos reside en China desde hace cinco años.

—A tomar por culo.

En ese momento llega Pascual y se deja caer en una silla. Trae empapado hasta el bigote.

—¿Qué pasa?

—El ex de Pureza, que vive en Pekín.

—¿No se podía haber ido más lejos?

Pascual saca el móvil y consulta una app de conversión horaria. La tiene de cuando Noelia se fue con Samantha a pasar un verano en San Francisco. Nunca se aclaraba con la diferencia.

—Igual todavía no ha acabado la jornada, allí trabajan como chinos.

Su compañera le amonesta con la mirada.

—Un chiste tan malo debería estar tipificado en el Código Penal.

Él le devuelve una mueca de burla.

—Yo le voy a llamar —Lupe lo decide al tiempo que comienza a marcar dígito tras dígito durante su buen minuto largo. Después, escucha unos diez tonos de llamada hasta que una voz al otro lado dice algo así como *güei*.

—¿Es usted Jesús Santos?

El hombre parece descolocado al oír su idioma de origen.

—Sí, soy yo.

Lupe le comunica la noticia. Pascual la escucha a medias mientras se saca la chaqueta y la escurre en el macetero del ficus. Luego se quita los zapatos y hace la misma maniobra que le viera a Camino por la mañana: poner los calcetines en la calefacción a ver si se secan. Cuando Lupe cuelga, le mira con un mohín en los labios.

—No va a venir al entierro, dice que un billete a última hora le podría costar tres mil euros.

—Así se le quitan las ganas de entierros a cualquiera.

—Además, asegura no saber nada de Pureza desde que se divorciaron.

—¿Nada?

—Eso dice.

—¿Y te lo crees?

—Me lo tendré que creer, porque no me voy a ir a Pekín a averiguarlo.

—Seguro que hay otras vías por donde seguir —la anima Pascual—. Esa mujer tendría trato con alguien.

—Yo qué sé. Cosas más raras se han visto. Oye, ¿a ti cómo te ha ido?

—Me han repetido que era socia del club, pero que por ahí no la vieron ni en pintura.

—Y entonces ¿por qué pagaba la cuota?

—No la pagaba.

—No entiendo.

—Era socia vitalicia desde que se fundó.

—¿Vitalicia? ¿Hasta que se muriera?

—Exacto.

—Igual querían dejar su plaza libre.

—¿Y soy yo el de los chistes horrorosos?

—Vamos, no me compares —se indigna ella.

—Ese honor se concede en muy pocas ocasiones —Pascual trata de volver al tema.

—A Cristiano.

—¿Qué?

—A Cristiano Ronaldo le nombraron vitalicio de su primer club en Madeira —explica Lupe—. No tuvo que meter goles ni nada el muchacho.

—Pues esta mujer goles no sé, pero los hoyos yo creo que no sabía ni por dónde caían.

—¿Y por qué se le concedió?

—Nadie parece saberlo. Lo único que he averiguado es que hay otras dos personas que también tienen carnet vitalicio.

—Habrá que preguntarles.

21.

Camino hojea el Diario de Sevilla.

Esta mañana no tuvo ocasión de hacerlo. Desde que se presentó en el despacho de la comisaria, no ha parado un segundo. Ahora acaba de llegar de visitar a un colega de tráfico, con quien ha repasado las cámaras más cercanas al lugar de los hechos. Cientos de vehículos pasaron por allí en las horas previas al hallazgo del cadáver, de modo que investigarlos es una tarea tan ímproba como probablemente inútil. Lupe y Pascual tampoco han adelantado mucho. Sabe que solo han transcurrido horas, que a veces un asesinato tarda meses en resolverse si es que se consigue, pero le arde la sangre solo de pensar que la persona que ha cometido esa salvajada pueda dormir en su cama a pierna suelta esta noche.

Ahora todos se han ido a casa, y ella busca que la lectura apacigüe sus emociones en la ya silenciosa sala de *briefing*. Mala idea. Nada como leer la prensa para darse cuenta de que el mundo no tiene remedio. Aunque la noticia del campo de golf aún no ha llegado a la edición impresa, se encuentra con un titular deprimente tras otro. La mayoría están relacionados con las consecuencias de las lluvias. Algunos las vinculan con la crisis climática y su poder destructor, pronosticando que es el comienzo de los fenómenos meteorológicos que arrasarán el planeta. Ya lo comparan con manifestaciones extremas que están teniendo lugar en otras partes del mundo: los incendios forestales que devastan la costa oeste de Estados Unidos, los ciclones tropicales en el Atlántico, las nevadas que tienen sepultado el norte de Europa o las terribles sequías que han provocado que miles de refugiados climáticos huyan del Cuerno de África. Un retrato apocalíptico de un planeta que parece haberse vuelto loco. Entre tanta catástrofe y tanto pesimismo, hay un artículo que llama su atención: «El agua da al traste con las plantaciones de maíz. Mazorcas Yellow, con cinco mil hectáreas en la zona, es la gran perjudicada».

El pensamiento de Camino regresa una vez más a la policía que murió a manos del asesino que tuvo en ascuas a la ciudad. Evita era una detractora del sistema alimentario actual. No dejaba de protestar sobre la forma de producir comida a partir de animales aprisionados, hacinados y sistemáticamente medicalizados. Tenía tanta información de primera mano y se movía en unos círculos tan extremistas que Camino llegó a pensar que pudiera estar implicada en los crímenes. La retiró del caso, la trató con un desprecio inmerecido, y solo al final volvió a integrarla en el equipo. Ojalá no lo hubiera hecho, así la joven policía seguiría viva, predicando su doctrina sin perder esa sonrisa dulce que la caracterizaba.

Desde entonces, Camino no ha dejado de pensar en ello. Perdió a la que habría podido ser una policía de Homicidios excepcional, pero no olvidó las charlas que mantuvieron. Por eso, gracias a su empeño por conocer las endiabladas conexiones del sistema alimentario y el capitalismo, está al tanto de que en España se produce más del noventa por ciento del maíz transgénico de toda Europa, y que ese cultivo va destinado a su transformación en pienso para cebar a los animales encerrados en boxes de engorde. Un círculo perverso: multinacionales que controlan la propiedad de semillas sin reemplazo con unos costes inasumibles para el pequeño agricultor; maíz producido en grandes extensiones a costa de la pérdida de biodiversidad y de la miseria del más débil de la cadena; recolección destinada a alimentar a animales sometidos, que a su vez se transformarán en carne a unos costes altísimos para el planeta, pero que abaratan los precios de forma que cualquiera pueda permitirse unas pechugas de pollo. Eso sí, atiborradas de antibióticos y de pienso transgénico, conseguido a costa del empobrecimiento del agricultor condenado a las penurias constantes, a las subvenciones o a dedicarse a otra cosa. Otra cosa como trabajar de matarife de los animales criados en esas granjas a cambio de un salario cicatero y en condiciones miserables. Ay, si Evita estuviera ahí. A Camino le gustaría preguntarle qué le parece que esos cultivos se hayan echado a perder. Que la propia naturaleza se haya encargado de reequilibrar el sistema que la intervención humana arruina. Sin embargo, su compañera está muerta, y el mundo sigue hecho unos zorros. Suelta un suspiro, deja el periódico en la caja para el reciclaje y se pone en pie. Ya está bien por hoy.

* * *

Olisquea con la nariz arrugada al penetrar en la casa. Está oscuro, salvo por unas cuantas velas perfumadas —que ella odia, pero que a Paco le parecen románticas—. De fondo suena un jazz suave. Cuando llega al salón, Camino se lo encuentra en el sofá mirándola con una sonrisa de oreja a oreja. Ella se agacha para darle un beso. Teme que toda su actitud se deba a la perspectiva de las vacaciones y que se disuelva en cuanto se entere de que no las ha pedido.

—No se te ve muy estresado —bromea.

—Estoy de lujo —dice Paco, asiéndola de la cintura para que se siente junto a él. Cuando ella se deja llevar, la abraza y le mordisquea el cuello.

Ella se zafa riendo, y él siente cómo se le rellena un hueco en el pecho. Podría escuchar esa risa durante horas y nunca se cansaría. Pero hoy tiene otros planes: sigue mordiéndola y besándola, baja hasta su escote y le desabrocha el primer botón de la camisa.

—Eh, ¿pero qué es esto? —Ahora ella ya no ríe; sonríe. De una forma que en el fondo no necesita ninguna respuesta.

Él se la da igualmente.

—Esto es un hombre que lleva todo el día deseándote.

Camino relega todas las preocupaciones: ahora mismo lo único que dota a la vida de sentido es la urgencia apasionada del hombre al que ama.

22.

Caravaggio, Italia

—Llevo quince minutos esperando.

Maurizio Carduccio mira a Barbara Volpe con rencor. La indiferencia que ella le devuelve bastaría a cualquiera para recordarle la jerarquía establecida: los inspectores esperan a las subdirectoras, no al revés.

—Pase —dice ella tras empujar la puerta del despacho. Hace un gesto a Silvio para que siga a Maurizio, y ella entra la última.

—Hombre, Silvio. Mira por dónde. Estabas haciéndole la pelota a la jefaza.

Silvio mira hacia abajo y calla. A Barbara le saca de quicio que sea tan comedido, rayano en lo servil. El inspector nunca se ha esforzado en disimular cuánto le disgusta ese policía sensible y fofo, tan diferente al resto de los suyos. Le trata como a un insecto zumbón, una molestia constante pero que no vale la pena pararse a aplastar.

Barbara se acomoda en su sillón de jefaza. Eso es lo que Carduccio ha dicho que es, ¿no? Pues va a ejercer.

—Ha detenido a un hombre por el doble homicidio de la granja.

—Sí. Estoy a punto de conseguir la confesión —se jacta él. Es un farol, pero confía en sacársela antes o después.

—Sabe que tengo asignado este caso. Y, como subdirectora general, no puede hacer nada sin informarme previamente.

—Me dijeron que no se la podía molestar.

Touché. O, más que *touché*, zasca. Un buen zasca. Porque le ha puesto la respuesta a huevo, y porque el muy capullo esperó a quitársela de encima para ir por libre.

—Quiero que suelte a ese hombre.

—¿Se ha vuelto loca? —El inspector mira a Silvio buscando apoyo, quien mira a su vez hacia el lado contrario, de repente muy interesado en el retrato del presidente de la República colgado de la pared.

—Como se le ocurra volver a faltarme al respeto, no dudaré en incoar un expediente disciplinario.

Maurizio se remueve incómodo en la silla.

—Incluso el juez ha dado su visto bueno.

—El juez puede decir misa, en mis casos mando yo. Y hasta donde sé no hay nada que le incrimine.

Maurizio repite lo que ya conocen. Que Nesi era el archienemigo de las víctimas, que se habían enzarzado en público más de una vez, que se la tenía jurada...

—¿Eso es todo? ¿Qué pasa con la científica? ¿Tienen algo que apoye su teoría de que ese hombre despellejó a dos tipos solo porque les tuviera manía? ¿Una huella lofoscópica, algún rastro de ADN?

—Lo único que se encontró en la nave fue un pendiente de plata —Silvio habla por primera vez, echando mano de la carpetita que no deja ni a sol ni a sombra.

—Carduccio —la voz ronca de Barbara suena firme.

—¿Sí?

—El hombre al que ha detenido, ¿tiene agujeros en alguna de las orejas?

—No lo sé.

—¿No lo sabe?

—Ese pendiente podría llevar siglos ahí —Maurizio se defiende. Sabe que es un descuido negligente.

—Negativo —Silvio interviene de nuevo—. Habrían bastado unos cuantos días para que se ennegreciera por efecto del azufre.

Los dos rostros se giran hacia él. El de Barbara con expresión divertida, el del inspector apretando la mandíbula hasta hacerse daño. El teléfono de la subdirectora suena, y ella se apresura a zanjar la cuestión:

—Vaya y averígüelo, Carduccio. Solo si ese hombre tiene alguna oreja taladrada, solo en ese caso, tiene usted una mínima posibilidad de salirse con la suya.

* * *

Contesta al teléfono un segundo antes de que salte el buzón. Al otro lado escucha una voz masculina que habla en inglés. Tarda unos segundos en reconocer a Taylor, su enlace en Nueva York. Un tipo apuesto para sus sesenta y tantos, con una frondosa mata de pelo cano y unos ojos color miel que debieron de despertar muchas pasiones en otros tiempos. Probablemente aún lo hagan, aunque no en su caso. Por muchas indirectas que él dejó caer durante su estancia allí, a Barbara se le da muy bien no entender un idioma cuando no le interesa; estaba ella como para acrobacias en un colchón. Se pregunta qué se le habrá perdido ahora a Taylor.

—Barbara, ¿eres tú?

—Es mi teléfono, ¿quién si no?

—¿Qué tal la vuelta a Italia? —él hace caso omiso a su salida de tono. En las semanas que pasó con ella, acabó habituándose. Es más, le divierten—. ¿Ya te has desquitado de nuestra comida rápida?

Barbara reprime un conato de exasperación. Lo que le faltaba, un americano con ganas de cháchara.

—Oye, es tarde y tengo lío. Hablamos otro día.

—Espera, no cuelgues —se apresura Taylor—. No te llamo por los espaguetis carbonara.

—¿Alguna novedad? —el tono de Barbara cambia ligeramente.

—Sí. Hemos identificado el cadáver que apareció en aquella *boutique* del Distrito de la Carne.

Por el silencio al otro lado, Taylor sabe que ahora sí cuenta con toda su atención.

—Se trata de Claire Brooks, una mujer cuyo fallecimiento se había registrado en el Bellevue Hospital dos días antes.

—Espera, espera. ¿Me estás diciendo que la mujer que filetearon y empaquetaron en bandejas ya estaba muerta?

—Justo. Robaron su cuerpo de la morgue. En realidad murió por un cáncer de pulmón.

—Pero... no entiendo nada, Taylor.

—No tenemos asesino. Fue una puesta en escena, nada más. Una especie de *performance* macabra. Ahora te envío la información al correo, pero prefería contártelo antes.

—Gracias.

—Te llamaré si hay novedades. Cuídate, mi italiana favorita.

Cuando Taylor cuelga, es Barbara la que se queda mirando el cuadro del presidente de la República. Como si acaso ahí pudiera encontrar la respuesta a alguna de las preguntas que bullen en su cabeza.

23.

Está de pie observando la pared.

En el centro hay un mapa de Sevilla, y cada centímetro en torno a él ha sido ocupado por fotografías que aparecen clavadas con chinchetas: edificios, calles, vehículos, comercios, rostros de personas, todo ello unido a un punto distinto del mapa por líneas gruesas de varios colores. En una segunda área alrededor, más fotografías, en este caso de la misma mujer. Rubia, corpulenta, cuarenta y tantos. En todos esos lugares, junto a todas esas otras personas.

Como cada noche antes de irse a dormir, permanece durante un tiempo indefinido repasándolo todo. Es la fórmula para no olvidar por qué hace lo que hace, y por qué tiene que seguir hasta concluir su tarea.

En la pared opuesta hay una silla plegable y una madera sobre un par de caballetes en la que reposan una impresora y un ordenador de teclas desgastadas. Ambos están encendidos, y la impresora acaba de realizar su último trabajo, una fotografía a color tomada en el mediodía de hoy. Cuando el chirrido intermitente finaliza, recoge el papel rebosante de tinta. Después, se acerca al mapa, dibuja una cruz en un lugar del barrio de Triana y recoloca el resto de las imágenes para dar cabida a la última. Acto seguido, la clava con una nueva chincheta y traza una raya desde el punto hasta ella. A diferencia del resto de escenarios, es la primera vez que aparece.

El tubo fluorescente del techo parpadea como si estuviera a punto de languidecer, intensificando el ambiente lúgubre de la estancia. Tras un último vistazo, apaga el interruptor y se va al dormitorio a descansar con un runrún en la cabeza. Le molesta no saber qué pinta el nuevo lugar en el mapa. Creía que ya no se le escapaba nada sobre ella. Sus padres, su hermano, sus sobrinos, el hombre con el que convive, cada uno de los casos que investiga, sus escasas pero fieles amistades, sus aficiones, sus debilidades. Sobre todo, sus debilidades. Sin embargo, ignora por qué pende de su pared la fotografía de unas oficinas administrativas de la Junta de Andalucía.

24.

Martes, 13 de noviembre

Nivel 1 de los Planes de Emergencias Municipal y Provincial.

Es el motivo por el que Ángeles Mora ha reunido a todos los mandos de la Brigada de Policía Judicial de Sevilla. El Plan del Ayuntamiento nunca se había activado por motivos meteorológicos y ahora acaba de pasar del nivel 0 al nivel 1.

—Principales medidas tomadas a primera hora de hoy por el comité de seguimiento municipal —lee la comisaria con tono grave—: clausura hasta nueva orden de los parques públicos.

—Están cerrados desde ayer.

—¿Los has recorrido todos, Vargas?

—No, pero el de aquí al lado...

Camino calla al ver la mirada ojeriza de Mora y toma la sabia decisión de no interrumpirla más. En realidad no comprende qué hacen todos allí congregados. Tiene entre manos un caso de asesinato y la entorpecen para contarle que llueve mucho. ¿Y si Fito tiene razón y otra nueva víctima está al caer? ¿Y si mientras la lluvia continúa hay un loco coleccionando pies de mujeres muertas por Sevilla? ¿Y si...?

—Prosigo. Hasta el momento, las incidencias registradas superan las ochocientas, atendidas desde los distintos servicios municipales. Las más numerosas se han debido a derrumbamientos, caída de palmeras o desprendimiento de elementos de la vía pública: señales, toldos, vallas. Un gran perjuicio económico, pero sin tener que lamentar daños personales graves. —Mora hace un receso de unos segundos, se sube las gafas que le resbalan nariz abajo, inspira—. Sin embargo, en la pasada noche varias personas han sufrido lesiones en accidentes provocados por las lluvias y las fuertes rachas de viento, y hay dos desaparecidos en Sevilla y Tomares.

Ve que ha captado la atención de su auditorio.

—¿Quiénes? —preguntan un par de voces.

—No nos han dado traslado de los expedientes. Están explorando las localizaciones, y se prevé que aparezcan en breve —por el tono de la comisaria, las expectativas de encontrarlas con vida no van muy allá—. Ante el empeoramiento de las condiciones previsto por la AEMET, se ha hecho un llamamiento a la ciudadanía para que permanezcan en sus casas. Se desalojarán las zonas más afectadas, siendo reinstalados temporalmente aquellos que lo necesiten. El objetivo prioritario es la seguridad de todas las personas.

Hace una nueva pausa para dar un sorbo a su café.

—Por último, en cuanto a lo que sí nos incumbe. La delegada del Gobierno recuerda que cualquier servicio público podrá ser movilizado en coordinación con las autoridades al mando. —La comisaria se ajusta la chaqueta en un gesto automático y barre con la vista a los jefes de grupo allí reunidos—. Así que os quiero disponibles en todo momento, día y noche, con vuestros equipos al completo. ¿Entendido? Que nadie dé por descontados los turnos fijos hasta nueva orden. En caso de que nos llamen, hay que dar la talla.

Se percibe la seriedad en el ambiente. Hay miradas circunspectas y gestos de asentimiento. También Camino confirma, aunque no sabe ni a qué, porque en su cabeza solo hay cabida para una persona: la mujer a la que le faltan los pies.

25.

—*Aquí la tienes.*

Silvio conecta el manos libres mientras conduce. Acaba de recoger a Barbara, que ya le ha dado varias instrucciones.

—¿A quién?

—A la comisaria sevillana. La de los idiomas y los cargos eres tú.

—¿Sí? —dice una voz al otro lado.

—¿Comisaria Ángeles Mora? —Barbara se incorpora hacia delante y eleva el tono.

—Al habla.

—Soy Barbara Volpe, subdirectora de la policía italiana. Estuve como asesora en su Brigada durante unos días.

—La recuerdo muy bien. —A la mente de Mora viene la imagen de una policía arrugada con el pelo azul y pinta de octogenaria. No la había más borde ni más cascarrabias, aunque fue ella quien los puso sobre la pista de aquel mapa del sufrimiento animal tejido por el asesino del caso Especie—. Oiga, ¿usted no era comisaria?

—Me han ascendido.

—Enhorabuena.

—Verá, la llamo porque sospechamos que el Animalista sigue cometiendo crímenes.

—Estoy al tanto de sus investigaciones por la prensa, y también de los asesinatos en la granja de visones —Mora hace una pausa y cambia el tono—. Sin embargo, aquí cogimos al culpable.

—Le mataron, más bien —dice Barbara con sorna. Esa organización no se andaba con chiquitas, pero la policía sevillana tampoco.

—Fue en defensa propia —replica Mora, molesta—. Ya sabe que disparó a una de las nuestras.

—Sí, sí. En fin, recordará mi teoría sobre una red internacional. Quiero pedirle que sigamos colaborando, podría sernos de gran utilidad.

A Mora se le escapa un resoplido.

—Ahora mismo no damos abasto, subdirectora Volpe. Yo...

—No le estoy pidiendo que se ponga usted al cargo. Deme a uno de los suyos, ya sabe que no se me caen los anillos por trabajar con los curritos.

Mora vacila. El Grupo de Homicidios va bastante justo de personal. Sin embargo, no está bien visto negarse a cooperar entre países. Sería un mal paso que podría acarrearle más disgustos.

—Contacte con Camino Vargas —accede de mala gana—. Que decida ella hasta dónde pueden colaborar. Pero se lo advierto: estamos desbordados.

—Como todos, comisaria, como todos.

* * *

—El Animalista murió —la voz de Camino suena tajante e incómoda, tanto o más que la de la comisaria Mora.

«Le mataron», está tentada Barbara de repetir, pero se contiene. En su lugar, trata de hacerle ver a esa inspectora la importancia de estar unidas en la causa.

—Cerca de Milán han matado a dos hombres en una granja y...

—Lo vi en la tele la semana pasada. Pero eso no tiene nada que ver con nosotros.

—También ha aparecido muerto un pescador furtivo —sigue Barbara—. Se lo han comido los tiburones.

Se hace un silencio al otro lado de la línea mientras Camino procesa la información. No, pero qué está diciendo. Ese caso terminó, se dice. Evita murió para ponerle fin. Logró acabar con el asesino. Se fue como solo los héroes pueden hacerlo. Que nadie venga a decir lo contrario.

—Mire, siento no poder ayudarla —contesta al fin—. Tenemos nuestros propios problemas aquí en Sevilla.

—Ya me lo ha explicado su comisaria, y sin embargo me ha dicho que contacte con usted.

—Y que yo decida. Lo sé, me ha puesto al tanto.

—Pero esto también les incumbe... El asesino de Sevilla...

—El asesino de Sevilla murió, ya se lo he dicho. Lo vi con mis propios ojos.

—Podía tener aliados, inspectora —la voz de Barbara suena más ruda que nunca.

—Disculpe, pero lo que tenemos ahora mismo es media ciudad inundada y una mujer asesinada en un campo de golf.

—¿Ah, sí? ¿Cómo la han matado?

El resoplido de Camino llega hasta los oídos de Barbara.

—No tiene nada que ver con animales, ¿de acuerdo? —dice casi gritando, a punto de perder los nervios—. Ese caso está cerrado.

—No para mí. Sabe que siempre sostuve que una organización criminal...

—Buena suerte —mascula Camino, interrumpiéndola. Ha querido mostrarse sincera, pero se le ha colado una ráfaga gélida de rechazo.

Ahora es Barbara la que resopla. Se da unos segundos para contener la frustración y hace un último intento:

—Voy a enviarle la documentación para que la examine cuando pueda. Esto empezó en su ciudad, inspectora.

Barbara aguarda una respuesta, pero en su lugar oye el tono intermitente e inequívoco de la llamada concluida. Suelta una maldición y mira a su compañero:

—Estamos solos, Silvio.

* * *

A mil quinientos kilómetros de allí, hay una inspectora mirando sin ver la pantalla del teléfono que acaba de colgar con gesto furibundo. Una inspectora que tiene pesadillas en las que se mezcla la muerte de la policía a quien debió proteger con la de los seres que Evita Gallego defendía a su vez desde el Frente de Liberación Animal. Una inspectora que tembló cuando vio en las noticias la muerte de aquellos hombres en el que fue el mayor criadero de la industria peletera de Italia, pero que se ha impuesto la obligación de no atender a nada que tenga relación con aquel caso. Una inspectora que, en el fondo de su corazón, ya sabe que aquello no ha acabado, pero que se niega a volverse a involucrar, y también se niega a pensar en la posibilidad de que en Sevilla aún quede alguien relacionado con esa trama criminal. El Animalista murió. Punto. Y, ahora más que nunca, ansía resolver el misterio de la mujer sin pies. Es su asidero, su tablón en mitad del naufragio, lo que le permite escapar de la zozobra y demostrarse a sí misma que la posición que ha sostenido con Barbara Volpe es la única razonable, coherente y sensata.

De modo que se planta en el despacho de la comisaria Mora y le pide ese favor que ningún jefe quiere oír. Que se salte el procedimiento habitual. Que llame a la forense y adelante la autopsia. Que se tome un café con el juez San Millán y consiga agilizar los trámites. Porque eso es lo prioritario en Sevilla. Porque podría haber más vidas en juego. Y porque, aunque esto no se lo diga a la comisaria, su propia salud mental está a punto de hacer aguas.

100

26.

Sevilla, España

Hoy Paco se encuentra mejor.

Holgazanea desnudo entre las sábanas, aspirando el olor a sexo prendido a ellas y aferrándose al recuerdo de las horas pasadas. Hicieron el amor en el sofá, como unos adolescentes que no pudieran aguantar los pocos segundos que les llevaría trasladarse al dormitorio. En medio de la noche, él se despertó y el deseo le invadió de nuevo, como si necesitara recuperar todo el tiempo perdido. La acarició en los lugares adecuados y Camino reaccionó al instante. Entre accidentes y convalecencias, cuando a Paco le dieron el alta y se mudó al apartamento de Camino, ella tuvo que ejercer más de cuidadora que de amante fogosa. Pero anoche no. Anoche exploraron sus cuerpos al milímetro con un anhelo impetuoso, como si por fin se hubieran dado cuenta de que llevaban toda una vida esperándose. Ahora los dolores vuelven a mortificarle, pero hoy no le parecen tan hostiles y paga con gusto ese peaje.

Tampoco siente ningún remordimiento por lo del chino. Con cincuenta y muchos tacos se ha fumado el primero de su vida, ¿y qué? Le ha permitido unas horas de alivio seguidas del mejor sexo que recuerda. Pero ahora entiende por qué tantos se han colgado del caballo: desayunaría y se prepararía otro chino, y pasaría el resto del día en una nube en lugar de dedicarse a mirar las manecillas del reloj de pared que Camino tiene en el salón. Sin embargo, no lo hará. Él es un hombre forjado en la voluntad y la determinación. Se duchará, se afeitará y se pondrá a buscar aloja-mientos para esas vacaciones que se piensa pegar con su inspectora. Luego retomará las tablas de ejercicios de la rehabilitación. Y así cada día, hasta que vuelva a ser el Paco de siempre. Más viejo, con más cicatrices, pero el Paco de siempre al fin y al cabo.

Se pone un pantalón de chándal y va a la cocina. Hay una nota de Camino junto a la bolsa de magdalenas. «Ayer apareció un cuerpo mutilado, lo verás en las noticias. No he podido pedir vacaciones». Paco siente una irritación crecien-te tomando forma dentro de él. ¿Será cobarde? En lugar de decírselo ayer, se lo deja por escrito y sale huyendo. Pone la cafetera en marcha y aguarda al tiempo que va procesando el chasco. Intenta colocarse en el lugar de Camino. ¿Qué habría hecho él cuando aún lideraba el Grupo de Homicidios? No tiene que pensar mucho; sabe perfectamente la respuesta.

El enfado se desinfla y la tristeza no duda en ocupar su lugar. Paco se había agarrado a esa esperanza para tratar de adaptarse a su nueva vida, que ahora vuelve a parecerle demasiado hueca. No está dispuesto a darle más oportu-nidades a la parca, no hasta dentro de muchos años. Aspi-ra a disfrutar del día a día con la mujer a la que quiere. Pero, en su ingenuidad de enamorado, pensó que con eso bastaría. Ahora ya no está tan seguro. Un hombre de ac-ción autoimponiéndose una condena a la ociosidad eter-na. ¿Es eso lo que de verdad desea?

Las gotas terminan de ascender al depósito superior de la cafetera italiana, al tiempo que llega a sus oídos el tono del móvil procedente del dormitorio. Está a un tris de no ir a por él, pero el timbre sigue sonando sin desaliento. Llega antes de que se cuelgue y comprueba con sorpresa que es su exmujer.

—Hola, Flor.

—Buenos días. ¿No te habré despertado?

—Llevo horas en pie, mujer —Paco miente sin saber muy bien por qué.

—Menos mal. Tengo que darte una mala noticia.

Él se sienta en la cama. Cuando vuelve a hablar, le tiembla el labio inferior. La pesadilla siempre latente de un padre.

—¿Es Rafa?

—No, no. Rafa está bien —se apresura ella a contestar.

—¿Entonces?

—Anoche llovió mucho.

—Gran novedad.

—Hasta ahora no nos había afectado. Pero hubo un problema con las cañerías, y esta mañana el patio apareció inundado. Casi un metro.

—Flor, me has asustado —la reconviene él—. Llama al seguro y listo. Está todo cubierto.

—Déjame terminar, por favor.

Paco enmudece. La voz de Flor suena en un tono angustiado que no le gusta nada.

—Desde que te fuiste Mago estaba imposible. Aullaba toda la noche y rascaba la puerta del dormitorio como si la fuera a tumbar. Tú ya sabes lo importante que es para mí descansar, que si no luego me paso todo el día de malas y no valgo para nada...

—Flor.

—Sí —se interrumpe ella, que no sabe cómo acabar de decir lo que tiene que decir—. Últimamente le dejábamos fuera por las noches.

—¿A Mago?

—Sacaba de quicio a cualquiera, de verdad.

—¿Fuera dónde? ¿Dejáis que se moje? —Paco suena cada vez más indignado.

—En el patio, pero le compramos una caseta.

—¿Y os parece normal?

—Verás..., lo atábamos con la correa dentro de la caseta, para que no arañara la puerta. Yo... nunca imaginé...

Paco no quiere escuchar más, quiere que se calle, que no diga lo que tiene que decir, como si eso pudiera evitar lo que ya sabe que ha sucedido. Y, sin embargo, Flor lo pronuncia al fin, haciendo que sí, que sea real.

—Rafa se lo encontró ahogado esta mañana. Lo siento muchísimo, de verdad.

* * *

Cuando cuelga, ya no es Paco. Solo es un zombi que se mueve sin pensar, asfixiado por la pena. Va a la cocina, retira la cafetera del fuego, arroja el líquido oscuro por el fregadero. Regresa al dormitorio. Abre el cajón superior de la cómoda, localiza la bolsita, va directo al salón.

Piensa en el mastín de orejas caídas y pelaje tupido al que salvó de una muerte segura. Nació de una cánida con pedigrí cuyo criador pretendía venderlo a un precio exorbitante, pero con la mala suerte de venir al mundo con una displasia de cadera que le hacía inútil para la vigilancia o la caza. Paco se enteró de que iba a sacrificarlo. Sin pensárselo dos veces, se presentó en el criadero y le dijo que él se ocupaba. El otro aceptó, contento de quitarse de encima el problema. Gracias a sus cuidados y a una operación que costó el sueldo de medio mes, Mago consiguió vencer la cojera. Nunca valdría para perseguir liebres, pero podría llevar una vida normal. Y, durante muchos años, la llevó. Paco aprieta los dientes, aunque lo que de verdad querría hacer es gritar. Salir al balcón y desgañitarse, como hacía Mago cada noche echándole de menos. En vez de seguir comprimiendo la mandíbula, en vez de aullar como un perro, agarra el papel de aluminio y prepara la fórmula mágica de la analgesia.

Diez minutos después, ha vuelto a la playa de arena dorada y aguas cristalinas. Pasea descalzo sintiendo la humedad bajo sus pies. A unos metros de distancia, sin alejarse nunca demasiado, Mago corretea feliz, peleando contra las olas. Y venciéndolas.

27.

—*Un político.*

—¿Qué? —Lupe levanta la vista de la pantalla del ordenador.

—Los socios vitalicios del club de golf —explica Pascual—. Uno es un golfista profesional retirado con varios premios a la espalda. En el currículo del otro lo único que hay son cargos políticos: diputado, concejal, jefe de gabinete, asesor, consejero... No ha hecho otra cosa en su vida.

—Ya estamos con el enchufismo —bufa Lupe—. Privilegios y prebendas, como en la Edad Media. Así nos va. Y le habrán regalado hasta los palos, no vaya a tener que comprárselos...

Camino entra como una exhalación, interrumpiendo la diatriba de su compañera. Lleva un papel en alto que ondea con muchos aspavientos.

—¡Lo tengo!

Pascual y Lupe la miran en espera de más detalles.

—El auto del juez. San Millán nos da vía libre para entrar en el piso de Pureza.

Lupe cambia la expresión airada por una de júbilo y alza el puño en un gesto de victoria. San Millán es el magistrado más puntilloso de toda Sevilla, y, como siempre que les toca en una instrucción, ella ha sido la encargada de justificar la procedencia de las medidas.

—Buen trabajo, plumilla —le dice Camino. Lo que calla es que ha sido Mora quien ha presionado para que eso ocurra. Después mira al oficial—. En marcha, Molina.

—Tengo novedades...

—Me las cuentas en el coche. Venga, necesito un poco de acción.

Pascual se pone en pie y repara en las pintas de Camino, que se caracteriza por una uniformidad cromática aburridísima. El oficial sabe que la explosión de colores la deja para Gladys, la bailarina de salsa en la que se convierte los fines de semana. Sin embargo, hoy se ha calado unas katiuskas que se ven en un kilómetro a la redonda y lleva un paraguas de arcoíris.

—Te falta el unicornio.

—Qué gracioso.

—¿Y ese paraguas? —insiste Pascual.

—Lo cogí prestado.

—¿De Teletubbilandia?

—Del paragüero de un bar.

—Pues eso se llama hurto, y está tipificado.

—No seas moñas, Molina. Yo dejé el mío vete a saber dónde. Es un intercambio fluido.

—Al menos podías haber elegido uno más discreto —sigue Pascual.

—No había otro.

—¿Y las botas?

—Las que vendían en el chino. No pienso tirarme otro día con los calcetines mojados. ¿Podemos irnos ya?

Camino parece dispuesta a salir, pero se gira y mira a Lupe como si acabara de recordar que hace algo más que redactar peticiones al juzgado.

—Oye, Quintana. Tenías algo nuevo, ¿no?

La policía suspira con mueca resignada. Por fin.

—La víctima tuvo una pareja más reciente que el de Pekín. Tonino Marchena, cuarenta y tres años, bailaor.

—¿Bailaor?

—De flamenco.

—Pues estás tardando en ir a hablar con él.

—¿Yo?

—¿Quién si no? Fito está *missing*.

Camino lo dice apretando los labios. El subinspector dijo que volvería en cuanto pudiera, pero no le ve desde el día anterior. Tan preocupado que estaba por el caso. Se ve que le dio la mano y se cogió el brazo entero.

—Esta noche tiene actuación en Los Gallos.

—Estupendo. Te plantas allí y le entallas en cuanto acabe el chou.

Lupe los mira marcharse. Ella habría preferido hacer el registro domiciliario junto con la inspectora, pero se conformará con ver zapatear al virtuoso del arte jondo. Cosas de ser una policía de Homicidios en Sevilla.

28.

—Ni os imagináis lo que ha pasado en Italia.

Álex llega al *office*, donde varios compañeros de la protectora de animales están en la pausa para comer. Saca la tartera del frigorífico y echa en un plato los garbanzos con espinacas.

—Han prohibido el Palio de Siena. ¡No habrá más carreras de caballos! —aventura Uriel.

—Ojalá.

—Han condenado a los del vídeo en el que jugaban al fútbol con un erizo —prueba Yasmina.

Álex menea la cabeza, indignado ante el recuerdo.

—¡Ya sé! —grita Salomé—. Han cerrado todas las fábricas de visones después de lo que pasó en la Lombardía.

El periodista mete el plato en el microondas y barre a todos con la mirada, creando expectación. Se le da genial.

—¿Os acordáis de la polémica por los pescadores furtivos en el lago de Garda?

Todos niegan excepto Uriel, a quien le encanta presumir de memoria privilegiada.

—Yo sí. Fue hace un par de años, acababan con todo, incluidas especies en riesgo de extinción.

—¿Tú nunca olvidas nada? —Yasmina le mira con estupor.

—Ramón lo siguió de cerca —explica Uriel, secretamente complacido—. Quería usar la jurisprudencia para la pesca ilegal de angulas en el Guadalquivir.

Se produce un silencio incómodo. Ramón es el abogado de la asociación. No aparece por allí desde que su novia Evita murió en un tiroteo en las afueras de Sevilla.

—¿Cuándo vuelve? —pregunta Yasmina en un susurro. Lleva la friolera de siete años enamorada de él.

—Hoy me ha llegado el parte de baja —contesta Salomé—. Quince días más.

Álex se impacienta, aunque ya debería estar acostumbrado. Cuando se trata de Ramón, el resto de los hombres se vuelven invisibles.

—Bueno, queréis saber lo de Italia, ¿sí o no?

—Sí, dale —pide Uriel mientras manipula la silla de ruedas en dirección al frigorífico. Hoy tiene de postre yogur de soja con chocolate. Su favorito.

—Pues a uno de los condenados le contrataron después en el acuario de Génova...

—¿A un pescador furtivo? ¡Qué vergüenza! —salta Yasmina escandalizada. Nadie sabe cómo una persona tan sensible pudo acabar la carrera de Veterinaria.

Álex le hace un gesto para que le deje terminar:

—Y ha aparecido muerto en el tanque de los tiburones. Se lo han zampado.

Ahora todos guardan silencio, incómodos. Hasta que Salomé zanja la cuestión con una frase lapidaria.

—Eso sí es justicia poética.

29.

Fito lleva un rato en el locutorio cuando le ve aparecer.

Ha tenido que volver a escaquearse para acudir a la visita, y eso es algo que no lleva nada bien. Pero no estaba dispuesto a pedirle a Camino un nuevo favor, ni mucho menos a explicarle que iba a ver a su hermano delincuente a la cárcel. De modo que ha farfullado a Lupe algo sobre que volvía enseguida, y se ha plantado en Sevilla I.

El mal humor da paso a una sensación de congoja. Apenas reconoce a Josele. Es un chasis humano envuelto en piel marchita. Tiene apenas cincuenta años, pero su cuerpo acumula más arrugas que la camiseta de un mochilero. En los brazos se le marca cada uno de los músculos flácidos y los huesos a los que se pegan. La cara no presenta mejor aspecto: ojos apagados que se hunden en unas cuencas abismales, el pelo rapado al cero acentuando su delgadez extrema, nariz de boxeador que sobresale más que nunca en su rostro, como una duna en mitad del desierto. Y, partiendo en dos su ceja izquierda, una cicatriz rosada. Esa es nueva. Fito prefiere no preguntar cómo se la ha ganado.

Josele se deja caer en la silla frente a él. Estira los brazos, hace crujir cada uno de los nudillos con una lentitud desquiciante, luego gira el cuello a uno y otro lado. También cruje. Finalmente le mira con algo que quiere ser una sonrisa, pero que en ese rostro consumido se queda en una mueca extraña.

—Estás mazao, cabrón.

—No puedo decir lo mismo.

—¿Qué se te ha perdido por aquí?

—Madre me ha pedido que venga.

—Ya. Al menos podías disimular.

Los dos callan, como si con eso hubieran agotado todo lo que tienen que decirse. Hasta que Josele habla de nuevo.

—De todas formas, me alegro.

Ahora es a Fito a quien, a su pesar, se le dibuja una media sonrisa.

—Te he traído esto.

Abre una mochila y extrae de ella una pila de libros, que deposita sobre la mesa. Su hermano los mira sorprendido, coge uno y lo hojea.

—Ya ni me acuerdo de cómo se leía.

En realidad, Josele ha sacado prestadas de la biblioteca de la prisión las pocas novelas que hay, pero no quiere darle a su hermano el placer de saberlo.

—Eso es como montar en bici, no se olvida nunca —le anima Fito.

—*Las mil y una noches*, *Crimen y castigo*, *Cien años de soledad*... Vaya nombrecitos. ¿Quieres deprimirme todavía más?

—Son clásicos.

Fito no ha tenido en cuenta los títulos, se ha limitado a escoger en la librería una selección de los que él más disfrutó durante los veranos en el barrio. Esas eran sus vacaciones, su billete para alejarse de las broncas entre vecinos, del calor aplastante y pegajoso de un cuarto compartido sin apenas ventilación, de los llantos de alguna madre que ha perdido a su hijo en una riña entre bandas y clama venganza, del ruido del afilador cada vez que la policía asoma por el barrio y de las consignas susurradas en la noche para obtener la droga. Él huía de todo aquello. Se tumbaba en las baldosas que conservaban algo de frescor con un libro entre las manos y volaba a épocas y países remotos a través de las páginas que otros escribieron para rescatarle, hasta que septiembre traía de vuelta un nuevo curso y, con él, el pasaporte para salir algún día él también de ese barrio, y volar de verdad. Aunque solo fuera a otro barrio a apenas dos kilómetros, pero donde uno no tiene que pararse a pensar con el corazón encogido si lo que acaba de oír es un petardo o un disparo de verdad.

Josele sigue levantando libros de la pila para descubrir los siguientes. Parece que no pudiera ni alzarlos con esos brazos de títere.

—*Los miserables*, *Cumbres borrascosas*. Hombre, *Un mundo feliz*. Al menos este es optimista.

A Fito se le escapa una carcajada.

—No te creas.

—Los leeré. Aunque, ya puestos, habría preferido novelas policiacas.

—No quería darte ideas.

Josele le mira con afecto. Fito se fuerza a mantener los ojos en él, aunque se siente incómodo de narices. Ha comprendido que aún le quiere, que nunca podrá dejar de quererle, y de repente eso le hace sentirse todavía más enfadado.

—Me mentiste —suelta sorprendiéndose a sí mismo. No ha venido aquí para eso.

—Supongo que está en mi ADN.

—No en el mío.

—Eso es porque tú eres adoptado, pirata.

—Y tú un cabronazo.

Se hace el silencio de nuevo. Pero ahora es menos forzado, como si la carga que a ambos les lastra se hubiera aligerado un par de kilos.

—Me voy a morir, Fito.

—Todos moriremos algún día.

—Yo tirando a pronto. Ya ves qué pinta tengo, me da hasta asco mirarme al espejo. Menos mal que en la cárcel hay pocos.

—No hables así.

—Es la verdad. Por eso quería verte.

Fito alza el brazo, deja caer la mano derecha sobre la de su hermano y la aprieta con fuerza.

—Para pedirte un último favor.

La mano de Fito se retira lentamente. Su rostro se endurece al tiempo que siente un regusto desagradable a *déjà vu* y, con él, un pinchazo en el pecho que reconoce muy bien. Lo ha sentido durante toda su vida, cada una de las veces que su hermano le ha decepcionado. Cada vez que se empeñó en creer que era una persona que nunca fue ni es ni, visto el panorama, será.

—Qué tipo de favor.

—Uno que hará que madre no pase penalidades nunca más.

* * *

—Ni lo sueñes.

—Va, Fito, no seas meapilas.

—Soy un subinspector de policía y tú me estás pidiendo algo ilegal. ¿Te has vuelto loco o qué?

—Tú no cometerás ninguna ilegalidad, pirata. Te lo prometo.

—Ya las habrás cometido tú todas primero, no te jode.

Josele se pone muy serio.

—Mira, he sido un desastre toda mi puta vida. A madre no le he dado más que caldeos. Por primera y única vez, puedo hacer algo por ella. Solo te pido que me ayudes.

Fito le mira de soslayo. Ahora sí que le gustaría desaparecer, teletransportarse a mil kilómetros de allí, a un lugar donde su hermano mayor no ejerza su influencia sobre él. Donde no trate de camelárselo una vez más. Y le complique la existencia, una vez más.

—Dime de dónde ha salido la guita.

—No es lo que piensas.

—Ah, ¿no? ¿Qué es esta vez? ¿Coca, anfetas, éxtasis?

—Nada de drogas. Lo juro. —Su hermano agarra una cruz que le cuelga del cuello y la besa con mucho énfasis.

—Pero es algo ilegal —insiste Fito.

Josele calla unos segundos, le mira a los ojos de la misma tonalidad castaña:

—Confía en mí.

—Ja. Es lo mejor que has dicho en toda la tarde.

—Hagamos un trato. Tú te encargas de esto y la próxima vez que vengas te lo cuento todo.

—Que no, que ni de coña, Josele.

—Es muy fácil. Solo recoge la pasta y llévasela a madre. Ya está. Nada más.

—Y nada menos. —Fito piensa en Josefa y adivina su reacción. Ese gesto altivo, ese orgullo de pobre que hace aún más difícil salir de la miseria—. Además, no la querría.

—Tú puedes convencerla, decirle que tiene derecho a ello. Que se merece un poco de felicidad, cojones.

—¿Cómo quieres que haga eso? Madre está casada con su propia amargura.

—No digas gilipolleces. No ha tenido oportunidad de ser de otra manera. Pero ahora la tendrá.

—Si tú lo dices...

—Sí, yo lo digo. Nació en el puto vagón de cola y aun así hizo de todo para darnos una buena vida. Yo no he sabido aprovecharla, pero tú sí. Tú eres madero gracias a los sacrificios que ella hizo.

—¿Es que yo no he contribuido en nada? —Fito mira a su hermano con encono. Parece que nadie en esa familia está dispuesto a concederle ni un poco de mérito.

—Claro que sí, hostia. Claro que te lo has currado como un cabrón. Pero ella siempre ha velado por nosotros para que pudiéramos volar todo lo alto que fuéramos capaces. Sabes que es así.

Fito se muerde el labio. Sí, lo sabe. A pesar de que nunca tenga una sola palabra de afecto, sabe que su madre habría dado la vida por él. Por cada uno de ellos.

—Consigue que acepte la pasta, pirata. —Josele detecta la fisura a través de ese gesto en su hermano y no la deja escapar—. Que para algo eres su hijo favorito.

—¿Yo, su hijo favorito? Mira, esa es mejor todavía.

Josele le mira con cara de perplejidad.

—¿Qué pasa, que no te das cuenta o qué? Siempre que habla de ti se le iluminan los ojos.

—¿Tú crees?

Ahora Fito no es el subinspector áspero y reservado, con el sarcasmo siempre en la punta de la lengua. Es solo un niño que anhela la aprobación que nunca encontró en su madre. Y Josele conoce al detalle la cara que pone cuando le entran las dudas, inclinando la cabeza hacia la derecha con pinta de estar pensando. Como también sabe que ese ladeo que le hace parecer interesante en realidad es producto del astigmatismo y el ojo vago, que nunca superó a pesar de que su madre se lo tapó con un parche la mitad de su infancia. Lo que tuvo que hacer él para que los del barrio no se rieran del niño con ese parche color carne. «El tuerto de tu hermano». Cada vez que uno se atrevía a llamarle así, se llevaba una hostia como un pan. A base de tortas y de amenazas, consiguió que, en vez de «el tuerto», Fito fuera «el pirata». Que sonaba mucho mejor.

—Cagoentó, Fito, ¿cómo no iba a preferirte a ti? Tú eres el único que ha conseguido salir del barrio.

—Paloma también.

—Nuestra hermana se casó con un mamarracho solo para que la sacara de ahí. A saber lo que tiene que aguantar a cambio. Pero tú lo hiciste solito. De verdad, no sé cómo eres tan listo para algunas cosas y tan tonto para otras.

—Nunca me lo ha dicho.

—Ni te lo dirá. Es madre. Pero se le nota, joder que si se le nota.

Fito rumia lo que su hermano le acaba de decir. Vuelven a quedarse en silencio, pero ahora es un silencio balsámico, que sutura heridas muy antiguas. El tiempo se les acaba, un funcionario ya los ha avisado para que vayan terminando.

—La semana que viene vuelvo y seguimos hablando.

—Trato hecho, pirata. Piénsatelo, ¿eh?

Fito se está alejando cuando oye a su hermano darle una voz. Se gira con recelo, esperando cualquier nueva treta.

—Dime.

Una sonrisa se abre paso en el rostro de Josele. Es una sonrisa amplia, que deja a la vista un par de huecos en la dentadura.

—La próxima vez tráeme una de Carmen Mola.

Niega con la cabeza, como dando a entender que Josele no tiene remedio. Sin embargo, a su pesar, a él también se le dibuja una sonrisa en los labios.

30.

Es una urbanización de pisos relativamente nueva.

De las de piscina y pista de pádel. De esas que se construyeron antes de la crisis de 2007, cuando aún todos en España creían que eran clase media tirando a alta y no los precarios que, salvo cuatro habas contadas, resultaron ser. De ese tiempo en que uno se hipotecaba con alegría porque el banco te daba para la casa y los impuestos y los muebles y hasta el viaje al Caribe, total, ya puestos, si de todas formas vamos a estar pagando hasta la jubilación.

Es media mañana, pero hay cuatro tipos peloteando en la pista. Aprovechan que la lluvia ha dado un respiro y ahora tan solo chispea. Todos tienen entre cincuenta y sesenta tacos. Son de esos que nunca se reinsertaron en el mercado laboral, porque se dieron cuenta de que ya no estaba hecho para ellos y, total, ya puestos, estamos jodidos y aburridos, amorticemos la pista antes de que nos la quiten, esa y el suelo bajo nuestros pies.

Desfilan en procesión ante ellos: la inspectora jefa de grupo, el oficial que la acompaña, el letrado de la administración que velará por el correcto desarrollo del registro domiciliario y, último pero esencial, el cerrajero que abrirá la puerta de la casa y de la intimidad de Pureza Bermejo.

Cuando acceden a la vivienda, un tufo a podrido penetra en las fosas nasales de toda la cuadrilla. El letrado cede el paso con un exceso de cortesía. Él será fedatario público y todo lo que quieran, pero no piensa ir de avanzadilla, que eso no lo cubre el complemento de riesgo.

Camino tiene menos remilgos. Se coloca las calzas y penetra en una casa en sombras, con las persianas a medio bajar. El suelo es de parquet laminado, del barato pero que da el pego, suena a moderno y a clase media alta aunque luego se levanta en cuanto se te moja, una vez más te la colaron. Recorre un *hall* minimalista. Perchero de madera, espejo para asegurarse de que no sales con la pinza en la cabeza o las pantuflas en los pies. Estante recibidor, lo justo para dejar las llaves en una bandeja vaciabolsillos con forma de pez. Paredes blancas sin más adorno que una lámina de *El beso* de Klimt. Sí, la que tiene media España, los de esa clase media alta que compran en Ikea y en Zara Home, que es más caro pero total, ya puestos, para eso está la tarjeta de crédito que te endosaron con la hipoteca.

A la derecha una cocina, de frente el salón, girando en el pasillo tres puertas más.

—Vamos allá. Molina, yo empiezo por el salón.

Pascual se aventura pasillo adentro. La inspectora se enfunda los guantes desechables. Hay una estantería forrada de libros y recuerdos de viajes, un sillón reclinable con reposapiés, un televisor de ultradefinición de esos que también quisimos creer que eran imprescindibles. Junto a los estores corridos del ventanal, un macetero sin planta. No, con el tronco cortado. Dos troncos. Camino se acerca a mirar.

—¿Pero qué diablos...?

Un grito de los que pocas veces suelta la inspectora. Pascual que corre a su encuentro, pistola en mano. El letrado que se refugia tras la puerta de la cocina.

Camino está subiendo persianas. La poca luz a la que los nubarrones perdonan la vida penetra en la estancia. Casi mejor no lo hubiera hecho, porque a Pascual la visión que desvela le revuelve el cuerpo entero.

Dentro del macetero, apenas cubiertos por la tierra oscura, se ven dos pedazos de carne cortada.

Ella ya se ha repuesto, está escarbando para retirar parte de la tierra. Ahora ya no hay duda. Unos dedos cortos y desiguales, rematados en uñas de color azul, asoman entre la tierra.

—Acabamos de encontrar los pies.

31.

—*¡No, no voy a ir comer!*

—¡Y deja de organizarme la casa!

Mora cuelga al borde de la exasperación. Elsa sigue atrincherada y no hay quien la eche de allí. Ayer cedió. Comió con ella, regresó al trabajo y al finalizar el día vieron una peli y acabaron en la cama otra vez. Craso nuevo error.

Hoy se ha dado cuenta de que Elsa le ha cambiado todo de sitio. Ha tardado diez minutos en encontrar el azúcar, su taza favorita no estaba en la pila del fregadero como cada día y para colmo se ha golpeado con el cubo de la basura, que ahora es uno gigantesco, con separador para el plástico, y está en mitad de su cocina. A ella le gusta su orden dentro del desorden, o eso se dice para no reconocer que es un desastre en el universo de las tareas domésticas. Pero su ex ha tirado las pilas de periódicos que tenía acumuladas, las botellas de vino vacías e incluso los plásticos, que estaban a punto de sobrepasar el espacio del lavadero. ¿Qué tenían de malo? Le gusta separar los residuos, se siente bien al pensar que contribuye en algo al cuidado del planeta. Solo que le falta tiempo para llevarlos a los contenedores de reciclaje. Ahora todo está recogido, y ese cuartucho aparece vacío y limpio. Tanto que ni lo reconoce como suyo.

Se ha ido para la Brigada con un humor de perros. Además, hoy no podría ir a comer a casa aunque quisiera, incluso ha tenido que cancelar la cita en la peluquería, y eso que su peinado siempre perfecto comienza a dejar de serlo. Pero el asesinato del club de golf ya ha saltado a los medios, que combinan ese suceso morboso con el catastrofismo ante el temporal, y con razón, porque la coyuntura sigue complicándose. Los atestados se han multiplicado y desde el Plan de Emergencias ya han pedido la colaboración de parte de su personal. Para colmo, los bomberos acaban de encontrar el cuerpo sin vida de uno de los desaparecidos. Es un *runner* de cincuenta y cuatro años que no perdonó su carrera diaria. Una riada le pilló desprevenido y la corriente fue más rápida que él. Ha emergido hinchado, con la piel de un blanco fantasmal erizada como carne de gallina, los labios de un tono cerúleo y los pulmones llenos de agua. Llevaba más de treinta horas cadáver. No hay ningún signo de muerte violenta, por lo que se ha descartado toda intervención policial. Resta por aparecer la mujer de setenta años que había salido a hacer la compra.

El teléfono vuelve a sonar. Lo mira furiosa, como si tuviera la culpa de su situación personal, pero se sorprende al ver el nombre que aparece en pantalla. Se yergue como si su superior la estuviera viendo y contesta con tono marcial.

Cuando cuelga, va directa a las instalaciones del Grupo de Homicidios. La inspectora no está en su despacho, de modo que se interna en la sala común como un vendaval. Ve a Quintana, una de las policías del equipo de Camino.

—¿Y Vargas?

Lupe pega un respingo al ver aparecer a la siempre estilosa y cordial comisaria, que hoy sin embargo no tiene una pinta estilosa, ni mucho menos cordial.

—Ha ido a un registro domiciliario.

—Localízala ahora mismo, a ella y al resto del equipo.

Lupe sale a toda pastilla y vuelve unos minutos después igual de sola que se fue.

—¿Y bien?

Contesta mirando al suelo:

—La inspectora no me coge el teléfono.

Mora deja escapar un bufido. Siempre que la necesita de verdad, la misma historia.

—Pues sin ella. ¿Dónde están los demás?

—No hay nadie más.

—¿Cómo que no hay nadie más? ¿Se puede saber dónde está todo el Grupo de Homicidios de esta Brigada?

—El oficial Molina estaba con ella. Y el subinspector Alcalá ha tenido que salir un momentito.

—¿Salir a qué?

—No lo sé —farfulla Lupe, incómoda por no poder decir otra cosa.

Ángeles Mora aprieta la mandíbula. No sabe si enfurecerse más con Camino porque no haya transmitido las órdenes de estar disponibles o porque no las haya respetado ella misma.

—¿Y los demás? —repite con cansancio, dejándose caer en una silla.

—La vacante de Evita Gallego aún no se ha cubierto.

La comisaria asiente. Es cierto, aún no han tenido el coraje de solicitar una nueva incorporación. Además, Camino ordenó que nadie tocara sus cosas, de modo que la mesa de trabajo sigue tal cual la dejó ella, como si pudiera aparecer en cualquier momento con sus camisetas anchas y sus batidos veganos. Fue precisamente así, con Camino desaparecida, cuando Mora conoció a Evita y tuvo la oportunidad de confraternizar con ella. Nunca le había resultado tan difícil comunicar el fallecimiento de un efectivo.

—¿Eso es todo?

—El oficial Casas está de baja.

—¿Otra vez?

—Rotura de menisco. En el partido de fútbol de policías contra periodistas.

—Por qué no se estará quietecito ese hombre.

Lupe se encoge de hombros. Quizá ha hablado de más, pero si se trata de Águedo Casas no le importa. Siempre ha pensado que es un fresco.

Mora se siente descorazonada.

—Se ha denunciado una nueva desaparición —suelta sin más preámbulos.

Lupe la mira con curiosidad.

—Ayer hubo dos, pero no nos las asignaron —explica la comisaria—. Esta sí que os toca.

—Estamos con el asesinato de Pureza Bermejo.

—Hay que apechugar. Esto es prioritario.

—¿Y cuál es la diferencia con las otras desapariciones?

La propia Lupe se pregunta de dónde ha sacado los arrestos para cuestionar la decisión de la comisaria, pero a Ángeles no parece molestarle. Más bien se la ve cansada, como si le supusiera un hastío tremendo decir lo que tiene que decir. Se reacomoda en la silla, se afloja el fular y expone el asunto:

—La diferencia es que la persona desaparecida es el hijo de una de las familias con más pedigrí de Sevilla, los Peñalosa de Castro. La diferencia es que el jefe superior está ahora mismo en su casa prometiendo que le vamos a encontrar. Y, sobre todo, la diferencia es que la constructora de la madre de ese chaval es la que hizo el campo de golf donde encontraron a Pureza.

32.

Pascual ha pedido a Camino que bajen a un bar.

Tienen que hacer tiempo hasta que llegue el resto del batallón: los de la científica para documentar el hallazgo, el forense de turno para certificarlo, los operarios para retirarlo...

—Un Matusalem —pide el oficial.

—¿Ron en horas de servicio? ¿Tú? —se sorprende la inspectora.

—No me metas caña, que todavía no me he repuesto de la impresión.

—Yo tampoco. —Camino se gira y busca con los ojos al camarero—. A mí ponme un café y un mollete con mermelada de fresa.

—¿Mermelada de fresa? —repite Pascual, estupefacto. A la jefa no le quita el hambre nada en el mundo.

—Como no lo dejes claro, te la cuelan de melocotón.

En ese momento comienza a vibrar el móvil de la inspectora.

—La forense. No me va a dar tiempo a comerme la tostada —se queja. Luego presiona el botón verde en la pantalla—. Micaela, no te dejamos tranquila, ¿eh? Ahora los vamos encontrando a cachos.

—No sé de qué me hablas.

—¿No me llamas por los pies de Pureza?

—¿Los habéis encontrado? —pregunta Micaela a su vez—. Mira qué bien, ya tenemos el puzle completo. Pero el que está de guardia es Carrillo.

—¿Y entonces por qué me llamas?

—Estoy con la autopsia, ¿no queríais que espabiláramos?

—Sí, sí. —Es cierto, les tocaba hoy. Y la llamada de Mora había debido agilizarla.

—La víctima tiene altas cantidades de manganeso en sangre —sigue Micaela.

La inspectora aprieta las cejas.

—Manganeso. Me suena a tabla periódica. Eme, ene, de los crucigramas.

—Claro, es un metal.

—¿Y qué hacía en la sangre de Pureza?

—Todos lo tenemos, el organismo lo necesita. Pero concentraciones muy altas pueden ser tóxicas.

—No entiendo nada. ¿Hablas de un envenenamiento? Si la iban a cortar con un hacha, ¿para qué molestarse?

La forense se toma su tiempo antes de contestar. Camino se impacienta, agita el teléfono.

—¿Micaela?

—A ver cómo te lo explico —arranca al fin—. Hay alimentos ricos en manganeso, como las espinacas, el brócoli o las almendras. Y, entre los modernillos, el kale o la chía. Pero es conocido por una de esas modas locas que le dan a la gente: beben savia porque ahí lo tienen a lo bestia. Tanto que más de uno se ha envenenado. Por tonto.

—¿Dónde quieres ir a parar?

—Justo a eso —dice Micaela—. Creo que a Pureza le inyectaron litros de savia en el cuerpo.

El vértigo se apodera de Camino. De repente las piernas le fallan y tiene que recostarse contra la barra.

Ahora es la forense quien duda si ha perdido la conexión.

—¿Inspectora? ¿Inspectora, sigues ahí?

A Camino la sequedad le ha acartonado la boca, la garganta se le ha hecho lija, la lengua parece un ser de otro planeta que se ha alojado dentro de ella y no la deja ni respirar. Al fin, habla con un tono hueco que no reconoce como suyo:

—Los pies estaban enterrados en un macetero.

—¿En un macetero? —en el tono de Micaela se filtra la emoción—. Eso refuerza mi teoría.

Pero la inspectora ya sabe lo que Micaela está pensando. La imagen de un leñador se ha abierto paso en su mente. Un leñador que golpea con saña una y otra vez hasta derribar su objetivo, dejando un tocón arraigado al suelo como único rastro del crimen cometido.

—Tenemos el *modus operandi*. La savia, el hacha, las raíces. A Pureza Bermejo la talaron como a un árbol.

Segunda parte

33.

Camino se ha marchado sin decir nada.

Ha dejado a Pascual a cargo de la recogida de los pies y se ha encerrado en el coche para guarecerse de la lluvia. Allí, con manos temblorosas, abre la aplicación de correo y va descargando todos los archivos que Barbara Volpe le ha enviado desde Italia. Esos informes que no tenía ninguna intención de leer. Porque, por mucho que un pepito grillo se haya empeñado en gritar dentro de su cabeza, ella ha puesto toda su energía en acallarlo. Si hubiera podido, lo habría estrangulado con sus propias manos.

A medida que va leyendo informes y visualizando escenas del crimen, la idea que ha querido apartar cobra forma en su cerebro. La organización criminal. El asesino Animalista no estaba solo en esto, no podía estarlo.

No sabe cuánto tiempo permanece allí, inmóvil, hasta que se siente capaz de encender el motor. Cuando lo hace, no necesita pensar para saber dónde dirigirse a continuación.

Aparca en doble fila y corre por los pasillos del entramado laberíntico en el que trabajan cientos de funcionarios de la administración regional. Lo hace hasta darse de bruces con Berta, que está a punto de salir.

—¿Está Pepe?

—Es aquel de allí.

Se dirige a un hombrecillo moreno de unos cuarenta años.

—Venga conmigo, tenemos que hablar.

—¿Y usted quién es?

—Policía. Jefa de Homicidios —dice enseñando la placa.

Berta la mira perpleja y enfadada a un tiempo, como si no le perdonara que no se lo hubiese contado desde el principio. Agarra el paraguas y sale con muchos aires de allí.

Pepe, en cambio, se ha puesto muy nervioso. Coge a Camino del brazo, y ella nota cómo le tiembla el pulso.

—Sígame —dice en un susurro.

* * *

Se han metido en un despacho vacío. Pepe ha cerrado la puerta y la mira con gesto serio.

—Ya nos hemos enterado de lo de Pureza.

—¿Qué problema tuvo con ella? —Camino lo suelta a bocajarro, no tiene tiempo para cortesías.

—Ocurrió hace mucho tiempo.

—Fue por el club de golf, ¿verdad? En el que ha aparecido.

Él traga saliva antes de contestar.

—Así es.

—Explíquemelo.

—Prevaricación. Sabía muy bien que no podía informar positivamente de la creación de ese complejo.

—¿Por qué lo hizo?

—No lo sé. Decía que estaba muy presionada, que había muchos intereses. Pero a mí eso no me bastaba, la última palabra siempre es de uno mismo, y ella fue quien estampó su firma. Si lo hizo, por algo sería.

—¿Era determinante para poner en marcha el club?

—Por supuesto. Sin ese informe, la autorización ambiental nunca habría prosperado.

—¿Tan grave fue?

—¿Lo dice en serio? Fue un sacrilegio.

—¿Por qué?

El ingeniero comprende que esa policía no sabe nada. Respira hondo y la invita a tomar asiento.

—Se lo contaré desde el principio.

* * *

Camino sale a la calle disparada y teclea el número de prefijo italiano. La voz ronca de Barbara se oye al segundo.

—¿Inspectora Vargas?

—Los asesinos siguen en marcha.

—Se lo dije.

—La mujer..., la del campo de golf, ¿recuerda? Está relacionado. Creo que son los mismos.

—Pues claro que son los mismos —dice Barbara con irritación—. Esos animalistas no van a parar.

—No son animalistas —replica Camino.

—¿Cómo que no son animalistas? ¿Todavía con esas? ¿Es que no ha leído los informes? —la italiana comienza a exasperarse.

Camino toma aliento, inspira el olor a lluvia que lo invade todo.

—He leído los informes con mucho interés...

—Pues entonces ya lo sabe: siguen con el mismo patrón. Han asesinado a un hombre que desollaba visones y a otro que electrocutaba peces —insiste Barbara.

—Le decía que lo he leído todo, y que precisamente por eso puedo asegurarle que no se trata de animalistas.

—¿Y de qué se trata, si puede saberse? —A ella, la experta en perfiles criminológicos más reputada de Italia, le va a venir con historias esta inspectora testaruda que no las ve venir ni de lejos.

—La granja de visones arrojó vertidos tóxicos al río, ¿no es así?

La pregunta descoloca a Barbara, que no sabe a dónde quiere llegar la sevillana.

—De eso se quejaban los vecinos del pueblo.

131

—Y la pesca furtiva desequilibró el ecosistema del lago de Garda.

—Sí, pero...

Camino la interrumpe.

—Para crear el campo de golf se deforestó un bosque de castaños centenarios. Uno de ellos, el Soberano, tenía en torno a los mil años.

—Árboles... —musita Barbara.

—Exacto. A la víctima le inyectaron savia en las venas y luego le cortaron los pies y los dejaron enterrados en su propia casa. Ella había sido una de las responsables de la tala del Soberano.

—No entiendo nada.

—Los hemos infravalorado, ¿me oye? —la voz de Camino suena aguda, casi estridente—. Son los mismos, pero han pasado a una nueva fase. La del Animalista solo fue la primera. No les preocupa únicamente el daño que hacemos a otras especies, sino al planeta entero.

Un silencio al otro lado de la línea, que se rompe cuando el cerebro de Barbara coloca las piezas y de su garganta sale un hilo de voz áspero, casi afónico:

—Los vertidos tóxicos, la pérdida de biodiversidad, la deforestación... Tiene razón, inspectora. No son animalistas. Son ambientalistas.

34.

Caravaggio, Italia

Maurizio Carduccio entra en el despacho sin llamar.

Se sienta frente a Barbara Volpe, que está en estado de *shock*. Aún no ha asimilado lo que la inspectora sevillana acaba de revelarle.

A Maurizio, en cambio, se le ve exultante. Trae una mueca triunfal que no ahorra un punto de desprecio. Barbara suspira. Ya puede ser subdirectora general o la mismísima ministra de Defensa. Maurizio es de esos que todavía piensan que cualquier mujer en un puesto de poder está ahí por alguna razón incomprensible. O por una cuota injusta para los hombres curtidos como él.

—¿Qué sucede?

—Tiene agujero.

—¿De qué estás hablando?

—¿Cómo que de qué hablo? El sospechoso de la granja de visones. En la oreja izquierda.

A Barbara aquello le suena tan lejano como si viniera de otra época.

—Olvídalo, Carduccio. Tenemos nuevos datos que nos hacen abandonar definitivamente esa hipótesis.

—De eso nada.

Él le lanza una fotografía que ella se ve obligada a apresar al vuelo.

—Es una imagen ampliada del señor Nesi en una de las manifestaciones —explica el inspector con tono condescendiente—. Fíjese en la oreja.

Barbara se aleja el folio para enfocarlo. Luego mira a Maurizio con pasmo: el pendiente es exactamente igual al que se halla custodiado en la comisaría. Un aro esculpido en plata, de unos veinte milímetros, con una cruz egipcia engarzada en el ojo de Horus.

—¿Qué significa esto?

—Está muy claro, Volpe. Paolo Nesi es nuestro asesino.

35.

La comisaria Mora está que trina.

Tras encomendarle el papeleo a Lupe, se ha encargado ella misma de cuanto ha podido. Acaba de colgar después de una larga conversación con el juez a fin de conseguir que agilice las gestiones: requisar los dispositivos tecnológicos del heredero de los Peñalosa de Castro, tener acceso a su historial de llamadas y, sobre todo, a la geolocalización. Por suerte, el magistrado se ha avenido a todo, incluso ha puesto menos pegas que a la autorización de la entrada en el piso de Pureza. Y es que, cuando los que mueven los hilos van en tu misma dirección, todo avanza más rápido. Es como ir con el viento a favor en mitad de un huracán.

No le da tiempo a soltar el teléfono y ya está vibrando de nuevo.

—Pero bueno, mira quién aparece...

—Comisaria, tengo novedades.

—Yo sí que tengo novedades —Mora no deja que Camino acabe la frase—. Tenéis que investigar la desaparición de un adolescente, Daniel Torredealba. Es prioridad absoluta.

—¿Nosotros? Imposible, estamos muy liados.

Mora bufa como un bisonte. A veces siente unas ganas irreprimibles de estrangular a la inspectora. Menos mal que ahora no la tiene a tiro.

—Daniel es el hijo de Amaranta Peñalosa de Castro.

Camino no contesta, está pensando. Juraría que ese nombre le suena de algo.

—La dueña de Peñalosa de Castro Constructora del Sur —explica Mora.

—Los que hicieron el club de golf...

—Exacto. Tienes los datos en el correo. Ahora te mando la dirección de Amaranta, tienes que personarte allí de inmediato. —Toma aire, pone una mueca de disgusto—. Y otra cosa. El jefe superior es amigo personal de la familia, así que no la líes. Te centras en el hijo y no le tocas las narices.

Hay un gruñido al otro lado de la línea.

—¿Me has oído, Vargas? Usa tu diplomacia, si es que tienes alguna. Te quiero más suave que un guante.

Otro gruñido.

—¿Estamos? Ayer te ayudé yo a ti, ahora te toca portarte bien.

—Me llevo a Molina —masculla Camino al fin.

—Sí, será lo mejor —concuerda Mora.

36.

Pascual ve el coche de Camino y sale del camuflado.

Se limita a seguirla inseguro. Cuando Camino trae esa cara es mejor no ponerse a tiro. Para colmo, ya sabe que hay que ir con pies de plomo con este interrogatorio, y eso con la inspectora nunca ha sido tarea fácil.

Se encuentran en un casoplón en la exclusiva urbanización de Simón Verde. Desde el exterior solo se atisban varias palmeras y una fila de naranjos tras la muralla de ladrillo, pero una vez dentro ven el amplio jardín y un porche donde la hiedra ha invadido cada rincón. El chalet, de tres pisos, es inmenso para una familia formada por dos personas. Recorren la senda de baldosas encharcadas hasta llegar al porche. A pesar de lo ostentoso del lugar, las malas hierbas le han ganado el terreno al césped, que crece sin ningún criterio estético. Hay una piscina enorme donde se acumulan todo tipo de cachivaches como en un trastero al aire libre. Una bici vieja, una colchoneta de playa pinchada, un macetero de cerámica desportillado. Algo más allá, una hamaca en desuso cuelga de los troncos de un par de jacarandas que tiñen de violeta el lugar y, al lado, una mesa y varias sillas cuyo polvo se ha convertido en un barro churretoso. Es como si ese lugar privilegiado no lo disfrutara nadie desde tiempo inmemorial.

Los dos policías han llegado al final del sendero y nadie ha salido a recibirlos. Pascual llama al timbre que hay junto a la puerta de motivos arabescos. Cuando está a punto de volver a tocar, se oyen unos pasos arrastrados. Frente a ellos aparece una mujer de complexión rechoncha, con medias lunas violáceas bajo los ojos y unos párpados hinchados que revelan que ha llorado mucho, aunque ahora parece serena, casi indiferente. La cara, redonda como una manzana y de carrillos inflados, no deja intuir la edad con sencillez, pero Camino apostaría a que los cincuenta ya no los cumple. Tiene una melena negra muy escasa, entre la que se vislumbra el cuero cabelludo aquí y allá, sobre todo en la zona de la frente, cuyo tamaño sobrepasa lo estéticamente defendible.

—Camino Vargas, inspectora jefa de la Policía Judicial —se acuerda de omitir el detalle del Grupo de Homicidios. Sin duda, se dice, está ganando en delicadeza—, y Pascual Molina, mi compañero. Venimos por lo de su hijo.

—Juli me dijo que aparecerían por aquí.

—¿Juli?

Camino parpadea. Quién coño es Juli. Tarda en comprender que se refiere a Álvarez Marcos, el jefe superior de Policía de Andalucía Occidental. Cree que nunca ha oído pronunciar su nombre de pila. No digamos ya «Juli».

—Sé que ya ha hablado con él, pero estoy al mando del caso, así que si pudiera repetirme...

—Sí.

Sin embargo, la mujer no se mueve. Camino la nota atontada, quizá demasiado.

—¿Nos permite pasar? No es por nada, pero nos estamos calando.

Ella reacciona lo justo para hacerse a un lado y ambos entran en la casa que, a diferencia del jardín, sí aparece impecablemente limpia. Mucho más que eso: fastuosa, diseñada para conjuntar confort y lujo hasta en el mínimo detalle.

La mujer hace una seña apática para que se dirijan a un amplio salón de dos ambientes. Los sigue con andares morosos.

—Tiene una casa preciosa.

Pascual siempre comienza los interrogatorios con un cumplido. Es su forma de congraciarse con quien tiene enfrente, de ganarse un poco la confianza, así sea a través de la vanidad. Ahora lo dice con una punzada de envidia. A él nunca le importó el lujo. Se conformaba con vivir una vida corriente, sin grandes preocupaciones. Pero desde el divorcio se las ve y se las desea para pagar el alquiler de un piso de cincuenta metros con su sueldo de oficial, y al encontrarse en una villa tipo *¿Quién vive ahí?*, ese programa que a su exmujer tanto le fascinaba, no puede dejar de preguntarse por qué el mundo está así de mal repartido.

La mujer hace un ademán dando a entender que la casa no le importa lo más mínimo, lo cual incrementa la irritación de Pascual. La gente no sabe apreciar lo que tiene, carajo.

Camino tira de su nervio habitual y no espera a que ninguno tome asiento.

—¿Me dice su nombre completo?

—Amaranta Peñalosa de Castro García-Salazar.

—De acuerdo, señora Peñalosa. Estamos...

—Peñalosa de Castro —rectifica ella con tono rutinario.

—¿Perdón?

—No se puede cortar, va todo junto.

Camino la mira con fastidio. Un hijo desaparecido y se preocupa de corregir el apellido familiar.

—La inspectora decía que estamos al tanto de la denuncia, pero necesitaremos que nos lo cuente todo desde el principio. —Pascual coge las riendas para evitar males mayores.

—Anca.

Amaranta no lo ha pronunciado en un tono distinto, y sin embargo una mujer aparece de la nada. A diferencia de la propietaria, es menuda, tiene el cabello rubio corto y se ve bonita a pesar de ir vestida con un anacrónico uniforme blanquinegro de servicio.

—Tráeme las pastillas —la señora de la casa no se molesta en adornar sus palabras con «por favores».

—Se ha acabado el blíster con la última infusión —musita Anca.

—En el cajón hay más.

Anca desaparece con el mismo sigilo que llegó, y ahora los policías se explican esa apatía que envuelve a Amaranta. Pascual se adelanta con tono comprensivo y amable:

—¿La está asesorando un médico en... estas circunstancias difíciles?

—Llevan años recetándome antidepresivos.

—¿Puedo preguntarle por qué? ¿Tiene algún tipo de trastorno persistente?

Camino se remueve en su silla. Le exaspera la calma de Pascual, las preguntas que no parecen ir a ninguna parte, ese tono sosegado de quien tiene todo el tiempo del mundo. Hay tantas cosas que esa señora debería aclarar. Si algo de lo que Amaranta puede contarles le importa un comino es si la tristeza le viene de lejos. Pero ella lo cuenta con su tono cachazudo y la inspectora casi se arrepiente de esa indiferencia atroz:

—Mi hija murió en un accidente doméstico hace seis años y mi marido fue una de las víctimas de la primera oleada de coronavirus. Si quiere llamar a eso trastorno persistente, llámelo.

—Lo siento —reacciona Pascual, sobrecogido. Nadie es lo que parece, se dice. Y también una frase que no por manida le consuela menos: el dinero no da la felicidad.

—Así era mi marido, siempre preocupándose por los demás. Estaba dentro de los grupos de riesgo. Diabético y asmático, por partida doble. Y, aun así, se empeñó en seguir yendo al hospital cada mañana. Decía que sus compañeros estaban desbordados y que podía salvar vidas si acudía a trabajar. No sé si salvó alguna, pero él se quedó por el camino.

—Fue un héroe —dice Pascual, recordando con emoción los homenajes brindados a quienes dieron la vida en centros de salud de toda España.

—Fue un gilipollas —rectifica Amaranta—. Yo sí que le necesitaba, Dani sí que le necesitaba. Aquí era donde tenía que estar.

—¿Qué fue lo que pasó con su hija?

Los ojos de Camino miran hacia el techo ante la pregunta de Pascual. ¿De verdad era necesario remover eso? Por Dios bendito, así no van a terminar nunca.

La mirada de la mujer se nubla. Luego cierra los párpados, como si eso le permitiera bucear mejor en sus recuerdos. Cuando vuelve a hablar, su voz suena pastosa. Los ojos, ahora limpios, se clavan en la cristalera que da al jardín.

—¿Se han fijado en la piscina que hay al entrar? No llega a los setenta centímetros de profundidad. Inés había cumplido siete años, medía ciento dieciséis centímetros. Ahí está la marca, con la fecha apuntada. —Señala el marco de la puerta—. Tres días antes.

—Se ahogó —completa Pascual sin poderlo remediar.

De repente lo ha recordado todo. Noelia contándoselo en el almuerzo, «pobre madre, y encima con la prensa en la puerta de su casa». «Si la gente no viera esos programas, no irían». «¿También voy a tener yo la culpa de esa desgracia?». «Yo no he dicho eso». «Pues bien que te lees tú el *¡Hola!* que tengo en el baño». Una discusión tontorrona de las de tantos y tantos días.

—Nadie se dio cuenta. La niñera estaba preparando la merienda, y su hermano jugaba con la consola portátil.

El recuerdo ha quebrado la voz de esa mujer que lucha por no deshacerse en lágrimas. Pero sabe que no es el momento.

—Ustedes han venido aquí para encontrar a Daniel. Vayamos al grano.

—Por favor —se le escapa a Camino, lo que le granjea una de las miradas censoras de su compañero.

*   *   *

Amaranta ha contado la historia de nuevo. Lo ha hecho de forma mecánica, repitiendo casi palabra por palabra lo que refleja la denuncia.

—¿Cómo se lleva con su hijo?

La pregunta de Pascual la saca del guion. Parpadea varias veces antes de contestar.

—Estupendamente.

—¿Están muy unidos? —insiste, un poco incrédulo. O quizá para que le cuente el secreto.

—Todo lo que pueden estarlo un adolescente y una madre trabajadora. Ya sabe, yo paro poco, él menos todavía..., pero nos queremos muchísimo. Lo que pasó..., supongo que reforzó nuestro vínculo. Nos tenemos el uno al otro.

—¿Cuándo se dio cuenta de que su hijo faltaba?

—Ayer no vino a cenar, pero no me preocupó en absoluto. Los jóvenes viven por la noche. Hoy empecé a mosquearme. Suele desayunar a media mañana. Las once, las doce como mucho. Yo vengo a almorzar sobre la una y media. Cuando llegué, la asistenta me dijo que no había rastro de él. Me asomé a la habitación y comprobé que no había dormido aquí.

—¿No tenía que ir a clases o algo así?

—¿Dani? Qué va. Dejó los estudios el año pasado.

—Y usted... ¿Se lo permitió? —pregunta Pascual con precaución.

—No hay nada peor que tratar de imponer algo a un hijo adolescente. Me gustaría que estudiara una carrera, claro, pero creo que él llegará a esa decisión por su propio camino. Supongo que necesita un tiempo.

Camino va a preguntarle a qué dedica entonces el chavalito su vida, pero se refrena a tiempo, quizá por una nueva mirada de Pascual, que la ve venir, o tal vez porque va aprendiendo. Quién dijo que la gente no cambia.

—Cuéntenos algo más de su vida, Amaranta —dice Pascual en un último intento de sacar algo en claro por ahí.

—No sé..., tenía una novieta, Marta, pero se dejaron hace tiempo.

—¿Qué ocurrió?

—Yo no pregunto, ya le digo, no hay que meter las narices en la vida de un adolescente.

Pascual se queda pensativo unos segundos. La inspectora está haciéndose la manicura a bocados, como es su costumbre. Los rastros de sangre se le acumulan ya en las cutículas. Ha llegado al límite, porque levanta la cabeza y mira directamente a los ojos negros de Amaranta:

—Háblenos del club de golf.

—¿El club de golf? —Amaranta la mira sorprendida.

—El de La Algaba. El complejo que construyeron.

—No entiendo qué tiene que ver eso con mi hijo.

—Al parecer, no fue del todo legal.

Pascual se lleva la mano a la frente. Al mismo tiempo, Amaranta se endereza como si le hubieran pinchado en el culo.

—No sé quién les ha informado, pero se equivocan. Todos los permisos están en regla, desde el primero hasta el último.

—Me pregunto cómo los consiguieron.

—¿Perdón?

—Una mujer... —comienza Camino.

Pascual le pega un codazo para que no siga. Ella se lo devuelve y luego termina la frase.

—... una mujer ha aparecido muerta en ese campo de golf. Supongo que estará al tanto.

—Creo que he oído algo en las noticias. No sabía que era en ese.

—Sí, era en ese. Y la mujer era la funcionaria que autorizó la construcción del complejo. Igual hasta la conocía.

—Pues lo siento mucho, pero yo les he mandado llamar por mi hijo, no por esa señora.

—Es que quizá ambas cosas estén relacionadas.

Amaranta la mira fijamente, como si tratara de descifrar sus palabras.

—¿Qué trata de decirme, inspectora?

—Nada en realidad. Solo que aquí hay muchas casualidades. Y los policías de Homicidios odiamos las casualidades.

—Nos limitamos a explorar todas las hipótesis —interviene Pascual, conciliador como siempre.

—¿Y cuál sería la hipótesis que vincula a Pureza con mi hijo?

—Exacto, Pureza. Pureza Bermejo —dice Camino, exultante. Acaba de pillarla.

—Aún no le habíamos dicho el nombre —admite Pascual. La jefa es tosca, pero a veces le sale bien.

—Supongo que se me quedó grabado de las noticias —dice Amaranta, impostando indiferencia.

Camino le clava los ojos y aprieta un poco más.

—Lo que quiero saber es si desde su empresa sobornaron o chantajearon a Pureza Bermejo.

—¿Cómo dice?

—Creo que lo ha entendido muy bien. Si usted, quiero decir, si su empresa hubiera tenido algo que ver con una posible prevaricación, puede que la desaparición de su hijo esté ligada a lo ocurrido.

—¿Me está diciendo que el perturbado que mató a esa mujer tiene a mi hijo?

—Esperemos que no.

Amaranta respira hondo. Se levanta, va a por un paquete de cigarrillos y se enciende uno. Camino lo mira con deseo, pero a la anfitriona ni se le pasa por la cabeza ofrecerles. Tras varias caladas, la enfrenta de nuevo.

—Peñalosa de Castro Constructora del Sur no se ha ganado la reputación que tiene con trapicheos, sino con un trabajo duro, honesto e impecable. No vayan por ahí, agentes. No encontrarán nada.

—Inspectora. Inspectora y oficial —ahora es Camino quien la corrige a ella.

Una calada más, un tono más grave aún.

—Lo que quiera que sean. Han dicho que exploran todas las hipótesis. Pues espero que se centren en la correcta. —Amaranta se pone en pie y aumenta la seriedad en sus facciones—. Encuentren a mi hijo.

Todos comprenden que da la conversación por finalizada. Incluida Anca, que ha salido de algún lugar invisible y ya los espera dispuesta a conducirlos a la puerta. Pero lo que Amaranta ignora, acostumbrada a ser obedecida en cada uno de sus deseos, es que aquí quien zanja las conversaciones es la inspectora Camino Vargas.

—Ha transcurrido muy poco tiempo, su hijo es un chico sociable. Puede que esté por ahí, alargando la fiesta en cualquier sitio.

—Me habría avisado —mascolla Amaranta, tensa.

—Pero son cosas de jóvenes. Uno no se acuerda de su madre en determinados momentos. ¿Por qué esta preocupación?

Pascual se da cuenta de que Amaranta está comenzando a hartarse. En realidad, no sabe cómo no ha mandado todavía a freír espárragos a la inspectora.

—Porque soy su madre y ustedes los encargados de la seguridad ciudadana. Si le ha ocurrido algo, no voy a quedarme esperando de brazos cruzados. Y más vale que ustedes tampoco lo hagan.

El oficial dirige una mirada elocuente a Camino. «¿Nos vamos ya?», claman sus ojos. Pero la inspectora todavía tiene una última pregunta para la madre de Daniel. Bueno, dos.

—¿Qué cree que le ha pasado a su hijo?

—Eso es lo que necesito que ustedes averigüen.

—De acuerdo. Y... Amaranta.

—Qué.

—¿De verdad no hay nada más que debamos saber?

—El paradero de mi hijo. Eso es lo que tienen que saber. Y están tardando.

37.

Amaranta permanece al pie de la ventana.

Cuando ve que los policías se alejan bajo el manto de agua, corre la cortina y va a la habitación de su hijo. Sabe que alguien vendrá a por los dispositivos electrónicos, de modo que es ahora o nunca.

Se sienta frente al ordenador y tropieza con un obstáculo inesperado. Dani ha cambiado la contraseña. ¿Desde cuándo? Echa cuentas. Hace apenas una semana que lo revisó por última vez. Observa con fijeza la pantalla bloqueada. ¿Y ahora qué? El muy tonto usaba el mismo número que en la cuenta corriente, el que ella misma le puso cuando se la crearon, apenas un crío. Cualquiera sabe por qué combinación de cifras o letras la ha reemplazado ahora. Medita durante unos minutos hasta que siente una corazonada repentina y teclea el nombre de la hija muerta. Dani adoraba a su hermana pequeña, está segura de que él tampoco la olvida un solo día. Y quizá no lo haya hecho, pero el ordenador no se desbloquea. «Demasiado corta», se reprocha. Frunce el ceño y decide seguir fiel a su intuición. Ahora teclea el nombre junto con los apellidos de la niña. Nuevo error. «Demasiado larga». Prueba varias combinaciones más, hasta que la desazón la carcome por dentro. No conoce a su hijo, hace mucho tiempo que no sabe ni quién es. Cuanto menos lo que pasa por su cabeza. Y, sin embargo, la idea se resiste a abandonarla. Nada marca tanto la vida como la muerte. «Tiene que ser...». A ella jamás se le olvidará ese día. Podría pasársele la fecha en que se casó, o su cumpleaños, incluso el día en que dio a luz a alguno de sus dos hijos. Pero lo que nunca, nunca olvidará es la fecha en que falleció Inés. Con dedos temblorosos, introduce los ocho dígitos en el espacio en blanco. Pulsa la tecla «Enter» y contiene el aliento. Como por arte de magia, se abre una nueva pantalla. En el fondo de escritorio, una foto familiar: Leandro, Inés y Dani. Falta ella, claro. Se esfuerza en ignorar el puñal que le desgarra las entrañas, la quemazón que sube hasta la garganta, la humedad que acude a sus ojos cansados. Lo arrincona todo y va directa a su objetivo.

38.

—*Telita con la Peñalosa de Castro.*

Camino conduce de forma brusca, como si la caja de cambios y las pastillas de freno tuvieran la culpa de su enfado.

—No va sobrada ni nada la colega —sigue despotricando—. Cómo se nota que el jefe superior es su amiguito del alma. El dinero, el puñetero dinero, que hace amigos hasta en el infierno. A ver a cuento de qué se conocen esos dos.

Pero a Pascual lo que le molesta es otra cosa.

—¿Por qué le has soltado todo lo de Pureza? Las directrices eran muy claras: investigar las causas de la desaparición, pero sin tocar las narices.

—¿Quieres que te diga por dónde me paso yo esas directrices?

Pascual calla. No, no quiere.

—Vamos, que ahora hay que ir con guantes de seda con una tipa como esa.

—¿Qué le pasa a esa tipa?

—¿Cómo que qué le pasa? Pues que es la dueña de la empresa que pudo provocar la muerte de Pureza con sus chanchullos y sus movidas.

—Eso no lo sabes. No hay ninguna relación entre la empresa que construyó el campo y el informe donde se autorizaba la tala de los árboles.

—Ya. Como nunca hubo relación entre la CIA y los golpes de Estado en América Latina.

Pascual ignora el comentario cáustico de Camino.

—Con la pregunta del soborno te has pasado cuatro pueblos.

—Había que tensar la cuerda. ¿Viste cómo le cambió la cara cuando se lo dije?

—Hostia, me sueltas eso así y me pongo blanco hasta yo.

—Era necesario.

—No de esa forma. Le has venido a decir que podría ser la culpable de la desaparición de su hijo. Es que eres muy burra, joder.

—Las cosas claras, que no estamos para tonterías.

—¿Has pensado que quizá se haya pirado sin más? —dice Pascual.

—¿Por qué iba a hacer eso? Allí tiene hasta asistenta. Por cierto, ¿de dónde sacan toda esa pasta? ¿Esa constructora da para tanto?

—Claro que da para tanto, jefa, pareces nueva. Amaranta es la heredera de todo el emporio, ¿es que no vives en este planeta?

—No para ver prensa rosa.

Hace ruborizarse a Pascual. Todos en la Brigada saben que le pirra el mundo del famoseo, aunque dos años después de su divorcio él siga poniendo la excusa de que se enteraba de todo por Noelia.

—Pues esta gente ha hecho las obras de media ciudad —continúa el oficial—. Colegios, hospitales, puentes, excavaciones del metro. Lo último, el nuevo campus universitario.

—Vamos, que los del ladrillo siguen llevándoselo muerto. Nos equivocamos de profesión.

Pascual esboza una sonrisa melancólica. Sabe que Camino no cambiaría su trabajo por nada del mundo. Además, a ella le importa un pimiento el dinero. No tiene cargas familiares y sus aficiones son baratitas. El baile, las hormigas, el ajedrez. Ojalá todo fuera así de fácil para un padre divorciado.

—Oye, ¿qué crees que ha pasado? —le pregunta él ahora.

—A ver, en serio: un tío de su edad, ocioso y con pasta. Te diría que está en una *rave* pasado de todo. Pero aquí hay algo más. Muere una de las culpables de la tala y después desaparece el hijo de otra. ¿Por qué?

—¿Y si ha sido arrastrado por el agua? Mira la que hay liada.

—Tiene dieciocho años, Molina. Eso déjalo para los viejecitos con bastón.

—También podría ser un secuestro al uso —dice él—. Si yo quisiera sacar dinero a alguien, apuntaría a una familia como esta.

Camino cabecea, escéptica. Un ambiente silencioso se adueña del coche, tan solo interrumpido por los goterones gigantescos que caen sobre el parabrisas, plop, plop, plop, hasta que algo se le mete entre ceja y ceja.

—¿Recuerdas el discurso de aquel actor en la gala de los Óscar?

—¿Qué actor?

—Uno muy activista. Hablaba de la desconexión con la naturaleza, de cómo exprimimos sus recursos... Y contó lo que hacemos con las vacas. Se las insemina artificialmente y cuando dan a luz, les arrebatamos a la cría ignorando su desesperación de madre.

—¿Todo eso cascó al recoger la estatuilla?

—Ya ves. Unos largan agradecimientos hasta a la bisabuela que parió a su abuela y otros lanzan sermones de este tipo.

—Ajá. —Pascual no tiene ni idea de por dónde va Camino, así que la deja hablar.

—Lo volvieron a compartir hace poco en redes, en una página que me enseñó Evita durante el caso Especie... —Camino traga saliva. Ese dichoso nudo en la garganta cada vez que piensa en ella—. Lo mismo hacemos con los perritos que venden en las tiendas de animales, cuanto más chicos, más monos nos parecen. O con los experimentos de privación materna en monos bebé.

—Ya sé por dónde vas —dice Pascual—. Pero Daniel está talludito, no tiene nada de bebé.

—No es Daniel quien les importa. La culpable de la tala del Soberano no es solo Pureza. Ella firmó, pero Amaranta construyó a sabiendas de lo que había. Y el dolor de una madre no disminuye con los años. ¿Qué pueden hacerle peor que arrancarle a su hijo?

Pascual calla. Si alguien quisiera hacerle daño a él, daño de verdad, nada como atacar a Sami. Pero se siente enfermo solo de pensarlo.

—Ojalá me equivoque, Molina. Pero es muy posible que no volvamos a ver a ese chico con vida.

Aunque sea por protegerse de un pensamiento tan atroz, Pascual prefiere optar por otra hipótesis: una familia forrada, secuestro del hijo al canto. Va a decirlo, pero se da cuenta de que Camino no está conduciendo hacia la Brigada.

—¿Adónde vamos ahora?

—Al palacio de San Telmo —contesta la inspectora.

—¿A la sede de la Junta de Andalucía? ¿Y qué tiene que ver con Daniel?

—Puede que nada. O puede que todo. Pero quiero tener unas palabras con un consejero al que le gusta el golf.

Pascual se revuelve incómodo en su asiento. Ya está Camino yendo por libre otra vez. Piensa que tendrían que centrarse más en el chico, en su entorno, en sus últimas horas. En cómo carajo se hace para tener una relación tan idílica con tu progenie a esas edades. No le vendría mal saberlo.

—Era él, ¿verdad? —Camino corta sus disquisiciones.

—¿Daniel?

—Y dale con Daniel. El político con carnet vitalicio era Emilio Chaparro, el que lleva la cartera de Transición Ecológica, ¿a que sí?

—Sí.

—El jefe de Pureza.

Pascual hace un último intento por que entre en razón:

—Jefa, el chico...

—Molina —le corta ella—. Por alguna razón, todo está enlazado. Tenemos que llegar al fondo de ese asunto del club. Quizá así demos con el asesino de Pureza y, sobre todo, quizá sea esa la forma más directa de dar con Daniel Torredealba Peñalosa de Castro. O con lo que quede de él.

Pascual lo asume a regañadientes y Camino se centra en la conducción. No es fácil ver por dónde va con esa lluvia, se guía por las luces del vehículo que tiene delante más que por lo que distingue a su alrededor. La siguiente vez que ojea a su compañero, Pascual está concentrado en el móvil, con las cejas apretadas y uno de sus dedos gigantes deslizándose por la pantalla. Lo que le faltaba, un policía de su equipo enganchado a las redes. Si pudiera, le confiscaría el teléfono como a un crío.

—No me digas que sigues con tu nueva afición.

—Estoy trabajando.

—Tu prima.

—Es verdad. —La mira con gesto ofendido—. Examino la cuenta del desaparecido: @andalusian_prince.

—¿Andalusian prince, así se hace llamar? Vaya divo.

Ante el silencio de Pascual, que sigue mirando la pantalla, ella continúa.

—¿Y qué conclusiones sacas? ¿Se hace los selfis con palo o sin él?

—Aquí solo se le ve jugando a videojuegos y haciendo el payaso.

—No esperaba menos.

—Mi hija le sigue, cómo no —dice Pascual, ahora disgustado—. A todos los idiotas, con lo lista que ella es.

—Para eso no somos listas. Acabará con el más capullo, ya verás.

Por la cara de Pascual, a Camino le da que el comentario no le ha hecho mucha gracia. Está muy sensible con eso de que Samantha crezca. Como si se pudiera evitar. De todas formas, intenta enmendarlo.

—¿Y qué, le sigue mucha más gente al chaval?

—Trescientos dieciséis mil.

La inspectora deja escapar un silbido.

—¿Todos esos pendientes de él para enterarse de cómo juega a videojuegos?

—Y para verle poner caritas.

—El mundo se desmorona —dice Camino llevando los ojos al techo. Se ha pegado demasiado al coche que los precede y recibe un bocinazo en contraprestación a su despiste.

—Y nosotros nos estrellaremos como no mires a la carretera.

Pascual baja la cabeza y vuelve al móvil. Se hace el silencio durante un par de minutos, hasta que de pronto resuena su torrente de voz:

—¡La Virgen!

Camino se pega tal susto que a punto está de dar un volantazo. La mujer que va por el carril contrario toca el claxon airada. Ya van dos. Ella devuelve el pitido como si fuera la otra la que lo ha hecho mal. Luego se percata de que el grito de su compañero no tiene que ver con el tráfico. Pascual sigue mirando la pantalla de su teléfono.

—¿Qué pasa, Molina? —dice enfadada—. ¿Sami ha subido una foto con los labios pintados?

—Peor. Amaranta ha publicado un vídeo en la cuenta del hijo anunciando su desaparición.

—La madre que la parió.

—Y ofrece una recompensa por cualquier pista sobre su paradero.

Camino se para en doble fila y le quita el móvil de las manos para verlo ella misma. Ahí está la tía. No lo puede creer.

—¿Está loca? ¡La van a llamar los trescientos y pico mil!

153

39.

Barbara extrae un tarro de pastillas y se traga dos seguidas.

Lo guarda justo al tiempo que un agente aparece con Paolo Nesi esposado y lo introduce en el cuartucho que hace las veces de sala de interrogatorios. El detenido es un tipo del montón. Cetrino, uno setenta y cinco, hombros anchos, constitución más bien robusta y con una barba rala de apariencia dura como el alambre.

—Oiga, necesito volver a mi casa. Mi familia estará preocupada, tengo que atender el campo, yo...

—Cállese —corta Barbara, que no soporta las escenitas victimistas. Luego pregunta lo que toca, a su pesar—. ¿Quiere un abogado?

Nesi sacude la cabeza como un perrillo al que le acabara de caer un cubo de agua encima.

—¿Está seguro?

—Segurísimo.

Barbara se encoge de hombros y no insiste. Mejor para ella, los abogados siempre lo complican todo.

Él se sienta en una silla y la escruta. Ahora en el fondo de sus ojos hay una fiereza que no logra contener. A Barbara no le cabe duda de que ese hombre puede ser un tipo violento si se lo propone. Está pensando cómo afrontar el interrogatorio cuando siente un nuevo pinchazo de dolor. Esas condenadas pastillas no alivian nada. A tomar viento, va a ir al grano.

—Claire Brooks.

—¿Qué?

—Claire Brooks —repite ella, examinando el rostro de Paolo en busca de una reacción. Pero no la encuentra.

—¿Quién es?

—Dígamelo usted.

—Yo qué sé. Vivo en un pueblo perdido en el monte, a los únicos extranjeros que conozco es a los que veo por televisión. Y esa no me suena. ¿Qué es, cantante, política, actriz?

Barbara abre una carpeta que tiene frente a sí y le alcanza una fotografía recién impresa.

—Quizá esto le refresque la memoria.

Paolo observa el rostro de la mujer que aparece en la imagen. Cabello naranja, piel clara, gafas metálicas y unos ojos de un verde apagado. Es una fotografía de carnet sobreexpuesta por un *flash* excesivo, de las que se tomaban antaño en los fotomatones para renovar documentos personales.

—No.

Barbara le enseña la siguiente foto. En ella, el escaparate de una *boutique* se ve lleno de sangre. Las prendas de alta costura manchadas de rojo y, a los pies de los maniquíes, una pila de bandejas de poliestireno biodegradable conteniendo trozos de carne.

—Así es como acabó.

El detenido reacciona echando la cabeza hacia atrás.

—¿Qué hostias es eso?

—Claire Brooks. Convertida en filetes listos para empanar. —Si en verdad no conocía ese nombre, Barbara lo va a repetir hasta que se le grabe en el cerebro.

—¿Quién es esa mujer? ¿Qué está pasando, acaso me quieren endilgar todas las atrocidades que encuentren?

Paolo ha alzado la voz, se está poniendo nervioso. Y eso a Barbara le conviene, de modo que aprieta.

—Puede que quien hiciera esto formara parte de una trama que se habría llevado por delante a Vittorio Ferlosio y Giorgio Caputo. Justo los hombres por los que se le va a imputar un doble asesinato. Muchos años de cárcel, señor Nesi. Muchos. Imagínese que a esos le sumamos los que corresponderían por organización criminal.

Ahora es cuando Nesi dice que sí que quiere el abogado, piensa Barbara. Pero qué va, tampoco.

—Oiga, están cometiendo un error.

—Si me dieran un euro cada vez que he escuchado esa frase...

—Yo no he matado a esos hombres —insiste él—. Ni tengo nada que ver con esa pobre mujer. Que metiera bronca en las manifestaciones no es como para que me detengan y me culpen de nada.

—¿Esto es suyo?

Barbara se ha sacado de la chistera una bolsita transparente. Dentro está el aro plateado que hallaron en el escenario de los crímenes. Los ojos de Paolo denotan algo parecido al pánico. Sin embargo, la respuesta contradice sus palabras.

—No.

—¿No le pertenece este pendiente? ¿No solía lucirlo en su oreja izquierda, en ese agujero que veo desde aquí?

Él no contesta.

—Mire, señor Nesi, hemos hecho las comprobaciones oportunas y sabemos que este pendiente le pertenece —Barbara lanza el farol sin inmutarse.

—¿Y qué si fuera así?

—Adivine dónde apareció.

—En la granja —murmura él *sotto voce*.

Ha picado el anzuelo, y al hacerlo ha perdido el brío en un instante. Ya no le ve sentido a mentir. Barbara se percata de ello.

—Parece que empieza a encontrar las respuestas correctas. Justo en la nave en que aparecieron los cadáveres de Ferlosio y Caputo. Siga así, y recuerde que se está jugando que le imputemos también la pertenencia a una organización criminal. Tiene usted para jubilarse en el talego. ¿Por qué apareció allí su pendiente?

—Porque estuve en esa nave.

—¿Con qué objetivo?

Paolo se resiste a seguir hablando. Barbara exhala un suspiro de hastío.

—Señor Nesi, la granja estaba clausurada, no había visones en las jaulas desde hacía mucho. ¿Para qué fue?

—Quedé con ellos.

—Con los fallecidos.

—Sí —confirma.

—¿Cuándo?

—Un par de noches antes de que aparecieran los cadáveres.

—¿Para qué?

—Para ofrecerles un trato. Quería que testificaran en un juicio contra la granja por los vertidos ilegales. Si ganábamos, sacaríamos una buena tajada.

—Pero Caputo y Ferlosio se negaron.

—Exacto.

—¿Qué pasó entonces?

—Los dejé con ellos.

El gesto de Barbara deja ver su desconcierto.

—¿Con quiénes?

—Con los malditos abogados que propusieron el encuentro. Me aseguraron que ellos los convencerían. ¿Entiende ahora por qué no me fío de ninguno?

* * *

—¿Abogados? ¿Por qué no lo dijo antes?

—Tuve miedo —responde Paolo con los dientes apretados—. Era demasiada casualidad. Intenté pedirles explicaciones, pero su teléfono no está disponible desde aquel día.

—¿Tiene pruebas o testigos de lo que afirma?

Él niega con la cabeza.

—¿El resto de los vecinos no estaba al tanto de las negociaciones?

—Me pidieron que no lo compartiera hasta que todo estuviera bien atado.

En el rostro de Barbara se dibuja una sonrisa burlona.

—¿Y no se preguntó por qué hablaban solo con usted?

—Yo había sido muy activo contra la granja desde sus comienzos. Era una especie de líder —dice defendiéndose, aunque con una pizca de vanidad.

Ahora Barbara le mira con dureza. Como patraña está solo regular. Respira hondo:

—Dígame todo lo que sepa sobre esos abogados.

Paolo comienza a relatar su rocambolesca historia. Cómo le llamaron desde un bufete de Milán ofreciéndole llevar el caso a través del sistema de pro bono. Cómo le llenaron la cabeza con leyes y procedimientos, pero sobre todo cómo se lo camelaron con el dinero que le sacarían a los propietarios de la granja cuando probaran de qué forma habían afectado a su salud y la de su familia aquellos vertidos. Y cómo, tras algunas semanas, le dijeron que no parecía tan fácil de demostrar y que necesitaban que alguno de los antiguos empleados testificara a su favor.

—El bufete se encargó de seleccionar a los candidatos más idóneos —finaliza Paolo.

—¿Y eran ellos? ¿Ferlosio y Caputo? ¿Precisamente los dos trabajadores más cafres?

Barbara ha lanzado la pregunta con un tono que reúne todo el escepticismo de la tierra.

—Supuse que iban a untarles para que dijeran lo que necesitábamos. Mire, yo a esas alturas lo único que quería era que el juicio saliera adelante. Pagar estudios a mis hijos, sacarlos del pueblo y darles alguna oportunidad en la vida.

—¿Recuerda sus nombres?

—El del bufete: Marchesi y Asociados. El hombre nunca dio el suyo.

—¿La otra era una mujer?

—Sí. La abogada Marchesi.

—¿Marchesi qué más?

—No sé, no mencionó su nombre de pila.

Barbara se pone en pie. La rodilla la martiriza, no soporta más la sesión.

—Muy bien. Le enviaré a alguien para ver si puede identificarlos.

—Solo los vi una vez, y en la penumbra. No estoy seguro de que...

—Más le vale concentrarse, amigo. Su libertad depende de que esas personas existan.

40.

Sevilla, España

Los alrededores del palacio de San Telmo están anegados.

Hay operarios trabajando en ello, pero aun así el agua llega a la altura de las pantorrillas.

—¿Sabías que en el pasado el edificio tuvo embarcadero propio? —dice Pascual, que se ha calado unas botas de agua, aunque menos escandalosas que las de su jefa.

—Buena falta nos habría hecho ahora.

—Fue sede de la Universidad de los Mareantes —sigue el oficial, como si fuera un guía turístico.

—Una forma muy apropiada de llamar a los políticos.

—No seas burra, jefa. Los mareantes eran los navegantes.

—Pues se podía haber quedado como estaba. Hay que navegar para llegar hasta ella, esto parece la puñetera Venecia.

Al fin consiguen alcanzar la impresionante portada churrigueresca. Un policía les da el alto. Camino saca su placa y relata sus nombres y cargos. El otro, con cara de mosqueo, informa a través de un *walkie* y les franquea el paso. Acceden a un zaguán y, a continuación, al patio principal. Allí otra policía los está aguardando ya, y los conduce por las instalaciones hasta llegar a la antesala de una estancia majestuosa. Hace una seña para que tomen asiento en unos sofás de cuero blanco.

Antes de que les dé tiempo a hacerlo, aparece una mujer emperifollada del flequillo a los pies.

—Buenas tardes, soy María Luisa, la jefa de gabinete —dice con una sonrisa acartonada, de las que se ensayan tanto que ya parece que formaran parte de una misma.

—Venimos a hablar con Emilio Chaparro. —Camino enseña su identificación. No tiene ganas de bregar con la sabuesa del consejero.

—Está reunido.

—¿Ahí dentro? —Camino señala la puerta cerrada.

—Sí.

—Estupendo. Esperamos —dice, y sin más se acomoda en uno de los sofás.

Transcurren unos minutos en los que ninguno de los policías habla. La inspectora repasa mentalmente cada pieza del endiablado caso. Es Pascual quien rompe el silencio.

—¿Sabes que San Telmo es el patrón de los marineros? Eso también es muy apropiado ahora, ¿verdad?

—Ofú, Molina, qué pesado. Le vas a hacer un Trivial al edificio o qué pasa.

—Para que veas que no solo sé de salsa rosa.

Ella mueve la cabeza a un lado y a otro y luego se hace el silencio y los dos vuelven a concentrarse. Pascual en su móvil, Camino en el caso. Media hora después, la puerta al fin se abre y varios hombres de traje oscuro salen por ella.

—Ni en el Polo Norte hay tanto pingüino —masculla ella al tiempo que se pone en pie.

La jefa de gabinete va directa hacia uno de ellos con intención de cuchichearle las novedades, pero la inspectora se le adelanta.

—Emilio Chaparro, ¿verdad?

El hombre la mira extrañado.

—Marisi, creía que había terminado con las reuniones por hoy.

—Yo..., no tienen cita, pero...

—Le ha surgido una más —Camino la interrumpe zanjando la cuestión—. Inspectora Vargas y oficial Molina,

161

del Grupo de Homicidios de la Policía Judicial. Tenemos que hablar con usted unos minutos.

* * *

—Pureza Bermejo. Su cuerpo fue hallado sin vida en el día de ayer —expone Camino.

—Estoy al tanto, he visto la prensa. —La expresividad del consejero es la misma que la de un maniquí.

—¿Qué me puede contar de ella? —sigue la inspectora.

—No entiendo su pregunta.

—En fin, trabajaba para usted.

—¿Para mí?

—¿Acaso no lo sabe? En la Secretaría General de Transición Ecológica, en Triana.

—Entiendo. Inspectora, me va a disculpar, pero gestiono una cartera enorme. No puedo conocer a cada uno de los funcionarios adscritos a ella.

Camino resopla y cambia de tercio.

—¿Le gusta el golf?

—¿Cómo?

A la inspectora empiezan a cansarle las contrapreguntas de Emilio Chaparro. Le da la sensación de que es una estrategia para ganar tiempo.

—¿Tiene problemas auditivos? Le pregunto que si le gusta el golf.

El consejero se encoge de hombros, molesto.

—Como a todos.

—No, como a todos, no. Yo no he cogido un palo en mi vida. Ni yo, ni la mayoría de la gente.

—Entonces, por eso no les gusta. Porque no lo han probado.

—No es un deporte muy accesible para los curritos del Polígono Sur, ¿sabe? Ni hacen campos extraescolares en las Tres Mil.

Pascual suspira. Mucho empeño en interrogar a ese hombre, y en cuanto la pican un poco se va por las ramas. Así que interviene.

—Usted es socio vitalicio del club de golf de La Algaba. Nos gustaría saber en base a qué le concedieron ese honor.

Emilio se recoloca en su asiento. Por un instante, a Camino le da la sensación de que la pregunta le ha molestado. Pero, si ha sido así, se rehace enseguida.

—Verá, un puesto de estas características lleva aparejadas unas circunstancias... singulares. Muchos quieren congraciarse con el gobierno y tienen ese tipo de gestos.

—Creía que los políticos ya no aceptaban regalos.

—No es un regalo, señora.

—Inspectora.

—Pues inspectora. Es un gesto, un detalle.

—La cuota de entrada son seis mil pavazos. Después, en torno a los dos mil anuales. Usted tiene cincuenta y un años, ¿no? Y la esperanza de vida media en España son ochenta y tres. O sea, treinta y dos, por dos mil, más los otros seis... —Camino cuenta con los dedos, se toma su tiempo, teatraliza la situación—, unos setenta mil euros, redondeando. Menos mal que no es un regalo. Acaba usted de dejar a Papá Noel en bragas.

—Esto es ridículo, seño... inspectora. Yo no pedí inscribirme en ese club.

—Ah, y como no lo pidió, puede aceptarlo, ¿no?

—Pureza Bermejo también era socia vitalicia —Pascual redirige el tema de nuevo.

—¿Quién?

—La muerta —dice Camino cortante.

—Ah. Pues no sé.

—No sabe, claro. Ella fue quien firmó el informe favorable para la creación del club. ¿Eso tampoco lo sabe?

La situación se ha ido haciendo más tensa entre Emilio y Camino. Ahora él se levanta, cansado de guardar las formas.

—No me gusta lo que está insinuando. Les voy a pedir que abandonen mi despacho y que, si tienen algo concreto sobre lo que quieran preguntarme, lo hagan a través de mi abogado.

—¿Y que ha desaparecido el heredero de la constructora que hizo ese club de golf? Eso tampoco lo sabe, ¿verdad que no? Para ser usted un tipo que ha llegado tan alto, no tiene ni idea de nada.

El consejero palidece por un momento. Después pasa del blanco al rojo con una facilidad increíble. Comprime la mandíbula tanto que la voz le sale particularmente grave, con un timbre oscuro que no hace presagiar nada bueno.

—Fuera de mi despacho he dicho.

Camino va a replicar, pero Pascual le tira del hombro.

—Vámonos, jefa.

* * *

Camino está que trina.

—Oculta algo. Ese tipo oculta algo.

—No podíamos hacer más —Pascual trata de tranquilizarla.

—Voy a pedir que le investiguen.

En ese momento suena el teléfono del oficial.

—Es la comisaria —dice él con cara de susto.

—Pues cógeselo, ¿no?

Pascual atiende el teléfono.

«Pásame con Vargas», pide Mora sin siquiera saludar.

—Es para ti. —Pascual le tiende el móvil a Camino, a quien tampoco le da tiempo a decir nada más.

«No puedes ir por libre, Vargas, no sé cómo te lo tengo que decir. Te pido que vayas a ver a la madre de Daniel y ahora me vuelve a llamar el jefe superior, pero para contarme que has molestado a un alto cargo del gobierno».

Camino se separa un poco del teléfono y mira a Pascual:

164

—Anda que ha tardado mucho este en ir a llorarle al jefe.

Al otro lado, Mora, que lo ha escuchado, se contiene para no gritar.

—Era el jefe de Pureza. Creo que está relacionado —replica Camino, impactada por las formas inusuales de la comisaria—. Además, también hemos ido donde Amaranta Peñalosa de Castro.

«Sí, y también la has liado parda. Después de tu visita ha considerado nuestra labor tan inútil que prefiere meterse en las redes sociales a pedir ayuda».

Camino resopla. No se le escapa nada a la comisaria.

«Vargas, ayúdame un poco, te lo pido por favor. Quiero saber cada paso que das antes de que lo des. Recuerda que soy yo quien decide cómo se hacen las cosas». Luego, un silencio, y la puntilla: «Si no lo haces, vas a empezar a tener problemas».

Camino se queda callada unos instantes. Pascual puede oír su rechinar de dientes. Para qué sirve ser jefa de grupo, se está preguntando ahora. Para qué ascender en la escala si tienes más responsabilidades, te comes más marrones y sigues sin poder hacer lo que crees que tienes que hacer, sin mandar un carajo, porque siempre hay alguien más arriba dispuesto a imponerte su voluntad. Y a joderte si no la cumples.

—Está bien —dice al fin.

Tras colgar el teléfono, Camino se lo devuelve a Pascual, quien vuelve a hacer *scroll* en la pantalla dejándola bufar un rato a su aire.

—Daniel Torredealba se pasa el día en las redes sociales. A través de ellas puedes saber toda su vida —dice el oficial unos minutos después.

Camino hace un esfuerzo mental por centrarse.

—¿Toda?

—Desde que se levanta hasta que se acuesta.

—¿Y qué dicen los que le siguen sobre su paradero? Porque así acabamos antes.

—Sobre eso no dicen nada.

—Ah.

La inspectora nota que está pagando su disgusto con Pascual y decide suavizarse.

—Anda, cuéntame qué hay en esas redes.

—Lo último que compartió fue un recuerdo de hace un año con la ex.

—Coño, pues estarán reconciliándose.

—No creo, ella pasó mil. Ni siquiera un *like*. Pero la imagen causó sensación.

—¿Cómo sensación?

—Emoticonos, corazones, esas cosas.

Camino aprovecha un semáforo rojo para quitarle de nuevo el móvil y desciende por los comentarios.

—«Mis dos *crushes* juntos, que me muera». ¿Qué demonios significa eso?

—Un *crush* es como un amor platónico.

—A ver, qué más: «Hoy es mi cumpleaños y no hay nada que desee con más ansias si no que me felicites». ¿Quién será?

—Cualquier fan. Las tiene por miles.

—Ya veo. Y mira esto: «Espero que no me tenga que quedar en la *friendzone* por esa». Traduce, Molina.

—Que si Daniel vuelve con Martuchi, la fan podrá aspirar como mucho a ser amiga.

—Qué manejo. Voy a empezar a pensar que esta es tu vocación frustrada.

—No digas tonterías, jefa. Sabes que yo me he metido en esto por mi Sami.

—Y un mojón. A ti el rollo te mola, y con salseo ya ni te cuento. Oye, a ver si a Daniel le va a haber secuestrado alguna fan para quedárselo.

Camino lo ha dicho en broma, pero Pascual la mira muy serio.

—Tú no sabes cómo los adoran. Esos chavales son dioses de una puta religión.

—Pues, como hubiera que investigarlas a todas, íbamos listos.

—Podrías darle los perfiles a Lupe para que los cribe, quizá encuentre algo de interés.

—Lupe tiene que ir a ver flamenco.

Pascual aprieta los labios, pero Camino sabe lo que está pensando.

—Molina, los de arriba pueden decir misa. Tú y yo sabemos lo que hay en juego, y Lupe también.

—Ya.

—Lo del Animalista no acabó con ese hombre muerto. Y cuanto más tardemos...

—Más posibilidades habrá de que vuelvan a actuar —completa él, resignado.

—Exacto.

Camino ha sido categórica, pero sabe que a Pascual no le falta razón. Hay que conocer lo mejor posible a la persona que se investiga, y pocas cosas aportan tanta luz como las redes sociales. Sobre todo de alguien que se pasa el día en ellas.

—Échales un vistazo tú ahora que controlas tanto. Y mañana nos pones al día.

—Hoy tengo a Samantha, jefa. Siempre se te olvida —se queja Pascual.

—Vale, vale. —Camino frunce el ceño. Es verdad, siempre se le olvida. Luego se le ilumina la mirada—. Pues que te ayude ella.

Pascual pone mala cara, aunque en el fondo no le desagrada la idea. Siempre anda a la caza de hacer cosas con su hija, pero a medida que crece es más difícil.

—Bueno, ¿qué? ¿Te llevas los deberes para casa?

—Está bien.

—Genial. Así empiezas a amortizar los miles de euros que llevas invertidos en la cría. No me digas que no es un planazo.

Pascual refunfuña algo ininteligible que Camino toma por un sí.

41.

Almudena Cruz es la pura imagen de la parca.

Camino ha dejado el K en el aparcamiento de la Brigada y ha ido andando como una autómata. Sus pesadillas han saltado ese límite difuso entre lo onírico y lo real, y eso la obliga a lo que más temía: regresar al caso en el que perdió a Evita Gallego. Pero si hay algo que aún pueda hacer por esa policía es llegar hasta el fondo y cerrarlo de una vez por todas. Por ella, por todas las víctimas, por todos los que puedan estar en el punto de mira todavía. De modo que no ha dudado en silenciar el móvil y dirigirse al lugar donde alguien podría dar respuesta a las preguntas que rondan su cabeza. Aunque los médicos la desahuciaron hace meses, esa anciana sigue aferrada a la vida y a mil cables en su cama de hospital. Pero, a diferencia de la primera vez que Camino la vio, ya no huele a colonia de bebé ni sus cuatro pelos ralos están ahuecados a golpe de peine. Ahora tiene el cabello grasiento y apelmazado, y huele a hospital, a enfermedad y a la muerte que le ronda esperando la oportunidad de llevársela. Puede que ese centro se publicite como puntero en tratamientos oncológicos, pero nadie te cuida como tu propio hijo.

La respiración sibilante de la primera vez que la vio se ha acentuado. Diría que también las arrugas, en esa cara nonagenaria y apergaminada donde no cabe ni una sola más. Y, sin embargo, en sus ojos hundidos en profundas cuencas violáceas percibe un brillo de lucidez que no había advertido en el pasado. Puede que desaparezca en el próximo parpadeo, de modo que Camino no deja escapar la ocasión.

—Señora Cruz, vengo a hablar sobre su hijo.

Ella mantiene la vista fija en la pared de un blanco sucio de su habitación individual.

—Hay personas peligrosas que están haciendo mucho daño. Y creo que él las conocía.

Camino deja respirar el silencio. Es un silencio que pesa más que cualquier palabra, que se va depositando en torno a ellas, inundando la habitación. Unos minutos después, la vieja gira la cabeza para enfrentar su mirada y comprime los ojos hasta que se convierten en dos ranuras apretadas:

—Asesinos —pronuncia en un susurro exánime.

La inspectora se llena de esperanza, pues aún tarda unos segundos en comprender que no se refiere a los cómplices de su hijo, sino a ellos. A la policía. A los que acabaron con la única persona que le quedaba en este mundo. Y lo entiende porque esa lucidez del fondo de sus ojos está cargada de rencor.

Pero ella tampoco salió indemne de aquel lance. Y la que contesta, dura como el grafeno, es la parte más primitiva de su cerebro, esa que se mueve por impulsividad y a la que deja llevar las riendas más veces de la cuenta:

—No es la única que ha sufrido, Almudena. Su hijo mató a personas que también tenían madre. Yo misma presencié su dolor, igual que hoy tengo delante el de usted.

La anciana la mira con dos focos que hurgan en su rostro para desentrañar la verdad de esas palabras y su cuerpo enjuto se rebulle en la cama como si quisiera escapar de allí. Camino se recrimina su falta de autocontrol. Ha ignorado lo único que el asesino pidió en su último aliento: que no le contaran nada a su madre. Ignora si Almudena sabía o intuía algo de las andanzas del hijo, pero ahora ya no podrá morir pensando que crio a un buen hombre. Las palabras no se las lleva el viento, aunque hoy circule a noventa kilómetros por hora. No. Se clavan en los corazones como una flecha afilada y los perforan para siempre. No le queda más que dejar que lo dicho se hunda por su propio peso en el silencio sordo de esas cuatro paredes.

Poco a poco, como en una función a cámara lenta, la mujer se va calmando y su rostro adquiere un rictus amargo. Los labios, casi inexistentes, se fruncen el uno contra el otro enfatizando cada uno de los pliegues verticales sobre ellos. Sus ojos parpadean como si algo les molestara, pero están más secos que el polvo del desierto. Después, los labios se abren unos milímetros y emana un susurro tan débil que Camino tiene que arrimarse para escucharlo.

—Busque a la mujer.

—¿Qué mujer?

Pero Almudena ha vuelto a girar la cabeza y ha echado la persiana en esos ojos secos.

—Deme un nombre, Almudena. ¿Pureza? ¿Amaranta? —insiste Camino—. ¿O es que su hijo tenía una relación de pareja? ¿Esa mujer sabía algo de los asesinatos? ¿Era su cómplice?

El silencio en el que Almudena ha decidido instalarse se ve sacudido por una tos que la estremece de arriba abajo. Cuando acaba, la respiración es estertórea y se la ve agotada. Camino cree que va a exhalar el último aliento delante de sus propias narices. Almudena recobra el resuello, pero mantiene los párpados cerrados como si estuvieran hechos de plomo, y la inspectora se dice que ha llegado el momento de retirarse. Está saliendo por la puerta cuando, entre jadeos sibilantes, escucha algo más:

—La mujer que no era de aquí, la forastera. Búsquela.

42.

Camino ha salido del hospital.

Él ha aguardado vigilante en la acera de enfrente. Ahora la inspectora desanda sus pasos y le coloca en una tesitura delicada: puede continuar siguiéndola o puede averiguar a quién ha ido a ver Camino Vargas a ese hospital. Un nuevo lugar en el mapa que no está dispuesto a dejar con otro interrogante. De modo que se decanta por lo segundo, pero la recepcionista que está tras la cristalera no tarda en llamar su atención.

—¡Oiga! ¿Adónde va?

Él se gira con cara de despistado.

—He tardado mucho en aparcar, venía con mi mujer. Es rubia, lleva unas botas azul turquesa y un paraguas con diseño de arcoíris. —Mira hacia el paragüero atestado como si tratara de encontrarlo allí.

La mujer le observa con suspicacia. Ese hombre tiene diez, quizá quince años menos que la señora que ha entrado y salido hace un momento. Además, no le pega nada. Él está tremendo. En su piel aún perdura el bronceado veraniego tono surfero cañón, y tiene el pelo castaño revuelto y unos ojos negros que desprenden un halo de magnetismo al que debe de ser difícil renunciar. Uno así se pediría ella para Reyes.

—¿Su mujer es... fuertota?

La recepcionista se ruboriza por su torpeza. De todas formas era una pregunta innecesaria, solo una mujer ha entrado con unas pintas parecidas.

—Sí, *curvy*—él esboza una sonrisa cómplice que a ella le parece terriblemente seductora—. Y con experiencia de la vida, no se puede pedir más, ¿verdad?

El rubor en el rostro de la mujer aumenta. Ella también tiene más kilos y años de los que quisiera, pero nunca lo había pensado así. Ojalá tuviera cerca a alguien que la viera de esa forma. Y que, de paso, fuera igual de pibón.

—Acaba de irse.

—¿Ya? —Él se rasca la barba, como si esa información le hubiera confundido por completo.

—Su tía no está para muchos trotes, hay que procurar no agotarla.

—¿Cómo dice?

—Almudena Cruz, ¿no es a quien había venido a ver? La anciana de la habitación veinticuatro.

—Sí. Sí, perdone.

—Vaya a buscar a su esposa. Le estará buscando ahí fuera, con la que está cayendo.

Él se despide con un gesto de la mano. Solo cuando se ha alejado unos cien metros del hospital, se detiene y reflexiona sobre lo que acaba de averiguar. Si la recepcionista pudiera ver ahora la expresión de su rostro, ya no le parecería tan atractivo. Porque en sus ojos hay encerrado un odio infinito. Almudena Cruz no es tía de Camino Vargas. Almudena Cruz es la madre del asesino. Y la visita de la inspectora a esa vieja decrépita solo puede significar una cosa: le han mentido, a él y a toda la opinión pública. Ese caso no está cerrado.

43.

—*Llegas tarde.*

—¿Baja?

—Sí.

Esa es toda la conversación que Pascual mantiene con Noelia, su exmujer y madre de Samantha. Reproches a través de un portero.

Varios minutos después, ve aparecer a su hija con una mochila enorme cargada de libros. Parece una sherpa con destino el Himalaya.

—¿Dónde vas con eso? —le dice a la vez que le da el beso de rigor en la mejilla y la cubre con un paraguas gigante, como él.

—Tengo deberes.

—¿Para todo el curso?

—Mamá me ha dicho que me los lleve y así voy adelantando.

Pascual se muerde la lengua. Para un rato que tiene a la niña, parece que a Noelia le fastidie que lo pasen bien juntos.

—Qué pena, yo tenía una misión para ti.

Sami enarca una ceja interesada. Es la misma expresión de Noelia. Cada vez que la ve le parece que ha crecido un poco más, y poco a poco va convirtiéndose en una copia perfecta de la mujer de la que se enamoró en un pasado que, no por lejano, duele menos.

—¿Qué misión?

—Que me ayudaras con el trabajo.

—Vaya morro.

Pascual mete la mochila en el maletero y ambos montan en la tartana que tiene por coche. Enfila hacia su casa mientras aguarda la siguiente pregunta. Aunque Samantha se haga la dura, él sabe que le encanta jugar a los policías con su padre. Para ella es como el Cluedo de los mayores.

—¿En qué?

—¿Cómo? —Pascual se hace el despistado.

—Digo que en qué quieres que te ayude.

—Tengo que investigar una desaparición.

Los ojos curiosos de Samantha se abren como platos.

—¡¡¡No será la del Príncipe!!!

—Ya veo que estás al día.

—Es que es muy fuerte el vídeo que ha colgado su madre. ¿De verdad lo llevas tú?

Él asiente con una pizca de orgullo. Para una vez que puede fardar con su hija de algo...

—¿Qué le ha pasado? Estará bien, ¿verdad?

—Eso es lo que tú me vas a ayudar a averiguar.

De nuevo el asombro en sus ojos. Después, la emoción, los nervios. Y ese tono serio, lleno de la autoconfianza que su padre tanto le admira y que siempre se pregunta de dónde habrá sacado:

—Le vamos a encontrar.

44.

—¿Hola?

Nada más cruzar la puerta, Camino se despoja de las katiuskas. El suelo está frío, y esa sensación alivia sus pies y la reconforta anticipando el descanso. Tras la noche épica de ayer, está deseando volver a ver a Paco. Quiere besarle, tumbarse a su lado en el sofá y repetir algunas de las hazañas cuyo recuerdo ha llevado pegado a la piel durante todo el día. Y le necesita, le necesita más que nunca. Ansía esa desconexión o, mejor, esa conexión, porque eso es Paco para ella. La conexión con el presente, con esa otra realidad que es su propia vida. Después volverá al caso. Lleva el dosier encima y piensa pasarse la noche revisándolo. La forastera..., ahí está otra vez. La organización internacional. ¿Estará esa mujer vinculada con las muertes de Nueva York? ¿O con las de Italia? Quién sabe cuántas cédulas más pueden estar creándose. Un escalofrío le recorre el cuerpo solo de pensarlo. Lo desecha con una sacudida de cabeza. Probablemente se lo acabe contando todo a Paco y le pida ayuda, como siempre hacía cuando él era su mentor. Pero eso será después...

En el salón no hay nadie. Tampoco en el dormitorio. Repite el saludo sin recibir contestación.

—¿Paco?

Acaba pronto con la búsqueda a través del resto de la vivienda. Huele a algo extraño que no es capaz de descifrar. Le recuerda a la casa de su abuela, que rellenaba todos los cajones con bolitas de alcanfor. Pero las únicas que hay allí para recibirla son las hormigas, y ellas no le van a aclarar ninguna de las dudas. Saca el teléfono del bolsillo para llamar a Paco, y entonces se da cuenta de que tiene cuatro llamadas perdidas suyas. ¡Cuatro! Claro, lo silenció y luego lo olvidó por completo. Como siempre.

Le devuelve la llamada, pero ahora es él quien no contesta. El diafragma se le comprime como en un formato ZIP y el aire no le llega a los pulmones. La última vez que su móvil no dio señal, Paco había sido secuestrado por un psicópata homicida. Hicieron falta todos los recursos de la Brigada para rescatarle. Cada vez más alterada, sigue llamando a su número, le escribe mensajes vía chat, SMS, correo electrónico. Nada.

Tiene que calmarse. Va a la cocina a por un vaso de agua, regresa al salón y se deja caer en el sofá con el teléfono en la mano. Ha tenido que ocurrir algo. En caso contrario, Paco no habría insistido tanto. Sabe que está trabajando y que es una despistada terrible. Piensa en la bala que tiene alojada en el cráneo. ¿Qué pasa si se ha movido? Los médicos dijeron que no ocurriría, pero... ¿y si se equivocaron? Lleva trituradas todas las uñas de la mano izquierda cuando un mensaje suena en el teléfono. Se abalanza hacia él.

Vienes, ¿verdad?

Lo suelta con el mismo ímpetu que lo ha agarrado. Es Víctor, su compañero de baile. Quiere saber si tiene que buscarse otra pareja para la clase de hoy.

Está histérica. Ni las respiraciones ni el vaso de agua ni la madre que lo parió. Va a llamar a su exmujer. Puede que ella sepa algo. Busca en la agenda el número de Flor, pulsa el botón verde y espera. Tampoco lo coge, maldita sea. Está pensando en dar la señal de alarma cuando oye el ruido del ascensor. Espera con angustia hasta comprobar que suenan pasos en el tercer piso. Son las pisadas irregulares de Paco, que sigue arrastrando un poco la pierna izquierda. Suspira aliviada, pero no puede evitar alzar la voz en cuanto entra por la puerta.

—¡¿Dónde estabas?!

Él la mira sin contestar. Tiene los hombros caídos y su rostro es la viva expresión de la tristeza.

—Te he llamado —se limita a responder.

—Y yo a ti.

—Me habría gustado que me acompañases —dice Paco mientras se despoja de la chaqueta mojada.

—¿Adónde querías que te acompañara? Estaba trabajando, ni te imaginas lo que ha ocurrido...

—Mago ha muerto.

—¿Qué? ¿Mago?

Ante la expresión desconcertada de Camino, Paco siente un hormigueo caliente extendiéndosele por el cuerpo hasta llegarle a la cabeza. La niebla roja de la que ya hablara Séneca hace veinte siglos se le cuela en la mirada. Los humanos aún no nos hemos librado de la ira. Paco, desde luego, está abrazándola ahora mismo.

—Mi perro.

Camino se da cuenta de que está alterado. Pero ella también lo está. Al vértigo por los últimos hallazgos de la trama criminal se ha sumado su mayor miedo, un miedo cerval, mayor que tener que reabrir ese caso, mayor que las pesadillas que la persiguen cada noche: el de volver a perder a Paco. Todavía no se ha recuperado del pánico, de la cerrazón en la garganta, de la tensión corporal. Y todo eso ha derivado en cólera hacia quien se lo ha hecho sentir.

—Ya sé que es tu perro. O era, lo que sea.

—Te importa una mierda, ¿verdad? Es increíble, no se puede ser más egoísta.

—¿Egoísta yo? ¿Egoísta yo? Qué sabrás tú. Qué sabrás tú lo que ha pasado, si ni siquiera preguntas. Eres tú el que se cree el centro del mundo. ¡Y todo por un perro! ¡Hay cosas más importantes!

Paco la mira como no la ha mirado nunca. A ella se le clava muy dentro la inquina que desprenden sus ojos. Inconscientemente, se acerca. No quiere verse reflejada así en la persona que ama. Trata de abrazarle, pero él se zafa con frialdad.

—No me toques.

Ella da un paso atrás.

—¿Se puede saber qué te pasa?

Él la ignora y se va hacia el dormitorio.

—¿Me estás oyendo? ¡No vuelvas a hacerme esto! —grita Camino desde el salón.

Ahora Paco se da la vuelta fuera de sí.

—¿Que no vuelva a hacerte qué?

Camino titubea. Lo que quiere decirle es que no la mire de esa forma nunca más, que borren de sus cabezas los últimos minutos. Volver a ver en sus ojos ese brillo cada vez que ella aparece, cada vez que le sonríe, cada vez que le besa. Pero le puede el orgullo.

—Irte sin decirme adónde.

—¿Acaso esto es una cárcel? ¿Quieres encerrarme como a tus hormiguitas? —Otra vez esa mirada de desprecio, ahora también de mofa—. Vete a la mierda, Camino.

—¡No, a la mierda te vas tú!

La ira ha conquistado una nueva presa. Se llama Camino Vargas, aunque ella está extraviada, y la única que rige los mandos es esa pasión espesa, confeccionada a base de agravios e impotencia.

—¡Y limpia la casa de vez en cuando, que pega un tufo que no veas!

Pero él ya se ha encerrado en el cuarto y no se digna contestar. Pertrechada con toda su mala hostia, Camino coge la bolsa de deporte de la entrada y se va pegando un portazo. Con un poco de suerte, llegará a tiempo para la sesión de hoy.

45.

—*¿Cómo que tiene miles de enemigos?*

—A ver, no son enemigos exactamente. Son *haters*. O, como mucho, trols.

—¿Como los de *El Señor de los Anillos*?

Pascual se hace el nuevo. Tiene que andar con ojo para que su hija no descubra que sabe mucho más de lo que aparenta.

—Nooooo. —Samantha disimula una risita mientras acaricia al gato, que está hecho un ovillo sobre ella—. Son otros internautas que intentan manchar su imagen. Se meten con él, lanzan bulos y todo eso.

—Pues entonces sus amigos no son.

—No, pero igual solo le tienen envidia porque tiene más seguidores o porque es más guapo.

—Qué mala gente.

—Sí, papá. El mundo está lleno de mala gente. Tú deberías saberlo.

Su padre la mira con afecto. Sus maneras de adulta redicha le hacen ver que no está tan perdida como a veces piensa.

—Oye, y de todos esos trols, ¿hay alguno que le tuviera una inquina especial? Ya sabes, que fuera más agresivo de la cuenta.

—No sé, déjame asegurarme.

Samantha alcanza su móvil. El gato, molesto por la interrupción, se levanta y se va con aires de dignatario imperial. Ella trastea haciendo *scroll* a toda velocidad. Tras unos minutos, levanta la cabeza con una mueca de decepción.

—No veo nada raro.

—Igual yo tiraría más por las fans. Si estaban celosas...

—¿Cómo lo sabes?

—¿Qué? —Pascual se da cuenta de que ha metido la pata.

—Estaban celosas porque esa misma noche quedó con su ex.

—Ah.

—Que tú cómo sabes eso.

Su hija es como el Principito, pero el de Saint-Exupéry. Nunca deja pasar una pregunta sin respuesta. Pascual suspira hondo y le da largas.

—Soy policía, cariño. Algunas cosas sí que sé.

—Te quería dar la exclusiva.

—Bueno, cuéntame algo más de Daniel, o del Príncipe, como le llames.

—Oye, te estoy ayudando mucho. ¿Yo también tendré recompensa?

—¿Qué?

—La madre del Príncipe ha dicho que recompensaría a quien supiera algo. Dicen que está soltando quinientos pavos por cada información.

—¿Y tú para qué quieres tanta pasta?

—No sé. Para pillarme otro móvil.

—¡Si lo tienes nuevo!

—Pero este es muy cutre, mamá compró el más barato —se queja—. Ni siquiera tiene lo de la huella dactilar.

—¿Para qué la quieres?

—Pues para que no me lo cotillee —dice como si le hubiera hecho la pregunta más tonta del mundo—. Además, la batería se gasta muy pronto, y la cámara delantera es una birria. Mis vídeos de TikTok parecen del siglo pasado.

—Anda que no te faltaba a ti nada para nacer el siglo pasado.

Ella hace un mohín mitad enfadado, mitad desafiante, y Pascual reflexiona unos segundos.

—Otro móvil no te compro ni en sueños. Pero igual podríamos conseguir un trípode para que grabes mejor esos vídeos.

—¡Sí!

Samantha da un salto espontáneo y se lanza a sus brazos. Watson, que había vuelto a acercarse, sale corriendo despavorido.

—Para eso te lo tienes que currar —dice Pascual, que está radiante por el abrazo de su hija pero no sabe qué hacer a continuación. Siempre ha sido torpe para las expresiones afectivas—. Tendrás que estar atenta a cualquier cosa que se suba a las redes.

Ella se separa y sus facciones se tornan serias de nuevo.

—Seré la mejor ayudante del mundo. Pero ahora tengo hambre, hazme un bocata.

—¿De chorizo?

—¿Puede ser de carne mechá?

Pascual disimula una sonrisa. Desde la crisis de la listeria, Noelia desterró ese alimento de la dieta de la niña, pero él no olvida que le encanta, así que siempre guarda en el frigorífico. Bastantes tragedias los cercan ya como para tenerle miedo a la carne mechá.

—Puede ser —dice rumbo a la cocina. Sabe que en la cara de su hija se acaba de dibujar la expresión pícara que se le pone cada vez que se sale con la suya. O sea, casi siempre.

Samantha le sigue y observa cómo prepara el bocadillo.

—Pero, papá, ¿qué haces? —dice de repente, horrorizada.

Pascual se detiene en seco.

—Tirar el recipiente vacío.

—No se hace así.

—Hija, si me lo enseñaste tú. El corcho blanco se tira a la bolsa amarilla, la de envases y plástico —recuerda.

—Se llama poliespán. ¡Pero hay que limpiarlo bien primero!

—¿Qué?

—No puedes tirarlo con restos. Se limpia y luego se desecha.

Ahora es él quien la mira horrorizado. La tiranía de los hijos concienciados con el planeta. Cada día, nuevas obligaciones.

—¿Por qué? —pregunta, sabiendo que ya tiene la batalla perdida.

—Para no dificultar el reciclaje. Es obvio.

—Sí, claro —dice resignado.

—Si vivieras en Japón, ese envase aparecería de nuevo en tu puerta hasta que lo limpiaras.

Pascual no pregunta más. Se limita a obedecer, alegrándose de haber nacido sevillano.

Una vez que le ve concluir la tarea de forma correcta, Sami vuelve a rumiar el tema de *@andalusian_prince*.

—Espero que no le haya pasado nada, porque me gusta. Es muy inteligente.

—¿Ah, sí?

El escepticismo en el tono de Pascual molesta a Sami.

—Pues sí. Mucho más listo que cualquiera de su edad.

—Por eso se dedica a jugar a videojuegos.

—Para pasarse algunos juegos hace falta ser muy listo —rebate ella—. Además, no es lo único que hace. De él he aprendido un montón sobre el colapso civilizatorio.

Ahora sí que Pascual no sabe de qué le está hablando. La estulticia imperante en el mundo virtual en el que se ha sumergido hace que le parezca inconcebible que haya alguien por esos lares que conserve el cerebro.

—Ese chico ni siquiera estudia, Sami. Se pasa los días vagueando.

—No vaguea. Abandonó la educación formal porque le parecía una pérdida de tiempo.

—Ah, y grabar vídeos en TikTok es mucho más productivo.

—No se trata de eso. La realidad educativa está obsoleta —explica ella muy pedante—. Hay que ir a aulas masificadas para escuchar monólogos de alguien que se cree dueño del conocimiento. Como si eso no lo tuviéramos ya en la red, con mil posibilidades de contrastar y ampliar la información. Y encima tenemos que aguantar a gente que no nos cae bien y ponernos en riesgo de virus y cosas así.

Pascual se ha quedado con la boca abierta. Su hija le hace un gesto para que la cierre.

—¿Ese discurso es tuyo o del Príncipe? —es todo lo que acierta a decir.

Ella le mira con fastidio. De verdad..., de verdad que su padre nunca se entera de nada.

—Da igual. El caso es que no es ningún tonto —«y yo tampoco lo soy», quiere añadir, pero se muerde la lengua. Casi mejor que los adultos sigan pensando que sí que lo es.

—Vale. —Pascual sabe cuándo le toca asumir la derrota—. Y entonces ¿qué dices que has aprendido de él? ¿También graba vídeos dando conferencias?

—Tiene un blog —cuenta ella con tono paciente—. Se llama *Royal BloGreen* y habla de cosas como el capitalismo fosilista, el cambio de paradigma, la emergencia planetaria, las energías verdes, esos temas.

Pascual suspira. Lo que le faltaba a su hija.

—¿Ahí aprendiste lo de Japón?

—Eso ya lo sabía.

—Pero de todo esto no dice nada en Instagram, ¿no?

—No, en las redes solo pone tonterías, es como si fueran dos personas distintas. Lo que pasa es que le sigo porque es superguapo además de listísimo. Y a mí me va todo eso. Creo que soy sapiosexual.

Pascual se escandaliza. Aún no concibe nada que tenga que ver con su hija y la sexualidad. Suspira y el comentario que lanzó Camino por la tarde le sale como un acto reflejo:

—Mientras no te engañe algún listillo...

—¡Papá! Yo soy muy capaz de gestionar bien mis elecciones de pareja.

Un sentimiento ambivalente se ha apoderado del oficial. Al orgullo por comprobar que Samantha no se ha vuelto boba con tanta pantalla y tanta red social, se suma el escozor ante la constatación de que la inocencia se le agota de una forma vertiginosa. Ella todavía es una niña. Que sea una niña redicha, inteligente, vale, incluso superdotada. Es capaz de lidiar con eso. Lo que no puede hacer su Sami es crecer. No tan pronto.

Pero ella está pensando en otra cosa. Reuniendo en su mente todos los comentarios que ha dejado caer su padre durante la tarde. Contrastándolos con ese nuevo seguidor que tiene desde hace unos días y al que no ha permitido el acceso, porque ella no acepta a desconocidos en su perfil por la misma razón que no abriría la puerta de casa a un extraño. Sentido común.

—Papá, tú controlas más de lo que parece, ¿verdad que sí?

—¿Qué?

—¿Te suena un tal Wild Billy?

Pascual se ruboriza hasta las orejas. Mira hacia la ventana como si la cosa no fuera con él. Cada día anochece más rápido. Las nubes hacen que la oscuridad de fuera sea tan prieta como la de una habitación sellada, solo interrumpida de forma intermitente por el resplandor de algún relámpago. Hay uno que viene acompañado de un trueno fragoroso. Eso le hace reaccionar.

—Uy, qué tarde es. Venga, que te llevo con tu madre antes de que llame protestando.

—¿Y el bocata?

—Te lo terminas por el camino.

—Vale, forajido.

46.

Cuando Camino sale del gimnasio, Víctor la está esperando.

Su amigo se guarece bajo la marquesina de una parada de autobús, ya que el cielo sigue descargando goterones furiosos como si le pagaran por ello.

Normalmente ella es más rápida en la ducha, pero esta vez Víctor se ha dado prisa.

—¿Me vas a decir qué te pasa? —Él la aborda antes de que a Camino le dé tiempo a abrir la boca.

—¿A mí? No me pasa nada en absoluto.

—Ya. Y por eso te has equivocado siete veces. Me tenías como un pato mareado.

Ella agacha la cabeza.

—Estaba un poco dispersa.

—¿No me digas?

—Cosas del trabajo. Hoy ha sido un día duro.

—Que no me la cueles, bonita. Hasta cuando ese asesino iba despedazando gente de tres en tres fuiste capaz de bailar.

—El caso que tengo ahora tampoco se queda atrás. No sé por dónde meter cabeza.

—Ya. ¿Es por Paco?

Camino le mira sorprendida. No hay nada que se le escape a ese hombre.

—¡No! Bueno, o sí —reconoce—. Hemos tenido nuestra primera discusión.

—Buah. Eso es normal, ahora vivís juntos. ¿Qué esperabas?

—Es que ha sido fea. Me ha mirado de una forma, Víctor... Yo he tratado de abrazarle y me ha apartado como si fuera un mal bicho.

Víctor se mesa la barbilla en un gesto muy suyo.

—¿Qué habías hecho?

—¿Yo?

—No, mi tía la de Jaén.

—Nada.

—Vengaaaaa.

—En serio, nada. Me llamó varias veces y no me enteré.

—¿Solo por eso? Pues sí que está tontito el señor. —Víctor se indigna como se indignan los buenos amigos cuando alguien nos hace sufrir.

Camino se resiste a dar más detalles, así que él elucubra nuevas teorías.

—Igual le molesta que ahora seas tú la que manda. Los tíos son así —dice como si él no fuera uno de ellos.

—No, Paco no —ella se sorprende defendiéndole—. En todo caso será por el perro, se ha muerto hoy.

—¿Que se ha muerto Mago?

—Joder, te acuerdas hasta del nombre. Tú sí que sabes escuchar.

—Pero, tía, Paco adoraba a ese perro.

—Ya...

—Y tú no le has cogido el teléfono, luego no le has acompañado a despedirse de él, luego ha tenido que ir solo. Y después te vienes aquí a bailar y le dejas solo otra vez.

—Si no vengo, te quejas, y si vengo, te quejas también.

—Y seguro que ni siquiera le has dicho que lo sientes. —Víctor entrecierra los ojos mirando a Camino—. Porque no lo sientes, porque eres más bruta que mandada hacer.

—Solo era un pe...

—¡Ni se te ocurra decir eso! Un perro es parte de la familia, siempre. Y el vínculo que se crea es más fuerte que el que pueda haber con muchas personas.

—Hombre, más tampoco, ¿no?

—Los que no habéis tenido nunca una mascota pensáis que el amor es algo que ocurre solo entre personas. No tenéis ni idea.

—Eh, que yo tengo a mis hormigas.

—Y te recuerdo que lloraste cuando se te olvidó darles de comer y se murieron un puñado.

—Fue un puñado grande.

—Ya vale. Tira para casa y pídele disculpas. Y consuélale, hazle una mamada o algo.

—¡Víctor! Menos mal que la bruta era yo.

—No eres la única. ¿Qué te creías?

Le mira con afecto. Es difícil que la inspectora encuentre personas que le gustan, por eso se siente tan afortunada de que la emparejaran con él cuando empezó las lecciones de baile, hace ya seis años. Al principio no le caía bien. Ahora se ha acostumbrado a su forma de ser, y, sobre todo, a que le ponga las pilas. Víctor es tan diferente a ella que le hace ver otra perspectiva de las cosas. Igual que sus hormigas.

—¿No quieres que te acerque? —le pregunta ella. Antes iba a recogerle su novio, pero, al dejarle, Víctor se ha quedado sin chófer y sin coche.

—Seguro que escampa enseguida.

—Eso sí es ser optimista —dice Camino mirando al cielo.

—¡Largo de aquí! Que tú lo que quieres es retrasar tus disculpas, y no pienso darte el gusto.

* * *

En los quince minutos que dura el trayecto hasta su casa, Camino reflexiona sobre la regañina de Víctor. Tiene razón, ha sido una capulla. Una capulla con todas las letras. Pero es que reabrir aquel caso en su cabeza la ha dejado hecha polvo, se justifica. Además, a ella los perros le dan pavor. ¿Cómo va a entender que para Paco el tal Mago fuera como otro hijo más?

Por primera vez es consciente del sacrificio que Paco ha hecho al irse a vivir con ella. No solo tiene que conformarse con ver a Rafa los fines de semana, sino que ha perdido a su amigo incondicional, con el que pasaba el día entero desde que dejó de trabajar en la Brigada. Y, también por primera vez, se pregunta en qué emplea Paco todas las horas muertas desde que ella sale de casa por las mañanas hasta que regresa al cabo del día.

El semáforo está en rojo y en la esquina hay un supermercado de los que nunca cierran. Sin pensárselo dos veces, se aparta a un lado, pone la doble intermitencia y sale corriendo del coche. Siete minutos después, regresa chorreando pero con una pizza, una tarrina enorme de helado de chocolate y algo menos de remordimiento. Le cuesta lidiar con las emociones de los demás, pero lo que sí sabe es qué haría ella en su lugar. Así que le animará a que lo hagan juntos: pegarse un atracón.

47.

Caravaggio, Italia

Barbara despacha a Silvio de mala manera.

Sabe que él no tiene la culpa, pero está frustrada y exhausta, y la rodilla le duele como si el mismo demonio se la estuviera achicharrando. Se ha turnado con Silvio durante horas, pasando páginas de álbumes con fotos de delincuentes, pero todo ha sido en balde; Paolo Nesi ha asegurado no reconocer en ellos a ninguna de las dos personas que vio aquella noche en la granja de visones. Ahora se pregunta por dónde seguir. ¿Debería poner al tanto a la inspectora sevillana? Cuestiona seriamente el testimonio de Nesi, pero es la pista más fiable que tiene. De hecho, es su única pista.

Levanta el teléfono y marca el número de Camino Vargas.

—¿Sí?

—Buenas noches, inspectora. ¿Cómo ha ido hoy?

—Todo patas arriba, pero creo que tengo un cabo interesante del que tirar. Déjeme que llegue a casa y preparo un informe. ¿Y por allí?

—Hay un testigo que estuvo en el lugar de los hechos.

—¿Vio a los tiburones zamparse a ese hombre?

—No, un testigo de la granja de visones. Le hemos situado en la escena del crimen y asegura que fue allí guiado por dos personas.

—¿No ha dado nombres?

—No, solo el de un bufete de abogados ficticio que le cameló para denunciar a la granja por los vertidos. Sinceramente, podría habérselo inventado —reconoce—, pero su perfil no encaja con la organización que buscamos. Eso es lo único que le otorga algo de credibilidad.

—¿Querían denunciar a la granja por los vertidos? —repite Camino.

—Le dijeron que le conseguirían una buena indemnización.

—Si esos tipos existen, estaban bien informados.

—Tipo y tipa —matiza Barbara.

Camino siente cómo el corazón le da un brinco dentro del pecho.

—¿Hay una mujer?

—Según Nesi, sí.

—La forastera.

—¿Cómo dice, inspectora?

—Tiene sentido... Podría... Podría ser —Camino suena como si hablara para sí misma.

—¿Qué podría ser? —La italiana no está para adivinanzas.

—Creo que hay alguien que se mueve entre Italia y España —explica Camino—. Que intermedia entre las dos células. Y ese alguien es una mujer.

—¿Cómo sabe...?

—Barbara —ahora el tono de la sevillana suena apremiante—. ¿Cree que podría conseguir los retratos robot de esas dos personas? Los distribuiríamos por Sevilla en cuanto nos los enviara. Esa mujer ha estado aquí, estoy segura.

Barbara reflexiona un momento. No tiene ni idea de cómo se las gasta la inspectora sevillana, pero empieza a confiar en ella y parece estar segura de lo que dice. De todas formas, tampoco pierde nada por intentarlo.

—Cuente con ello. Si no resulta ser todo una patraña de Paolo Nesi, mañana tendrá esos retratos en su correo electrónico.

48.

Yasmina llama de nuevo al timbre.

Ha pensado cuidadosamente en todo. Son las diez de la noche, la hora más propicia para encontrarle en casa. Ni demasiado temprano como para que haya salido a algún recado, ni demasiado tarde como para pillarle ya acostado. Sin embargo, nadie contesta. Es un hombre de baja por depresión, dio por hecho que no estaría de picos pardos, aunque ahora piensa que quizá haya decidido dar un paseo para airearse. Desecha enseguida la idea: ella misma se ha calado en el camino del coche al edificio, con paraguas incluido. ¿Y entonces? Quizá sí que se acuesta pronto, después de todo. Si el médico le ha recetado pastillas para sobrellevar el duelo, seguramente le tengan adormilado todo el día. O quizá simplemente no le apetece levantarse de la cama.

Pero entre lo estridente del timbre y los perros de Ramón, que ladran del otro lado de la puerta sin descanso, aun en el caso de que estuviera dormido sería difícil no despertarse. Y, si es por apatía, ella tiene la solución. A eso ha venido.

Decide hacer un último intento.

—¡Ramón, soy Yasmina, abre! ¡Te traigo una sorpresa!

Por un segundo le ha parecido ver luz a través de la mirilla. ¿Hay alguien observándola? Los minutos se suceden y no ocurre nada. Si Ramón está ahí, no parece dispuesto a franquearle el paso.

El cerdito se revuelve en sus brazos, asustado ante los ladridos de los perros. Nota un peso caliente y húmedo en la manga. Se mira para comprobar lo que ya temía: se le ha cagado encima. Mierda líquida de un bebé recién destetado.

—Pero, Fergus, mira la que has liado —dice Yasmina enfadada.

Suelta al cerdo en el suelo y busca algo en la mochila con lo que limpiarse. En balde: hace mucho que no compra pañuelos de celulosa. Rezonga una vez más y va a coger de nuevo a Fergus cuando la puerta se abre.

—Anda, pasa a lavarte.

Yasmina se queda mirando a Ramón con una mezcla de bochorno, enfado, alegría, nervios y tristeza. Todo eso. Bochorno porque la haya visto en esa situación tan lamentable y encima perdiendo los nervios con el pobre cerdito, que no tiene culpa de nada. Enfado porque se da cuenta de que Ramón estaba ahí e iba a pasar de ella tres pueblos. Alegría porque es lo que siente la persona enamorada cuando ve al objeto de sus desvelos. Nervios porque está tan guapo como recordaba: los pómulos prominentes, los ojazos negros, el flequillo cayéndole sobre la frente, una camiseta que le marca el cuerpazo que se gasta, y de repente se siente tan chiquitita que le tiemblan las piernas. Y tristeza, sí, también tristeza, porque es lo que reflejan las facciones de Ramón, desaliñado y mustio, como si desde que Evita murió él también hubiera perdido todas las ganas de vivir. Y eso es precisamente lo que a ella le gustaría devolverle.

—Vamos, Fergus.

El lechón entra en la casa con sus patitas desgarbadas mientras Akira y Tabo le olisquean con curiosidad. Los perros se han dado cuenta enseguida de que esa cría torpona con olor a leche materna no representa peligro para nadie.

—¿Es el hijo de Fiona? —en la voz de Ramón se cuela un tono de ternura al contemplar al bebé.

—Sí. He estado en el santuario y pensé que te gustaría conocerlo.

Fiona es una cerda ibérica que se cayó de un camión camino del matadero. Ramón y varios activistas estaban haciendo un seguimiento para documentar las carencias en el viaje cuando lo vieron. A causa de ese accidente fortuito, Fiona se partió una pata, pero también se libró del final que el destino le tenía deparado y acabó recalando en el santuario, donde conoció a Jano, el amor de su vida.

Las facciones de Ramón se han endurecido.

—¿Y por eso lo separas de su madre?

—Pensé... Pensé que te gustaría conocerlo —repite Yasmina, más insegura.

—Sí, eso ya lo has dicho. Pero ahora Fiona estará desesperada buscando a su pequeño, y todo por tu capricho. ¿Y tú eres la veterinaria? Deberías saber lo que supone para ella mejor que nadie.

Yasmina aprieta la mandíbula al tiempo que se le humedecen los ojos.

—Lo llevaré esta noche de vuelta.

—Sí, será lo mejor. Cuanto antes.

No es eso lo que la veterinaria había previsto. En su cabeza se gestó una situación muy distinta, donde los dos le hacían carantoñas al cerdito y pasaban una velada agradable. Donde ella y Fergus contribuían a sacarle sonrisas a Ramón, y él comenzaba a superar su pérdida y volvía a la vida poco a poco. De su mano, claro. Pero la realidad es que el abogado de la protectora espera con los brazos cruzados sobre el pecho y la puerta de entrada abierta de par en par. Ella acaba de limpiarse la chaqueta como puede, recoge al cerdo y franquea la salida en dirección a la calle. Antes de que él cierre, se da la vuelta.

— Ramón...

—Qué.

Un tono impaciente que no anima a nada.

—No, que... Que espero que vuelvas pronto a la protectora. Te echo de menos..., todos te echamos de menos.

Ramón le dirige una mirada inescrutable que la hace sentirse más insegura aún.

—Enviaré el parte de alta a Salomé cuando vaya a reincorporarme.

Y, sin más, él cierra la puerta y ella siente el impulso de dejarse caer en el suelo allí mismo, abrazarse fuerte al lechoncito y desgañitarse llorando hasta que remita la pena de amor que tiene clavada en las entrañas. En lugar de eso, exhala un suspiro, sube al coche y emprende el camino de vuelta al santuario. Es noche cerrada y llueve sin contemplaciones. No va a ser un viaje agradable.

49.

La antigua judería cobra de noche una atmósfera singular.

Lupe deambula con parsimonia por el laberinto de callejuelas que tejen el barrio de Santa Cruz. Son pocas las oportunidades que tiene de encontrarse sola con sus pensamientos. A estas horas siempre está liada con mil cosas: asegurarse de que Jonás ha hecho los deberes, preparar la cena, comprobar qué hace falta comprar y decidir qué van a comer al día siguiente, verificar que en la mochila del niño está todo lo necesario, y quién sabe cuántas cosas más que no se para ni a pensar. Es una autómata que llega rendida a la cama, cuando no se queda directamente dormida en el sofá. En un mundo ideal, Jacobo se encargaría de estas pequeñas misiones, pero lo cierto es que se sigue ahogando en un vaso de agua. Si no lo planificara, se encontraría un día tras otro con las dos opciones infalibles de su marido: macarrones con tomate o huevos fritos con patatas.

Piensa en lo que se ha convertido su vida al tiempo que admira los restos de la muralla, las casas señoriales, los patios repletos de flores, los azulejos y los naranjos. Se respiran azahar y magia en una noche en la que, a causa del chaparrón, los turistas han concedido una tregua al barrio.

Llega a la plaza de Santa Cruz y se detiene por unos instantes a contemplar la cruz de hierro forjado con trazos barrocos que la preside, flanqueada por unos jardines si cabe más exuberantes que de costumbre gracias a las persistentes lluvias. A unos metros, el barullo al pie de una casa de balcones enrejados le marca la dirección del tablao Los Gallos, el más antiguo de la ciudad y uno de los más prestigiados, pues allí ha actuado la élite del flamenco. Desde la Paquera de Jerez y Enrique el Cojo, pasando por Naranjito de Triana o Farruco, hasta la actuación estelar de hoy: el mismísimo Tonino Marchena.

Un chaval de pelo negro largo y rasgos gitanos la para en la puerta.

—¿Has reservado, mi arma?

—Sí.

Lupe saca el móvil para mostrar el código QR que la habilita para el espectáculo, previo pago de treinta y cinco pavazos que han abandonado su exigua cuenta corriente.

El chaval le da un papelito.

—Con esto tienes para la consumición. Pídete una sangría, que está mu buena.

Lupe lo coge a regañadientes. Qué coño una sangría. Por ese precio piensa cascarse un buen gin-tonic.

El local es íntimo y acogedor, que viene a ser lo mismo que minúsculo pero dicho con más marketing. Barre la sala con la mirada y decide encajonarse en un asiento desde el que puede obtener una panorámica, lo cual no es difícil dadas las dimensiones del lugar.

Observa cómo se ocupan los pocos asientos que aún permanecen libres y unos minutos después las luces del tablao se encienden y un silencio sepulcral se adueña de la sala. Al fondo, un cuadro flamenco compuesto por dos guitarristas en el centro, un cantaor a su derecha y, en el lateral izquierdo, cajón, coros y palmas. Tras unos segundos de expectación, emerge el bailaor estrella, Tonino Marchena, que se arranca con un zapateao tan rítmico como atronador. Lupe da un trago a su ginebra y se relaja, dispuesta a tomárselo con paciencia hasta que le llegue el turno de abordar al artista.

El cante alcanza momentos emotivos, el toque de guitarra transmite seguridad en cada compás y ello alienta a Tonino a ir a por todas y luego un poco más allá. Lupe se descubre admirando la estampa varonil del magno bailaor, su porte recio, la fuerza que irradia y cómo controla cada parte del cuerpo con precisión milimétrica, haciendo moverse unos pies limpios, pausados pero enérgicos, y unas muñecas cargadas de personalidad con las que transmite toda la jondura del momento, rebosando arte y arrancando aplausos desde el comienzo.

«¡Maestro, baila a Sevilla, baila a los tuyos!», grita una mujer presa del entusiasmo. Y Tonino lo hace. Se entrega como solo puede entregarse el dueño de una vocación inequívoca. Con ardor, con pasión, con vehemencia. Y Lupe se ve a sí misma gritando olé y olé y olé, aunque luego se avergüenza por el arrebato y se comide, mirando a los lados como si a alguien le importara que se deje llevar por los sentimientos. Como si acaso la esencia del flamenco no fuera justo eso.

Tonino lo da todo en una soleá que ha dedicado a todas las madres del mundo en general y a la que le parió a él en particular, llevando al público a un recogimiento reverencial. Ni los camareros osan respirar. El artista continúa deleitándolos con una farruca solemne, recia, que ejecuta con la maestría de quien da lecciones desde la humildad, y después pasa a unos tangos de Triana, a unas alegrías en las que el público le jalea cada remate como si fuera el último, y Tonino se crece y llega más y más lejos, seguro de sentirse en casa y a su vez con la temeridad de quien se asoma al abismo donde se sobrepasan todos los límites humanos. Tiene a su público en vilo, asomándose junto a él.

«¡Tonino, eres como el buen vino!», se arranca un espectador que le da a la sangría con tanto alborozo como el que dedica a observar el *show*.

Una hora después y tras unas bulerías alborotadas como fin de fiesta, es el turno de un público entregado, que se deja la piel en los aplausos y la garganta en los cumplidos. Lupe se siente vapuleada y exhausta pero, contra todo pronóstico, extrañamente feliz. Solo que ahora le toca una función muy diferente y más le vale que se recoloque rápido en su papel. La organización de mesas y sillas ha sido totalmente desbaratada y a Tonino ya le está envolviendo el cariño de la gente, de modo que se apresura a hacerse un hueco para llegar hasta él.

—¡Tonino!

El bailaor, mojado como si acabara de salir de una piscina, da un trago a una botella que alguien le alcanza y la espera con una sonrisa mientras ella se abre paso entre la gente. Cuando logra llegar a su altura, él le pasa el brazo por la cintura con una familiaridad que la deja estupefacta. Entre ese achuchón fuera de contexto, la camisa empapada tocándola y la vaharada de sudor que penetra en sus fosas nasales, Lupe tiene que hacer un esfuerzo para no despegarse de malas maneras.

—Venga, trae para acá el móvil —dice Tonino.

—¿Mi móvil?

—Claro, no va a ser el mío. ¿No querías un selfi?

—¿Yo? ¡No!

Ahora Lupe sí se separa y Tonino la mira desconcertado.

—¿Para qué me llamas entonces?

—Quiero hablar con usted.

—¿Eres periodista? —La escudriña con interés.

—No, yo...

—¿No serás una cazatalentos?

—Tampoco.

—Qué lástima, una vez se dejaron caer por aquí los del *Got Talent*.

—¿No le ficharon? —se le escapa a Lupe.

—A mi suplente, que ahora sale en la tele y va de bolo en bolo. Yo estaba resfriado.

—Vaya por Dios.

—La vida es así, niña. Está visto que nací pobre y pobre me voy a quedar.

Una muchedumbre se acumula en torno a ellos, impaciente por disfrutar de unos minutos con la estrella. El cerco se estrecha y Lupe, agobiada, es consciente de que así no habrá manera de hacer lo que ha ido a hacer.

—¿Podemos tomar algo en un sitio más apartado? —le pide a Tonino.

—¿Me estás entrando, chiquilla? —pregunta él con mirada divertida—. Mira que me pillas en horas bajas. Ya estoy un poco oxidado, aquí donde me ves.

—En realidad... —Lupe baja el tono—, quería que me hablara de Pureza Bermejo.

La expresión del bailaor cambia de forma radical. Ya no hay en su rostro ni pizca de amabilidad. Su mirada se ha ensombrecido, como si un velo le hubiera caído sobre los ojos.

—Entonces, sí que eres periodista.

—Policía. Soy policía de Homicidios.

* * *

Tonino la ha llevado por unas escaleras empinadas de albañilería de batalla que salen de detrás del tablao y giran en una contorsión imposible, uniendo la planta de abajo con una superior. Allí arriba hay un cubículo que hace las veces de camerino con el espacio justo para que los dos se sienten, uno frente al otro. El virtuoso ha sacado una botella de fino y un par de vasos helados de una nevera bajo el tocador y ha llenado ambos con generosidad. Ahora está bebiendo del suyo a traguitos reposados, con los ojos acuosos y la mirada clavada en el fondo del vidrio. Lupe le observa con discreción. Es un hombre atlético, con el pelo peinado hacia atrás y los caracoles creciéndole detrás de las orejas. De vez en cuando se le viene a la frente un mechón del flequillo empapado que repele con una sacudida de cuello. Tiene cejas pobladas, barba de tres o cuatro días y unos ojos oscuros que no dejan descifrar lo que se esconde tras ellos.

—Puri me dejó hará unos dos años.

—¿Qué ocurrió?

—Nada. Eso es lo más gracioso, que no ocurrió nada. Éramos muy felices juntos. Luego, ella empezó a cambiar.

—¿De qué forma?

—Perdió todo el salero. Ella era una tía de lo más alegre, ¿sabe? No he conocido a nadie a quien le gustaran más la jarana y el cachondeo. Por eso nos entendimos bien, aunque viniéramos de mundos tan diferentes. Pero de un día a otro se puso mustia. Ya no le apetecía venir a los espectáculos ni salir por ahí. Así que nos veíamos menos porque, claro, a la hora que ella se levantaba para mí no habían puesto las calles. Y, de repente, pues como que no teníamos cosas en común.

—Pero era su pareja. ¿No indagó qué le pasaba?

—Yo no soy policía como usté. Los humos vienen y van para todos.

Lupe le mira un tanto incrédula.

—Y, no sé, supongo que creí que eran cosas de la menopausia y esos rollos —añade él.

—Ya.

Pensándolo bien, se dice Lupe, tampoco podría esperar mucho más de su propio marido. Hace dos meses fue su cumpleaños y todavía está esperando que se retrate con algún regalito.

—Cada vez estaba más rara. Retraída, tristona, ¿sabe? —sigue Tonino—. Y un día me dijo que me dejaba, que no me merecía.

—¿Que no le merecía?

—Ya ve. Una mujer como ella. Lista, funcionaria, guapa... A mí, que soy un trasto.

—¿Y cómo le sentó?

—Pues, si le digo la verdad, uno ya hace callo y se va acostumbrando a estas lides. Además, que me hago cargo de que yo antes era otra cosita. No había quien me tosiera en el tablao ni en ninguna otra parte tampoco, no sé si me entiende. No vea la garra y el aguante que tenía. Pero ya le digo que uno va perdiendo con los años. No daba lo mismo de sí, la cosa... Ejem... Total, que lo acepté con deportividad y seguí con mi vida.

—En el tablao ha estado impresionante —dice Lupe, un poco para cambiar de tema y un poco porque le puede la fascinación. Enseguida se reprocha el arrobo que ha transmitido.

—Ay, hija, yo te lo agradezco, ojalá en las cosas de alcoba pudiera decir lo mismo.

Lupe se pone colorada como una sandía madura. Quién le mandará a ella decir nada.

—Entonces ¿Pureza y usted ya no tenían contacto?

—Contacto, lo que se dice contacto de roce, pues qué más quisiera yo, que una alegría pal cuerpo tampoco viene mal de tanto en tanto, hasta donde se llegue por lo menos...

—Me refiero a que si hablaban alguna vez.

—Ah, pues eso tampoco. Pero me ha caído muy mal la noticia, no la voy a engañar. Esa salvajada que le han hecho... no tiene perdón de Dios.

—¿Se le ocurre quién podría quererla mal?

—La verdad, no lo sé.

—¿Ningún enemigo, alguien que le hubiera hecho daño con anterioridad, que la hubiera amenazado de alguna forma?

—Qué va, mujer.

Lupe suspira y le da un trago al fino, sin tener claro qué preguntar a continuación.

—Aunque, ahora que lo dice, sí sé de uno a quien no tragaba ella.

—¿A quién? —se reactiva la policía.

—A su compañero de trabajo. Un tal..., ¿cómo era, demonio? Pepe. Eso, Pepe. Decía que iba de legal, pero que en el fondo era un malasangre.

—¿Por qué?

—No sé, por cosas que hacía. Algo me contó, pero yo es que de ese trabajo suyo pues como que no me enteraba.

Era todo muy de papeleo, de leyes, de formulismos... Como si me hablara en chino, hija.

Eso es lo que debe de pensar Jacobo, se dice Lupe. Por eso nunca retiene.

—En fin, ¿algo más? ¿O alguien? ¿Se le ocurre?

—También se quejó alguna vez de su jefe.

—Toma, como todos. —Lupe piensa en Camino, la jefa a la que adora y que le desquicia a partes iguales.

—Exacto, no hay jefe bueno —conviene él.

—Entonces ¿nada más?

Tonino arruga el entrecejo unos segundos, como si con ese gesto quisiera demostrar que hace lo que puede. Pero enseguida se rinde.

—Si es que la Puri no se metía con nadie. Era muy buena, muy buena.

Los ojos del bailaor comienzan a derramar las lágrimas que, ahora Lupe se da cuenta, hasta el momento se había esforzado por contener. Ella no puede evitar sentirse conmovida, de modo que decide dar por finalizada la charla.

—Me ha ayudado mucho, Tonino —dice poniéndose en pie y sacando una tarjeta del bolsillo—. Si acaso recuerda algo más, no dude en llamarme.

—Para servirla —contesta él sorbiéndose los mocos como un crío chico. Lupe está a punto de salir del camerino cuando oye de nuevo la voz del bailaor.

—Oiga.

—¿Sí?

—No se fíen del Pepe ese. Puri no criticaba nunca en balde.

Lupe asiente antes de salir y cerrar tras de sí. Tonino se queda mirando con expresión sombría la puerta. Luego se pasa el dorso de la mano por ambas mejillas, rellena la copa de fino y se la bebe de un trago.

50.

Camino llama a Paco al entrar.

Ha tenido que subir los cuatro pisos por las escaleras y alumbrándose con la mortecina linterna del móvil, porque una interrupción del suministro eléctrico ha dejado la calle sin luz. Para colmo, el único aparcamiento que ha encontrado estaba a diez minutos de casa y llega hasta el moño del paraguas y de la bolsa de la compra. Además, a causa del viento feroz que convierte las gotas de agua en proyectiles, se ha calado hasta los huesos.

Ya en su apartamento, se ve invadida por una desagradable sensación de *déjà vu*. Ahora tampoco contesta nadie, y los efluvios del mismo olor misterioso le llegan aún con más intensidad que un par de horas antes. Suelta el paraguas en la entrada y avanza hasta el salón con el móvil en la mano. Al iluminar el sofá, siente alivio al ver a Paco dormido en él.

Deposita la bolsa mojada en el suelo y se agacha hasta que su cara queda a la altura de la de Paco. Contempla sus facciones sosegadas y su respiración calma. Quizá demasiado calma.

—Paco. —Le acaricia la mejilla con el nudillo de un dedo.

Pero Paco no responde. Ahora Camino le sujeta la cara con las dos manos, la gira despacio a uno y otro lado, y no hay manera, él no despierta de su sueño profundo. Vuelve a pronunciar su nombre, esta vez más fuerte. No reacciona ni siquiera cuando le zarandea. ¿Qué es lo que le pasa? Le toma las pulsaciones. El corazón de Paco va al ralentí, parece a punto de detenerse. Al contrario que el de Camino, que ha pegado un acelerón y se ha convertido en un motor pasado de revoluciones. Frenética, rebusca en su bolso el teléfono para llamar a emergencias. Cuando lo encuentra, marca el número y aguarda al tiempo que le acaricia el pelo a Paco. Entonces él se remueve y sacude la mano en un intento de espantar a Camino como si fuera una mosca.

—Joder, Paco, qué susto me has dado —dice mientras corta la llamada.

Vuelve a acariciarle y Paco repite el gesto de fastidio. Luego oye su voz adormilada.

—Mago. Mago, ahora no. Déjame dormir.

51.

Camino está despistada, no escucha nada de lo que le dice Pascual.

—¿Se puede saber qué te pasa?
—¿A mí? ¿Nada?
Le mira poniendo cara de inocencia. Podría contarle lo de la mujer misteriosa, la «forastera», y confesar su frustración ante esa madeja de cabos sueltos —porque aún no ha sido capaz de encontrar ni uno solo que esté atado—, o lo grande que se le queda esta red de desequilibrados mentales. O podría hablarle de la nueva inquietud que tiene desde anoche: todavía no ha podido hacer las paces con Paco. Cuando llegó de las clases de baile estaba dormido como un leño, lo siguió estando todo el tiempo que ella trasnochó redactando el informe para Italia, y esta mañana continuaba igual. Sabe que está bien porque sus ronquidos los oye hasta la vecina del quinto, pero ignora a qué viene esa somnolencia repentina. Quizá necesitaba una cura de sueño. Tal vez sea su forma de sobrellevar el duelo, dejándose arrastrar a un territorio onírico donde Mago sigue con vida. Seguramente habrá tomado algún medicamento contra la ansiedad de esos que le dejan a uno zumbado, pero, hasta donde sabe, Paco no tira de ese tipo de soluciones. Su exmujer, sí. Flor es una fan declarada de las pastillas para dormir. Eso es. Seguro que Flor le dio algo para que pasara la noche tras enterrar al perro. Ella sí que ha estado atenta a sus necesidades, se dice con un nuevo pinchazo de remordimiento.

—Base llamando a Vargas.

La inspectora sacude la cabeza, como si con ello pudiera alejar esa desazón que no lleva a ninguna parte. Nunca ha sido muy dada a confesiones, y no va a empezar ahora.

—Entonces ¿qué tenemos?

Pascual ha estado hablándole de sus pesquisas junto con su hija Samantha, pero Camino ha perdido el hilo y no sabe si sacaron algo en claro o no. Él la mira molesto. Ayer le manda a currar con hija incluida, y ahora ni siquiera escucha los resultados de las averiguaciones. Suelta un resoplido y se resume a sí mismo:

—Miles de envidiosos deseando que le vayan mal las cosas y chicas celosas ante la idea de que vuelva con la ex.

—Pues vamos servidos.

—Y un blog sobre el cambio climático que flipa a mi hija más que sus selfis tocándose los morros como el del anuncio de Martini.

—¿El anuncio de Martini? Evoluciona, Molina. Eso es de los noventa por lo menos.

—Tú todavía te acuerdas.

—Hombre, el mayor mojabragas de la década junto con el de la hora Coca-Cola *light*. Los tenía los dos clavados con chinchetas a la pared, no preguntes para qué —sonríe al ver que ha logrado escandalizar a Pascual—. Bueno, y en cuanto al mundo real, ¿qué sabemos?

—La madre tiene dinero a mansalva, un buen incentivo para cualquier secuestrador —recuerda Pascual.

Camino se muerde las uñas en su gesto habitual. Le molesta que Pascual no ceje en su empeño de que esto sea un caso normal y corriente. Quiere decirle lo que piensa al respecto, pero se contiene.

—Bueno, tenemos su teléfono vigilado.

—El vídeo de la recompensa entorpece mucho, no han parado de llamarla ni un segundo.

—¿Nada interesante?

—Difícil saberlo. Daniel habría sido visto por toda Sevilla. En varios pubs nocturnos, en un par de centros comerciales, en las atracciones de Isla Mágica y hasta esperando la cola para subir a la Giralda.

—Vamos, que está de turismo por su propia ciudad el chaval.

—No te creas. También dicen haberle visto en las Ramblas de Barcelona, en un concierto en el WiZink Center de Madrid y paseando por Buenos Aires. Algunos incluso han adjuntado vídeos o fotos.

—¿Los habéis comprobado?

—Se parecen a Daniel lo que un huevo a una castaña.

Camino gruñe exasperada.

—Pero nadie que se haya puesto en contacto para pedir un rescate —insiste ella.

—Igual lo han intentado y comunicaba —responde Pascual.

—¿Qué hay del móvil del chaval?

—Ha aparecido machacado en una papelera en el barrio de la Macarena. El último movimiento que se registró fue a las 2.37.

La inspectora observa la imagen de Daniel que han publicado los periódicos. Desde que la madre colgó el vídeo, todos los medios andaluces se han volcado con el tema. Ni mujer del club de golf ni diluvio universal. Nada como un niño rico desaparecido.

—Quizá se haya quitado la vida, después de todo —dice Pascual—. Lleva buenos traumas a las espaldas. Hermana y padre muertos, a ver quién supera eso.

—¿Y hace polvo el móvil antes de suicidarse?

—Nadie quiere que cotilleen sus cosas, ni siquiera después de muerto.

—Ya. Mira, Molina, lo que quiera que haya hecho desaparecer a este chaval tiene que ver con la empresa de su madre y con el club de golf. ¿Por qué no echas un vistazo a ese blog, a ver qué encuentras?

En ese momento entra Lupe con cara de duelo y noticias frescas.

—Ha aparecido un cuerpo en el polígono El Manchón.

Pascual y Camino cruzan miradas graves. El oficial la baja enseguida. No quiere que en la suya se trasluzca el «te lo he dicho», porque él es el primero que habría deseado no tener razón.

Lupe cae en la cuenta de lo que están pensando, porque se apresura a dar el resto de la información.

—La fallecida es María del Rocío González Castuera, la mujer de setenta y tres años que había ido a hacer la compra. Su carrito ha sido hallado a seiscientos metros del cuerpo. La tromba de agua la arrastró hasta el polígono.

Se oye un suspiro de alivio. Luego, silencio en la sala. Que Daniel no sea el fallecido no significa que se alegren en absoluto de que esa mujer haya muerto. Seguramente no tenía a nadie a quien pedir que le fuera a por provisiones. Agarró su paraguas y su carrito y se aventuró en la tormenta camino del hipermercado. Y le costó la vida.

Lupe se deja caer en una silla junto a ellos. La escucha del teléfono de Amaranta la tiene harta, necesita un descanso.

—¿Algo nuevo sobre las llamadas? —le pregunta Camino.

—Buf. La mayoría ni siquiera entran porque es una sola línea y está colapsada.

—Oye, Quintana —la inspectora baja la voz hasta un tono cómplice—. ¿Y qué tal anoche?

Lupe le relata la sesión nocturna. Le habría encantado volver con algo que aportara nuevos ángulos a la investigación, pero no sacó mucho en claro más allá de los cambios en el estado emocional de Pureza y la advertencia de que no se fiaran de Pepe el ingeniero. Y el jefe, que no se llevaba bien con el jefe.

—¿Te dijo qué jefe era? —pregunta Camino.

—¿A qué te refieres?

—Las jerarquías kafkianas de la administración autonómica. Hay jefes de sección, jefes de servicio, subsecretarios, secretarios generales, consejeros... Un poco como aquí, vamos —explica Camino.

—Pues no sé, lo dijo en singular.

—Averigua si es el consejero —dice Camino ante la mirada incómoda de Pascual. Luego se lleva la mano a la boca en la inercia de engullir algún padrastro mientras le da vueltas al tema—. En cuanto a Pepe, supongo que es normal que Pureza no le tragara. Le metió mucha caña por firmar aquel informe.

Entretanto, Pascual sepulta la cabeza en el blog de Daniel. Le gustaría entender por qué tiene a su hija tan embelesada. A medida que profundiza, no puede dejar de reconocerle cierto mérito al chaval. Un diseño llamativo en tonos verdes, sin faltas de ortografía, que no es poco decir cuando ya incluso los que sueñan con vivir de ello no saben escribir, y hasta un título ingenioso: *Royal BloGreen*, la única referencia a su otro yo, el Príncipe andaluz que lo peta en las redes sociales. Además, Daniel le da a todo lo que huela a compromiso medioambiental: lo mismo apoya un *crowdfunding* para recuperar el águila pescadora en Andalucía que alerta sobre la cantidad de microplásticos que ingerimos o habla de las ventajas del compostaje doméstico. Pascual empieza a sudar ante la idea de que a su hija se le ocurra hacerle caso al chaval. Solo le faltaba acumular la mierda en casa y airearla de vez en cuando para que se cueza en su propio jugo.

Pero si hay algo que rechina al oficial es el tema al que Daniel presta más atención en sus artículos: el mundo arbóreo. Los ecosistemas más longevos de la Tierra cediendo el paso a las plantaciones de aceite de palma, los bosques de especies nativas sustituidos por pinos de crecimiento rápido sometidos a talas indiscriminadas, la deforestación como mayor causa del cambio climático por encima de todos los medios de transporte juntos. Pascual se enjuga una gota de sudor que le cae por la frente. El olvido colectivo de que los humanos y los árboles provenimos de un antepasado común, de que aún compartimos la cuarta parte de los genes. La constatación científica de que las plantas se comunican y recuerdan; de que tienen gusto, olfato, tacto, incluso vista y oído. El sudor le recorre ahora la espalda, empapa la zona baja de su camisa. La certeza demostrada de que nos estamos cargando la salvación del planeta, la salvación de los propios seres humanos, haciendo desaparecer en masa especies que podrían tener la respuesta a las enfermedades que hoy aún son incurables. Porque, escribe Daniel, así de egoísta, así de torpe es el capitalismo extremo, con sus orejeras que solo nos dejan ver el beneficio más inmediato. El ratón se le resbala de la palma de la mano a Pascual. Suelta un exabrupto, trata de secarse el sudor.

—Hostia puta.

Lupe y Camino se voltean. La inspectora pregunta con sorna.

—¿Es Sami?

Un no categórico y grave, un gesto con la mano ya seca para que se acerquen. Un giro de ordenador, y en pantalla una entrada con caracteres en mayúsculas:

«LA MUERTE DEL SOBERANO NO QUEDARÁ IMPUNE».

Debajo, fotografías de la tala del castaño milenario en el término municipal de La Algaba y una diatriba sobre el sacrilegio cometido.

Camino toma el control del ordenador y se abstrae en la lectura. En entradas anteriores, Daniel ha estado alertando sobre que aquello podía suceder. Incluso hay fotos de una concentración de activistas rodeando el árbol para evitar su tala. Y, en cada uno de los artículos, en el tono del autor se cuela más rabia, más impotencia, pero también más determinación.

Unos minutos después, la inspectora se aleja del monitor. Ya ha tenido bastante. Bastante como para saber que Daniel consideraba que los árboles han de gozar del mismo derecho a la vida que se presupone para los seres humanos. Bastante como para saber que le hizo la guerra a su propia madre. Bastante como para exponer la conclusión a su equipo:

—Esto lo cambia todo.

52.

—*Tenemos que hablar.*

Amaranta hace una seña a Camino para que se siente. Tiene una copa de vino en la mano y una botella mediada. Anca ha guiado a la inspectora hasta allí y ahora se aleja de forma discreta.

—Estará enfadada por el vídeo de la recompensa que subí.

—No nos puso las cosas fáciles —admite Camino.

—Entiéndalo, tenía que hacer todo lo que estuviera en mi mano.

La voz gangosa de Amaranta indica que, además de a las pastillas, le ha dado bien a la botella.

—No importa. No he venido por eso.

—¿Qué más quiere saber?

—Quiero que me hable de las aficiones de su hijo.

Amaranta se encoge de hombros.

—Las normales en los chicos de su edad.

—¿Que serían?

—Salir de fiesta, videojuegos, moda... Esas cosas.

—Es muy conocido en internet. El Príncipe andaluz.

—Mi hijo es muy guapo, muy listo... Mucha gente le sigue.

Lo ha dicho con naturalidad, sin colar una pizca de orgullo ni de complacencia. Como si, simplemente, constatara que es así.

—Se pasaba las horas en las redes sociales —dice Camino.

—Todos están enganchados hoy en día, viven a través de las pantallas. Mi sobrina, sin ir más lejos, acaba de salir de un centro de desintoxicación.

—Y, al parecer, Daniel también se movía mucho en el mundo del activismo —sigue la inspectora.

—¿Activismo?

—Movimientos ecologistas.

—Ah, eso. El idealismo de los jóvenes. La vida aún no les ha dado alcance.

—¿A usted sí, Amaranta?

—A mí me agarró por las solapas, me zarandeó y me dejó cabeza abajo. Pero yo ya era cínica mucho antes.

Camino asiente. Se lo cree. Es más, tiene la convicción de que en el mundo de los negocios solo consigues mantenerte arriba si careces de escrúpulos. Pero se enfoca en lo que ahora le interesa.

—¿Qué sabe de ese tema?

—¿De la ecología? Tiro el plástico al contenedor amarillo. O eso creo. Anca se lo podrá confirmar —su tono cambia, deja el sarcasmo a un lado y la mira con ojos fieros—. Oiga, inspectora, no quiero ser grosera, pero me preocupa que sea usted la máxima responsable de investigar la desaparición de mi hijo y esté aquí preguntándome estas tonterías.

—Es difícil investigar cuando su propia madre nos miente —contraataca Camino.

Amaranta se yergue y el vino oscila peligrosamente dentro de la copa. Algunas gotas logran escapar, tiñendo con tonos borgoña la alfombra de lana virgen. Luego bebe un trago largo.

—¿Cómo se atreve a hablarme así?

—Me atrevo porque yo también quiero saber qué ha pasado con Daniel.

—¿Y en qué les he mentido, si puede saberse?

—Para empezar, en la relación con su hijo. No es tan estrecha como nos quiso hacer creer, ¿verdad?

Amaranta da otro buen tiento a la copa y la deja sobre la mesa. Se encoge de hombros.

—Los adolescentes van a su aire.

—Ya está bien, Amaranta. Deje de hablar como si su hijo formara parte de un paquete de pilas intercambiables.

—Le he dicho que no me hable de ese modo. —El rubor colorea el rostro de Amaranta, que cada vez se parece más al tono del vino. Y de la alfombra.

Pero Camino no afloja. En vez de eso, lo suelta del tirón.

—Daniel colaboró en la campaña contra la deforestación de los castaños en La Algaba. Hasta se ató al Soberano para detener su tala. Sabe de qué le hablo, ¿verdad?

La inspectora ausculta la reacción de Amaranta. Ha agarrado la botella y se rellena la copa. Hasta arriba. Luego comienza a bebérsela, despacio, pero sin pausa.

—¿Ha oído lo que le he dicho, Amaranta? Su hijo hizo todo lo posible para que no construyeran el club de golf. Había mucho dinero en juego, ¿no es cierto?

Glu, glu, glu. La copa sigue vaciándose.

—Tiene que colaborar si quiere que le encontremos —insiste Camino.

Al fin, Amaranta suelta la copa, se reclina en el sillón y la mira con expresión hastiada.

—¿Qué quiere que le diga?

—La verdad.

—La verdad es un concepto tan relativo...

Camino se pone en pie.

—O esta conversación cambia el rumbo, o me voy ahora mismo de aquí. Tiene una oportunidad de ayudarnos. Usted verá lo que hace.

El farol funciona de maravilla. Amaranta cambia de actitud.

—Siéntese. La verdad es la que usted ya ha adivinado. Que no tengo ni idea de quién es el tipo que vive en mi casa y lleva mi apellido.

Hay una tristeza tal en esos ojos derrotados que Camino se siente en la obligación de decir algo. Pero no sabe muy bien qué.

—Daniel no puede ni verme —sigue Amaranta con tono amargo—. Es así, ya está.

—Yo... Eso es duro.

No ha sido su mejor frase, pero da igual. Amaranta se ha arrancado y va a soltar todo lo que tiene que soltar.

—Verá, cuando perdimos a la niña me desentendí de todo. Me encerré en su habitación y no salí de allí en meses. Metida en su cama, llorándola a todas horas. Mi marido me traía comida y yo picoteaba lo mínimo para sobrevivir. No existía nada ni nadie más para mí.

—De aquello hace mucho.

—No para una madre. Ni para un hijo. Lo que quiero decir es que no era capaz de ver más allá del dolor. Hasta que una mañana decidí volver al trabajo. Desde entonces me volqué en él más que nunca. Pasaba doce, catorce horas en la oficina, y por la noche volvía al cuarto de Inés y me encerraba hasta el día siguiente. No sé cómo Leandro no se divorció de mí.

—No lo hizo.

—Pero Daniel sí que lo hubiera hecho, suponiendo que un hijo pudiera firmar un papel y desaparecer de la vida de una madre. Aunque al principio no fue así, no se crea. Yo lo veía en aquellos ojos. Eran como los de un perrito que busca que su dueño le haga un poco de caso. Lo veía, pero no hacía nada. No me salía. Tenía el corazón roto.

Amaranta da un trago a su copa y continúa.

—Me costó mucho salir de ahí. Fue mi marido quien comenzó a darme fármacos y, la verdad, me aliviaban. Conseguía dormir unas cuantas horas y, cuando despertaba, tomaba un café bien cargado y me iba a la empresa de nuevo. Aprendí con los años que tenía que aceptar que la vida me había dado a mi niña y luego me la había quitado. Pero ya era tarde para Dani.

—No le perdonó que se desentendiera de él.

—Es normal, ¿no cree? Pasó la mitad de su infancia con una madre para la que parecía invisible. Leandro le cuidaba, trataba de compensar en Dani mi falta de atención.

—Y, al morir su padre, él siente que también le ha abandonado.

—Sí.

—¿Cómo se lo tomó?

—Supongo que mal, pero nunca hablamos de ello. Para entonces ya era un adolescente que hacía lo que le daba la gana y no había nada que compartiera conmigo.

—¿Discutieron antes de su desaparición?

—Discutíamos cada vez que nos veíamos —admite Amaranta.

—¿También por lo del club de golf?

—También. Nunca dejó de echármelo en cara. Cuando pasó aquello fue cuando empecé a comprender cuánto me odiaba.

Camino respira hondo. Sabe que lo que va a preguntar ahora es muy violento.

—Amaranta. ¿Ha pensado en la posibilidad de que Daniel haya desaparecido por voluntad propia? ¿De que no quisiera saber más de usted?

Amaranta se sirve lo que queda de la botella. Bebe un trago largo antes de dar la respuesta que toca, la que abre la espita de la aceptación en una madre repudiada.

—Cada minuto que pasa.

Hay tal pesadumbre en la expresión de Amaranta que hasta la inspectora se siente conmovida. Si existe algo que se pueda decir en un momento como ese para paliar el dolor de esa mujer, está claro que Camino lo desconoce por completo. De modo que alarga el brazo y posa su mano sobre la de Amaranta. Y aprieta.

53.

Yasmina está sorbiendo un café.

Alguien ha dejado la fregona apoyada en el marco de la puerta y Uriel tiene que maniobrar con la silla de ruedas para poder pasar.

—Joder, siempre igual. ¿Os divierte convertirme la oficina en una gincana?

Yasmina levanta la cabeza y le mira desconcertada. Está tan absorta en sus pensamientos que le cuesta saber de qué habla.

—A Salomé se le derramó la leche —dice al fin, como si aquello resolviera toda la cuestión.

—Pues me parece muy bien que la recoja, pero que vuelva a colocar cada cosa en su sitio —gruñe Uriel.

Yasmina no contesta, lo cual no es normal en ella, que siempre está desgastándose en causas perdidas, siempre del lado de los que nunca ganan. Al observarla con más detenimiento, Uriel se percata de que tiene los párpados congestionados y unas sombras oscuras bajo los ojos.

—¿Qué, de fiesta ayer?

—¿Cómo?

—Tú has dormido menos que el camión de la basura.

Ella suspira y da otro trago de café.

—Para fiestas estoy yo.

Uriel acaba de servirse una infusión y rueda hasta situarse a su lado.

—¿Ha pasado algo?

Por qué no contarlo, se dice Yasmina, si allí todos saben de sobra lo que siente por el abogado de la asociación. Se le nota demasiado.

—Ayer fui a ver a Ramón.

Uriel chasquea la lengua. Ya se empieza a imaginar por dónde van los tiros. Porque, igual de bien que saben todos lo que siente Yasmina por Ramón, saben también que no es recíproco. Solo a ella se le podía ocurrir tratar de conquistarle unas semanas después de haber enterrado a su compañera de vida.

—Déjale que llore tranquilo a Evita, mujer.

—Solo quería saber si estaba bien.

—Ya, claro. Pues no está bien, cómo va a estar bien. Por eso tiene la baja.

—Razón de más para ir a verle. Me preocupo por él, ¿qué tiene de malo? Quería animarle un poco —y ante la mirada de Uriel, que no le gusta nada, añade—: Lo haría por cualquiera de vosotros, ¿vale?

Él va a replicar que sí, que igualito, pero nota que la voz se le empieza a quebrar a Yasmina, y no le apetece nada que se le eche a gimotear. Porque, si la hipersensible de Yasmina se pega una hartera de llorar cada vez que pierden a un animal del santuario o se le caen lagrimones cuando ve una noticia triste en la tele, Uriel tiembla solo de pensar lo que no habrá llorado por este mal de amores. Y lo que le queda.

—Tranquila —dice con un tono cálido.

—No te imaginas cómo me echó de allí, Uri.

—¿Como si fueras una testigo de Jehová?

—O una vendedora de enciclopedias.

—O un comercial del gas —sigue él.

—A mí uno de esos me la coló. Todavía estoy pagando un seguro por la caldera, y eso que el piso no es mío —confiesa Yasmina.

Uriel lanza una carcajada.

—Es que no se puede ser tan buena, quilla. Tienes que espabilar.

Ella sonríe, pero en sus ojos sigue clavada la melancolía.

—Venga, anímate, mujer. Que eres un pibón y puedes tener al tío que quieras.

—Pibón, dice.

—Sí, pibón, pibonazo. ¿O es que no te miras al espejo? No como yo, que con esta silla echo para atrás a cualquiera.

—Ay, no digas eso. Lo que cuenta es lo de dentro.

—Díselo a la última del Tinder con la que quedé. Que yo pongo fotos de verdad, ¿eh? Actuales, y sin filtros ni nada. Pero, claro, cuando salgo de detrás de la mesa del bar y ven que sigo sentado, se me asustan todas.

—Esas apps son muy superficiales, no sé qué hace ahí un tío como tú.

—Pues tratar de mojar de vez en cuando, ¿qué voy a hacer?

Ahora Yasmina suelta una risa sincera por primera vez.

—Igual tendría que probarlas yo algún día.

—Pues sí, mira, y te echas una alegría para el cuerpo.

Ella se levanta y rellena su taza de café. Hoy necesita uno doble. O triple.

—Es que no sabes cómo me trató —insiste.

Uriel suspira. Y él que creía que ya habían conseguido cambiar de tema.

—Le llevé a Fergus para que lo conociera. Como fue Ramón quien salvó a Fiona, creía que le ilusionaría verlo. Pero me dijo que cómo se me ocurría, que vaya veterinaria era si lo alejaba de su madre, que ahora estaría sufriendo por mi culpa.

—Espera, espera. —El gesto de Uriel ha cambiado—. ¿Cómo que le llevaste a Fergus? ¿Fuiste al santuario? Pero si esta semana me toca a mí, estuve allí toda la tarde.

—Fui a última hora, ya te habrías ido.

—¿Y para qué hostias hacemos los cuadrantes?

El tono de Uriel desconcierta a Yasmina.

—A ver, que no les eché comida ni nada, solo quería ver a los lechones y...

219

—Y llevarle uno a Ramón. Pues la verdad es que sí que fue muy irresponsable por tu parte.

Ella no puede creer lo que oye. ¿Uriel también?

—Joder, no es para tanto. Lo cogí un rato y luego lo devolví con su madre, hay que ver cómo os ponéis todos.

—¿Volviste por la noche otra vez?

—Sí, para dejarlo, te lo estoy diciendo.

—No hagas algo así nunca más.

—¿Pero a ti qué te pasa?

—Tenemos unas normas, Yasmina, y están para algo —dice Uriel con su tono más frío—. Si quieres ir al santuario, avisas primero. Y, si quieres sacar un animal de allí, preguntas antes.

Ahora sí, Yasmina empieza a hipar. Pero Uriel está tan enfadado que le da lo mismo. Sale del *office* mientras escucha de fondo el sonido de unos mocos sorbiendo.

54.

—*¿Vamos a otro casoplón como el de Amaranta?*

Lo ha dicho Pascual al subir al coche.

—¿Te gustó? —pregunta Camino con una sonrisa mordaz.

—Necesito ideas decorativas para cuando me toque la lotería.

—Pues en este barrio no las vas a encontrar.

—¿Por qué tantas prisas ahora en hablar con la chica? —pregunta Pascual.

—Porque la compañía ya nos ha pasado el historial de llamadas y su número sale varias veces el día de la desaparición. Y por otro motivo.

—Quieres preguntarle lo que no te atreviste a preguntar a la madre.

Ella asiente y completa la frase.

—Si cree que Daniel tuvo algo que ver en la muerte de Pureza.

Pascual asiente a su vez con sobriedad y se concentra en su móvil. Un desesperante buen rato después, alcanzan el final de la avenida de la Palmera y se desvían hacia la izquierda a la altura del estadio Benito Villamarín. Penetran en las inmediaciones de Bami. Es una zona modesta, donde se vive sin alharacas, pero en la que no llega a imperar la desesperanza de Torreblanca o Las Letanías. Allí lo que prima es la cultura del trabajo, compatible con unas cañitas al mediodía y alguna que otra cena a base de croquetas y flamenquines en las terrazas que invaden cada acera. Camino conduce unos minutos más hasta dar con una calle de edificios setenteros en cuyos bajos sobreviven bares con olor a fritanga, alternándose con bazares de batiburrillo y peluquerías *low cost*. Han tardado tres cuartos de hora en recorrer los cuatro kilómetros que los separan de la Jefatura Superior de Policía de Andalucía Occidental. Desde que empezó a llover a cántaros, a Sevilla le han salido coches como setas. Nadie está dispuesto a mojarse si puede evitarlo bajo un techo de acero, pero a eso se suman las retenciones por bolsas de agua en la calzada y los semáforos apagados a causa de los cortes eléctricos. La policía local se las ve y se las desea para poner orden en mitad de la anarquía más aplastante.

Por fin han llegado a destino. La inspectora aparca en doble fila frente a un bloque de cinco pisos y balcones en su mínima expresión.

—Marta Martínez vive en el tercero C.

—Vamos allá.

—Oye, ¿y si tomamos algo antes? Tengo más hambre que Carpanta. —Camino mira con ojos de deseo el bar que albergan los bajos del edificio.

—En esos sitios solo ponen fritos —se queja Pascual.

—¿Ahora te me vas a hacer sibarita?

—He vuelto a engordar.

—Anda, si estás hecho un figurín.

—No me hagas la pelota, jefa, porque no es verdad. Mira. —Él señala la circunferencia de su barriga.

—Pues te tomas una lechuga.

—Mejor un café solo.

—Hecho. Yo pido algo rápido y me lo zampo en diez minutos.

—Pero nos quedamos dentro, va a volver a jarrear de aquí a nada.

—Hombre, Molina. Para un rato que no llueve...

—Odio las estufas de gas, me calientan la cabeza.

Camino acepta el trato un tanto resignada. A ella le gustan los veladores, poder echarse un cigarrito para gestionar la impaciencia hasta que llega el pedido, fumarse otro tras acabar de comer. Cosa que puede hacer durante todo el año desde que los bares invirtieron en esos calefactores que encienden junto a cada mesa, aunque Pascual tenga razón con respecto a la temperatura. Algunos son tan potentes que podría quedarse en sujetador en pleno invierno.

—La verdad es que podían ponerlas un poco más bajas.

—Tendrían que quitarlas. Es un despilfarro energético —rezonga Pascual.

—Como te oigan decir eso los de los bares, te cuelgan.

—Me lo ha contado mi Sami. Dice que una sola terraza produce más CO_2 en una semana que un avión a cualquier destino europeo. Y que los adultos somos unos irresponsables que ponemos por delante del planeta nuestros caprichos.

—Que sepas que da mal rollo que tu hija se ponga fundamentalista con este tema.

—Mujer, no exageres. Son cosas de críos, ahora casi todos son así. Si no salvan ellos el planeta, a ver quién lo va a hacer.

—Ellos son los que se lo van a quedar. En fin, por hoy vamos a hacer caso a Samantha. Pero solo porque me muero de hambre.

Ambos entran en el bar. Pascual se sienta en una de las mesas mientras su jefa se dirige a la barra. De fondo, el estrépito habitual de una tasca de barrio a la hora de las cañas: conversaciones cruzadas, sonido amortiguado del televisor, golpeteo de platos y vasos, entrechocar de cubiertos. Camino alza la voz por encima del murmullo general para hacer el pedido. Luego toma asiento junto a Pascual y se dedica a observar el ambiente: varios parroquianos apoyados en la barra charlando entre ellos o con el camarero, hojeando el periódico, masticando el aperitivo que acompaña la cerveza, mirando sin ver las imágenes del televisor. Pascual, entretanto, lo que acecha desde la distancia son las tapas expuestas en la vitrina acoplada a la barra. No le haría ascos a ninguna: albóndigas en salsa, empanadillas, montaditos de panceta, de zurrapa de lomo, de palometa con roque, patatas bravas, boquerones rebozados, mejillones tigre... ¿Cómo?

—¡Una de mejillones tigre! ¡Y unas bravas! —grita al camarero sin pensar, quien lo repite aún con más brío mirando hacia la cocina y lo apunta con tiza en una pizarra.

Camino le mira burlona.

—¿Te los vas a tomar con el café?

—¡Y una cerveza!

—¡Que sean dos! —completa ella—. Así sí se puede trabajar.

Unos minutos más tarde, llegan las tapas y ambos se lanzan a la comida. Pascual comprueba que Camino ha pedido unos palitos de berenjenas, setas a la plancha y una tosta con aguacate. Todo muy lejos de su habitual dieta hipercalórica.

—Sigues con eso, ¿no?

—No sé de qué me hablas —dice ella con la boca llena mientras dirige la mirada hacia el televisor.

—Después del caso Especie no te he visto comer carne. ¿Te vas a hacer vegana tú también?

Camino tuerce el gesto, pero, en lugar de contestar una de sus borderías, acaba mirándole a los ojos con algo parecido al desamparo.

—No hay día que no sueñe con esos terneros degollados.

—No sabía que fueras tan sensible.

—Fue un puto horror. Y los patos, las gallinas...

—Pasaste demasiado tiempo con Evita —sentencia Pascual, y se arrepiente al segundo—. Lo siento, no debí decir eso. Come lo que te dé la gana.

—No pasa nada, tienes razón. Me sigue afectando mucho.

Va a añadir que por eso necesita averiguar quién está detrás del asesinato de Pureza y cerrar todo aquello de una vez, pero en lugar de eso opta por no darle más la matraca a su compañero y enfocarse en devorar los palitos. Pascual la imita y se concentra también en su plato.

A medida que ambos llenan sus estómagos, se van dejando transportar por el sencillo placer de saborear un almuerzo al tiempo que escuchan la cháchara de unos y otros.

—Venga, Edu, la última —el camarero trata de animar a un señor que está apalancado en la barra con un vaso vacío.

—Qué dices, yo me subo ya.

—Llevas una nada más, hombre. ¿Te ha puesto firme la parienta?

—Si solo fuera la parienta. Entre mi hija y ella me van a matar a disgustos.

—¿Otra vez la tienes liada en casa?

—Pues sí, porque el lunes a la señorita no se le ocurrió otra cosa que salir a cenar sin avisar siquiera, y encima con un vestido de la madre. Volvió borracha y con la cremallera explotada.

Se oyen risas de los contertulios.

—Hombre, es que la niña ya tiene más curvas que la madre —dice uno al fondo de la barra.

El tal Edu hace amago de enfadarse, pero cambia de idea en el último momento. Le da pereza y, total, si tiene razón.

—Lo de la cena mi mujer se lo habría perdonado, pero esto ni de coña —continúa desahogándose—. Y ahora tengo que estar yo de pacificador para que no estalle una batalla campal.

El camarero consulta el reloj de pared.

—Tira pa'rriba entonces, ya te pondré una doble cuando se fumen la pipa de la paz.

—Como vea yo a la Marta fumando, se traga la pipa con paz incluida.

El parroquiano suelta unas monedas en la barra y se levanta para irse.

Camino engulle el último bastón de berenjena, da un buen tiento a lo que le queda de cerveza, se limpia las manos en el pantalón y le sale al paso cuando está franqueando la puerta.

—¿Eduardo Martínez?

—Depende de quién lo pregunte.

—Camino Vargas, inspectora de policía.

El hombre pega un respingo. Mira a los lados con disimulo y baja la voz.

—Aquí no. Vamos a otro lado.

Camino se deja llevar, mientras Pascual paga la cuenta con un reniego y sale corriendo para darles alcance.

—Oiga, que yo solo quiero hablar de su hija.

—¿De mi hija?

—¿De qué creía?

—No, de nada.

—Eduardo, no me mienta.

El otro se rasca la barba antes de contestar:

—Pensé que era por unos asuntillos pendientes con Hacienda. No quería que los vecinos se enteraran de que tengo más deudas que kilos de más.

—Eso arréglelo con ellos. Nosotros somos de...

—De Desapariciones —se adelanta Pascual.

—Eso, de Desapariciones.

—¿Y quién ha desaparecido? —pregunta Eduardo con cautela.

—El exnovio de su hija, no me diga que no se ha enterado porque no me lo creo.

—O sea, que vienen por el gilipollas ese.

—¿Qué pasa, no había *feeling*?

—Pues mire, no. Ni filin ni filan. Llevo muchos años intentando transmitir a mis hijos el valor del esfuerzo. Y, cuando parece que lo voy consiguiendo, ese inútil empieza a meterle rollos en la cabeza a mi Marta.

—¿Como cuáles?

—Como vivir del cuento. Yo a los nini no los quiero ni en pintura. Y si encima van de listillos como ese, menos todavía.

—A muchos padres les gustaría ver emparejada a su hija con uno de los chavales más forrados de la ciudad —deja caer la inspectora.

—¿De verdad creen que soy tan ingenuo como para pensar que ese tipo iba a venir un día a pedir la mano de mi hija? Se entretendría con ella hasta que se aburriera. Sufrir, eso es lo único que Marta sacaría de esa historia. No vean los caretos de mustia que le tuvimos que aguantar cuando le dejó.

—¿Intervino usted en la relación?

—Todo lo que pude.

Los policías cruzan miradas.

—¿Le amenazó?

—A él y a ella. Pero no me hicieron ni puñetero caso. Ella menos todavía, que todo lo que sea llevar a su padre la contraria, bienvenido sea.

—¿Y por qué le dejó entonces?

—Pues mire, ese es uno de los misterios de la vida. Como cualquier cosa que pase por la cabeza de una hija adolescente. Si tienen alguna ya me entenderán.

Pascual cabecea con una vehemencia desmedida. Camino se apresura a seguir con la conversación antes de que esos dos se desvíen del tema y se pongan a hablar de la problemática de sus vástagas.

—Y usted, tan feliz.

—Pues sí, para qué le voy a engañar. Mi hija volvió a salir con sus amigas, que no es que sean ninguna joya, pero al menos son chicas del barrio. Toda la mala vida en la que se mete es hacer una botellona de vez en cuando, echar hasta el hígado, estar un día con cara de culo y vuelta a empezar. Al menos aquí, para salir adelante, hay que esforzarse. Y eso es lo que quiero que a mi hija le entre en la mollera.

—De acuerdo. ¿Podemos hablar con Marta?

El hombre titubea.

—Entonces no ha liado ninguna, ¿no?

—Solo queremos hacernos una idea mejor del desaparecido.

—Para eso no la necesitan a ella. Un cantamañanas, ya se lo digo yo.

—Quizá mantiene contacto con Daniel y pueda sernos de ayuda —tercia Pascual.

—Más vale que no. Como mi mujer se entere de que sigue tonteando con ese, me voy a tener que ir de casa para no aguantarlas.

—Relájese. Si hace falta nos llama para que le protejamos —se burla Camino.

—Le tomo la palabra.

55.

—¿Ha llegado tu hija?

Eduardo saluda a su mujer con un beso en la mejilla, que ella acepta de mala gana.

—Se ha ido directa al cuarto, como ayer. Allí está encerrada. Dice que hoy tampoco tiene hambre.

—¿Así estamos, Marina?

—Esta chiquilla es más rara que un perro verde. Y mira, si adelgaza, igual no me revienta más vestidos. ¿Quiénes son? —dice señalando con la cabeza a los dos policías.

—Vienen a hablar con Marta. Por lo del Dani.

—Somos de la policía, señora. Pascual Molina y Camino Vargas —el oficial hace las presentaciones con su tono más formal.

—Lo hemos visto en Canal Sur. Pero ¿qué tiene que ver la niña? —pregunta la mujer con recelo—. No habrá vuelto a enredar con él, ¿no?

Camino y Pascual se miran inseguros.

—Quizá su hija pueda ayudarnos a conocer mejor el entorno de Daniel —resuelve, diplomático, el oficial.

—Quiero estar presente —dice la madre.

—Mujer, déjalos que hablen tranquilos... —tercia el padre.

—No. Mi hija es una menor y quiero estar presente —repite ella, categórica.

—Está bien —accede Camino. Sabe que esa mujer tiene todo el derecho, aunque duda mucho que con una madre controladora delante saquen nada en claro—. ¿Pueden llamarla?

—Iré yo.

El padre se va pasillo adentro.

—Me lo va a poner todo perdido —se queja Marina al ver cómo las suelas van dejando un rastro de pisadas de barro por la casa.

—Está el tiempo hecho un asco —dice Pascual, conciliador.

La mujer le observa. Es un hombretón inmenso, con un bigote entregrís y unos aires castrenses que imponen, pero su rostro acoge una expresión amable. Eso la impulsa a satisfacer su curiosidad:

—¿Desde cuándo está desaparecido Dani exactamente?

—Desde el lunes.

—¿Y ayer ya estaban buscándole? ¿No hay que esperar veinticuatro horas antes de poner una denuncia?

—Eso son cosas de las películas, señora.

—Si usted lo dice... Cómo se nota que es de familia bien. Llega a ser mi hija, y no la empiezan a buscar hasta que se monte una manifestación en el barrio.

—No funciona así —Pascual siempre defiende al Cuerpo. Lo considera parte de sus obligaciones.

—Por supuesto que no —se burla Marina—. ¿Me va a decir que no les han puesto a buscarle porque el chavalito es hijo de quien es? Pero, vamos, que el Dani aparecerá en cualquier momento. Habrán alargado mucho la fiesta en casa de alguien, estos muchachos se las gastan así ahora. Mi hija, sin ir más lejos, el lunes llegó cerca de las tres. ¡Un lunes! ¡Viva la Virgen! Eso sí, a las ocho menos cuarto estaba tirando para el instituto.

Camino y Pascual cruzan una mirada significativa: la misma hora a la que se escachaarró el móvil de Daniel.

Mientras, la madre sigue perorando:

—A ese chico todo le ha venido regalado.

—El dinero no es lo único que cuenta, él tampoco lo ha tenido fácil —dice Pascual, empeñado en apostar a caballo perdedor.

—Perdone que le hable así de claro, pero a ese lo que le hace falta es pisar el mundo real. ¿Usted cree que es normal que lleve unas zapatillas con suela de algas que cuestan doscientos lereles? ¿O un impermeable hecho con botellas de plástico usadas?

—Moda sostenible... —murmura Pascual.

—Sostenible, dice... Sostenible es lo que hago yo, que tengo las bragas transparentes de tanto usarlas. No me hace falta comprarlas en el Intimísimo, ¿sabe? Del mercadillo, cuarenta lavados y ahí las tiene.

Camino reprime una sonrisa, más por ver a Pascual azorado que por la campechanía de la mujer, quien sigue a lo suyo.

—Pero ese..., bueno. Camisita de algodón orgánico con botones de coco, mochila de fibra de plátano, gorra de hoja de cáñamo. Sí, sí, me lo aprendí y todo, por la brasa que daba. Solo con lo que cuesta uno de sus modelitos doy yo de comer a mi familia todo el mes. Y encima iba por la vida dando lecciones de ética.

Eduardo aparece de nuevo, interrumpiendo la diatriba de su mujer.

—Mi hija no quiere hablar con ustedes, lo siento.

Marina se levanta indignada.

—¿Cómo que no quiere hablar? ¿Pero esta niña qué se ha creído?

Desaparece por el pasillo y a los pocos segundos comienzan a oírse los gritos de ambas.

El padre se deja caer en el sofá junto a Pascual y se lleva las manos a la cara, superado por la situación.

—Así todos los días.

—Ánimo, hombre, está en la edad.

—¿Usted tiene hijas?

—Sí, una. De doce —dice el oficial con orgullo.

—¡No le queda nada!

Pascual le mira mosqueado, pero al hombre parece que el mal ajeno le ha hecho gracia.

En ese momento aparecen las dos con unas caras tan largas que se las pisan.

—Aquí la tienen. Pregúntenle lo que le tengan que preguntar, que se nos enfrían las lentejas.

Hay un momento de indecisión. Como en todas las situaciones complicadas, arranca Pascual.

—Marta, supongo que sabes que la madre de Daniel le está buscando.

—Y a mí qué me cuentan. —La mirada es desafiante, aunque el temblor del labio delata que está acobardada.

—Estuviste con él la noche en que desapareció, ¿verdad? —suelta Camino.

—¿Qué? —Marina se pone en pie de un salto—. ¡Me dijiste que habías salido con Serena!

—Señora, por favor. Puede estar presente, pero sin interrumpir —la riñe Pascual.

—Necesitamos que nos cuentes qué pasó esa noche —Camino sigue presionando.

—No pasó nada, ¿vale? Cenamos, le dije que no quería saber nada más de él y me fui.

La madre se contiene como puede. Da la sensación de estar librando toda una batalla interna.

—¿Y ya está? —pregunta Camino.

—¡Y ya está!

—¿Por qué no querías saber nada más de él?

—Eso es asunto mío.

—¿Y no habéis vuelto a tener contacto?

—Ya le he dicho que no.

—Pero no os despedisteis en el restaurante, ¿a que no? Hubo algo más.

Marta se ha puesto roja, no saben si de la vergüenza o de la ira. Una cosa sí está clara: su grito está lleno de angustia:

—¡Dejadme todos en paz!

Sin esperar la réplica, se levanta conteniendo a duras penas las lágrimas y se va corriendo a su habitación.

—¡Marta! —grita la madre a una espalda que se aleja a toda mecha.

El padre también se pone de pie. Ahora su rostro tiene un aspecto severo, de cabeza de familia que ordena y manda, y que además protege a su rebaño.

—Ya lo han oído.

—Pero...

—Ni peros ni peras. Se ha acabado la función.

Como los policías no parecen muy dispuestos a irse todavía, los guía hasta la puerta y la abre de par en par:

—Y ya han oído a mi mujer. Que se nos enfrían las lentejas.

56.

La policía ha venido a mi casa.

Cuando Serena ve que la notificación es de Martuchi, no duda en abalanzarse sobre el móvil.

—¡Serena, estamos comiendo! —protesta su padre.

—Solo un momento.

La cara de la chica se torna lívida al ver el mensaje de su amiga.

¿Lo saben?

No estoy segura.

¿Tú les has contado algo?

—¡Serena! —el padre la amonesta con peores modos esta vez.

¿Estás tonta? ¡Claro que no!

—O lo sueltas ahora mismo o te lo requiso.

Quilla, te tengo que dejar, luego te escribo.

Estoy atacada, Seri. Ahora no puedes pasar de mí.

No es eso, es que...

—¡Papá!

—Te avisé. Sin móvil hasta mañana.

—¡No puedes hacerme eso! ¡Devuélvemelo!

—Come. Ya hablaremos después.

Serena se pimpla el vaso de gazpacho de dos tragos, engulle el último pedazo de filete empanado y se cruza de brazos, airada y triste. Su amiga va a pensar que la está dejando colgada cuando más la necesita. Y ella jamás le haría algo así. Porque, aunque Martuchi no lo sepa, todo lo que hace lo hace por ella.

57.

Lupe recibe una llamada en su móvil.

Se quita los cascos de las escuchas y duda si cogerlo. Lo que menos le apetece ahora es seguir calentándose las orejas, sobre todo teniendo en cuenta que es un número desconocido y lo mismo le quiere vender un *pack* completo de líneas de teléfono como hacerle creer que ha ganado un premio. Ella, que no gana ni al parchís. Sin embargo, algo la lleva a contestar. Quizá es la inercia absurda de creerse obligada a descolgar cuando la llaman, quizá el temor porque le haya pasado algo a su Jonás, siempre presente, o tal vez una excusa para liberarse por unos minutos de los frescos que intentan sacarle la guita a una madre angustiada por su hijo inventando una trola tras otra.

—¿Sí?

—¿Lupe Quintana?

—Al teléfono.

—Soy Tonino Marchena, me dio su número anoche.

Lupe se pone en guardia.

—Tonino, muy buenas. Dígame.

—Verá, cuando usted se fue bajé a estar con la gente. La fiestecilla de después del baile, que a veces se alarga, ya sabe.

Lupe no sabe, pero se lo imagina, sobre todo por la voz pastosa que se gasta el bailaor. Son las tres de la tarde y apuesta a que no hace mucho que se ha levantado.

—El caso es que comenté el tema con Rocío, la chica de los coros. Es que cuando salíamos juntos ella se llevaba muy bien con Puri, ¿sabe? Y me contó alguna cosa. No creo que tenga nada que ver con lo que le pasó, pero he pensado que igual le interesaba.

—Claro. —Lupe agarra papel y boli—. ¿Me da el teléfono de Rocío?

—Mejor quedamos los tres y le contamos. ¿Cómo le viene un cafelito?

Lupe recuerda que no ha comido nada desde bien temprano y sabe que un cafelito le va a caer como un puñetazo en el estómago.

—Genial. Me viene genial.

—Pues nos vemos en el Quitapesares. La esperamos aquí, que nos acabamos de pedir un jartón de papas aliñás.

La agente cuelga el teléfono, le maldice en voz baja y cierra el ordenador. Eso está en Santa Catalina, no le va a dar tiempo ni a pillar un sándwich del bar.

* * *

Lupe penetra en una taberna de entrada minúscula. Desde fuera parece de lo más común, el típico rótulo de Cruzcampo y una puerta de madera en un edificio estrecho de dos plantas con viviendas, pero una vez dentro toda la fuerza de Sevilla golpea a quien se introduce en el local: las paredes están atestadas de carteles y fotografías de personalidades del flamenco y el toreo, así como de toda la simbología cofrade que uno sea capaz de imaginar. Las tapas de caracoles, las cerámicas, los barriles de moscatel, los pedidos apuntados con tiza, los azulejos y, cómo no, buen flamenco sonando de fondo provocan una sensación de barullo que es a la vez anárquica y reconfortante.

En un banco la esperan los dos artistas. Rocío Salazar es una mujer metida en carnes de pelo rubio ondulado, ojos verdes y labios color fucsia. Lleva un escote imposible de obviar, ni siquiera ante la sonrisa de dientes grandes y blancos que le dedica a Lupe al verla llegar. En cuanto a Tonino Marchena, está impecable. Camisa blanca de lino que resalta su tez morena, vaqueros ajustados a un cuerpo en buena forma y unos mechones negros llenos de gomina que le caen sobre la frente con aspecto mojado y le dan un aire que Lupe no dudaría en calificar de madurito buenorro.

—Buenas tardes, Lupe —saluda Tonino.

A ella le coge por sorpresa esa familiaridad repentina, pero se dice que igual viene mejor para una charla informal.

—Buenas. Y encantada, Rocío —dice metiéndose en el papel y plantándole dos besos a la corista.

—Estamos con vinito de naranja. ¿Te pido un vaso?

—No, gracias. Mejor una botella de agua. —Luego se arrepiente de su frialdad y se enmienda. Ya lidiará con su estómago después—. Bueno, me tomo uno.

—Di que sí, mujé —Tonino sonríe mientras va a la barra a pedirlo.

—Yo quería mucho a Puri —se lanza Rocío sin previo aviso—. Aún no puedo creer que le hayan hecho esa barbaridad.

—Tonino me ha dicho que tienes algo que me podría interesar.

—Bueno, no sé hasta qué punto, pero él se ha empeñado en que la viéramos.

—Adelante, por favor.

Rocío no acaba de arrancarse, y Tonino, ya de vuelta, le da el empujón definitivo.

—Es por lo del jefe.

—Verá, hace unos años le hizo la vida imposible —comienza Rocío—. Se empeñó en que firmara algo, y Puri se negaba. Entonces empezó a putearla a saco, *mobbing* que se dice ahora.

—¿Qué jefe era exactamente?

—Uno de los peces gordos —dice Rocío sin dudar—. Lo sé porque sale en la tele de vez en cuando, y ella siempre lo decía: mira, ese mamón es. Emilio algo, no me acuerdo.

—Emilio Chaparro.

—Eso.

Lupe disimula una sonrisa triunfal. Ya tiene la confirmación que le pidió Camino.

—¿Qué le hizo?

—De todo. Le decía que ella estaba ahí para acatar órdenes, que era una mandá y que si no hacía su trabajo se encargaría de que le ocuparan la plaza. Ella tenía una interinidad, y, claro, el muy cabrón jugaba con eso. Tú verás, tantos años ahí y pensar en irse con una mano delante y otra detrás... También conseguía que no le concedieran los permisos que necesitaba, la metía en su despacho cada dos por tres y la seguía coaccionando con amenazas de todo tipo..., así hasta que firmó y ya la dejó en paz.

—¿Por qué no lo denunció?

—¿Está de coña? Esas cosas nunca tiran p'alante. Antes de que llegara al juez, Puri ya estaría en la cola del paro. Total, que acabó cediendo, pero lo llevó fatal. Ella no era como los demás, ¿sabe? Tenía un sentido de la justicia muy..., no sé, muy afilado. Aquello la dejó hecha polvo, decía que se sentía una mierda, que ella no había dado su vida en el curro para eso. Y no levantaba cabeza.

A Lupe le está subiendo la temperatura interior. Qué hijoputa el consejero. Entonces recuerda el comentario de Tonino de la pasada noche.

—Oiga, ¿qué hay de su compañero? El tal Pepe.

—El malasangre —recuerda Tonino.

—¿Ese? Ese no metió baza en el tema, pero le dio la puntilla a la pobre Puri —dice la mujer—. Se le puso entre ceja y ceja que firmó porque la habían untado, y, claro, le jodía que te cagas. Supongo que porque no le había tocado a él, que es como funcionan estas cosas. Ahí la película cambia. Total, que cuando paró de hostigarla el jefe la cogió él por banda. Puri no pudo más, empezó a cogerse bajas y, cada vez que se iba, el puto Pepe malmetía al resto de compañeras, que si esta es una fresca, que vaya jeta, y entonces las demás le hacían el vacío cuando volvía y la acababan de hundir, y al final pedía la baja otra vez. Y, así, el cuento de nunca acabar.

El rostro de Tonino ha ido poniéndose mustio al escuchar el relato de Rocío.

—¿Por qué nunca me contó nada? —dice con tono lastimero, más para sí mismo que para las dos mujeres.

—Lo intentó, Tonino —dice Rocío, mirándole muy seria—. Pero tú no vales pa escuchar penas. No te enterabas de na de lo que le pasaba por dentro.

Tonino da un buche a su vino.

—Es verdad —reconoce mirando a Rocío y luego a Lupe—. Conmigo nunca tuvo eso que tienen las mujeres con una buena amiga. Yo me he criado entre hombres y además ya tengo una edad. No se me dan bien ciertas cosas.

Lupe asiente despacio. Qué le va a contar a ella, que vive con un cabestro que tampoco se entera de nada.

—Resumiendo —dice la policía mirando a Rocío—, que el pez gordo la coaccionó para que firmara algo que le convenía. ¿Por casualidad sabe de qué estamos hablando?

—Claro, mujer, por eso te hemos llamado —Tonino contesta por ella—. Del club donde apareció muerta.

—Le cogió una tirria al golf que no veas —remata la corista.

58.

—*Zapatillas de suela de algas.*

—Ya hay que estar tonto.

—Pero, mira, un impermeable de esos que repelen la lluvia no estaría mal ahora —dice Pascual, que corre desde el portal hasta el coche para no calarse.

—O una camisa que repela las manchas. —Camino entra a su vez en el vehículo y señala un lamparón de salsa brava en la de Pascual.

La cara del oficial se torna del color de la salsa.

—Ya me podías haber avisado antes.

—Me acabo de dar cuenta —miente ella.

Pascual suelta un bufido, porque tendrá que dejarse los euros en la tintorería y porque ahora le toca el martirio de conducir hasta las dependencias policiales en mitad de esa ciudad colapsada por las lluvias.

—No me gusta cómo caza la perrilla, Molina —suelta Camino—. No me gusta nada.

—¿Por las algas o por la fibra de plátano?

—Un tipo traumado desde la infancia y fanático del cuidado al planeta. Mala pinta.

—Lo de cuidar el planeta no es tan malo —objeta Pascual—. Mi hija me obliga a hacerlo.

—El fanatismo es lo malo. La gente que solo ve la vida de una forma se incapacita a sí misma para respetar otras opiniones y eso siempre es peligroso. Me da igual de dónde venga. Religioso, político, ultra futbolero...

—Mientras no sea sevillista.

—Qué bobo eres. ¿Y si fue Daniel quien se cargó a Pureza? ¿Y si es Amaranta quien está en peligro?

—Joder, jefa, y tú qué bestia. Tiene dieciocho años, es un crío. Y ella es su madre.

—Una madre a la que odiaba. Hay críos muy hijos de puta, Molina. Con permiso de Amaranta Peñalosa de Castro.

—¿Qué hacemos entonces?

—Marta le dejó, luego volvió a quedar con él, luego Daniel se esfumó... Esa muchacha sabe mucho más de lo que dice. Hay que sacárselo como sea —masculla Camino.

—Pues ya sabes. Oficio a la Fiscalía de Menores y a ver si nos dejan. Pero, como los padres no estén de acuerdo, lo tenemos jodido para interrogarla.

—Estuvo con él la noche de la desaparición, Molina. Tiene respuestas. Estoy segura de que la jodida cría tiene respuestas.

Los refunfuños de Camino se ven interrumpidos por un aviso que proviene del equipo de transmisión. Al escuchar su contenido, el corazón se les encoge a los dos. No hace falta que nadie les diga que de aquí en adelante todo pasa a un segundo lugar:

Alerta roja. Alerta roja. A todas las unidades: el Tamarguillo se ha desbordado a su paso por Torreblanca. Alerta roja. Alerta roja.

59.

Se espabila al oír el barullo.

No sabe qué tienen los boquerones que siempre le dan sueño. Se ha quedado traspuesta en el sillón, pero ahora escucha atentamente. Está acostumbrada a las reyertas de su barrio, aunque algo le dice que esto es distinto. Amortiguados por el crepitar incesante de la lluvia, los gritos de los vecinos suenan desesperados. Un desasosiego comienza a crecer en su interior. Se pone en pie, se ajusta el cordón de la bata y va hacia la ventana de la cocina, la que queda a unos palmos de la de Manoli, dispuesta a preguntarle por el motivo de tanto jaleo. No llega a hacerlo. Sus ojos se abren desorbitados al ver una avalancha de agua que avanza por la calle arrasándolo todo, como si el mar hubiera llegado de golpe hasta el pie de su casa. Vehículos y contenedores flotan arrojados por la corriente. Se precipita hacia la puerta, pero no consigue abrirla. El agua presiona hacia el otro lado. Su casa no tiene terraza o azotea ni ningún otro sitio por el que trepar hasta el tejado. O espabila o se quedará atrapada. Forcejea como solo hacen los que ponen la vida en ello y consigue que la puerta ceda. El alivio le dura una décima de segundo, porque una ola de fango la empuja hacia atrás penetrando con violencia en el interior. Trata de salir a flote. Bracea torpemente, preguntándose por qué nunca aprendió a nadar.

Si la muerte le cayera a una encima con la reproducción a cámara lenta de las películas, a Josefa le hubiera dado tiempo a pensar en el marido con el que quizá se reúna tras tantos años, en la vida que ahora parece que pasó como un suspiro pero que en realidad fue lenta y, a veces, agónica. En los hijos que quedan de este lado. El mayor, perdido sin remedio y que ya no podrá contar con su apoyo cada vez que naufrague en los lodazales de la vida. La mediana, a quien nunca dijo que no le permitiera a ese hombre que le pusiera la mano encima, que hiciera lo que fuera con tal de protegerse a sí misma. Porque, si no te cuidas tú, nadie lo hará por ti. El pequeño, ante el que no fue capaz de reconocer lo orgullosa que está de él. Si la vida fuera una película, quizá sería eso lo que Josefa lamentase más. Pero lo único que le da tiempo a sentir es cómo el agua sucia se le mete en nariz y boca, penetra hasta los pulmones y al mismo tiempo la golpea contra el mueble del salón, que se derrumba con las enciclopedias por fascículos, la vajilla del ajuar que usó en las pocas ocasiones que encontró dignas de ese mínimo festejo, los jarrones con flores secas regaladas en cada Día de la Madre de muchos años atrás, las fotografías que reflejan el crecimiento de los hijos y el declive de una misma. Y, así, recuerdos de toda la vida caen sobre ella sin necesidad de que su cerebro los recorra en esos últimos segundos. Y la sepultan.

60.

Fito acaba de finalizar su jornada.

Le va a estallar la cabeza. Lleva ocho horas seguidas concentrado en las llamadas que recibe Amaranta Peñalosa de Castro, a fin de separar el grano de la paja. Conclusión del día: no ha encontrado un solo grano. ¿Y todo para qué? A él lo que de verdad le gustaría es estudiar el *profiling* del ejecutor de Pureza. A raíz de los dos últimos casos de asesinos seriales, no ha dejado de especializarse en la materia. Sobre todo desde que conoció a una comisaria italiana experta en perfiles criminológicos y fue consciente del alcance y la utilidad que algo así podría tener en su propia Brigada. Se sintió fascinado por Barbara Volpe y el mundo de posibilidades que se abría ante él. Y es que en Sevilla no hay ningún grupo específico de análisis de conducta criminal, y sin el debido estudio en ese campo es mucho más difícil capturar a los malhechores. Ese es su objetivo. Formarse y aplicar las técnicas de la perfilación a los casos que se adjudiquen al Grupo de Homicidios. Y, con el tiempo, quién sabe. Quizá crear un departamento específico.

Pero con este caso, el primero en que tiene ocasión de aplicar esa óptica, ni siquiera ha podido trasladarse a la escena del crimen, ni estudiar el informe de la autopsia de la víctima, ni tampoco hablar con su entorno. Así cómo demonios va a interpretar la huella psicológica del criminal. Está convencido de que Camino le ha puesto con las llamadas como represalia por haber desaparecido durante dos días. Es su forma de decirle que no le parece que sea tan importante para él. Pero sí que lo es, aunque ahora tenga otras muchas cosas en que pensar. Como el tema que le atormenta desde que fuera a ver a Josele a la cárcel, y que ahora, ya libre del maldito teléfono pinchado, se cuela de nuevo en sus pensamientos.

Le irrita que su hermano siga tratando de aprovecharse de él. Hace mucho que dejó de ser el hermano pequeño al que Josele mangoneaba, liándole en cada uno de sus entuertos. Es cierto, puede que le quede poco de vida, y tiene razón en que su madre merece un final desahogado, quizá algún capricho, quizá cumplir un sueño, tener algo que nunca tuvo. Todo eso le remueve, sí. Pero él ha de protegerse, defender lo que es suyo, lo que tanto le ha costado conseguir. Su profesión, su vida tranquila fuera del barrio, la carrera que tiene por delante. Porque no piensa plantarse en subinspector. Piensa seguir subiendo, a base de esfuerzo, como siempre ha hecho. No niega que sea ambicioso, pero la suya es la ambición sana del que sabe que con perseverancia y sacrificio todo puede conseguirse. Él logró lo más difícil. Y no va a parar ahora. Se preparará la oposición de inspector y la aprobará como antes hiciera con las otras, y ascenderá en la escala al tiempo que se forma como perfilador. Sí, apostará por crear un nuevo grupo, uno de Análisis de Conducta Criminal donde se incorporen las técnicas psicológicas a la investigación de homicidios; creará un banco de perfiles que ayude a predecir los próximos movimientos de los criminales, y conseguirá reducir los tiempos de captura y aumentar la seguridad ciudadana. Todo eso hará. Pero para ello lo primero que tiene que lograr es mantenerse firme por una maldita vez y pasar olímpicamente de Josele. Arrinconar en algún lugar de su cerebro todo lo que le ha dicho y no volver a ello, centrarse en su trabajo, dejar que nuevos pensamientos, nuevas prioridades le vayan sepultando hasta desaparecer. Y decide que va a empezar ahora mismo. En lugar de seguir dándole vueltas, o de irse al gimnasio a desfogarse a base de mamporros al saco de boxeo, se acercará a la peluquería de Susi y la ayudará con el cierre. Susi siempre le da paz, le pone los pies en la tierra y le hace disfrutar con las pequeñas cosas, esa es quizá su mayor virtud. Se irán los dos juntos a casa, a acabar el día con una cerveza, charlando de tonterías sin importancia. Las anécdotas de las clientas, a que no sabes quién ha tenido ya un nieto, mira cómo he peinado a la sobrina de la Paqui, el pelo verde está de moda, hoy casi no he hecho caja, y a ti cómo te ha ido, anda saca la basura, te toca a ti, a mí me duele la espalda de estar todo el día de pie, vale pero tú haces la cena. A Fito le gusta esa rutina en la que llevan años acomodados. Se entienden, no hay grandes peleas ni grandes sufrimientos, tampoco grandes pasiones, pero él no necesita de esas cosas. Su pasión es su trabajo, se ha dejado la piel para convertirse en el subinspector que hoy es, y a su edad aún puede aspirar a mucho. Susi es buena persona, diga lo que diga su madre. Se quieren y se respetan, cada uno en su espacio, en lo bueno y en lo malo. ¿Qué más puede pedir? Llevan juntos desde la adolescencia y aspira a seguir así la vida entera. Una vez creyó sentir algo diferente; fue hace meses, cuando estaba volcado en un caso que no le dio respiro. La investigación les llevó a una clínica, y allí conoció a Nerea. La bella Nerea. Iba vestida como una cani de su barrio. Labios color chicle, escotes despampanantes, tacones de quince centímetros, pendientes más grandes que el aro del *hula hoop*. Pero detrás de esa fachada de mujer florero había una persona culta, inteligente y con un punto de arrogancia que creyó que le iba a enloquecer. Por eso se distanció. En cuanto acabó el caso no volvió a verla, y se consuela diciéndose que se equivocaron en el momento de conocerse. Él tenía pareja estable, y ella, mal de amores, pues había sido fiel a esa tónica habitual de las mujeres que lo tienen todo: se había enamorado de un imbécil que no le llegaba a la altura de los zapatos. De modo que, poco a poco, Fito se fue olvidando de ella, convencido de que solo le traería problemas.

Aunque, se dice volviendo a su runrún, también podría tratar de averiguar qué hay detrás de lo que le ha pedido Josele, solo por curiosidad, solo por ver qué trama esta vez, en qué embolado se ha metido ahora. Solo por saciar su olfato de sabueso. Se rebela ante la idea, eso no es en lo que hemos quedado tú y yo, le dice a su sesera, pero una vocecilla insidiosa le contesta desde ahí adentro que su hermano probablemente no vea más la calle y que esta sí sería la última vez que estaría en su mano escucharle, quizá hacer algo por él. Además, sigue la vocecilla, si en algo tiene razón ese descerebrado es en que vuestra madre se ha ganado el pasaje a una existencia menos sufrida. Pero eso ya lo hemos hablado, replica Fito comenzando a enfadarse. Al menos que se sincere contigo, que te cuente toda la verdad, de dónde procede esa pasta, qué ha hecho para ganársela. Ya que ha tenido el valor de pedirte algo así, el muy jeta, que te explique. Solo por eso, ¿eh? Porque mereces saberlo. Es verdad, qué menos, contesta ahora Fito.

Sí, volverá a ver a Josele. Le pedirá el favor a uno de los funcionarios de prisiones. Lleva años sin hacer uso de su derecho al régimen de visitas, tampoco pasa nada porque ahora vaya dos veces seguidas. Su hermano tendrá que darle las explicaciones que le ha negado, y a él no le temblará el pulso a la hora de darle un no por respuesta. Esta vez no. Porque Fito ya no es el pirata, ahora es un subinspector hecho y derecho que defiende el bien y la justicia.

Ahora sí, se irá a recoger a Susi. Pero antes tomará un desvío para comprar el último libro de esa autora que le pidió Josele. De repente se sentirá contento. Volverá silbando al coche, y acabará de poner rumbo a la peluquería cuando reciba el aviso policial. Torreblanca, inundada por completo. El corazón de Fito pegará un brinco al tiempo que su mente se vacía. Ahora en ella solo habrá cabida para un único pensamiento: su madre.

61.

—*Tengo que irme.*

La comisaria Mora se calza las botas de agua mientras Elsa la observa preocupada. No ha oído la voz al otro lado de la línea, pero por sus palabras sabe que algo grave ha ocurrido. Le pregunta y nota en ella esa irritación que la acompaña desde que volvieron a estar juntas. Mora le cuenta las novedades con desgana, como si le molestara tener que hacerlo.

—¿En Torreblanca? Por ahí pasa el Canal de los Presos. Es un canal de riego que toma agua de la presa de Peñaflor.

—¿Y?

—Que no se puede desbordar.

Mora la mira con cansancio.

—No es el canal. Es el encauzamiento del Tamarguillo.

—Pero está soterrado —porfía Elsa.

—Pues se ha desbordado en la parte que no lo está.

—Qué raro.

Mora la mira con fastidio. Elsa es que siempre tiene que dejarla caer, oye. Es más lista que un cuñado. Pues sabes lo que te digo, Elsa, que me tienes harta. Que al carajo con mi paciencia antológica y la madre que me parió.

—¡Claro que es raro! ¡Igual de raro es que lleve lloviendo semanas sin parar! ¡Igual de raro que la realidad en la que vivimos! ¡Esta locura de olas de calor, de sequías, de este temporal interminable! ¿Te parece raro todo eso, o solo lo del Tamarguillo?

A Elsa le duele ver la aversión con que se dirige a ella. Pero respira hondo. No piensa volver a perder los nervios, aquella etapa quedó atrás.

—Eso es por el aumento de la temperatura del planeta, ya sabes que el calentamiento está disparado. No cumpliremos ni de coña los objetivos de la cumbre climática.

—Ya estamos con lo de siempre.

Elsa suspira y trata de zanjar el tema de forma conciliadora.

—No me hagas caso, anda. He dicho una tontería.

—Igual es que te apetece venir a verlo con tus propios ojos.

Mora se ha soltado la melena y está lanzada. Quiere guerra. Pero se arrepiente nada más decirlo. No porque haya sonado borde, qué va. Sino porque piensa que Elsa es capaz de decir que sí, que va con ella y así lo ve y además le hace compañía, y entonces sí que la hemos liado pero gorda. Vamos, lo que le estaba haciendo falta.

Sin embargo, Elsa se limita a mirarla con un poso de tristeza en sus ojos color café.

—No sé por qué lo pagas conmigo. Soy historiadora, hice la tesis sobre la evolución de la cuenca del Guadalquivir. Y, por encima de todo, digo yo que tendré derecho a opinar, ¿no? Así, como persona.

La comisaria no contesta. Quiere decirle que está harta de que saque a relucir su tesis, su doctorado, su saber tan erudito. Que parece que le encanta refregárselo, leche, y que ya no puede más. Que también está harta de que todo el mundo opine, que el derecho a la opinión está sobrevalorado, sobre todo cuando nadie te la pide, la puñetera opinión. Entonces te la puedes meter por donde te quepa. Todo eso le diría, pero resulta que se tiene que ir echando mixtos. Así que se pone su chaqueta recién encerada y el sombrero de agua a juego y coge las llaves de la bandeja del recibidor.

—Me voy.

—Dame un beso, anda. ¿Cuándo vuelves? —dice Elsa con el tono más dulce del mundo.

En realidad, Mora está harta de todo lo que rodea a Elsa. No lo puede remediar. También de sus zalamerías, y de esa mansedumbre con que se ha envuelto desde que se metió en su casa de nuevo. Y no sabe por qué demonios sigue todavía ahí. Sí, sí que lo sabe. Claro que lo sabe. Porque nadie le ha dicho que se vaya, por eso. De modo que respira hondo y la mira con una expresión muy seria antes de salir, la más seria que le ha dirigido nunca:

—No sé cuándo volveré. Pero espero que para entonces tú ya no estés aquí.

62.

La escena es desgarradora.

El agua rebasa el metro y medio de altura en todo el barrio. La mayoría son casas bajas, y los vecinos se apiñan en los tejados, cubiertos con mantas y expresiones de horror. Algunos han llegado ahí nadando, otros haciendo el mono por las azoteas hasta alcanzar un punto más estable. Están empapados y tiemblan de frío y pánico. Se desgañitan al grito de «socorro» para llamar la atención de los bomberos, quienes se ven sobrepasados por la magnitud del trance. Los coches chocan unos contra otros en la corriente, varias viviendas se han hundido ante la fuerza del agua y hay otras en las que alguno de los muros ha comenzado a desprenderse. Quienes están en lo alto notan la vibración bajo sus pies, y esa es una de las sensaciones más sobrecogedoras: de un momento a otro la casa puede venirse abajo.

Hay una zódiac que navega entre escombros, farolas y árboles partidos. Va recogiendo a todo el que puede, de tejado en tejado. De momento impera la urgencia del rescate, nadie se atreve aún a preguntarse cuántos han quedado atrapados en sus casas o han sido arrastrados por la lengua de agua quién sabe hasta dónde. A qué número ascienden las víctimas mortales, a cuál los damnificados por la catástrofe.

Un perro sin raza nada desesperado en su dirección, agitando las patas como si estuviera en una carrera contrarreloj. Uno de los hombres lo mira con pena y comenta algo al resto. El patrón de la zódiac mueve la cabeza a uno y otro lado con rotundidad. Solo pueden cargar veinte personas en cada viaje: no hay tiempo ni espacio para él.

63.

Barbara analiza el resultado de los retratos robot.

Le prometió a Camino que los tendría hoy, y tras mucho bregar ha conseguido que el departamento de identificación le dé prioridad. Silvio acaba de traerle los dibujos que el *software* informático ha creado con la colaboración de Paolo Nesi y el técnico de Criminalística que le ha guiado en el proceso. Quizá debieron empezar por ahí. Los retratos robot ayudan a resolver casi un veinte por ciento de los casos, todo depende de que el testigo sepa memorizar y describir los rasgos para que el resultado sea una reconstrucción del sospechoso lo más fidedigna posible.

Observa ambos rostros. Le sorprende que el de la mujer refleje a alguien muy joven. Un cutis terso, sin una sola arruga en las comisuras de los ojos o las de los labios. Tiene unas cejas finas y unos ojos castaño claro. La frente es amplia, la nariz pequeña, y a su alrededor se dejan ver algunas pecas. Los labios no son ni delgados ni carnosos, aunque destaca en ellos un rictus severo. Posee una melena ondulada hasta la altura de un mentón afilado. Una chica de lo más normal.

En cuanto al hombre, llama más la atención. Podría rondar los cuarenta, quizá cincuenta años, y tiene mandíbula de caballo, ojos cercanos a la bizquera, hundidos bajo unas cejas anchas de pelo hirsuto, nariz de tabique prominente y aspecto bulboso en la punta, y unos labios caídos ligeramente hacia el lado izquierdo. El cabello es ralo a la altura de la frente y se va poblando más en las zonas inferiores del cráneo, y las orejas son pequeñas para un rostro como el suyo, la derecha algo más despegada. Todo el conjunto transmite una asimetría antipática.

—¿Los han pasado ya por el programa?

Barbara se refiere al Morpho Face, un lector biométrico con una función para seleccionar los semblantes similares entre todos los delincuentes fichados.

—Sí, y le he vuelto a mostrar al testigo los veinte resultados que podrían coincidir. Pero nada, insiste en que ninguno de ellos se corresponde.

Ella frunce los labios en un gesto pensativo:

—Puede que no estén fichados.

—O que Nesi no haya sido capaz de reconocerlos —dice Silvio.

—O que nos haya mentido desde el principio, que es lo que más me temo.

—También.

—En ese caso, estaríamos conduciendo a la policía sevillana hacia una vía falsa.

—Hay que intentarlo.

Barbara lanza un resoplido más propio de un caballo.

—Supongo. Que los envíen por el sistema a todos los cuerpos policiales.

El policía asiente y se va para dar curso a la instrucción.

Barbara sabe que eso no suele dar resultados, al menos no a corto plazo. Si cada agente que patrulla las calles tuviera que memorizar las caras de cada uno de los sospechosos del país, necesitaría un chip extra integrado en el cerebro. Puede que dentro de unos años sea así, aunque duda que ella llegue a verlo. Mientras tanto, y aun con esos mimbres tan humanos, hay que seguir persiguiendo a los malos.

Agarra el teléfono y pulsa la tecla de llamada en el contacto de Camino Vargas. Pero esta vez no hay tanta suerte. Consulta el reloj y solo entonces se percata de que son más de las once de la noche. La sevillana estará en su casa viendo una película o roncando a pierna suelta, que es lo mismo que debería hacer ella. Le enviará los retratos por correo electrónico y cumplirá con su palabra. Está desbloqueando el ordenador cuando su teléfono suena. Lo coge sin mirar el remitente dando por hecho que se tratará de la inspectora, pero es Taylor.

—¿Barbara?

—¿Ya sabéis quién fileteó a la mujer?

—Yo también me alegro de oírte.

—Taylor, te recuerdo que aquí ya es hora de estar metida en la cama.

—Y, sin embargo, tú no lo estás —adivina él.

—No, pero me gustaría.

—También te gustará saber que ha muerto un médico en un tiroteo en Brooklyn.

—Siempre me han caído mal los médicos, pero de ahí a alegrarme... Además, total, allí os matáis a tiros todos los días.

Se escucha una risa socarrona al otro lado.

—Pero no todos los días, querida Barbara, entran tres asesinos a sueldo en la casa de un cirujano del Bellevue Hospital.

—El hospital del que se usurpó el cuerpo de Claire Brooks. —Ella hace la conexión de inmediato.

—Exacto. Menuda escabechina. El médico se defendió, no te creas. No quedó ni el apuntador.

—Podría estar relacionado.

—Lo está. Acabamos de confirmar que había partículas de sangre de Claire Brooks en el garaje. Fue allí donde Liam Johnson la convirtió en filetes.

—¿Liam Johnson? ¿Así se llama? O sea, que sí que lo tenéis.

—Sí. Se llamaba —puntualiza Taylor, que no hace nada para disimular su autocomplacencia.

—No entiendo..., ¿por qué enviar a unos sicarios a matarle ahora?

—Nuestra hipótesis es que desobedeció las órdenes de arriba. La *boutique* era una antigua carnicería, ¿recuerdas? Pues la dueña es una mujer con una edad similar a la de Claire. Supongo que se la tenía que haber cargado.

—Pero se echó atrás y cogió a una que ya estaba muerta.

—Eso creo yo. Y no le perdonaron la cobardía. Ni la mentira. Esta gente no se anda con chiquitas, Barbara.

64.

Jueves, 15 de noviembre
Sevilla, España

Lo más duro es ver sacar los cuerpos de las casas.

El suelo de la calle principal está reventado, el agua entró en tromba llevándoselo todo por delante. Ahora que el nivel ha descendido, los restos del naufragio se ven al descubierto y se percibe con mayor nitidez la tragedia que ha sacudido el barrio. Vehículos estallados, casas derrumbadas y otras en las que puertas y ventanas se han quebrado ante la fuerza de la ola enemiga. Desde fuera se ve el revoltijo de enseres rotos y pertenencias embarradas. Una mecedora donde alguien pasaría la tarde remendando ropa vieja con un huevo de madera, una guitarra escacharrada, un brasero que surca la corriente, un carrito de bebé sin nadie dentro, la bicicleta que a un niño le cayó por Reyes. Todo, incluido el personal que trabaja en la catástrofe, se ha coloreado de ese tono parduzco. Barro de la cabeza a los pies. Barro hasta en las orejas. Hasta en las entrañas, en el corazón de quienes asisten a la desgracia, teñido del mismo color sombrío.

Apenas despunta el día y ya van diecinueve cadáveres. Diecinueve hombres y mujeres de todas las edades a quienes el agua traicionera ha arrebatado la vida en un instante. Pero también hay algún rayo de luz. En medio del inmenso drama han conseguido rescatar a una mujer de setenta y tres años que permaneció durante horas sobre la encimera de la cocina, agarrada a la ventana para evitar que la corriente la arrastrara. Tenía el miedo tan metido en el cuerpo que a los bomberos les costó que se soltara de los barrotes y se dejara llevar hasta una ambulancia, abriéndose paso entre el lodazal. Eso, y ver cómo todos se vuelcan en los trabajos de rescate, es el único consuelo. Militares, policía local y nacional, bomberos y voluntarios van de la mano en una faena colectiva que hace sacar fuerzas de flaqueza para continuar tras una noche que ninguno de los que están ahí olvidará jamás.

El sonido estridente de un teléfono móvil logra colarse entre el barullo generalizado, y Pascual busca en el bolsillo de su chubasquero. Se queda observando la pantalla con extrañeza.

—¿Qué ocurre? —Camino teme que sean más malas noticias. Cuando el universo se te pone en contra, buena gana.

—Es mi hija. Nunca llama, y menos a estas horas.

—Pues razón de más para que contestes, venga —le espolea ella, intranquila.

Pascual desliza un dedo gigante para descolgar la llamada mientras siente una garra oprimiéndole la boca del estómago.

—¿Samantha?

—Papá, menos mal que lo coges. Ya se iba a colgar.

—¿Qué pasa, hija? ¿Estás bien?

—Mira Instagram.

—¿Cómo que mire Instagram? —Pascual no sabe si sentirse aliviado o molesto—. ¿Para eso me llamas?

—Pues claro, me dijiste que te ayudara. Ve al perfil de @andalusian_prince, rápido.

—Sami, ahora no puedo.

—¡Tienes que hacer algo, papá!

Ahora Pascual se percata del tono histérico de su hija.

—¿Qué ha pasado?

—Ya ha llegado la profe, tengo que guardar el móvil. Cuéntame por WhatsApp, por favor. Por favor.

Pascual mira a Camino aturdido.

—Me ha colgado.

—¿Qué quería?

—Que visite el perfil de *@andalusian_prince*.

—Claro, como si no tuviéramos otra cosa que hacer. Pero él ya está abriendo la aplicación en su teléfono.

—Parecía importante.

A Camino le fastidia que Pascual entre en el juego de su hija. Tienen que volver al trabajo de inmediato, hay demasiada gente que necesita ayuda. Sin embargo, la curiosidad la acaba venciendo a su pesar. Total, solo es un segundo. Se arrima a él y estira la cabeza para ver bien: ha aparecido un nuevo vídeo. Pero esta vez no es a Amaranta a quien enfoca la cámara, sino al propio Daniel. Un Daniel cuyos ojos llenos de resentimiento llenan la pantalla.

65.

Es un Daniel desmejorado.

Mechones de flequillo seboso le caen sobre la frente y apenas dejan a la vista unos ojos encarnados como si acabara de salir de una piscina de cloro. Está hecho un trapo: camiseta arrugada y sudada, pantalón mugriento, nariz moqueante, el cabello convertido en el mocho de una fregona vieja. Se encuentra de pie en un receptáculo circular, de no más de un par de metros de diámetro. Dirige los ojos a lo alto, desde donde enfoca la cámara. Pero la suya es una mirada angustiosa, como si contemplara algo que escapa a la vista del espectador, como si temiera que algo terrible sucediera allá arriba.

De repente, alguien habla fuera de plano encubierto por un distorsionador de voz.

Hola, amigos. Lo que vais a ver no es ningún fake.

Tras unos segundos inquietantes en los que nada ocurre, un líquido negro y espeso comienza a caer. Los grumos salpican a Daniel en los hombros, el cabello, las ropas. El chico ahoga un gemido y cierra los ojos. Poco a poco, el chorro pesado va empantanando el suelo. Envuelve los pies descalzos de Daniel y sigue avanzando, cubriendo cada rincón del cuchitril en el que está retenido.

Esto que está cayendo es petróleo. Ha sido programado para rebasar los ciento setenta y seis centímetros dentro de cuarenta y ocho horas. Como tal vez sepáis sus más fieles

seguidores, ciento setenta y seis centímetros es exactamente
lo que mide vuestro querido instagramer.

Otra pausa, ahora con un toque teatral para crear expectación antes del dato final.

¿Que si podéis hacer algo? Claro, de eso se trata. He-
mos puesto en marcha un crowdfunding *para que le ayu-*
déis. Si antes de que se cumpla el plazo de cuarenta y ocho
horas se alcanzan los tres millones de euros, el vertido se
interrumpirá y vuestro principito podrá salvar la vida.

La cámara hace *zoom* sobre el rostro de Daniel. Los
sollozos se han abierto paso hasta su garganta y ahora se
convulsiona sin parar. El fluido sigue cayendo sobre él. Un
goterón negruzco y denso resbala por su frente penetrán-
dole en el ojo izquierdo. Se sacude ante el escozor y al hacerlo cae al suelo como un fardo. Trata de ponerse en pie,
pero el espacio es demasiado pequeño y resbala una y otra
vez de forma patética y aparatosa. Lo único que consigue
es revolverse en el fango negro. Se escucha un aullido de
desesperación que le nace de lo más profundo de las entrañas. Cuando al fin logra levantarse, todas sus ropas están
impregnadas de esa sustancia tóxica.

Tercera parte

66.

—*Pssss.*

—Psssssss.

El ruidito se repite hasta tres veces, pero Martuchi no gira la cabeza. No es que de repente le interese sobremanera la historia. Aunque parezca absorta en las explicaciones de la guía sobre los medios de navegación en el siglo XVI y los instrumentos de orientación de que dispusieron Magallanes y Elcano para la primera vuelta al mundo, en realidad no tiene ni idea de lo que sale por su boca. Hoy su madre no le ha permitido quedarse en casa por más tiempo. Firmó el dichoso papelito para que su hija no fuera al resto de las clases ese día a cambio de que acudiera a la exposición que ofrece el Archivo General de Indias y no tiene ninguna intención de quedar mal. Así que ahí está Marta de brazos cruzados, haciendo como que escucha mientras su pensamiento sigue enquistado en el cabrón de Dani. ¿Por qué le prometió todo aquello? ¿Solo para echar un polvo y desaparecer de esa manera? ¿De verdad era esa su forma de vengarse por haberle dejado? El despecho le ha hecho obcecarse en ese razonamiento, pero en el fondo le atenazan las dudas. ¿Y si hay algo más que ella no sabe?

Un tirón en la manga de su camisa la sobresalta. Es Julia, que se ha adelantado discretamente hasta colocarse a su lado frente al documento original del Tratado de Tordesillas.

—Tienes que ver una cosa —susurra señalando el bolsillo de su pantalón, donde lleva escondido el teléfono móvil.

—¿Lo has colado?

—Esto es un coñazo, no iba a aguantar dos horas sin hablar con Peri. Pide permiso para ir al baño.

—Paso.

—Es sobre *@andalusian_prince*.

A Martuchi le da un vuelco el corazón. Está a punto de decirle a Julia que la deje en paz, que por qué le viene con cuentos y que ella no quiere saber nada de ese imbécil, pero algo en la mirada de su compañera la refrena. Además, qué leches. Le pica la curiosidad. ¿Habrán pillado ya al mequetrefe de su ex?

Le dedica una mirada de indiferencia a Julia, pero, dos minutos después, levanta la mano y pide permiso a la guía para ir al baño. Permiso concedido, no sin un fruncir de entrecejo por la interrupción.

—Yo también tengo que ir —dice Julia al punto.

—Vale.

Ante la previsión de un levantamiento generalizado de manos, la guía se adelanta.

—Los demás os aguantáis.

* * *

Martuchi no es capaz de sujetar el teléfono sin que le tiemble la mano. Tanto que Julia se lo quita ante el temor de que se le pueda ir al suelo. Como se cargue otro móvil, su padre no le compra uno nuevo hasta que cumpla los dieciocho.

—Es muy fuerte, ¿eh, tía?

Pero a Martuchi no le salen las palabras. Su cabeza es un completo galimatías. Siente tristeza, compasión, rechazo y, ante todo, la más absoluta incomprensión.

—No puede ser real.

—¿No has visto cómo lloriquea? Claro que lo es.

—Yo... creía..., no es posible.

—Y dale con que no es posible. Bueno, ¿vas a donar o qué?

Martuchi la mira sin comprender.

—Que si vas a ayudar a salvarle la vida. Yo ya he puesto diez euros, a ver cómo pago el botellón esta noche.

En ese momento, Serena entra como un ciclón.

—¿Qué pasa, Martuchi?

—Ya está aquí tu amiga la pesada —dice Julia con gesto exasperado—. ¿Cómo te han dejado venir? ¿Les has dicho que te cagabas encima o qué?

Serena la ignora. Detecta en la cara de Martuchi que algo va mal, muy mal.

—Tía, dime qué te pasa.

—Es Dani.

La mirada de Serena se ensombrece al instante.

—¿Qué pasa con ese?

—Le van a matar.

67.

Caravaggio, Italia

Silvio se frota los ojos con saña.

Es un gesto que no produce ningún consuelo, le escuecen igual. Ha dormido poco y ya lleva varias horas pegado a la pantalla del ordenador. Solo ha parado para ir al baño y a la máquina de café, y ahora siente cómo la tripa comienza también a arderle. Pero no se queja, le enorgullece ser la persona de confianza de la subdirectora Volpe. Como es el único del que se fía para esta misión, le toca repasar todas las cintas del circuito cerrado del acuario. Antes de llegarle a él ya han sido revisadas y se ha constatado que las cámaras de seguridad no grabaron lo ocurrido. Hay decenas distribuidas a lo largo y ancho del acuario, en los accesos principales, en la mayoría de las salas, pero eso no significa que cubran todo el campo de visión. Quienquiera que empujase a Luca Aliprandi dentro del tanque de los tiburones ha tenido buen cuidado de manejarse en las zonas de sombra y llevar a cabo su fechoría dentro de un ángulo muerto. De todas formas, lo que Silvio tiene encomendado no es ver cómo ese hombre acaba dentro del agua. Él busca algo muy distinto: a las personas cuya imagen se ha difundido por las comisarías de toda Italia.

A estas alturas ya tiene memorizado el plano del acuario, así como los visitantes que pasaron por él desde que abrió sus puertas a las ocho y media de la mañana. No hay nadie que se parezca a los individuos de los dibujos. Con resignación, manipula hasta dar con el día anterior y comienza con las grabaciones. El acuario cierra a las nueve de la noche, doce horas y media de apertura; tiene tarea por delante.

Al menos no debe preocuparse por Carduccio. Barbara le ha dejado claro que, hasta nueva orden, Silvio queda asignado directamente a ella. Sabe que no le ha hecho ni puñetera gracia, no tanto por la estima en que tiene el trabajo del agente, sino porque una subdirectora venga desde Milán para quitarle efectivos sin dejarse amedrentar por su arrogancia.

Le rugen las tripas, y ya no sabe si es a causa del hambre o como protesta por todo el café ingerido. Se debate entre ir al baño o ir a pillarse una pizza cuando una imagen llama su atención. Es la de una pareja acaramelada que ya ha visto pasear por los diferentes espacios. Parecen los típicos enamorados a los que la vida les resulta asquerosamente maravillosa. Ella señala con entusiasmo las medusas. Y es eso, ese fervor ante reptiles, anfibios o peces grandes y pequeños, lo que le parece desmedido, artificial. Pura farsa. Puede que sean sus propios desengaños amorosos los que le han hecho más cínico ante esas cuestiones. Puede, pero eso le permite reparar en la pareja, hacer *zoom* sobre los rostros, detener la grabación cuando al fin consigue un buen primer plano, y compararlo con los retratos. El tipo no tiene la nariz grande y bulbosa de la fotografía, las cejas no son hirsutas sino de un trazo perfecto y el conjunto va rematado con una barba tupida bien arreglada. La mujer lleva una media melena cobriza con un flequillo que le tapa buena parte de la cara, va subida a unos tacones de doce centímetros, el maquillaje bien administrado no deja ver ningún rastro de pecas, y unas gafas gruesas de pasta le dan un aire de profesora bajo el que centellean dos ojos verde esmeralda. Y, sin embargo, apostaría a que los ha encontrado. La sonrisa torcida de él, el mismo rictus de seriedad en ella. Algo en las facciones de ambos que la aplicación de dibujo supo trasladar a partir de un recuerdo borroso de Paolo Nesi. Con esa sospecha agarrada a las entrañas, reproduce el vídeo al doble de velocidad sin perderlos de vista. A las nueve menos cinco, el hombre y la mujer se separan para hacer una visita a los aseos y desaparecen del alcance del monitor. Silvio aumenta la velocidad de reproducción. Los dígitos del reloj avanzan vertiginosamente, pero en la zona de enfoque no hay el más mínimo cambio. A las nueve y seis, un vigilante de seguridad aparece y desaparece de la escena como una exhalación. A las nueve y diez, la imagen se oscurece. Han apagado las luces y el acuario ha cerrado sus puertas. Ni rastro de ninguno de los dos. El corazón le late a mil pulsaciones por minuto. Realiza varias capturas de imagen con primeros planos de los rostros, los manda a la impresora y se va corriendo con la tinta todavía húmeda en busca de Barbara Volpe.

68.

Silvio va tan lanzado que no se detiene a llamar.

Al fin tiene lo que buscaban, la prueba irrefutable no solo de que los abogados misteriosos existen, sino que además están detrás tanto de los crímenes perpetrados en la granja de visones de Lombardía como del cometido en el acuario de Génova. Es el nexo que buscaban, el que demuestra que hay una red criminal tejida entre todas las muertes y que esas personas forman parte de ella.

Está ansioso por comunicarle los resultados a Barbara, pero ella no parece compartir su entusiasmo con el caso. Tiene el cuerpo inclinado hacia delante, los brazos y la cabeza derramados sobre el escritorio junto a los mechones que colorean de azul los documentos dispersos. Las gafas rosas se le han caído sobre el montón de papeles.

«Pues sí que estamos buenos», piensa Silvio mientras retrocede y golpea con energía la puerta del despacho. A él también le habría gustado echarse una siestecita de media mañana. Pum, pum, pum. Pum, pum, pum. Dos tandas de nudillazos rápidos. Penetra en la estancia de nuevo, pero ella no se ha movido ni un centímetro. Carraspea, primero suave, después como si el picor de garganta le estuviera matando. Ni ejem ni leches. Ahora está más cerca, y algo en esa posición desmadejada le dice que lo de la subdirectora no es una cabezadita al uso.

—Barbara. —La toca en el hombro despacio, con temor ante su reacción. Pero nada. Solo entonces se da cuenta de que la subinspectora lleva la misma ropa del día anterior.

—¡Barbara!

A Silvio se le encoge el corazón. Le toma el pulso, no se lo encuentra. Grita pidiendo ayuda y en unos segundos varios policías acuden a la llamada. Ella sigue sin reaccionar.

69.

Sevilla, España

—*Volvemos al caso.*

Camino lo dice con rostro impasible mientras visualiza el vídeo en bucle, una y otra vez. No puede apartar los ojos de la pantalla, de las convulsiones de Daniel, de su cuerpo de dieciocho años rebozado en petróleo como las gaviotas de la marea negra del Prestige, tantos años atrás.

—Yo me quedo.

Es la voz de Pascual, que lleva una noche en blanco superado por los acontecimientos, agotado de presenciar tanto dolor, impotente ante la noticia de que el número de muertos encontrados siga ascendiendo y ellos no puedan hacer nada por evitarlo. Aquí no hay homicidas que atrapar, crímenes que prevenir, estupefacientes que incautar ni redes delictivas que desarticular. El río se ha llevado por delante la vida de un puñado de sevillanos y ellos lo único que pueden hacer es ayudar a controlar el desaguisado. Y no es poco, porque se necesitan todas las manos disponibles. Así que no, no le hace ni puñetera gracia abandonarlo todo para irse a buscar a Daniel Torredealba, por muy jodida que sea su realidad también ahora.

—¿Qué dices?

—Que no me muevo de aquí —se reafirma Pascual—. Hay mucho que hacer.

—Pero, hombre, Molina, que van a matar a ese chaval.

—No estoy tan seguro.

—¿Cómo que no? —Camino le planta la pantalla delante de las narices. El vídeo continúa reproduciéndose, los ojos aterrorizados de Daniel miran a cámara.

—La madre lo pagará. Está forrada, ¿no? Ya los pillaremos cuando se rastree el dinero.

—No te entiendo, Molina.

—Ni yo a ti. ¿Qué pasa, ahora sí te importa? ¿Más que toda esta gente? ¿No decías que era un fanático peligroso?

—Me equivoqué con él —reconoce la inspectora.

—Mundo de mierda —Pascual sigue protestando con amargura. Al fondo, una familia llora ante su casa destrozada—. Hasta la madre de un compañero ha muerto, y nosotros tenemos que abandonarlos a todos para salvarle el culo a un niño rico.

Camino está perpleja. El empático de Molina, la sensibilidad hecha hombre, el que todo lo comprende y se pone en los zapatos de quien haga falta.

—Lo has visto igual que yo. ¿Es que no te da ni un poco de pena?

—Pena me dan todos los que han perdido la vida en Torreblanca. Además, que no nos necesita. Tiene a su madre y a todos esos seguidores suyos. A poco que cada uno se estire unos eurillos, esa cuenta se va a inflar como una pelota de playa.

Camino se lleva la mano al mentón. Le ha dado en qué pensar. Quizá hasta la empatía sea, a veces, una cuestión de prioridades. Pero, sobre todo, piensa en ese rollo de la recaudación online.

—Me pregunto por qué no han pedido el rescate directamente a Amaranta.

—Igual no pudieron contactarla, ya sabes que no paraban de entrar llamadas.

—¿Y montar toda esta parafernalia del *crowdfunding*?

Pascual se encoge de hombros.

—Quieren el dinero, les da igual que les entre por un lado u otro. Lo trincarán y se irán al Caribe.

—Molina, esa gente no se va a ir a la playa a beber mojitos.

—Pues a salvar tortugas, lo que ellos quieran.

—O a financiarse para seguir matando gente. Eso es —Camino habla para sí misma—. Le conocían de esos mundillos y sabían que tenía mucha pasta y muchos fans. Entre lo que pongan la madre y los seguidores, se van a hinchar.

Pascual la escucha solo a medias. Está tratando de abrir la puerta de una casa.

—¿Y Sami? ¿Vas a decirle que no has querido ayudar a su ídolo? —insiste ella.

La expresión de Pascual es dura e inflexible, tanto como su tono de voz al contestar.

—Sami tendrá que hacerse cargo de la situación.

Pascual consigue que la puerta ceda con ayuda de un agente, que toma la delantera. Sale a los pocos segundos con la cara pálida y les confirma lo que ya se temen: acaban de encontrar otra víctima.

El oficial mira a Camino. En sus ojos hay una especie de desafío, algo que nunca ha visto en él. La inspectora comprende que en esto no va a transigir. Y que, en el fondo, el bueno de Molina tiene más razón que un santo.

—Quédate. Yo iré a la Brigada a ver qué saco en claro —le dice al tiempo que le da una palmada en la espalda, su máxima expresión de alguna forma de afecto, de apoyo, de un «en el fondo, sabes que siempre estoy contigo».

70.

—*Voy a contarlo todo.*

—¿Estás loca? No puedes hacer eso.
—Claro que puedo.
Serena y Martuchi se han quedado solas en el baño. La otra chica ha olido problemas entre ellas y se ha quitado de en medio.
Martuchi busca en el móvil el número de la policía. Jamás pensó en hablar con ellos, por eso pasó de la inspectora que fue a verla a su casa. Además, estaba dolida con Dani. Pero eso era antes de saber que su vida corría peligro. Cómo se llamaba. Era un nombre raro. Castillo. No, Camino. Policía de Homicidios. Un escalofrío le recorre el cuerpo. Homicidio. Eso es lo que van a hacerle a Dani, su Dani. Qué estúpida ha sido. Googlea la combinación de nombre más cargo a ver si da con un número directo al que llamar. Serena le arrebata el teléfono de las manos.
—Te he dicho que no puedes hacerlo. Te joderás la vida más de lo que ya te la ha jodido ese imbécil, ¿es que no te das cuenta?
Martuchi se abalanza hacia ella.
—¡Devuélveme mi móvil!
—No.
Serena levanta el brazo derecho todo lo que puede. Es mucho más alta que Martuchi, que pega saltitos inútiles para quitárselo. Como no lo consigue, se enfurece y acaba empujándola contra los lavabos. Serena tropieza, el móvil cae contra el canto de uno de ellos, rebota y acaba en el suelo. El cristal de la pantalla se hace añicos.

—Mira lo que has conseguido —dice Serena arrepentida.

Pero ahora a su amiga no le interesa lo más mínimo el móvil por el que tanto lloriqueó para que se lo regalaran en su cumpleaños. Solo le importa Daniel. Comprueba que la pantalla aún responde a las órdenes de sus dedos y se dispone a teclear de nuevo.

Serena ve que no habrá forma de convencerla. Solo le queda ser realista.

—Martuchi...

—Qué pasa ahora.

—No sabes por todo lo que vas a tener que pasar. ¿Y si te meten en un centro de internamiento?

—Me da igual, Seri.

—¡No puedes hacerlo! ¿Es que no lo entiendes?

Martuchi no entiende nada.

—No entiendo nada.

Serena se desespera.

—¡Que no te veré más, joder! ¡Que nos separarán!

Martuchi levanta la vista del móvil y la clava en su amiga. Por la angustia de su rostro, de repente comprende. La devoción de Serena, los halagos constantes, ese estar ahí cada vez que lo necesita, ser la confidente perfecta, la colega de fiestas perfecta, el apoyo perfecto en los momentos difíciles... Serena no es una buena amiga. Lo que a Serena le pasa es que está enamorada de ella hasta el corvejón.

—¿Estás celosa?

—¿Celosa, yo? ¿De ese tarado? Es que no te entiendo, joder, no te entiendo. ¡No entiendo cómo pudiste cambiarme por él!

Martuchi no se puede creer lo que está oyendo.

—¿Cambiarte? ¿De qué hablas? ¿Porque tú y yo nos enrolláramos un par de noches, por eso crees que te cambié?

—¿Eso fue para ti? ¿Un par de noches?

Martuchi calla y Serena comprende que tiene que aceptar lo que en el fondo ya sabía. Solo que duele aceptar que no te quieran. Duele mucho. Sobre todo cuando resulta que tú sí que quieres a la otra parte.

—Eres imbécil, tía. Una dependiente emocional y una imbécil. Te va a acabar de joder la vida —suelta cargando de desprecio cada palabra.

—Es su vida la que puede acabar, ¿no te das cuenta?

Martuchi nota cómo las lágrimas le suben a los ojos y se los nublan. De decepción, de tristeza, de frustración. Y por encima de todos esos sentimientos, para poder gestionarlos, va creciendo una capa roja y espesa de ira, una capa que lo cubre todo.

—Ese lo tiene todo preparado, que no se puede ser más tonta. Te la está colando otra vez, como cuando te folló antes de pirarse.

Martuchi vuelve a lanzarse contra Serena, pero ahora con una energía feroz. Sus puños cerrados caen sobre el cuerpo y la cara de su amiga, que se cubre como puede.

71.

A Lupe no le entra la tostada.

Ha amanecido derrotada, como todos los sevillanos, sumidos en una pesadilla de pánico y desesperación. Hacía décadas que Sevilla no era sacudida por una catástrofe similar. En la versión online del periódico van dando cuenta en directo del número de víctimas. Ya se han declarado tres días de luto oficial, y a última hora de la tarde se oficiará un funeral colectivo por los fallecidos.

¿Por qué nadie predijo que algo así podría tener lugar? El encauzamiento del arroyo Tamarguillo recibe varios aportes de cursos de agua procedentes de la cornisa de los Alcores. Hay un tramo que discurre por Torreblanca a cielo abierto. No ha sido soterrado, puesto que los estudios aseguraban que solo una crecida extraordinaria podría hacer que se desmandase. Ahora los periodistas buscan cabezas que cortar, igual que los partidos políticos en la oposición. Los cuerpos de personas sin nombre, aún pendientes de sepultura, ya se han convertido en armas arrojadizas para desgastar el bastón de mando.

Sevilla no es una ciudad tan grande. Con sus setecientos mil habitantes, el que más y el que menos sabe de alguien que sabe de alguien que conoce a algún familiar de alguna de las víctimas. En el caso de Lupe, esa relación se acorta. Pascual ha llamado a todo el equipo para comunicar la noticia: la madre de Fito Alcalá está entre los fallecidos. Al principio no se entendía mucho con ese subinspector engreído, pero poco a poco fue comprendiendo que su chulería formaba parte de una coraza, y eso le hizo ver que no solo era un profesional competente, sino que había luchado mucho por llegar hasta ahí y que aún arrastraba complejos por proceder de uno de los barrios más pobres y peligrosos de Sevilla, donde hasta los policías más veteranos se lo pensaban dos veces a la hora de adentrarse.

Por si fuera poco, el terrorífico vídeo de Daniel Torredealba ya está también en todos los diarios, y les toca lidiar con ello. ¿Quién puede estar tan enfermo como para hacerle algo así a un chaval? A Lupe el cuerpo se le revuelve solo de pensar en esas mentes perturbadas y en lo que pueden llegar a tramar. Sí, ella se hizo policía para atrapar a los delincuentes, pero el vértigo que siente ante tanta maldad hace que le fallen las piernas y el coraje para afrontarlo. A medida que Jonás crece, ella solo aspira a vivir en un mundo seguro, donde nada pueda ocurrirle. Y el mundo que ve cada día en la Brigada está muy alejado del que querría para su hijo. Un mundo en el que la crueldad ni siquiera se detiene ante la vida de un chaval adolescente.

Y luego está lo de Tonino. Cuando Rocío acabó de contarle las novedades sobre Pureza, dijo que se tenía que ir a ensayar, y Lupe iba a dar por terminada la entrevista cuando el bailaor insistió en que se quedara a la última. Lupe lo hizo porque está desentrenada, tanto que creyó que le iba a contar algo más de la víctima en lugar de hacer lo que hizo, que fue ir a por ella a saco. Que si por qué no vuelves mañana a verme, que si yo te consigo entradas cuando quieras, que si luego nos quedamos por ahí los dos y te llevo a un sitio que te va a flipar. Como si ella no tuviera ya complicaciones en la vida. Le dijo que se equivocaba y se fue de allí medio sulfurada, aunque ahora le ha dado por pensar que está hecha una pánfila, que tampoco pasa nada por dejarse regalar un poco los oídos, y menos cuando es por alguien en quien no ha dejado de pensar desde que le vio actuar en Los Gallos, desde que la miró con esos profundos, insondables ojos negros que la han dejado hipnotizada. O agilipollada, no está del todo segura.

—Buenos días.

Se abre la puerta de casa y aparece Jacobo, que viene de llevar al niño al colegio.

Lupe masculla un saludo entre dientes. Luego deja la taza de café sobre el fregadero y sale de la cocina dispuesta a irse a la Brigada. Le oye de fondo rezongar que vaya humos que se gasta, que si se puede saber qué le pasa, que él no ha hecho nada para que le trate como si fuera un extraño, y ella contiene a duras penas una lágrima que amenaza con desbordarse. Le gustaría contárselo, abrirle su corazón, decirle que sí, que se ha convertido en un extraño, que hay un muro entre los dos que lleva mucho tiempo siendo incapaz de derribar, que cuanto más lo intentó, sin conseguirlo, más alto y grueso se hizo y que ahora ya ha perdido la esperanza y ni siquiera se esfuerza. Pero es ese mismo muro el que le impide decirle nada. Y, lo que es peor, sabe que es ese mismo muro el que hace que a él tampoco le importen sus sentimientos. Ni los comprende ni le importan. A veces lo que querría Lupe es agarrar una maleta, verter un puñado de cosas delante de sus narices y largarse. Pero sabe que todavía no tiene fuerzas para aceptar que su relación está muerta. Así que, simplemente, no hace nada. Nada más que pegar un portazo y salir en dirección a la Brigada. Eso, y pensar en los ojos negros de Tonino.

72.

Amaranta ve acercarse al hombre a su casa.

Corre con zancadas torpes y lleva el maletín en la cabeza para no mojarse su ridículo tupé. Si ella no se hubiera olvidado hace tanto de sonreír, ahora los labios se expandirían con sorna en su rostro, avejentado por otra clase de arrugas. Pero ya no recuerdan el camino.

El gestor le dirá lo que ya sabe. Aunque la mayoría de la herencia venga más por su apellido que por el de su marido, Leandro fue siempre quien se ocupó de esos temas. Le gustaba jugar en Bolsa, poner aquí y quitar allá. Cuando él murió, Amaranta jamás le prestó atención al dinero. Simplemente, seguía dirigiendo la empresa y daba por hecho que tanto ella como su hijo, así como las siguientes generaciones en el caso de que las hubiera, jamás habrían de lidiar con problemas económicos. O eso es lo que cree Eulogio. Porque desde hace un tiempo Amaranta sí presta atención al dinero. Desde el día que la llamaron del banco para preguntarle por el cheque de noventa mil euros al portador que había retirado un joven. Un joven que resultó ser su propio hijo. El mismo joven que, en una y otra sucursal, había ido retirando otras cantidades durante meses, aunque nunca tan altas. Pero la costumbre es la peor enemiga de la cautela. Daniel lo convirtió en práctica, fue subiendo el importe, espaciando cada vez menos las visitas al banco, repitiendo oficinas. Y un día el director de una de ellas le siguió la pista al muchacho, visualizó las grabaciones de otros cobros, siempre ordenados por el mismo chico, comprobó que era el hijo de la todopoderosa Amaranta, juntó los arrestos necesarios y se lo contó. Ella logró guardar las formas, fingió una naturalidad y un conocimiento de la situación que estaba muy lejos de tener, y le dijo de forma despectiva que no se preocupara tanto porque el heredero de su fortuna dispusiera de algún pellizco. Que era un director de banco, nada más. Y habría mantenido sus palabras aunque supiera lo que poco después averiguó: que a su marido nunca se le dieron bien las finanzas; que, entre las malas decisiones que Leandro tomó y la dejadez de la propia Amaranta, su patrimonio no es ni mucho menos lo suculento que todos imaginan. Que los mordiscos que Daniel le pegó a su cuenta en forma de cheques anónimos han diezmado la escasa liquidez de la que dispone, que las recompensas que ha pagado por informaciones absurdas en los últimos días han acabado de mermarlo, y que lo que hay detrás no es más que un conjunto de entrampados y deudas tras una pátina de falso prestigio.

—Aun vendiendo las acciones y liquidando el total de sus bienes, no sería fácil conseguir la cuantía estipulada.

Amaranta oye de fondo la voz de Eulogio, un sonido ambiente como el runrún de un motor o las olas del mar. Pero el gestor es un hombre dinámico, a quien la carga de trabajo siempre desmesurada ha habituado a ser ágil, enérgico, diligente.

—¿Y bien? ¿Por dónde empezamos? ¿La empresa o la casa?

El tipo lo ha dicho con rostro impasible, como si eligiera un menú del día: pasta o ensalada, carne o pescado. Amaranta le odia por ello. La empresa que levantó su abuelo y en la que su padre y luego ella se han dejado la piel, el orgullo de los Peñalosa de Castro. La casa en la que ha vivido los únicos momentos felices de su existencia. Muchos jodidos también, desde luego, pero todo eso es parte de ella. En cualquier otro sitio se vería como un pez fuera del agua, como esos viejecitos con alzhéimer a los que sacan de sus viviendas para meterlos en residencias donde nada está donde debería estar y todos los rostros que se suceden son de personas que no pueden recordar, porque nunca existieron antes de ahora.

El gestor espera fingiendo una paciencia de la que carece. Le delata un tic en la pierna que la pone a ella más nerviosa que a él.

—¿No hay ninguna otra opción?

—Si no hubiese regalado sus ahorros a esa panda de sanguijuelas...

—No digas tonterías, Eulogio. Era calderilla.

—¿Calderilla? Quinientos euros por cada pista falsa. ¿Quiere que le diga cuánto ha salido de sus arcas en tan solo un par de días?

—No, no quiero —la voz de Amaranta es dura como el diamante. Podría cortar en dos la mesa de mármol de su salón.

—¿Le importa? —Eulogio saca un cigarrillo.

—Sí.

Eulogio chasquea la lengua y vuelve a meter el cigarrillo en el paquete. Amaranta siente un nuevo conato de ira hacia ese hombre. No es idiota. Claro que sabe que quienes contestaron a su petición de ayuda pretendían aprovecharse de la desesperación de una madre. La sociedad es así de individualista, así de asquerosa. Pero era lo que tocaba.

—Además, los gastos extra de los últimos tiempos tampoco han ayudado.

Amaranta se muerde la lengua. Gastos extra. Puro eufemismo. Ella no tiene ningún gasto extra. Desde que murió su hija ni siquiera se ha renovado el armario. Todos en la constructora saben de su rotunda austeridad. Trajes oscuros y sobrios, zapatos planos, cabello encrespado y escaso. Si por las apariencias fuera, cualquiera diría que es la última mona de la empresa, no la directora general. Tampoco se va de vacaciones a ninguna parte ni es adicta a ningún otro vicio que no sea trabajar y las pastillas recetadas por su médico. Por no gastar, no gasta ni en comida.

Va a casa a almorzar el plato de legumbres que le pone su asistenta en la mesa y regresa a la oficina. Amaranta Peñalosa de Castro no tiene caprichos en que fundirse el dinero. Lo único que desea es volver atrás en el tiempo, y eso no hay suma que pueda pagarlo.

Le intriga saber cuánto sabe Eulogio sobre esas cantidades extra que refiere, pero tiene la certeza de que es mejor no preguntar. Él también debe intuir que es preferible no seguir por ahí, porque vuelve al tema estrella.

—Podemos conseguir líquido más rápidamente de las acciones. Si las sacamos ahora mismo a la venta...

—La casa.

—Pero...

—Habla con el banco. A ver cuánto te dan.

—Está bien.

El gestor guarda los papeles en su maletín, se levanta, saca de nuevo el cigarro que encenderá en cuanto cruce la puerta.

—Eulogio.

—¿Sí?

—Solo habla con el banco. No des ningún paso más sin consultarme.

Él alza una ceja. Es toda la manifestación exterior que se permitirá ante la extrañeza porque esa madre no corra a fundirse el dinero para rescatar a su hijo en peligro.

—Por supuesto, doña Amaranta. Por supuesto.

Cuando Eulogio sale, Amaranta deja escapar un suspiro largo. Ya sabe que no ha sido ni mucho menos una buena madre, que no se ha preocupado lo suficiente por Daniel. De hecho, se ha preocupado menos que nada. Incluso en algunos momentos, aunque es algo que nunca reconocerá ni ante su psiquiatra, ha llegado a desear cambiar la suerte de ese adolescente antipático y cruel por la de la dulce Inés. La niña de su alma, que llevará en su pensamiento cada minuto de cada día que le reste por vivir.

Vuelve al presente. Pagar el rescate significa rascar hasta el último céntimo, quedarse sin blanca. Sin la casa en la que se crio, sin efectivo en el banco, sin la empresa que es sinónimo de la genealogía familiar. Se pregunta cómo podría vivir a partir de entonces. Se pregunta también si merecería la pena. Si merecería la pena vivir después de esto, o si merecería la pena hacer lo que se supone que tiene que hacer. El sacrificio que se espera de una madre. El amor altruista llevado al extremo. Incluso cuando ese hijo por el que canjeas todo lo que posees te desprecia. Incluso cuando has tenido la mala suerte de que ese hijo que te tocó en la lotería de la progenie sea una mala persona. Incluso cuando la muerte de ese hijo tal vez, solo tal vez, salve otras vidas.

Amaranta se pregunta todo eso. Y no sabe qué respuesta darse.

73.

Se le ha acabado la droga.

Y, joder, necesita esa mierda más que nunca. A los dolores físicos, la pérdida de Mago y los desencuentros con Camino se suma el puto mono. Paco nunca imaginó que unos cuantos chinos pudieran crear una adicción así. Pero lo peor está por llegar. Porque cuando Camino, que no ha dormido en casa, le llama para darle la noticia de la muerte de Josefa, siente que el agujero negro en que se está convirtiendo su vida le absorbe un poco más.

Cuando Fito entró en el grupo, Paco enseguida se dio cuenta de los problemas que tenía en su barrio de origen. Un entorno complicado que le seguía persiguiendo. Vecinos, colegas del barrio e incluso su propio hermano le ponían en dificultades cada dos por tres. Si no hubiera tutelado a Fito como lo hizo, todo el esfuerzo del joven por salir de aquel mundo inhóspito no habría servido para nada. Así que lo convirtió en un asunto personal y, poco a poco, también en una especie de ahijado.

Un 23 de marzo, Paco apareció con un cachorro. Era el cumpleaños de Fito, y, aunque él no había dicho una palabra en la Brigada, el jefe de grupo tenía bien anotado el día. Sabía que esa maneta gordezuela y simpaticona le haría bien. Fito pasaba por un mal momento y no encontraba su lugar, ni con el resto del equipo de Homicidios ni en su nuevo entorno, una urbanización alejada de Torreblanca. La perrita era alguien a quien cuidar y guiar a su vez. Paco se enterneció al ver cómo ese subinspector con aires pretenciosos y pinta de macarra de barrio se emocionaba como un niño. Esa misma tarde, Fito le invitó a comerse la tarta en casa de su madre. Iba siempre a visitarla el día de su cumpleaños. Paco le acompañó y de esa forma conoció el lugar donde se había criado su pupilo: en un barrio con los índices más altos de pobreza, analfabetismo y violencia de España, junto con una madre de rostro adusto que no tuvo ni una sola palabra afectuosa para con él, con una hermana exadicta y un hermano camello y politoxicómano que vivía entre Torreblanca y la cárcel de Sevilla I. Y, sin embargo, esa era la única familia que Fito tenía. En el extraño mundo al revés que a menudo conforman los lazos familiares, él los quería y se moría por contar con una aprobación que ninguno de ellos parecía dispuesto a darle.

Y ahora la vida de esa anciana severa se la ha llevado la riada. Paco se revuelve en la cama, envuelto en sudor. Sabe que debería estar acompañando a Fito en estos momentos. Debería ducharse y vestirse, ir al tanatorio, darle un abrazo, estar junto a él hasta la despedida final. Debería.

74.

—*Nada.*

Lupe cuelga el teléfono y Camino la mira con aprensión.

—Los técnicos no son capaces de localizar la IP del vídeo.

—Esos cabrones saben lo que se hacen —suelta Camino exasperada.

—Pero hay un dato interesante. El número de cuenta es de Daniel —dice Lupe.

—¿Cómo que es de Daniel? ¿Él es el titular de la cuenta a donde va la pasta?

—Eso parece.

—¿Por qué? —se pregunta la inspectora—. No puede estar sometiéndose a algo así de forma voluntaria. Los componentes del petróleo crudo son muy tóxicos, la mera inhalación ya es jodida..., no digamos estar en una piscina de chapapote.

—¿Y si es un paripé? —aventura Lupe.

—¿Cómo que un paripé?

—Ya sabes, como en las películas de acción, que parece que está todo lleno de sangre pero es jarabe con colorante.

—Ajá. —Camino suspira. Cada vez que le da alas a su equipo, ahí están. Las teorías surrealistas—. Y en ese caso, ¿qué se supone que habrían hecho esos *cracks*?

—Igual han comprado mucha tinta de calamar. Es igualita.

Camino lleva los ojos al techo. Luego hace acopio de la poca paciencia que tiene.

—A ver, Quintana, que estos tíos empezaron con el animalismo. ¿Te los imaginas rascándole las entrañas a miles de calamares?

—Eso se compra —dice Lupe con tono dolido.

—No lo veo, de verdad que no.

Ambas callan. Lupe se rasca la barbilla un minuto. Teclea algo en el buscador. Frunce el ceño.

—Pues carbón activo —dice al fin—. Es vegetal, de la cáscara del coco. Y parece que está de moda, con eso colorean ahora helados y panes para los *foodies* más raritos.

—¿En serio? —Camino la mira con su cara de nihilista—. Son asesinos, no cocineros con estrella Michelín.

—Yo solo digo que quizá estemos ante una puesta en escena.

—Hagamos una cosa —Camino carga toda la sorna que le caracteriza en su respuesta—. Aún no sabemos de dónde salieron los litros de savia. Añade tinta de calamar y carbón a la lista de la compra.

—En serio, jefa —insiste Lupe, indemne al sarcasmo—. Sabe cómo le adoran sus fans. Si utilizara sus sentimientos para desplumarlos, conseguiría un montón de pasta que podría compartir con sus compinches. Él es un extremista, como los de la red que buscamos, ¿no? Puede haberse unido a ellos.

Camino la mira ahora con un punto de reconocimiento. Sí, eso tiene sentido.

—Pero sería demasiado obvio —objeta.

—¿Qué?

—Utilizar su propia cuenta. Es más lógico que la hayan puesto para que no los pillemos. Luego obligan a Daniel a darles las pelas y ya está. —Camino deja escapar un suspiro—. Anda, mira cómo va.

—¿Cómo va el qué?

—El partido del Betis, no te digo. La recaudación. Dime cuánto llevan.

Lupe desbloquea el móvil y navega hasta el enlace. Hay una cuenta atrás en números gigantes. Marca 42 horas, 37 minutos y 24 segundos. En una columna a la derecha, una gráfica con lo que va recaudado y, mucho más arriba, la línea en la que se conseguiría el objetivo. Lee en voz alta el importe acumulado:

—Doscientos trece euros.

La inspectora se desconcierta al oír la cifra. Tanto que alarga el cuello para verla por sí misma. Guarda silencio, impactada por el contraste entre la fama del chico y lo poco que se prestan sus admiradores a soltar la guita. Le recuerda al «si una peseta diera cada español» de Lola Flores cuando tuvo que rendir cuentas ante el fisco. La respuesta a la Faraona fue tan fría como la que ahora ratifica que una cosa es entretenerse con los vídeos de un postureta, y otra muy diferente, dejarse los cuartos en salvarle el cuello. El individualismo imperante no perdona.

—Tela con los fans, qué ratas.

—Olvida mi teoría —dice Lupe, decepcionada.

—Estos no se dejan desplumar mucho.

—Y parece que la madre tampoco —añade Lupe.

—El jefe superior la previno para que no lo hiciera —explica Camino. Luego se queda pensativa—. Aun así, es raro. Lo primero que hace una madre cuando tiene a un hijo secuestrado es saltarse las directrices de la policía.

—Yo no lo dudaría —admite Lupe.

—Mujer, tú eres de los nuestros.

—Por eso mismo.

—¡Quintana!

Lupe se encoge de hombros y Camino sigue estrujándose el cerebro.

—Igual se han puesto en contacto con ella de otra forma... Dos pájaros de un tiro —la inspectora se muerde la lengua, ya está con el vocabulario especista. Se le cuela siempre—. Vamos, que consiguen la pasta por dos vías.

—Puede ser.

—De todas formas, uno no consigue petróleo crudo así como así. En caso de que sea real, hay que localizar de dónde procede.

Suena otro teléfono. Lo coge Lupe. Asiente varias veces, como si su interlocutor pudiera verla. Cuando cuelga, mira a Camino.

—Ha llamado la madre de Marta, la ex de Daniel. La chica quiere verte. Está en su casa.

Camino se pone en pie como activada por un resorte.

—Ha cambiado de idea. Por fin va a hablar.

75.

Josele escucha su nombre por megafonía.

Camina con recelo en dirección al despacho del traba-jador social. Se pregunta si es posible que Fito le haya delatado. ¿Tanto ha cambiado su hermano pequeño? Qui-zá se ha confundido al seguir viéndole como el mocoso al que siempre engatusaba como quería. Después de todo, hace mucho que Fito juega en el bando contrario.

Toca a la puerta. El hombre está hablando por teléfo-no, pero le hace una seña para que tome asiento. Cuando cuelga, enfoca sus ojos en él. Felipe es un tío cachondo, sabe cómo ganarse a los internos y todo eso. Pero hoy su expre-sión es grave, ni rastro de la sonrisa con que suele recibir-le. Lo que sea que haya contado su hermano le ha jodido pero bien.

—Lo primero que quiero decirte es que lo siento mucho.

Josele le mira con fatiga. Ya está, el discursito de siem-pre. «Me habría encantado que esta vez te lo tomaras en serio, que te reinsertaras de verdad, blablablá».

—Al grano, Felipe.

El funcionario le mira sorprendido, pero se repone en-seguida. No es que los presidiarios suelan destacar por su sensibilidad.

—La jueza de vigilancia penitenciaria te ha autorizado el permiso. Puedes salir en cuanto recojas tus cosas. Tu her-mano se hará responsable de ti hasta que vuelvas mañana por la mañana.

—¡Sí! —grita Josele, exultante.

Siempre imaginó que Fito tendría buenos contactos como subinspector, pero no hasta ese punto. Se levanta dispuesto a salir de allí cuanto antes. No hay ni un ápice de remordimiento por haber dudado de su hermano, porque en su cabeza ahora solo cabe una palabra: libertad. Da igual de cuánto sea el permiso y por qué, no piensa regresar a esa cárcel en lo poco que le queda de vida.

Felipe titubea, pero finalmente vuelve a intentarlo.

—Josele.

—¿Sí? —Se da la vuelta distraído. Está pensando en todo lo que va a hacer en cuanto ponga el pie en la calle.

—Te reitero mis condolencias.

—¿Tus qué?

—Tu madre siempre luchó mucho por ti. Era una mujer de un coraje extraordinario.

* * *

Hay ocasiones en que las palabras carecen de sentido. Cuando Josele llega a la altura de Fito, deja caer la mochila y ambos se funden en un abrazo mudo. No es hasta mucho después, ya en el coche, cuando observa el rostro demacrado de su hermano pequeño y se atreve a preguntar por los detalles. Fito se superpone al nudo alojado en la garganta y comienza a desgranar el relato.

—¿Quién la encontró? —dice Josele cuando finaliza.

—Uno de los equipos que revisaban las casas. Estaba bajo los escombros.

—¿Crees que sufrió?

Fito le mira de reojo mientras conduce. Le gustaría poder decirle que no, que se fue sin enterarse, pero nunca ha sido partidario de las mentiras piadosas.

—La verdad, no lo sé.

Josele asiente en silencio. Transcurren varios minutos en que el único ruido dentro del Golf de Fito es el que produce el propio vehículo al rodar sobre el asfalto.

—¿Y Paloma?

—No viene —contesta Fito con una voz aún más áspera de lo habitual.

—¿Cómo que no viene?

—Dice que su marido está trabajando y no puede traerla, y que además no tendría dónde dejar a los críos.

Josele bufa de la indignación.

—Ese desgraciado no la deja venir ni para enterrar a su madre.

Fito calla, aunque en el fondo piensa lo mismo. El marido de su hermana es el típico cazurro que se quedó en la Edad de Piedra, esa en la que los hombres prohíben a sus mujeres lo que les viene en gana, como si su voluntad les perteneciera junto a sus cuerpos. Y esa donde ellas obedecen. Porque, para que el engranaje siga funcionando, uno tiene que prohibir, y el otro, someterse. Pero Fito no quiere entrar en ese debate, porque le duele su hermana y porque ya tiene bastante con el golpe de hoy.

—¿Estás preparado? —le pregunta a Josele para cambiar de tema.

—Sí.

—Pues vamos a mi casa. Tienes tiempo para darte una ducha y cambiarte. Después presentaremos nuestros respetos en la capilla ardiente que el padre Lucas ha instalado en la parroquia.

76.

La madre de Martuchi abre la puerta.

Tras las cajas destempladas con que los echó de allí la última vez, a Camino le ha sorprendido que haya sido Marina quien le haya pedido que se acerque a hablar con su hija.

—Gracias por venir —su tono es sincero y humilde.

—Usted dirá.

Marina espera a que entre en la salita y tome asiento. Solo entonces se acomoda ella también.

—Marta siempre se está metiendo en líos.

Camino piensa en lo que diría Pascual en ese momento.

—Está en la edad... —lo lanza como si supiera que hay una edad para cada cosa. Como si hubiera alguna edad en la que ella misma no se haya metido en líos.

—Ojalá pudiera mantenerla alejada de todo esto, pero no puedo —sigue Marina—. Mi hija no está bien. No come, no duerme, hasta se ha peleado con su mejor amiga.

—Bueno, lo de las peleas entre amigas es normal.

—Le ha roto dos costillas. Sus padres están pensando si lo denuncian.

Camino la mira sorprendida. Cómo se las gasta la tal Martuchi.

—Y ahora lo único que parece importarle es hablar con usted.

—¿Qué sucede?

—Supongo que es por Daniel —confiesa Marina con un esfuerzo. Está muy erguida, las piernas juntas y apretadas la una contra la otra, las manos sobre los muslos en un gesto tenso—. Desde que desapareció estaba mohína, pero con lo del vídeo ha perdido los papeles. Y lo entiendo, ahora a mí también me da pena el chaval. Nunca imaginé...

—¿Cree que su hija está sufriendo por lo que le ha pasado? —agiliza Camino.

—Muchísimo. Es decir..., ya sabe, las adolescentes son ciclotímicas. Un día están eufóricas, al rato sufren un revés y se vienen abajo como si el mundo se acabara. Pero con esto tiene motivo...

A Marina la inunda un desasosiego que le impide continuar. Camino se adelanta y la toma de la mano en un gesto que Pascual registraría como inaudito.

—Iré a hablar con ella, ¿de acuerdo? Se sentirá mejor después de desahogarse, ya verá.

Marina accede con un cabeceo lastimoso y comienza a levantarse, pero la inspectora es más rápida.

—A solas —dice, haciéndole un gesto para que vuelva a tomar asiento.

Camino se adentra por el corredor con paso indeciso. No se fía demasiado de sus propias habilidades sociales. Si encima se las va a ver con una Moon Lee sevillana, espera que el desahogo se limite al relato de lo que sabe. En caso contrario, mucho se teme que esa incursión en el dormitorio de la chavala pueda acabar como el rosario de la aurora.

* * *

Martuchi está tumbada con los cascos puestos. Tiene conectada una *playlist* de su cantante favorita, pero las letras que otras veces la hacían fantasear con el amor ideal ahora se le clavan como cuchillos. Explora a través del buscador algo que le suba el ánimo. Killer Barbies, eso suena bien. Eso haría ella ahora. Asesinar a alguien.

Unos toques en la puerta interrumpen sus pensamientos. Grita que la dejen en paz, pero la puerta la ignora y se abre de todas formas. Martuchi se quita los cascos con coraje. Solo entonces comprueba que es la policía gordita. Al final su madre la ha llamado.

—Me han dicho que querías hablar conmigo.

De repente le entra la inseguridad. Serena se lo dijo muy claro: si habla, se meterá en problemas. Así que toda la determinación de un rato atrás se le viene abajo.

—Váyase. —Se tapa la cabeza con el embozo de la sábana. La estrategia es patética, y no funciona. La inspectora no ha desaparecido. Su voz impertinente sigue al otro lado de la tela.

—Sé que estuviste con Dani ese día, y que sabes muchas cosas. Cosas que pueden ayudarnos a encontrarle con vida.

En la habitación se hace el silencio. Por la cabeza de Marta pasa de todo. Miedo ante la revelación, incertidumbre sobre hasta dónde han llegado sus averiguaciones, enojo por utilizar la culpa para forzar su voluntad. Pero el ser humano es curioso por naturaleza. Poco a poco, la necesidad de saber más gana la partida y la sábana se va retirando hasta dejar a la vista unos ojos castaños entrecerrados en señal de desconfianza.

—¿Qué es lo que sabe?

—Sé que Dani te decepcionó aquella noche —Camino se tira el farol. Hay que jugárselo todo a la carta más alta—. Sé que creíste que podíais volver a estar juntos, y que luego desapareció y pensaste que te había engañado..., que solo... —ante el gesto de sorpresa de Martuchi, Camino continúa hasta el final—. Que solo quería aprovecharse de ti.

A Martuchi le dan ganas de esconderse otra vez, de volverse transparente, de desaparecer de la faz de la Tierra. De no existir. Pero se sobrepone y a duras penas le mantiene la mirada.

—Estaba segura de que me había utilizado hasta que he visto el vídeo —admite con un temblor en los labios.

—Escucha, Marta. Daniel corre un grave peligro. En menos de cuarenta y dos horas el petróleo le cubrirá por completo. Y, aunque lográramos rescatarle a tiempo, cada minuto en contacto con esa pasta asquerosa puede acarrear consecuencias graves para su salud.

—¿Cada minuto? —Los ojos de Marta se abren con angustia, la sábana cae hasta dejar ver su rostro completo. Es una chica bonita. Corriente, pero bonita.

—Sí, cada minuto. Y ya han pasado demasiados.

Marta lo suelta de sopetón.

—Me dio miedo seguir con él.

—Cuéntamelo.

La chica continúa tumbada, perdida en sus recuerdos. Como si hubiera olvidado que hay alguien más ahí. Camino se reclina muy despacio a su lado, le acaricia el pelo con ternura. Si Pascual la viera ahora, se frotaría los ojos para cerciorarse de que esa escena es real. Permanecen así un rato largo hasta que Marta se sosiega y arranca.

—Yo admiraba mucho a Dani, porque no era como los demás. La gente creía que estaba con él porque era guapo y tenía pasta, pero no era así. Estaba con él porque pensaba diferente.

—¿En qué pensaba diferente?

—En todo. A los tíos de mi edad solo les importa pasárselo bien, son unos egoístas y unos tontos. Dani no. Dani estaba muy comprometido, luchaba por un mundo mejor.

—¿Lo dices por el blog? —tantea Camino.

—El blog era solo una de las cosas que hacía. Igual que lo de dar ejemplo con la ropa eco y todo eso. Pero participaba en un montón de causas solidarias. Como su madre pasaba hasta de las cuentas del banco, él le mangaba algo de vez en cuando y se lo daba a oenegés de cambio climático y cosas así. Ella nunca se coscaba de nada, o eso creía él.

—¿Robaba a su propia madre?

Marta asiente con un suspiro.

—Empezó con la tala de ese árbol, el Soberano. Dani se enfrentó a ella, le pidió que lo parara todo. Como le ignoró, él le hizo la guerra por otro lado. Primero con las manifestaciones y todo eso, pero cuando al final talaron el bosque se cabreó muchísimo y empezó a sacar dinero de sus cuentas. Decía que todo lo que ella iba a ganar con el club de golf debía repercutir en el planeta. Para saldar la deuda por el daño que había hecho.

—Así inició su deriva —dice Camino, más para sí misma que para Martuchi.

—Al principio eran patrocinios de poca monta. El anillamiento del aguilucho cenizo, campañas para reforestar después del último incendio en la Sierra de Huelva, la investigación del caballito de mar en el Mediterráneo... Yo qué sé. Pero todo cosas buenas.

—¿Crees que tenía remordimientos por lo que hacía?

—¿Remordimientos? —Marta la mira como si no comprendiera nada—. Estaba orgulloso. Su madre estaba podrida de dinero, lo acumulaba como esa gente que amontona basura sin poder parar, ¿sabe lo que le digo?

—El síndrome de Diógenes.

—Eso. Pues lo mismo. Amasaba y amasaba y no se gastaba ni veinte euros en ir a la peluquería.

—¿Y a ti te parecía bien que desvalijara a su propia madre?

La pregunta sorprende a Martuchi, pero no se lo piensa mucho.

—¿Por qué no? Era lo justo. Lo kármico, como decía él.

La inspectora comprende que el discurso de Daniel también caló en Martuchi. Lo que no sabe es hasta dónde.

—Pero algo te asustó —la anima a seguir.

Marta se deja resbalar por la cama, vuelve a inclinarse como si le faltaran las fuerzas. Después inspira y asiente con la cabeza.

—¿Qué pasó?

—Se empezó a juntar con mala gente —dice con la mirada perdida, el gesto enfadado.

—¿Quiénes?

—Nunca los vi. Le quitaba un montón de dinero a su madre para dárselo a ellos, ya no eran cantidades pequeñas, hablo de mucha pasta. Estaba obsesionado.

Marta se incorpora un poco, apoya la espalda en el cabecero de la cama y comienza a hacer tirabuzones con el dedo en su pelo lacio.

—Cuando pasó todo aquello no pude soportarlo más. No quería tener nada que ver con esa gente.

—¿Qué fue lo que pasó, Marta?

Camino se empieza a impacientar y Martuchi la mira como si no pudiera creer que no sepa de lo que habla.

—Las tres muertes.

Un latigazo eléctrico en el interior de la inspectora le llega hasta los dedos de los pies.

—¿Te refieres a...?

—El hombre cerdo, el hombre pato y el hombre pulpo. Fueron ellos.

* * *

—¿Te lo dijo él, Marta?

—No había que ser muy lista para atar cabos. Y cuando le pregunté ni siquiera lo negó.

—Y le dejaste.

Marta asiente con los ojos húmedos.

—Daba mucho miedo. Los justificaba, hablaba como un loco. Lo sabía y era cómplice, ¿entiende?

Claro que lo entiende. Camino está roja de rabia. Así que ese niñato participó de todo aquello. Incluyendo la muerte de Evita. Si le tuviera delante, le sacaría de esa habitación llena de chapapote y luego le estrangularía con sus propias manos. Si es que en realidad es chapapote y no tinta de calamar, como decía Lupe. Ahora ella tampoco sabe ya qué creer. Se incorpora tomando distancia. Su voz ya no es amable ni conciliadora.

—¿Qué pasó el lunes por la noche?

—Insistió para que nos viéramos. Decía que tenía algo muy importante que contarme.

—Y tú acudiste a la cita.

Martuchi afirma con la cabeza.

—Me prometió que se había apartado de ellos. Que ya no quería formar parte de eso, y que haría todo lo posible por recuperarme. Que me quería, que era el amor de su vida.

—Y tú le creíste.

Ahora el enojo se cuela en el tono de Camino. Martuchi se muerde los labios. Le da vergüenza reconocerlo, porque sabe lo ingenuo que suena. En su cabeza todavía colaba, pero dicho en voz alta adquiere un sentido que se le antoja patético.

—Quise creerlo —dice al fin.

—¿Y luego?

Martuchi lanza un bufido. Lo que viene a continuación la ha hecho sentirse aún más ingenua, más tonta, todo este tiempo.

—Luego nos fuimos a celebrarlo al callejón donde nos conocimos.

Camino tarda unos segundos en comprender que con «celebrarlo» se refiere a echar un polvo, y que, para una chavala de dieciséis años con una madre como Marina, el lugar de festejo nunca va a ser su dormitorio.

—¿Por qué no a un hotel?

—Yo qué sé, yo no tengo pasta y él ya se había gastado un montón en la cena pija esa.

—¿Os conocisteis en un callejón?

—Es una historia un poco rara. Yo estaba enrollándome con un tío que intentó pasarse y justo Dani se metió allí a mear. Le dijo que se largara, el tío se puso gallito, pero Dani se mantuvo firme hasta que el otro desapareció. Luego nos quedamos los dos allí hablando el resto de la noche, y desde entonces empezamos a salir. —Marta suspira, entregada al recuerdo—. Me pareció muy romántico volver.

—Ajá. —Camino tuerce el morro ante la idea de un callejón oscuro y maloliente. Discrepa de la idea de romanticismo de Martuchi—. ¿Y después?

—Después pillé un taxi, sabía la que me iba a caer como mi madre estuviera despierta.

—De acuerdo. ¿Por dónde queda ese callejón?

—Cerca de la iglesia de Santa Marina. —Martuchi esboza una media sonrisa maliciosa—. En honor a mi madre.

—Eso está...

—En la Macarena.

La inspectora achina los ojos, como si así pudiera averiguar si le está diciendo la verdad. Qué bien le vendría ahora un polígrafo de esos que se sacan de la manga en las películas. A falta de artilugios, sigue preguntando.

—¿Qué hora era?

—No sé, sobre las dos y pico.

En condiciones normales, Camino se llevaría a Marta Martínez detenida del tirón. Acaba de confirmar que estuvo con el desaparecido en la ubicación y a la hora en que se tiene el último registro de él, o al menos de su móvil. Pero también acaba de confirmar que Daniel estaba implicado en la organización criminal causante de tantas muertes. Justo lo que Camino había descartado al ver el vídeo. Eso por no olvidar que Martuchi sigue siendo una menor, y que si está allí es solo porque su madre se lo ha permitido. Elige cuidadosamente su estrategia.

—Marta.

Ella se sorbe los mocos y levanta la cabeza. Las lágrimas por fin se han derramado, y también los hilillos viscosos de su nariz.

—¿Y si todo es una farsa? ¿Y si han montado ese teatrillo para conseguir más dinero?

La chica niega con la cabeza, tajante.

—¿Es que no ha visto sus ojos? Está muerto de miedo. Van a matarle. Esos locos van a matarle.

Camino los ha visto. Muchas veces. Y no lo tiene tan claro. Aunque tampoco le conoce como la chavala.

—¿Cómo le encontramos, Marta? Tienes que darme algo de esa gente, lo que sea.

Ella cabecea.

—Dani nunca decía nada que pudiera identificarlos. Creo que, en el fondo, quería protegerme.

—Algo, Marta, algo... Dani sigue respirando petróleo.

Marta se limpia lágrimas y mocos con la punta de la sábana. Respira hondo. Piensa.

—Igual es una tontería, pero...

—Dila.

—Una vez íbamos en el coche y le llamó un número que no tenía guardado. Pero él sabía quién era, porque se puso muy nervioso, dudaba si contestar o no. Yo bromeé, le dije que si me estaba poniendo los cuernos con alguna y que lo cogiera ya. Al final lo hizo. Dijo que no podía hablar y quedaron para después.

—¿Recuerdas el número?

Camino lo pregunta por preguntar. Sabe que los jóvenes ya no retienen ni el de su propio teléfono. ¿Para qué, si todo está en esos dichosos aparatos?

—No. Pero era italiano.

—¿Cómo? ¿Cómo sabes...?

—El prefijo, +39. Lo busqué en Google.

—¿Daniel sabe italiano? —pregunta incrédula.

—Qué va, pero la mujer hablaba español.

—¿Era una mujer?

—Sí.

La forastera..., piensa Camino, ahí está otra vez. Pero cuando cree que todo encaja, Marta añade algo más.

—El número era italiano, pero ella era más española que la tortilla de papas.

77.

Fito, Susi y Josele han llegado con antelación.

Aun así, el polideportivo ya está hasta los topes. Miles de personas se han congregado para dar el último adiós a los veintidós fallecidos en la inundación de Torreblanca. El acto ha adquirido unas proporciones descomunales, sobre todo desde que el jefe de Estado confirmó su asistencia junto con la presidenta del Gobierno de España. Solo con el despliegue de seguridad y de medios de comunicación que siempre acompañan sus apariciones públicas ya suman varios cientos de personas.

Los hermanos tienen reservado un lugar especial, junto con el resto de los familiares de las víctimas. Un hombre uniformado los guía hasta las primeras filas de asientos. Allí se encuentran con rostros conocidos, todos teñidos por la tristeza del duelo repentino. Abrazos desconsolados, siempre nos dejan los mejores, lágrimas que resbalan, era una mujer increíble, pañuelo en mano, te acompaño en el sentimiento, rostros pesarosos, cuánto siento tu pérdida. Todos se dirigen en primer lugar a su hermano, y luego, como por cumplir, a él. Fito se siente un extraño entre los suyos, un árbol sin raíces. El delincuente presidiario es la estrella, y él, que ha consagrado su vida a luchar por la paz y el orden, quien los decepcionó al descarrilarse del rumbo esperado. Incluso a Susi, a la que le toca el rol de nuera mal avenida, le dan el pésame con más sentimiento que a él mismo.

Una vez que finaliza la ronda de saludos y condolencias mutuas, Josele aprovecha que Susi sigue hablando con unas antiguas vecinas para susurrarle algo al oído a Fito.

—¿Lo tienes?

Al subinspector le cuesta aceptar que sea capaz de pensar en eso ahora. Por eso se hace el loco.

—No sé de qué me hablas.

—Del parné, pirata, del parné. ¿Fuiste a por él o no?

Fito se gira y le clava una mirada en la que concentra toda su rabia.

—Josele, nuestra madre murió ayer en la mayor catástrofe que ha conocido el barrio. ¿Crees que he tenido tiempo o ganas de atender tus chanchullos?

—O sea, que no lo has hecho.

—Ni lo voy a hacer.

—Egoísta —mascula Josele.

—¿Yo? El cuerpo de madre aún está caliente y tú piensas en tu maldito dinero. Se suponía que lo hacías por ella, ¿no? Pues ya no podrá disfrutarlo, así que no sé a qué viene tanto interés.

Josele va a replicar, pero advierte que el Pulga, unos asientos más allá, está pendiente de ellos y decide no llamar más la atención. Bastantes problemas tiene ya.

* * *

El funeral es eterno. Una vez que todas las personalidades intervienen y se oficia el acto con su correspondiente responso, tiene lugar el pésame a los familiares de las víctimas. Su alteza real y todos los excelentísimos y excelentísimas quieren ser los primeros. Junto con palabras de aliento desfilan diputados, consejeros, cabezas de partidos políticos, alcaldes, concejales y representantes de todo tipo de instituciones. A Fito algunos le resultan conocidos de la televisión, otros ni eso, pero se limita a poner buena cara ante las muestras de solidaridad.

Cuando los peces gordos terminan, es el momento de la gente corriente. Hileras de personas van bajando desde las líneas de butacas para formar una cola ordenada. Son muchos los que han venido con la intención de mostrar su apoyo. Entre esa muchedumbre, Fito ve al grupo entero de Homicidios aguardando turno. Preferiría que no lo hubieran hecho. Nunca le ha gustado la compasión, por eso evitaba hablar de sus orígenes en la Brigada, pero ahora no solo los están viendo con sus propios ojos, sino que tienen un motivo extra para sentir lástima por él: de los veintidós fallecidos, una tenía que ser su madre. La pobre madre que vivía en una casucha destartalada en una de las zonas más miserables de Sevilla. Ahí están todos contemplando su realidad: la jefa, Lupe, Pascual, incluso Águedo con su pierna escayolada. No, no todos. Falta el único al que le habría gustado ver. Su mentor, lo más parecido a un padre que nunca ha tenido, en la profesión y en la vida. Acepta las condolencias de unos y otros con gesto grave sin poder evitar el sentimiento de decepción por su ausencia. Cuando acaba el ritual, se gira y comprueba con espanto que ha perdido de vista a su hermano. Él es su custodio fuera de la prisión. Si no fuera porque Fito es subinspector de la Policía Nacional, Josele habría tenido que venir vigilado por un agente expresamente asignado para ello. Se abre paso entre la multitud, trata de divisar su cabezota rapada, la camisa verde que vestía sobre el torso enclenque, pero nada. Solo miradas de viejos conocidos, algunas de compasión, otras de curiosidad, la mayoría de desprecio. *Mierdamierdamierda*, dónde se ha metido. ¿Será capaz este idiota de haber ido él mismo a por el dinero, saltándose todas las normas y poniéndole en un aprieto grave?

Tras varios minutos angustiosos, suspira al divisarle en la pista de parquet. Está hablando con alguien. Al acercarse, ve que el otro es Paco Arenas. Le inunda una extraña sensación balsámica que calma en algo la ansiedad y el desconsuelo: así que sí ha venido. Agiliza el paso hasta llegar a su encuentro. Cuando le ven, los dos interrumpen la conversación de forma abrupta. Fito mira a Paco esperando algo. El viejo inspector, tras unos segundos de desconcierto, le devuelve una mirada afectuosa y se funden en un abrazo. Por primera vez desde la amarga noticia, Fito se deja ir. Los brazos del exjefe de Homicidios le envuelven mientras él se convulsiona como un niño pequeño. A su lado, Josele contempla la escena conmovido, hasta que alguien aprovecha la ocasión y le tira de la manga. Es el Rata, que le hace un gesto con la cabeza en dirección a una de las salidas del pabellón. Allí está el Pulga, esperándole con cara de pocos amigos, los brazos cruzados sobre el pecho y las manos guardadas en las axilas. A su lado, varios de los matones del barrio en idéntica posición. Josele fuerza una sonrisa y se dirige hacia allá. Si quiere salir de esta, sabe que tendrá que emplear sus mejores armas de seducción masiva.

78.

—Aquí es.

Elsa viste un traje impermeable, botas de agua, va protegida de arriba abajo y está metida en el arroyo hasta los sobacos. Se ha ofrecido voluntaria junto con un profesor titular de Geología, experto hidrográfico y, como ella, apasionado de la potamología, el estudio de las aguas fluviales.

Su compañero está satisfecho porque por fin han detectado el punto donde el desbordamiento se inició. Quiere salir del agua antes de pillarse un resfriado, celebrarlo con un buen chocolate caliente y regresar a casa. Sin embargo, ella no se mueve. Tiene las cejas apretadas y un mohín en los labios.

—Por fin algo que tiene lógica.

—Nada de lo que ha pasado la tiene —rechaza él—. Así funcionan estos fenómenos, son imprevisibles e inevitables. Fue una avenida relámpago como tantas que hemos sufrido en nuestro pasado.

—Estoy de acuerdo en que fue imprevisible e inevitable. No en que fuera una avenida relámpago. Hubo otro factor.

—¿Otro factor? ¿A qué te refieres?

Elsa le hace señas para que se acerque. Él avanza torpemente en el agua hasta colocarse a su altura. Ella carraspea antes de bajar la voz. Una precaución inútil, pues nadie más los oiría con el golpeteo furioso de la lluvia.

—Aquí. ¿No ves la forma en que se fracturó la tierra?

Él le echa paciencia y se dispone a observar con detenimiento el desgarro en el terreno. No le hace falta mucho:

el descubrimiento le impacta de golpe. De repente se siente tan mareado que tiene que apoyarse en su compañera para no perder el equilibrio y hundirse.

—No puede ser.

79.

Está oscureciendo cuando Paco penetra en Los Pajaritos.

Como tantos otros de Sevilla, que se lleva de calle la distinción de ser la ciudad que cuenta con el mayor número de barrios pobres de España, este también está entre los diez con menor renta por habitante del país. De hecho, las últimas estadísticas del INE le dan el segundo puesto en el podio, solo sobrepasado por las Tres Mil Viviendas. El tercero lo ocupa un barrio de Alicante, que ha adelantado por la derecha a otro barrio también sevillano.

En Los Pajaritos conviven prestamistas, chatarreros y narcotraficantes con obreros honestos y mucho mucho parado que sobrevive como puede. Un cuarenta por ciento según datos oficiales, probablemente la mitad de la cifra real, pues la mayoría ni se toman la molestia de inscribirse en la saturada oficina de empleo. Para qué. Una situación bastante similar a la que se vive en el Polígono Sur, Palmete ciudad sin ley, El Vacie o la propia Torreblanca, devastada por las aguas.

Si los datos del INE se parecieran en algo a la vida real, habría un apartado denominado «chapuzas» al que le pondrían una cruz muchos de los cabezas de familia de las más de cinco mil que habitan el barrio de Los Pajaritos. También habría una casilla para limpiadoras de casas en negro, otra para la usura y otra para las que venden bragas a 3x1 en el mercadillo, fuente de escándalo para chicas *socialité* que nunca han pisado el mundo real. Y, por supuesto, habría una casilla para la venta ilegal con un subapartado en el que marcar:

a) armas,

b) drogas,

c) otros (especificar aquí: _____)

Ni que decir tiene que el tráfico de estupefacientes se llevaría la palma. Aunque no es el único barrio sevillano castigado por la droga, Los Pajaritos se ha convertido en un supermercado para los toxicómanos. Los narcoclanes se apoderan de las viviendas que van quedando vacías y las transforman en parte de su negocio —en forma de tienda, fumadero o almacén—, razón de más para escapar del barrio a poco que uno tenga otro sitio donde ir. Y así cada día la zona se degenera más y más.

Paco tiene la dirección de uno de esos narcopisos y un nombre: la Boluda, argentina que alterna la prostitución con la gestión del punto de venta. Si se para a pensar, no se reconoce en ese papel tan distinto al que ha representado la mayor parte de su vida; la otra cara de la moneda, la que debería investigar dónde están esos puntos para desarticular a las organizaciones que hay tras ellos, no para que le pesen el caballo en una balanza y se lo entreguen previo pago de la cantidad estipulada. Pero Paco no lo piensa. Solo necesita fumarse un chino con una urgencia desconocida. Le ha costado la misma vida plantarse en el polideportivo, y lo que le ha dado fuerzas, por encima de considerarse un consuelo para Fito, es la convicción de que Josele estaría allí y podría proporcionarle lo que necesita. Pero Josele no hace nada gratis. Sabía que le debería un favor, aunque no esperaba que el hermano de Fito decidiera cobrárselo de inmediato: él recoge un sobre que la Boluda está custodiando, y a cambio obtendrá lo que necesita.

La argentina se ha asegurado bien, le ha hecho todas las preguntas de rigor antes de entregarle el abultado sobre marrón tamaño A5 que él se ha guardado por dentro de la pechera. Ahora ella le mira de una forma muy diferente a como lo hizo al verle entrar. Le ofrece un servicio a buen precio esta noche, cuando acabe su turno en el narcopiso.

Él lo rechaza. Tiene apremio de otra cosa. Entonces, ya con algo menos de simpatía, le invita a pasar a una sala de la casa a consumir la heroína. Paco no lo duda. No se ve con aguante para llegar a casa, y ni siquiera sabe si Camino también estará allí.

En la sala hay un joven delgaducho que consume basuco. Paco coge de una mesa el trozo de papel de aluminio que necesita para fabricarse su dosis y se sienta en una silla de plástico en la otra punta de la habitación.

* * *

Ahora ya no es Paco. Es un tipo que camina ligero, como si en lugar de asfalto pisara nubes esponjosas, como si el agua fría que le cae encima desde las nubes le supusiera una experiencia de verdad vivificante, y su mirada está perdida, a juego con su sonrisa bobalicona.

Que va puesto hasta las trancas es algo que se detecta al primer vistazo, sobre todo para quien ha vivido toda la vida en el barrio y tiene como una de sus principales fuentes de ingresos ojear a los viandantes para detectar la presencia policial. Por eso pasa desapercibido para los dos o tres machacas que se cruza en el recorrido inverso por esas calles. Pero no para el Loco, que pega un codazo al Boquilla.

—Ese tío es de la pasma.

El Boquilla está sentado junto a él en la puerta de su casa, refugiado bajo las tejas de uralita que sobresalen lo justo para no mojarse. Hace como que vigila, aunque en realidad se estaba quedando traspuesto. Si no fuera porque las nubes grises no permiten asomar al sol ni uno de sus rayos, cualquiera diría que está haciendo la fotosíntesis. Abre el ojo izquierdo y observa al zombi de turno.

—Qué dices, mira cómo va.

—Me da igual cómo vaya, es el madero que arrestó al Gato.

311

Ahora el Boquilla abre el otro ojo. Echa la cabeza hacia delante, estirando el cuello como una jirafa, y arruga la frente. No quiere reconocerlo, pero ve menos que Pepe Leches. Por mucho que se esfuerce, a esa distancia la cara del yonqui que cruza el descampado es solo un borrón ante sus ojos.

—¿Estás seguro?

—Que sí, coño. Nunca me olvido de uno de esos cabrones.

Para el Boquilla es suficiente. El Gato era como un hermano. Un día se le fue la perola, iba muy puesto y le clavó un estilete a un tipo que intentó timarle, con tan mala suerte que el otro ya estaba hecho mierda y no sobrevivió a la herida. Una semana después, cuando la cosa parecía que comenzaba a calmarse, varios policías entraron en el bar apuntando con las pistolas y uno de ellos le puso las esposas al Gato. De eso hace mucho tiempo, pero el Boquilla lo recuerda perfectamente. Porque él estaba con su amigo bebiéndose unos botijos y porque fue la última vez que le vio. A los pocos meses murió en una reyerta en la cárcel.

De modo que no se lo piensa. Mira por dónde, acaban de ponerle a huevo la venganza que le prometió a la vieja del Gato.

—Vamos.

* * *

La sagacidad de Paco no está en su mejor momento, de modo que tarda mucho en darse cuenta de que dos pares de pies acortan el paso en dirección a su espalda. Solo cuando una mano le agarra del hombro izquierdo y le obliga a girarse, entiende que van a por él. Lo entiende todavía mucho mejor cuando el puño de la mano contraria se estampa en su pómulo. Ese primer golpe le hace tambalearse. Podría haber reaccionado si no fuera porque hay otro puño que se proyecta contra su rostro con más fuerza aún, y que acaba el recorrido en su nariz. Nota el crujido, el líquido caliente resbalando por su cara, y al cubrírsela con las manos su estómago queda a merced de dos nuevos puños que se ensañan hasta tumbarlo. Ahora yace en el suelo rebozado en barro, sus brazos se debaten entre proteger la cara y el abdomen, está hecho un ovillo, y eso deja sus costillas despejadas. Una patada, otra. El Loco se llama así porque cuando empieza a pegar hostias la sangre se le sube a la cabeza y no puede parar. El Boquilla tiene otros defectos que su mote se encarga de proclamar, pero suele ser más templado. Hoy no. Porque, si ese tipo es el que metió al Gato entre rejas, tiene que recibir su merecido. Siguen pegando patadas, puños, Paco se ha transformado en un saco al que atizar y en el que liberar toda la ira, todas las frustraciones acumuladas en esa vida de mierda. El Boquilla se detiene unos segundos. No está en forma y ha roto a sudar. Toma aliento, le mira la cabeza, hace un amago de futbolista, como si estuviera preparándose para disparar un penalti a portería. El Loco emerge de su estado de exaltación.

—Recuerda que es un puto madero, no te lo vayas a cepillar.

—El Gato murió, ¿por qué no iba a morir él? —pregunta el Boquilla con los ojos inyectados en sangre.

El Loco se rasca la cabeza, mira al tipo del suelo, asiente despacio.

—Espera que le registre, seguro que por lo menos me agencio un buen móvil.

—Hazlo después.

—Con los fiambres me da repelús.

El Loco ríe de su propia rareza, y solo entonces Paco parece reaccionar. Se revuelve, hecho un amasijo de barro y sangre. Tiene tres cosas que no se puede permitir perder. Una es el caballo que tanto le ha costado conseguir. Otra es el sobre de Josele. La tercera es la que extrae de la caña de la bota y con la que les apunta a ambos alternativamente.

—Marchaos de aquí u os pego un tiro a cada uno.

El Loco y el Boquilla se miran desconcertados. Están más que acostumbrados a ver armas, a que el ruido de un tiroteo sea el pan de cada día. Pero no a que una pistola les encañone directamente a la cabeza. El Loco da unos pasos hacia atrás. El Boquilla le imita.

—Muy bien. Ahora, os dais la vuelta despacio y os alejáis hasta que deje de veros. Y, como se os ocurra llamar a algún amiguito, no pararé hasta joderos bien la vida, a vosotros y a vuestras familias.

El Boquilla obedece cagado de miedo. Una cosa es vengar a un colega y otra arriesgarse a que le hagan un agujero en la frente. Lo de no verle la cara al poli mientras le sigue apuntando sí que no le hace ni puta gracia. Continúa andando, y si no va más rápido es por hacerse el valiente, aunque ganas no le faltan. Por eso no ve que el Loco, justo cuando parecía que también iba a girarse, ha hecho un movimiento brusco y se ha lanzado encima del poli para arrebatarle la pistola. Pasan varios segundos en que ambos forcejean desesperados, pero el Boquilla no se entera de nada. Lo que sí oye es el chasquido metálico que se produce al amartillar el arma y, un instante después, el disparo. No solo no mira hacia atrás, sino que, ahora sí, echa a correr con todas sus fuerzas. Corre y corre sin pensar en nada más que salvar el pellejo. De ahí que llegue a su casa ignorando quién ha sido el que ha apretado el gatillo.

80.

—¿Has oído cómo llamaban a Fito?

—¿Mmmmm?

Camino está dispersa. No ha podido dejar de pensar en lo que le ha dicho Marta. Daniel, en el mismo barco que el Animalista. Y, probablemente, también en el de los asesinos de Italia. Los de la granja de visones, los del acuario. El barco de la forastera que no es forastera. Tiene la cabeza a punto de estallar. Tanto que apenas ha prestado atención a algo en verdad preocupante: la actitud de Paco. Ahora repara en ello. Ha llegado tarde al funeral de la madre de Fito, el pupilo al que le une un vínculo que supera en mucho las fronteras de lo profesional. Eso en sí ya es algo inexplicable. Pero además ha desaparecido sin decirle nada, ni siquiera se ha parado a saludar al resto del equipo. ¿Es que la está evitando desde la discusión? No, no puede caer en la vanidad de esa manera. Esto no es por ella, o, al menos, no solo por ella. A Paco le pasa algo, y no tiene ni pajolera idea de qué puede ser.

—Pirata. Los de su barrio le llamaban pirata —insiste Pascual. Sabe que, cuando la jefa se pone a mordisquearse las uñas, es que está en su propio mundo.

—Bueno, en los barrios suelen poner motes, ¿no?

—¿Sabías que tiene un hermano en la cárcel?

—¿En la cárcel?

—Sí, el tipo escurrido que estaba a su lado. Oí a varios preguntándole cómo le iba, parece que ha salido solo para el funeral.

—No tenía ni idea —confiesa Camino al tiempo que se arranca un padrastro a dentelladas. Le extraña que nunca le haya llegado el rumor de algo así, pero más aún que Paco no se lo haya contado. Hay tantas cosas que sigue sin entender de la persona que ahora es su pareja...

—Le trataban como a un héroe, al revés que a Fito.

—En un barrio como ese los polis somos los apestados.

—Tiene que haber sido duro para él —se duele Pascual.

Saca un cigarro y ofrece otro a la inspectora. Ambos están derrotados. Tras una noche toledana colaborando en las labores de rescate, han trabajado duro durante todo el día. En el caso de Pascual, lidiando con las consecuencias de la riada; en el de Camino, intentando desentrañar el misterio de Daniel. Y luego, por si no habían tenido suficientes emociones, el entierro. Quizá por eso, ambos necesitan sentarse unos minutos en la pecera para dejar que todo lo sucedido se pose en sus mentes y así ser capaces de continuar con sus propias vidas. Solo que la realidad no les da un respiro.

—El puerto de Huelva. —Mora entra sin llamar y los pilla con sendos cigarrillos en la boca.

—¿Qué?

Camino apaga el suyo rápidamente, como si acaso Mora no lo hubiera visto de sobra. Como si acaso sufriera de anosmia y no se enterara de que fuman en cuanto ella sale por la puerta. Pero eso ahora a la comisaria no le interesa lo más mínimo.

—Ya sabemos de dónde lo sacaron. Un petrolero descargó crudo a través de la monoboya flotante hace dos días. Se interpuso una denuncia contra la empresa de asistencia que se encargó de las labores de amarre y desamarre y de apoyar en las operaciones de descarga. Al parecer, fue durante las tareas de conexión de mangueras cuando se produjo el robo.

—¿Por qué no sabíamos nada?

—Asunto reservado. Lo estaban llevando desde la Comisaría General de Información por protocolo de seguridad. Han trasladado a sus instalaciones en Madrid a los trabajadores que estuvieron presentes en las maniobras y los tienen retenidos para interrogarlos. Pero hasta el momento no han soltado prenda. Tras ver el vídeo de Daniel, han decidido integrarnos en la investigación. Volvemos todos al caso, prioridad absoluta. —Mora lanza una mirada a Pascual—. Todos.

Camino cierra los ojos, pero cuando los abre la pesadilla sigue ahí.

—O sea, que nada de tinta de calamar.

Pascual y Mora la miran sin comprender. Tampoco importa demasiado. Están acostumbrados. La inspectora se rehace al segundo, no porque pueda, sino porque la situación lo exige.

—¿Cuánto tiempo nos queda?

Pascual consulta el teléfono. En el perfil de Daniel hay un reloj con una cuenta atrás.

—Treinta y cuatro horas y diecisiete minutos.

—No. Cuánto tiempo nos queda antes de que muera —precisa Camino.

El oficial la mira confuso. Es Mora quien lo pone en palabras.

—Faltan treinta y cuatro horas para que el petróleo inunde por completo a Daniel. Pero en el momento en que le cubra la nariz no habrá nada más que hacer.

Camino ya está aporreando la calculadora.

—Ciento setenta y seis centímetros en cuarenta y ocho horas. Eso son unos tres centímetros y medio a la hora, más o menos. —Mide la cara de Pascual con la palma de la mano, desde lo alto de su cabeza hasta los orificios de la nariz. Luego, vuelve a echar cuentas.

—Hay que restarle unas cinco horas —concluye—. Después, solo nos encontraremos un cuerpo sin vida.

81.

—*¿Tienes el baile de San Vito?*

Al subinspector Alcalá su hermano le está sacando de quicio. No para de moverse a uno y otro lado. Se sienta, zapatea nervioso, se vuelve a levantar. Hay algo que a Josele le corroe por dentro y a él no se le escapa que ha estado hablando mucho rato con el Pulga, ni que no ha vuelto a mencionar el tema del dinero.

De repente, suena el teléfono y Josele se tira a por él. En la pantalla del inalámbrico aparece escrita la palabra *desconocido*. Desea que sea la llamada que lleva horas esperando, porque no se acaba de fiar de Paco Arenas, por muy desesperado que le haya visto por meterse un chute de caballo. Solo tiene que confirmarle que el negocio está hecho. Sin embargo, lo que oye no es ni mucho menos lo que le habría gustado.

—Ha habido un problema.

Josele da una vuelta por el piso tratando de buscar privacidad. En el baño está Susi encerrada, que lleva media hora bajo el chorro de agua de la ducha, y las demás habitaciones se encuentran demasiado cerca de la sala de estar. Acaba en el balcón, rezando para que no le oiga algún vecino y el asunto se líe todavía más.

—Sabía que no podía confiar en un madero. ¿Qué has hecho?

—Yo... tengo el sobre.

Josele deja escapar un suspiro de alivio.

—Joder, me has acojonado. Pues ya está, te vienes para acá con la excusa de ver cómo sigue Fito y me lo das.

—No va a ser tan fácil. He disparado a un hombre.

A Josele se le caen los palos del sombrajo. Un homicidio sí que mandaría a la mierda todos los putos planes.

—¿Está vivo? —susurra lo más bajo que puede.

—Sí. Pero le he dado en la pierna, sangra mucho.

Josele se lleva la mano a la cabeza, se frota el cráneo en un acto instintivo que refleja su tormento. Van a pillar a Paco y se va a joder todo. El Pulga nunca se lo perdonará, se vengará en él y en lo único que le queda, su hermano pequeño. Con las ganas que siempre le ha tenido al pirata, sobre todo desde que se hizo poli.

—Dime dónde estás.

* * *

—Ahora vuelvo.

Fito se levanta como accionado por un resorte. Ya sabía él que Josele lo iba a intentar tarde o temprano.

—Ni hablar, tú no te mueves de aquí.

—Llevo prisa.

El subinspector se coloca frente a la puerta con los brazos en jarra.

—Estás bajo mi custodia y no vas a ninguna parte.

Su hermano se impacienta.

—En serio, pirata, tengo que salir, que me juego el cuello.

Trata de apartar a Fito, pero este permanece clavado al suelo sin pinta de mover un solo músculo.

—¡Que te quites, hostia!

Cuando Josele ve que no lo hará por las buenas, empuja a Fito con violencia. Él siempre ha sido más alto y fuerte, pero se ha quedado en los huesos, mientras que su hermano pequeño está en plena forma y luce unos bíceps curtidos en el gimnasio durante años. La conclusión es que no solo no logra moverle ni un ápice, sino que Fito responde con una llave que le inmoviliza el brazo en la espalda. Y que duele mucho.

—¿Te vas a estar tranquilito?

Josele suelta una serie de exabruptos y acaba accediendo a regañadientes. Cuando Fito le libera, vuelve cabizbajo hacia el salón. El policía va detrás, siguiéndole. No se fía. Y hace bien, porque al menor descuido Josele agarra un jarrón y se lo tira, lo que deja fuera de juego a Fito por unos segundos. Su hermano los aprovecha para correr en dirección a la puerta. La ha franqueado y está a punto de abalanzarse escaleras abajo cuando Fito cae sobre él. Tiene una brecha en la frente manando sangre y una cara de mala baba que pocas veces le ha visto Josele. Le bloquea y, en apenas un instante, le ha colocado las esposas.

—Así vas a estar hasta que te devuelva mañana a tu hotel.

—Ioputa.

—No más que tú.

Josele le mira con inquina, aunque en realidad es capaz de entenderle. Si él no vuelve a aparecer, le arruinará a su hermano lo que podría ser una carrera brillante en la Policía Nacional. Y Fito está bastante jodido ya hoy como para dejar que otro de los pilares de su vida se vaya por el sumidero. Además, tanto si Josele le comprende como si no, esto es lo que hay. Lentejas. De modo que el hermano mayor opta por un camino que no suele tomar.

—Pirata.

—Que no me llames así, hostia.

—Si te lo cuento, ¿me ayudarás?

—No.

—¿Ni siquiera si Paco Arenas estuviera en el ajo?

Las facciones de Fito se desbaratan. Hay una mezcla de incredulidad y odio.

—No te habrás atrevido a meterle en tus movidas.

—Eso ahora no viene a cuento.

La única razón por la que Fito no descarga un puñetazo en la cara de Josele es porque su sentido de la moral le impide pegar a un hombre esposado. Eso sí, le zarandea como a una marioneta.

—¡¿Qué cojones has hecho?!

Josele mantiene la serenidad a pesar de las gotas de saliva que le bañan el rostro. Mira fijamente a su hermano antes de contestar:

—Es él quien necesita que le echemos un capote.

* * *

Susi penetra en el salón con ropa cómoda y el pelo recién secado. Sabe que los dos hermanos son como el aceite y el agua, pero va a poner de su parte para que esa noche se comporten igual que una familia de verdad. Mañana a primera hora Josele reingresará en prisión y quizá esta sea la última oportunidad que tengan de pasar un rato juntos. Pedirá unas pizzas y les propondrá que vean una peli de acción en el sofá. Ella las odia, pero cree que es lo único en que coinciden Fito y Josele, que ni siquiera son del mismo equipo. Pero allí no hay nadie. Mira en la cocina y el balcón. Tampoco es que haya mucho espacio donde meterse en ese piso.

—¿Fito? ¿Josele? ¡Hola! ¿Dónde estáis?

82.

Ángeles Mora llega a casa vencida.

Lleva veinticuatro horas sin parar, pero en el momento en que introduce la llave todo lo demás se ve desplazado y solo hay una duda que le corroe: ¿seguirá Elsa en casa?

Las dos vueltas completas de muñeca necesarias para desbloquear la cerradura le anticipan que no hay nadie. La cocina, el salón, todo se ve recogido, y tampoco en el baño ni en el dormitorio queda rastro de su ex. Ni el cepillo de dientes, ni sus ropas en el armario, ni las pantuflas que le había cogido prestadas al pie del otro lado de la cama. Mora se libera de las botas de agua y las prendas mojadas y se deja caer sobre el colchón. Ahora sí suelta un suspiro de alivio: por fin, libre de nuevo. Se estira como un gato, abarcando toda la cama, y se arropa con las sábanas, en las que aún puede sentir el olor del sexo compartido durante las dos últimas noches. Pero el complejo entramado que compone el cerebro humano resulta ser tan jodidamente puñetero que no le deja ni unos minutos de dicha. Ahora se rebela ante ese aroma dulzón y, con una punzada de remordimiento, le recuerda que no ha tratado bien a Elsa, y no solo eso; que la echa un poquito, aunque solo sea un poquito, de menos. Y es que su ex llenaba la casa con su palabrería, con sus chistes malos, con sus ganas de agradarla y siempre siempre con su sonrisa imborrable. Se fuerza a pegarle un manotazo mental a esa parte rebelde de su cerebro. Elsa regresó sin pedir permiso, y para entonces ella ya había pasado página. Esa complicidad brutal en la cama no significa nada, sus cuerpos se conocían y por eso volvieron a conectar, como tampoco significa nada el hecho de que pareciera que no habían pasado meses desde que convivieron la última vez. ¿Verdad que no? A la comisaria le gustaría que hubiera alguien allí para decirle «así es, Ángeles, tienes toda la razón, no significa nada». Pero resulta que no hay nadie porque está justo como quería estar: sola. Así que sigue dándole vueltas: ¿por qué se deja una relación que funciona? ¿Por qué salió por patas un buen día, si estaba claro que aún quería a la otra persona? Se repitió a sí misma una y otra vez que no tenían futuro juntas, se lo repitió tanto que se lo creyó. Y, cuando Elsa volvió poniendo lo mejor de sí misma, Mora se dedicó a tratarla con desprecio, tan convencida estaba de la teoría que ella misma se había fabricado. Como ni por esas Elsa se iba, no ha dudado en echarla de malas maneras. Ahora sí se ha ido. Puede que para siempre. Y la verdad es que ya no está segura de si eso la libera o la apena. O una mezcla de ambas.

Alcanza el mando y enciende la televisión que hay frente a la cama. Se ha acostumbrado a dormir con su runrún, mirando la pantalla mientras sus pensamientos vuelan dispersos y acaban entremezclados con los sueños y las imágenes. Si el teléfono no la reclama de nuevo, piensa dormir hasta que el despertador suene por la mañana.

Pero la persona que aparece en primer plano hace que se incorpore de golpe. Tantea en la mesilla de noche hasta que da con las gafas y se las ajusta con turbación. No puede ser. Elsa ha encontrado la forma de colarse de nuevo en su casa. Sube el volumen justo unos segundos después de que el presentador haya introducido la noticia. Está en una de las zonas más afectadas por la riada. La alcachofa de un periodista la encañona directamente a los labios, y ella presta a la cámara su gesto más serio. También el más sexy.

¿Diría entonces que la inundación de Torreblanca ha sido provocada?

Solo alguien que la conozca tan bien como la comisaria adivinaría que en ese rostro grave los ojos de Elsa brillan con euforia, que la boca reprime a duras penas una sonrisa de satisfacción. Sí, Elsa sabe que la situación requiere seriedad, por eso trata de contener el orgullo que siente ante su descubrimiento.

Sin lugar a dudas. Acompáñeme.

Se acerca al canal con pasos seguros, seguida de cerca por el periodista, se agacha y señala con el dedo en una dirección que la cámara se apresura a enfocar.

¿Lo ven? Alguien explosionó el río justo en este punto.

83.

A la mierda.

A la mierda todo. No puede con la angustia que lleva ochocientos cuarenta y dos minutos alojada en su pecho. Cincuenta mil quinientos veinte segundos en los que el oxígeno apenas le llega a los pulmones, en los que su corazón bombea sangre en una especie de latido irregular porque ni su propio corazón sabe ya cómo hacer las cosas bien. No puede seguir esperando, viendo cómo el conteo de la recaudación asciende mucho más lentamente que el petróleo alrededor del cuerpo de su hijo. Sí, eso sí lo sabe. No es un buen hijo. Ella tampoco ha sido una buena madre. Pero no es solo que no sea bueno con ella. No es una buena persona. Los padres dan por hecho que sus hijos lo serán, y, si la realidad les pega una hostia como un pan, se empeñarán en buscar justificaciones, en culparse ellos mismos si hace falta. Amaranta no. Ya no. A ella la vida también la ha maltratado, y no cree haberlo pagado con personas inocentes. No ha tenido suerte con Daniel, eso es todo. Le salió mal. A veces pasa. A algunos les toca un hijo que sufre, a otros un hijo que hace sufrir a los demás. Se pregunta qué es peor. Una enfermedad crónica, una discapacidad grave, o un malnacido de la peor calaña. No se sabe contestar, quizá porque no le tocó el hijo sufriente. Al menos le queda el consuelo de que su Inés apenas se enteró. Tuvo una infancia feliz y un día dejó de respirar y así se quedó, meciéndose en el agua, con la misma carita de paz que Amaranta observaba cada noche antes de apagarle la luz. Estas reflexiones la torturan en los últimos tiempos. Desde que descubrió los robos de Daniel y comenzó a espiarle. Primero fue el blog, luego aquellos mensajes en el móvil de prepago que descubrió oculto en su habitación. Después solo tuvo que seguir las pistas. Y, al hacerlo, querer morirse una vez más. Como cuando perdió a Inés. Saber que su hijo había sido cómplice de tales monstruosidades acabó de romperla por dentro. Al principio trató de buscarle esa justificación que todos los padres buscan con denuedo. Decirse a sí misma que lo pasó muy mal, que vivió una experiencia traumática siendo apenas un niño y nadie supo hacerse cargo. Pero sabe que eso no le exime de responsabilidad. Daniel lo ha pagado en las carnes de otros. Se ha amparado en su tragedia personal, que no es tal, y ha querido recuperar el control a través de un comportamiento fanático en el que ha volcado toda su rabia. No, no es tal. Porque Daniel sigue siendo un privilegiado, un joven que lo tiene todo mientras otros se juegan la vida por alguna de las oportunidades que él desprecia. Daniel tuvo un revés, sí, como todos tarde o temprano, pero podría haberse repuesto, conseguido lo que hubiera querido. Y lo que ha querido es hacer daño, el diente por diente, el pensamiento sectario, el mundo contra mí y yo contra el mundo. Y sin embargo.

Sin embargo, ella no quiere pasarse el resto de sus días pensando que pudo hacer algo y no lo hizo. Que se quedó mirando cómo el hijo que salió de sus entrañas era sepultado delante de sus ojos y los del mundo entero. Porque dejar morir al hijo que has parido en tus narices es como matarlo tú misma. Y Amaranta ha perdido sensibilidad, ha perdido capacidad de amar, pero no ha perdido toda la humanidad. Aún no.

De modo que es ella misma, sin intermediario alguno, quien se ha encargado de las gestiones. A la mierda Eulogio, su tupé irrisorio y su tono de sabelotodo. Inspira profundo y presiona el ratón con el dedo índice. Clic. Cuenta mentalmente. Uno, dos, tres... Al llegar a quince, la página se refresca de forma automática y ella deja escapar el aire que estaba conteniendo en los pulmones. La gráfica que representa la recaudación ha experimentado un crecimiento gigantesco. A su lado, la cifra actual: dos millones ochocientos cincuenta y tres mil doscientos treinta y nueve euros.

Amaranta se siente imbuida por una mezcla de sensaciones. Alivio, porque siente que ha hecho lo que le tocaba. Desamparo, porque se sabe sola, terriblemente sola y vulnerable a partir de ahora —el dinero acompaña, digan lo que digan—. E impotencia, porque no hay nada más que pueda hacer. Ha donado hasta el último céntimo que ha sido capaz de reunir. Ahora todo queda en manos del destino, o, más bien, de los miserables que tienen atrapado a su hijo.

84.

Hay un estallido de júbilo repentino.

De un segundo al otro, la cantidad ha ascendido a las siete cifras. Si tuvieran cava en ese antro, sería un buen momento para descorcharlo.

—¡Lo hemos conseguido! —grita ella.

—Todavía no —una voz masculina se endurece, dejando a un lado la alegría.

—Tenemos más de lo que esperábamos.

—Aún falta mucho tiempo.

—Justo. No vale la pena seguir arriesgándonos por un poco más de dinero, ¿no crees?

—¿Un poco más? ¿Has ganado alguna vez doscientos mil euros en un día? —la voz severa adquiere un matiz autoritario, que recuerda quién lleva las riendas allí.

—Nunca.

—Pues mañana podrías hacerlo. Colgamos otra toma y esperamos la reacción de su público. Apuraremos el plazo.

—¿Y si no se alcanza la cifra?

No hay atisbo de duda en la voz que le contesta.

—Si no se alcanza la cifra, seguimos con el plan.

85.

*Los tres hombres esperan en una salita de paredes descon-
chadas.*

Llevan una hora allí, desde que dejaron al Loco tendi-
do en la camilla del Matasanos.

El Matasanos es un médico al que le retiraron la licen-
cia hace muchos años. Desde entonces se dedica a trapicheos varios, entre ellos, el de curar heridas evitando un
paso por el hospital que derivaría en partes a la policía y
complicaciones de todo tipo. A pesar del sobrenombre,
no son pocas las vidas que ha salvado. Decenas de reyertas que acaban con una cuchillada chunga, palizas de un
tipo que se pasó de la raya con su mujer o disparos que se
cogen a tiempo de extraer la bala y remendar el agujero.

El Matasanos sale de la estancia y los tres hombres dirigen la vista hacia su mano derecha, que sostiene una pinza
quirúrgica rematada por un objeto pequeño, agudo en
uno de sus extremos y aún teñido de sangre.

—Ya la tenemos.

—Dámela —dice Fito sin titubear.

El Matasanos obedece. Sabe que la bala es la principal
prueba del delito, aquello que podría implicar de forma
decisiva al propietario del arma. Es crucial deshacerse de
ella cuanto antes.

Pero Fito ya está pensando en los siguientes cabos por
atar. Sobre el que se centra ahora es todavía más importante: supone la diferencia entre responder por un delito de
lesiones o por uno de homicidio.

—¿Cómo está?

—Muy débil. La herida traspasó la arteria femoral, ha perdido mucha sangre. Necesita una transfusión urgente. Grupo AB negativo.

Los tres hombres se miran entre ellos.

—Conmigo ni lo intentéis, soy seropositivo —masculla Josele.

—Yo tampoco puedo, soy B positivo —dice Paco, perplejo ante la revelación de Josele.

Todos los pares de ojos se centran ahora en Fito.

—B negativo —suspira él.

El galeno suelta un resoplido de alivio.

—Te vienes conmigo. Lo haremos de vena a vena.

—¿De vena a vena? Ni de coña, me puede pegar cualquier mierda.

—No hay tiempo para una bolsa de transfusión. Es la única forma.

—¿Qué dices, estás loco o qué? ¿Y si este tío tiene sida como el Josele? ¿Quieres condenarme a mí también?

—O eso o se muere. Tú decides.

Fito se pone a dar vueltas por la salita. Parece un león enjaulado, a punto de saltar sobre cualquier cosa. En realidad está tratando de analizar los pros y los contras de la situación. Pero en esta situación solo hay contras, contras, contras por todas partes. Josele y Paco no se atreven ni a mirarle. La decisión le corresponde solo a él. Dejar morir a ese hombre, con todas las consecuencias que ello acarreará para las personas que quiere y la culpa que le tocará arrastrar de por vida, o arriesgarse. Es como jugar a la ruleta rusa. Solo que con sangre, con la sangre que le recorre las venas y llega hasta su corazón.

Al fin se detiene, busca la mirada del médico y, resignado, asiente con la cabeza. Mientras le acompaña al cubículo que hace las veces de UCI, es consciente de que su pesadilla no tiene marcha atrás. Ahora sí que está metido hasta el cuello.

86.

Camino va de regreso a casa.

Mora los ha mandado a echar una cabezada, y lo cierto es que no le vendría mal dormir un par de horas para estar lúcida antes de volver a la Brigada. Sabe que el día siguiente va a ser muy duro, una cuenta atrás en la que habrá de poner en juego el máximo de sus capacidades si quiere rescatar al chico con vida. Pero resulta que, en una contrarreloj a vida o muerte, las horas valen demasiado como para perderlas. No, se dará una ducha, se beberá un tazón de café tamaño ensaladera, echará un vistazo a las hormigas y se pondrá en marcha de nuevo. Y, lo más importante, lo que le da estabilidad y serenidad a su mundo: verá a Paco, se asegurará de que todo marcha. Necesita saber que él está bien, que ellos están bien. Que, aunque se hayan pegado cuatro gritos y aunque a veces su trabajo sea así de absorbente y los separe durante días enteros, no va a poder desgastar ese vínculo que tras tantos años por fin ha podido cristalizar. Cuando le vea, cuando se refugie en sus brazos, recuperará el equilibrio y podrá concentrarse en encontrar a Daniel y desbaratar esa red criminal de una maldita vez.

Sigue lloviendo, aunque ahora las gotas son minúsculas, una especie de sirimiri que empapa sin que una se dé cuenta. La cancela del parque de los Príncipes está abierta y ella ni se lo piensa. Andar entre los árboles la oxigena, mucho más en jornadas agotadoras como la de hoy. El paseo de tierra es ahora un lodazal, y el viento agita las copas de los árboles, volcando sobre ella nuevos goterones. Pero nada de eso le importa. Inspira hondo y avanza despacio, recreándose en el único buen momento de ese intenso día de mierda.

El parque está oscuro. Da por hecho que las luces también se han fundido en este punto de la ciudad, y ni siquiera un solitario paseante con su perro, de esos que les colocan collares de luz a los pobres bichos, se anima a aparecer por allí. Ella agradece la soledad. La agradece tanto que no se percata de que ha dejado de acompañarla. Porque, al girar la esquina, un hombre con la cara cubierta sale de detrás de un seto y le tapa nariz y boca con un trapo húmedo. La inspectora forcejea solo unos segundos, pues su cuerpo enseguida deja de responderle. Lo último que siente es cómo el suelo va hacia ella y la golpea con fuerza.

87.

Viernes, 16 de noviembre

Camino despierta con un dolor de cabeza salvaje.

Nota la cara hinchada y cubierta de sangre reseca proveniente de su nariz. Está atada a una silla plegable de madera y tarda unos segundos en situarse. Cuando lo hace, todo su cuerpo se estremece. El parque, la mano que le tapa la boca por detrás, el olor intenso que penetra hasta el cerebro, el golpe en la cara al caer, el fundido a negro.

Piensa en Evita, en Pureza, en Daniel, en todas las víctimas de esa trama de locos. ¿Por qué ahora ella? ¿Acaso se está acercando demasiado? Si lo está haciendo, es la última en enterarse. Se siente cada vez más perdida con este caso demencial.

Oye unos pasos al otro lado de la puerta. Van de aquí allá, pero quien los da no parece decidirse a penetrar en la habitación. Entonces se dedica a mirar a su alrededor. Es un cuarto pequeño, sin ventanas, de paredes de un amarillo sucio por el paso del tiempo y grietas que llegan hasta el techo. La única luz proviene de un tubo fluorescente que titila de forma irritante. Ella está en el centro, y enfrente tiene una mesa barata sobre la que descansan un ordenador y una impresora de la Edad de Piedra, año arriba, año abajo. A izquierda y derecha no hay nada; la silla sobre la que está ella misma y la mesa componen todo el mobiliario. Si gira el cuello lo suficiente es capaz de abarcar casi toda la pared detrás de ella. Hay un corcho de los que usaba antes la gente joven para colgar fotos y recuerdos con chinchetas.

Eso también ha quedado en desuso, ahora lo ven todo en sus pantallas, para qué perder el tiempo revelando fotografías. Hasta las entradas del cine, de un concierto que llevan meses esperando, el billete de avión del viaje fin de curso, todo se chequea desde el propio móvil sin necesidad de impresión.

Y ella necesita saber por qué eso funciona diferente en el lugar donde ha sido recluida. De modo que pega pequeños saltos con la silla, girando unos centímetros cada vez, con cuidado de no pasarse y dar de bruces en el suelo.

Minutos después ha conseguido virar unos cuarenta y cinco grados, lo suficiente para adquirir un buen campo de visión.

En el corcho hay un mapa de la ciudad, de esos que se compran en los quioscos y se despliegan por cuadrículas cuya forma queda marcada para siempre por más que uno los estire. Está pintarrajeado con líneas de colores que enlazan diferentes lugares de Sevilla. Conoce esos sitios, tan bien como conoce las imágenes que han sido clavadas junto a ellos: el edificio de la Brigada en Blas Infante, la academia de baile de Nervión donde acude dos veces por semana, el balcón de su propio apartamento en Los Remedios. También el portal donde vive su padre y el de su madre e incluso el supermercado que frecuenta con más asiduidad. Sus personas más queridas han sido fotografiadas junto a cada uno de los escenarios. Está Víctor, está Paco, está su hermano Teo, su cuñada Marisa, incluso sus sobrinillas Arya y Rihanna. Y, por si no quedara lo suficientemente claro cuál es el objetivo de toda esa parafernalia, ella misma sale en las imágenes de cada uno de los lugares. Su cara, ampliada y multiplicada decenas de veces, atesta hasta el último rincón del corcho.

Camino ha pasado por muchas situaciones angustiosas, en alguna de ellas incluso ha estado segura de que iba a morir. Pero nunca ha experimentado algo así. El rostro le arde y los ojos se le encharcan, a punto de derramar lágrimas de rabia al saberse violentada en lo más íntimo, amenazada en lo más importante de su vida: las pocas personas a las que ama. Y con la furia sobreviene el pánico, que se apodera de cada una de sus células.

Como si su raptor hubiera adivinado que ha llegado el momento propicio, una llave se introduce en la cerradura, el pomo gira y los goznes de la puerta rechinan al abrirse. Cuando una silueta recortada a contraluz aparece, Camino pestañea para enfocarla. Ha llegado la hora de las presentaciones.

88.

Han pasado la noche en vela metidos en esa salita miserable.

Hace rato que amaneció y para entonces Fito ya ha comprobado con sus propios ojos los estragos que la heroína comienza a causar en Paco. Está inquieto, mueve las piernas sin parar, moquea, tiene la carne de gallina y le sobrevienen escalofríos de tanto en tanto. Pero lo que más le preocupa ahora al subinspector es que se acerca la hora de llevar a Josele de vuelta a prisión y el Loco sigue muy débil, de modo que todavía no se ha atrevido a moverse. Si se fiara lo más mínimo de su hermano, le pediría a Susi que le llevara ella con cualquier excusa, pero teme que Josele se la pegue a su novia y escape de alguna forma. Además, él es el responsable que tiene que acompañarle, aunque lo primordial ahora es que su hermano regrese a prisión y no lancen una orden de busca y captura. Mira a Paco, tantea su estado y decide que hay que arriesgarse. Se pone en pie, aunque el cuerpo no le responde como habría querido. El litro y medio de sangre que le ha extraído el Matasanos le ha dejado hecho un guiñapo.

—Josele, nos vamos —luego se dirige hacia Paco—: Volveré lo antes posible.

Pero su hermano no se mueve del sitio.

—¿Me has oído, Josele? He dicho que nos vamos.

—No me vuelves a meter tú ahí ni con los pies por delante.

Fito inspira con todas sus fuerzas, como si junto con el oxígeno pudiera henchirse también de reservas de paciencia.

—Vamos, sé razonable. Ya está todo bastante chungo. Si no te llevo, vendrán a por ti de todas formas, y encima me joderán a mí también.

—Eso es lo único que te importa, ¿verdad? Salvar tu puto culo. ¿Y qué pasa conmigo? El sida me va a quitar de en medio, no pienso pasarme en el talego lo poco que me quede.

Fito está sopesando si tendrá la energía suficiente para reducir de nuevo a su hermano por la fuerza. Tiene sensación de frío, sudoración y dificultad para respirar. Ese cabrón de médico a poco no le deja tieso.

En ese momento, la puerta de la sala contigua se abre y por ella asoma el Matasanos. Trae la cara pálida y los ojos hinchados. Parece mucho más viejo que hace unas horas. Los mira muy serio, menea la cabeza y no hace falta que diga más, porque todos comprenden lo que está a punto de anunciarles. Aun así, pronuncia las fatídicas palabras:

—No lo ha resistido.

Fito deja escapar un grito ahogado, Josele se lleva las manos a la cabeza y Paco vuelve de golpe a la realidad y no es capaz de contener por más tiempo las náuseas; como si una presa se hubiera quebrado en su esófago, el vómito es propulsado hacia arriba en modo cañería.

Al Matasanos se le ha acabado la paciencia, lleva mal que le pongan su rudimentario quirófano perdido de sangre, pero esto ya es el colmo. El olor a vomitona cuesta eliminarlo todavía más. Además, ha pasado la noche desvelado arriesgándose por unos cuartos y sabe lo que se juega. Le urge solucionar la situación.

—Lo que pasa en mi consulta se queda en mi consulta, por ahí no tenéis que preocuparos. —Su rostro se crispa, también su tono de voz—: Pero sacadme este fiambre de aquí, YA.

89.

Pascual está que trina.

Todo el mundo sabe que la jefa va a su bola y que la mitad de las veces no contesta al teléfono. Pero se ha pasado de la raya. Ayer iba a darse una ducha y volver, y en lugar de eso son las nueve de la mañana, faltan veinticuatro horas para que el plazo del secuestro finalice y no hay rastro de la inspectora. Él apenas durmió un par de horas y regresó a la Brigada. Se ha quedado otra noche sin descansar y Camino no le dice ni dónde está. Para colmo, la noticia del atentado en Torreblanca ha corrido como la pólvora. Los medios se hacen eco de la explosión en el canal y fabrican todo tipo de conjeturas. Desde el terrorismo yihadista hasta una venganza entre narcoclanes, cualquier idea que sirva para crear alarma es bienvenida en los programas de tertulias y *fake news*. Ahora, en la zona cero de la inundación hay más periodistas que bomberos. Y Camino sin aparecer.

Ha probado a llamar a Arenas. Le ha sorprendido su tono ido, como si le diera exactamente igual que Camino no haya pasado por casa. Paco le ha dicho que no se preocupe, que la noche anterior tampoco acudió y que estará sobrepasada. Pero Pascual sí que se preocupa. Porque la noche anterior Camino estaba en Torreblanca con él, pero ¿dónde demonios se ha metido ahora?

No aguanta más. Busca el número del compañero de informática forense que rastreó el móvil de Daniel y le solicita que localice el de Camino. Sabe que tendría que preparar un oficio para la compañía telefónica, justificarlo bien y esperar a que el juez lo autorice, y también que Nacho se va a llevar las manos a la cabeza por el compromiso en que le va a poner. Y porque alguien como Pascual le pida algo así. Pero precisamente por eso mismo, porque Nacho le conoce desde hace muchos años y sabe que nunca vulnera una norma, se da cuenta de que Pascual considera que es importante de verdad. Aun así, se hace de rogar. Siempre hay que dejar claro que no se te pueden subir a las barbas.

Cuando al fin Nacho accede, Pascual cuelga y se sienta a esperar. Si eso redujera en algo su ansiedad, ahora se estaría devorando las uñas igual que hace la jefa. En su lugar, se levanta, da vueltas y vueltas como un hámster en su rueda, y al final va a la máquina de café y vuelve con un vaso que se sienta a sorber de poco en poco mientras empalma un cigarro con otro. Está a punto de terminar el vaso y el paquete cuando vibra el teléfono.

—La última antena de localización que registró su móvil es de anoche a las 22.56.

El oficial echa cuentas. Estuvieron en la Brigada hasta cerca de las once, lo que significa que Camino apagó el aparato al poco de despedirse de él.

—¿Dónde?

—Contando con el margen de error, a unos doscientos metros de donde nos encontramos. Alrededor del parque de los Príncipes.

90.

La mira con ojos curiosos, como si quisiera detectar cuánto miedo acumula.

Pero lo que ahora mismo siente Camino, por encima de todo, es incredulidad. Incredulidad y alivio. El novio de Evita, el abogado revolucionario que los ayudó a solucionar el caso del Animalista.

—Ramón, ¿qué haces aquí? Gracias a Dios que has aparecido. ¡Suéltame, rápido!

Él la mira desconcertado. Luego deja escapar una carcajada amarga que hace estremecerse a la inspectora y que cala en ella hasta comprender. Ramón lo percibe por el cambio de registro en sus facciones.

—¿Tú? ¿Tú me has hecho esto?

La risa de Ramón se detiene en seco y su voz suena resentida.

—Eres tan egocéntrica que ni siquiera lo entiendes.

A Camino la realidad todavía le resbala de la cabeza como el agua de lluvia. Tarda en impregnársele, pero cuando lo hace se siente calada hasta las entrañas.

—Esto es por Evita... —dice con voz gutural—. Me culpas de su muerte.

—¡Pues claro que te culpo, imbécil! ¿Quién era su jefa? ¿Quién se la llevó a aquel monte con un psicópata armado?

—Ramón, yo...

—Pasé la noche ayudándote a dar con el asesino para rescatar a Paco —la interrumpe—. ¡Fue todo gracias a mí! Gracias a mí salvaste a tu amorcito. Yo os di la idea de buscar entre los matarifes, la de restringir el rastreo a los cotos sin autorización para esa jornada. Yo fui quien pensó después en seleccionar aquellos que lindaban con los que tenían cacerías en marcha. Y tú, ¿qué hiciste tú? Llevarte a Evita, mandarla sola por el monte con ese verdugo, impedir que se defendiera. ¡Y desentenderte del equipo de transmisión mientras ella se desangraba!

En el rostro de Camino hace mella el impacto. La culpa, el dolor. Sabe que la cagó, y que Ramón tiene todo el derecho a estar furioso con ella.

—A ver, Ramón, todos corríamos riesgos. Cuando uno se mete a policía de Homicidios...

—¡No me vengas con esas!

Él pega un puñetazo en la pared con tal fuerza que los nudillos se le abren y deja un rastro de sangre sobre la pintura descascarillada. Camino se sobrecoge. Está claro que Ramón desea descargar su rabia contra algo más que ese tabique.

—Di la orden de no disparar porque necesitábamos coger con vida al asesino para poder rescatar a sus víctimas —ella cambia el registro a uno más suave, como si se dirigiera a un niño pequeño.

—¡A costa de la vida de Evita!

—Yo tampoco me lo he perdonado, Ramón —la voz de Camino es aún más cauta. Le mira a los ojos con toda la honestidad de la que es capaz—. Desde que murió, no dejo de torturarme pensando que podría haber hecho algo más.

Ramón tarda unos segundos en reaccionar. Cuando lo hace, su voz suena glacial.

—Esa es justo la razón por la que estás aquí.

—¿Cuál?

Por toda respuesta, Ramón sale de la habitación y echa la llave tras él.

* * *

Cuando regresa, viene cargado con una serie de instrumentos. Retira la impresora y los extiende sobre el tablero. Lo hace muy despacio, recreándose en el proceso.

—Quiero que sepas que no voy a hacerte nada que no se le haga a diario a miles de animales.

Camino le mira horrorizada. Desde el caso Especie, sabe bien que eso no es ningún consuelo. Ese hombre podría hacerle cualquier cosa, despellejarla, darle de palos o meterle comida hasta reventar, pasando por incontables tormentos que los humanos provocan a diario en todo tipo de animales. ¿Sería capaz? Recuerda su capacidad de cruzar los límites por aquello en lo que cree, su carácter combativo, su temperamento y su rechazo a las normas que no comparte. Respira y mide cada una de las palabras que pronuncia, porque ha entendido que cualquier paso en falso podría costarle muy caro.

—Tú decías que un animalista nunca haría uso de la violencia.

—Eso era antes de que mi chica fuera asesinada.

Ella contiene el aliento. Por sus ojos extraviados comprende que la enajenación nubló hace mucho su capacidad de raciocinio. Que el dolor por la muerte de Evita lo ha transformado en rencor, un rencor que lo devora todo y que le ha empujado a levantarse cada mañana con un único objetivo: la venganza.

Aun así, Camino lo sigue intentando.

—¿De verdad vas a mandar tu vida a la mierda solo para hacerme escarmentar?

—Parece que todavía no te has enterado. La vida que voy a mandar a la mierda es la tuya.

Camino se sacude del escalofrío que la recorre.

—También la tuya, Ramón. No podrás salir indemne de esta —le advierte.

Ramón ignora su comentario. No va a permitirle ni una pequeña esperanza creyendo que puede convencerle, que puede hacer tiempo para que alguien llegue a rescatarla como en las películas. Él no está ahí para jugar a ese juego. Clausura la boca de la inspectora con un trozo de cinta adhesiva y después va hacia la mesa, escoge uno de los objetos y regresa hacia ella.

—Pistola de perno cautivo. Se supone que es para aturdir al animal antes de matarlo. Dicen que es una herramienta humanitaria. —Le muestra la pistola a Camino y juega con ella pasándosela de una mano a otra—. Sin embargo, los efectos documentados son otros. Se sufre un colapso, es imposible respirar y el cuerpo permanece rígido. A continuación, el animal patalea de forma involuntaria hasta que sus movimientos van parando gradualmente. Cuando le cuelga la lengua y se le pone una expresión vidriosa en los ojos, dan por hecho que está insensibilizado.

Pega el arma a la frente de Camino y la baja hasta llegar a la altura del entrecejo, oprimiendo el frío metal contra su piel.

—Comprobémoslo.

Un grito de terror emana de la garganta de Camino, pero la mordaza impide que se filtre más allá de esa habitación. Siente cómo resuena en el interior de su cuerpo y le hace daño dentro de los oídos, aunque no tanto como lo que está a punto de experimentar. El tubo fluorescente del techo parpadea como si se negara a presenciar la escena. Ramón aprieta el gatillo. Se produce un ruido contundente y seco, y el cuerpo desmadejado de Camino convulsiona entre ráfagas de luz.

Cuarta parte

91.

Barbara Volpe se despierta confundida.

Debe de haber dormido muy profundamente, porque no recuerda ni cuándo ni dónde se quedó frita. Aún remolonea unos minutos más en ese plácido espacio entre el sueño y la realidad, hasta que va tomando conciencia de su propio cuerpo. Está tumbada boca arriba y algo en el brazo derecho le impide moverse. Abre los ojos con una punzada de inquietud. La habitación está en penumbra, pero no lo suficiente como para percatarse de que no es un sitio familiar. Parpadea, sus pupilas comienzan a adaptarse a la escasa luz reinante. Una vía unida a un manguito le conecta la flexura del codo con una bolsa de suero y tiene el rostro rodeado por una cánula cuyas puntas terminan en los orificios de su nariz. La silla reclinable y la cortina que separa el espacio a la mitad le proporcionan un plus de información ya innecesario: no cabe duda de que se encuentra en una habitación de hospital. Sus peores presagios se han cumplido. Agarra el pulsador que hay junto a la cama y lo aprieta hasta que un enfermero responde a la llamada. Todavía tiene que aguardar a que le tome todo tipo de mediciones y avise al doctor Zanchetti, quien tarda su buen tiempo en acudir. Después, la monserga esperable. Que tiene que pasar por quirófano cuanto antes, que en su estado no puede seguir sin tratamiento, que su salud es prioritaria, que tal y también que cual.

—Alguien ha pasado la noche esperando a que despertara. Dice que es un compañero de trabajo.

Ese último comentario borra del rostro de Barbara su expresión de hastío.

—¿Gordito?

El médico parece desconcertado. Ella insiste.

—¿Es gordito? ¿Y con la piel rosada como un lechón?

—Sí, creo que sí —titubea él.

—Silvio. —Por primera vez desde que despertó, un amago de sonrisa se abre paso en el rostro de la mujer—. Dígale que pase.

* * *

—No me lo contaste.

Silvio entra en la estancia con cara de víctima. Barbara tenía ganas de verle, en el fondo le reconforta que haya alguien a quien le importe lo suficiente como para pasar una noche aguardando noticias sobre su salud. Lo que ya le gusta menos es que le venga con recriminaciones.

—¿Por qué debería? —El rostro de ella se tensa.

—Creía que éramos amigos.

—No te pases. Eres mi ayudante en un caso, eso es todo.

Barbara se arrepiente nada más decirlo, pero ya es tarde. Las facciones de él se contraen en un mohín lastimero.

—Solo me preocupo por tu salud.

—Me enteré hace poco, estaba procesándolo —confiesa ella—. Además, esto es cosa mía.

—Pero no puedes ocuparte del caso en tu estado...

—¡Ya estamos con mi estado!

La propia Barbara se sorprende con su reacción. Está perdiendo el control de sus emociones, y eso no le gusta nada. Se enmienda de nuevo.

—Fuiste tú quien me animaste a seguir, ¿recuerdas?

—Yo no sabía...

—Mira, esto me ha cogido por sorpresa —le interrumpe—. Si me meten en un quirófano, puede que no salga de ahí.

Silvio se deja caer en el sillón y se mira las puntas de los pies, sin saber qué es lo que se dice en estos casos. Ella aprovecha para tomar aliento. Constata que esa simple conversación ha mermado sus reservas de energía y se refugia en su mutismo característico. Los minutos transcurren hasta que Silvio lo suelta a bocajarro.

—Localicé a los sospechosos en uno de los vídeos del acuario.

La cabeza de Barbara se alza de golpe.

—¿En serio? ¿El hombre y la mujer?

—Los dos. Paseaban entre los estanques haciéndose arrumacos el día anterior al crimen. Y no salieron con el resto del público cuando esa noche cerraron las instalaciones.

—¡Es la conexión que necesitábamos!

Por un momento, Barbara ha olvidado todo lo demás. Silvio comprende que ha hecho bien al contárselo. Esa mujer está siendo devorada por un tumor en los huesos, necesita un incentivo para seguir adelante. Y lo tiene justo ahí: su vocación, aquello a lo que ha consagrado la vida.

—Y hay más —continúa, animado por su reacción.

—¿Más?

—Un carabinero acaba de llamar. Asegura que conoce a la mujer del retrato robot. Y que vive en su bloque de viviendas en Bolonia.

—Tenemos que ir de inmediato.

—El inspector Carduccio ya está en marcha.

—No, Carduccio no.

—Tranquila, hará su trabajo.

—Lo estropeará todo —Barbara lo dice al tiempo que tira con fuerza de la cánula nasal y se la saca por encima de la cabeza. Después agarra el manguito de su brazo derecho con la mano contraria, pero vacila. Mira a Silvio a los ojos y habla en su tono más firme, el que denota que lo que expresa es una orden y no una petición—. Ayúdame con esto.

—¿Qué vas a hacer?

349

—¿Acaso no está claro? Escaparme. Busca en ese armario, seguro que ahí está mi ropa.

—Ni que estuviéramos en una película.

—¿Qué quieres decir?

—Que no hace falta que montes el numerito, no pueden retenerte contra tu voluntad. Pide el alta voluntaria y andando.

—Claro, pues gestiónamelo.

Silvio no puede reprimir una carcajada.

—Increíble. Has trincado a malhechores por todos los delitos del Código Penal y no conoces los derechos más básicos del paciente.

—Qué quieres, nunca vengo por aquí. No me gustan los médicos.

Él vuelve a ponerse serio.

—¿Seguro que te sientes con fuerzas?

—Sí —miente ella.

Y sabe perfectamente que no cuela.

—De acuerdo —dice Silvio tras tomarse su tiempo—. Yo te ayudo a salir de aquí y seguimos con el caso.

—Pues al lío.

—Con una condición.

Barbara exhala un suspiro. También sabe perfectamente lo que el policía va a pedirle.

—Que después volvamos al hospital y te pongas a disposición de los médicos. No puedes seguir así.

Hay un cruce tenso de miradas. Barbara quiere gritarle que quién se cree que es para meterse en su vida, para decidir por ella si está dispuesta a pasar por eso o prefiere pegarse un tiro y acabar cuanto antes. Pero le faltan las fuerzas para discutir. Además, en los ojos de Silvio no hay un solo resquicio para la negociación. Aun así, se debate durante un minuto completo antes de contestar.

—Está bien.

Solo entonces el policía abre el armario con las pertenencias de Barbara.

—Silvio.

—¿Sí?

—Dame primero el móvil. Con toda esta historia no le he enviado los retratos a la inspectora sevillana.

—Deja, anda. Ni siquiera en tu estado eres capaz de delegar. Daré una orden para que se los manden desde comisaría.

92.

Fito aparca el coche en el estacionamiento del Centro Penitenciario Sevilla I.

Al color cianótico de su rostro a causa de la pérdida de sangre se le suma la alteración propia del pánico. Las manos no paran de temblarle y siente que el aire le entra a tirones. Para colmo, por la radio se han enterado de la noticia del día: el barrio de su infancia no se inundó por casualidad. Alguien colocó una bomba que hizo saltar por los aires el lecho del río y, con él, toda la fuerza de sus aguas. Desde que Josele lo escuchó, no ha dejado de proferir improperios que sonrojarían al más rufián.

Pero incluso la importancia de ese hecho se ha visto relegada por una razón que no admite competencia: si a alguien le diera por abrir ahora el maletero del Volkswagen Golf naranja del subinspector, se toparía con el cuerpo inerte de un hombre envuelto de la cabeza a los pies.

No ha habido otra opción. El Matasanos exigía que se lo llevaran de inmediato, y con la misma inmediatez había que ponerse en marcha para que el juez no emitiera una orden de búsqueda sobre Josele. De modo que le redujo de nuevo y le metió por las malas en el asiento trasero del coche, con esposas incluidas.

Está a punto de cumplirse el tope del permiso carcelario, y a Fito le ha costado horrores hacer ver a su hermano que tiene que reingresar en prisión. Para que se calmara, ha tenido que jurar y perjurar que seguirá sus instrucciones, a saber: deshacerse del cadáver y no decirle nunca nada a nadie. Jamás. Según Josele, es la única forma de que no vayan a por ellos. Quién, cómo y por qué, eso se ha negado a contarlo.

Ahora Fito abre la puerta trasera y su hermano sale con un careto donde se dibuja la resignación. Sabe que es probable que no vuelva a pisar la calle.

Ambos se dirigen hasta el acceso, donde un vigilante comprobará sus datos. Aquí es donde Fito le libera de las esposas. Al igual que Josele, intuye que puede ser la última vez que se vean fuera de prisión. De modo que, sin pensarlo mucho, lanza sus brazos hacia el torso escuálido de su hermano y se aferra a él con todas sus fuerzas. Josele percibe la desesperanza en ese abrazo. Fito nunca podrá imaginar lo culpable que se siente. Se pasó toda la infancia y la adolescencia tratando de proteger a su hermano pequeño, pero desde entonces lo único que ha hecho es ponerle piedras en el camino. Y en los últimos días no es que la cosa haya ido a mejor. Se encontró a un subinspector de policía seguro de sí mismo y ahora abandona a un hombre roto, y, para colmo, con un marrón encima más grande que la torre Pelli. Hasta con su último gesto, el que acaba de realizar hace solo unos minutos y con el que pretende ser lo generoso que no ha sabido ser en todos estos años. Hasta con ese sabe que le está complicando más la vida. Pero Josele es incapaz de hacerlo mejor.

—Saldrá bien —murmura al oído de Fito.

Fito menea la cabeza, aún abrazado a él.

—Es como si alguien me hubiera echado un mal de ojo, joder. Una detrás de otra.

—No digas tonterías. Tú puedes con esto y mucho más. Haz lo que tienes que hacer y luego olvídalo, ¿de acuerdo?

Fito asiente sin convicción. En realidad todavía no ha decidido qué hacer: si ir directo a la Brigada, contar todo y entregar el cuerpo, o abandonarlo al anochecer en el descampado que Josele le ha propuesto. O, lo que es lo mismo, no sabe si traicionar a Paco o sus propios principios, lo único, más allá de ese achuchón desesperado, a lo que ahora mismo puede aferrarse.

—¡Venga, coño! ¿No veis que os estáis empapando?

El grito del guarda le saca de su ensimismamiento. Cuando se separa de su hermano, Fito permanece observando cómo arrastra los pies de regreso a su condena. En el último momento, Josele se voltea y le mira. Fito ve en el fondo de sus ojos algo parecido al cariño. Un cariño hecho a la medida de ese destripaterrones, de esa alma errante que es su hermano. El mismo cariño que se trasluce en el tono de sus palabras antes de penetrar en el recinto vallado y dedicarle la última frase que le oirá pronunciar:

—Debajo de la alfombra del asiento hay algo que ahora te pertenece. Utilízalo como mejor te venga.

93.

Fito siente un vahído y le parece que se va a desmayar.

Estupendo. Ahora tiene un cadáver en el maletero y un sobre a reventar de billetes de quinientos en el asiento de atrás. Si un compañero le parara, lo mejor que pensaría es que es un asesino a sueldo con el botín a cuestas. ¿En qué demonios estaba pensando Josele al dejarle la pasta ahí?

En algún momento de la noche, Paco ha debido pasarle ese sobre a su hermano. La charla interrumpida durante el funeral de su madre, las miradas cómplices que cruzó su antiguo jefe con Josele... Paco fue a aquel barrio a por droga, pero no solo a eso. Su hermano le pidió que recogiera el paquete por él. Cuando Josele le dijo que su antiguo mentor se hallaba en problemas, ya imaginó algo. Cuando llegaron a Los Pajaritos, lo dio por hecho. Cuando vio al antiguo inspector temblar como un yonqui, lo entendió. Estaba claro como la luz que trata de aventurarse entre las nubes. Pero, con el Loco debatiéndose entre la vida y la muerte, toda aclaración quedó pospuesta.

Ahora suelta un suspiro, guarda el sobre en la guantera y pone el motor en marcha. Dirección: Blas Infante, 2. La Jefatura Superior de Policía Nacional de Andalucía Occidental, el lugar donde va cada día a trabajar y en el que hoy le espera una tarea mucho más difícil. Porque no se ve capaz de cumplir la palabra dada a Josele. No, él no vale para eso. No piensa arrojar un cadáver a un descampado como un asesino. Le pedirá audiencia a Vargas y lo contará todo. Todo, de principio a fin. Y entregará las dos cosas, el muerto y el sobre. Aunque dé al traste con su carrera. Aunque destroce la vida y la reputación de su mentor. Aunque su hermano no se lo perdone en el tiempo que le queda de este lado del Aqueronte.

Está estacionando el coche cuando suena su teléfono móvil. Es Susi. Le ha llamado varias veces desde ayer, y lo único que ha obtenido de él es un mensaje explicándole que tenía que resolver un asunto con su hermano y que no se preocupara. Como si Susi no conociera a su hermano y esa frase en sí no le pudiera generar ya la suficiente angustia. Está a punto de no contestar tampoco ahora, pero en el último momento cambia de parecer. Seguro que Susi ya sabe lo del atentado del Tamarguillo y está nerviosa por él. De modo que pulsa el botón verde. Le dirá que Josele ya está de vuelta en prisión y su novia podrá respirar tranquila de momento. Ya le contará después, porque, por mucho que le pese, esto también le va a salpicar a ella.

—Susi, te iba a llamar yo ahora...

—¡Fito! Fito, ¿qué ha pasado? ¿Estás bien?

La voz de su novia denota un tono histérico que le descoloca. Ya está acostumbrado a que la Susi se entere siempre de todo, pero ¿hasta ese punto? Responde con tiento.

—Estoy bien, sí. ¿Por qué lo preguntas?

—¿Cómo que por qué? ¿No sabes nada?

—¿Nada de qué? ¿De la inundación?

—Inundación la que se nos va a quedar después de los bomberos.

—¿Qué? No te entiendo, cariño.

—Me avisó la Loli, he tenido que echar a las clientas y venir corriendo.

—¿La del segundo? ¿Qué ha pasado, Susi? —ahora es él quien le devuelve la pregunta. Comienza a asustarse de verdad.

—Han entrado en casa —gimotea ella—. Lo han revuelto todo y le han prendido fuego a nuestra habitación. Los bomberos están apagando las últimas llamas.

—Me cago en mi suerte.

La mente de Fito es invadida por el carácter supersticioso que nunca le ha abandonado del todo. Si tuviera tiempo, ahora mismo le pediría cita a la curandera a la que su madre acudía para que le rezara cuando le acompañaba una mala racha. El mal de ojo o lo que quiera que le hayan echado, que se lo saque de encima. Pero tiempo es justo lo que no tiene. De modo que hace lo único que puede hacer: dirigirse hacia su propia casa, donde su novia le necesita más que nadie.

94.

Camino despierta sacudida por un dolor intenso.

Está localizado en el dedo meñique de su mano izquierda. Se siente confusa, pero al abrir los ojos todo regresa a su cabeza. Enfrente tiene a Ramón con una tenaza en las manos. Unas gotas de sangre resbalan desde la herramienta. Cuando se mira el punto del que proviene el daño, se siente desfallecer: la uña no está donde debería. En su lugar hay un hueco sanguinolento. El miedo y la congestión cerebral se aúnan en un embrollo incomprensible y grita de pura angustia, aunque su voz sigue sin traspasar la barrera pegajosa que le sella la garganta.

—Lo que te estoy haciendo se llama oniquectomía. Como ves, consiste en extirpar las uñas. Algunos lo hacen con sus gatos domésticos.

Camino gesticula y se desgañita con tal ahínco que consigue hacerse entender por Ramón.

—¿Loco, dices? Puede. Tanto como todos esos que aseguran amar a su mascota pero les importan más las cortinas del salón. Pero míralo por el lado bueno: ya no tendrás que preocuparte por morderte las uñas.

La inspectora se agita, querría liberarse de las ataduras que rodean su torso, pero el cuerpo ni siquiera le responde. Cada uno de sus músculos sigue adormecido por los efectos del perno, y sin embargo, siente que su estómago se ha vuelto del revés y el dolor en la punta del dedo es tan intenso que se irradia hacia todo el cuerpo. El único músculo que le responde es el corazón, que aporrea su pecho con una fuerza descomunal. Se lo va a romper, el corazón le va a explotar dentro del pecho y la va a partir en dos.

Ramón sigue hablando, pero a ella le cuesta oír algo más allá de esos latidos. Solo ve cómo, impasible al sufrimiento, él le agarra la mano izquierda y continúa con el siguiente dedo. El anular.

Camino siente un nuevo ramalazo de dolor al tiempo que un rugido intenso proviene de alguna parte. Tarda en darse cuenta de que el origen es su propia garganta. Resuella. Las manos de Ramón aferran un nuevo dedo. Esta vez un aullido horrísono es capaz de traspasar la cinta, la mandíbula cerrada, y, ya mortecino, débil como un gemido, las paredes de esa sucursal del infierno.

95.

La inspectora se ha desvanecido por el dolor.

Pero es ese mismo dolor el que la trae de vuelta. Ahora hay tres huecos en su mano izquierda, de la que se vierte un goteo constante de sangre. Ramón no ha seguido extirpando uñas. La quiere despierta, no le va a permitir eximirse del sufrimiento. Después de todo, es para lo que la ha llevado hasta allí. Le ha arrojado un cubo de agua por encima y le ha arrancado el adhesivo de la boca.

—¿Qué? ¿Cómo vamos?

Ella no contesta. Está aprisionada a merced de un desequilibrado, y un sentimiento de desesperanza la inunda casi tanto como el propio dolor. Piensa en Evita, esa mujer única en la especie. De esas pocas personas que iluminan el espacio que habitan. Su sonrisa, su dulzura, su generosidad hasta para saber perdonar. No había término medio: odiarla o amarla. Entró en el equipo con mal pie, y sin embargo, todos tuvieron que acabar rindiéndose a su luz. Entiende que haberla perdido vuelva a Ramón loco de desesperación. Pero de ahí a esa venganza desalmada... ¿Llegó a intuir alguna vez Evita que dentro de su novio había tal oscuridad? ¿Sabía lo que podía ser capaz de hacer?

—Evita..., ella...

El gesto de él se crispa.

—¿Qué pasa con Evita?

—... ella no estaría orgullosa de esto.

Ramón le pega una bofetada tan fuerte que resuena en toda la estancia.

—¡No te atrevas ni a nombrarla!

Camino resiste el envite, chupa la sangre del labio partido.

—Perdió la vida por acabar con los asesinatos, con los sádicos... Si hubiera sabido que tú formabas parte de todo eso...

—¡No digas gilipolleces! Yo no formo parte de nada.

—¿Entonces es casualidad que me tortures como a los animales?

—Fue idea tuya, ¿recuerdas? Estabas convencida de que éramos capaces de ejercer esa violencia además de condenarla. —Una sonrisa amarga y siniestra se dibuja en sus labios—. Pues mira, al final te voy a tener que dar la razón.

La inspectora está cansada. Está cansada incluso de intentar ser comprensiva, apaciguadora, razonable. ¿Acaso se puede razonar con alguien así?

—Eres un puto enfermo mental —Camino escupe con odio cada una de las palabras—. Evita te habría puesto las esposas y te habría entregado sin dudarlo.

Ramón Tejero posa en ella esos ojos negros donde se mezclan el odio y la locura. Luego agarra la macheta de carnicero que tiene en su particular altar de elementos de tortura, vuelve hacia la inspectora, apunta a su cuello una, dos veces, como tomando impulso. Se retira unos centímetros y la observa fijamente.

—Podría matarte ahora mismo.

Transcurren los segundos más largos de la existencia de Camino Vargas.

Después Ramón se aleja, da vueltas por la habitación como si rumiara algo. De repente se gira y clava de nuevo los ojos en ella.

—Pero prefiero seguir con el plan —la voz suena gélida, determinada.

Se va hacia la mesa donde tiene el instrumental, vuelve con una hoja de bisturí.

—Hay otra cosa que a la gente le encanta amputar a sus mascotas. Sobre todo si es un terrier, un dóberman, un pitbull. ¿Lo adivinas?

Camino no puede disimular la cara de espanto y él asiente, satisfecho.

—Exacto. Otectomía o eliminación de los pabellones auriculares. Dicen que contribuye a mejorar su canon de belleza. —Ramón levanta en alto el bisturí—. Veamos qué tal te ves tú sin orejas.

Camino piensa que quiere morir ya. A la mierda, ella no es de esas valientes que soportan el dolor con estoicismo, que aprietan las muelas y aceptan lo que el destino les ha deparado. Ella quiere cerrar muy fuerte muy fuerte los ojos, tan fuerte que todo desaparezca de una vez y para siempre.

—¿Algo más que añadir antes de que procedamos?

Lo mira. Ramón blande el rollo de adhesivo delante de ella, dispuesto a amordazarla de nuevo.

Ella asiente, dice algo sin apenas fuerzas, tan bajito que Ramón tiene que acercarse para entenderlo. Camino podría haber optado por gritar con todas sus fuerzas en un intento desesperado de que alguien la oyera, pero en su lugar reacciona de forma aún más desesperada: da un fuerte empellón hacia delante y consigue alcanzar el rostro de Ramón al tiempo que abre la mandíbula. Sin pensárselo, apresa con sus dientes la mejilla de él. Siente la carne desgarrarse, su boca se llena de un líquido espeso con sabor a herrumbre y eso de alguna forma espolea su cólera, su miedo, su desesperación. La mandíbula se encaja, queda cerrada con un pedazo de la mejilla de Ramón dentro de ella, que se despega del rostro del hombre.

Un nuevo alarido llena toda la estancia, solo que este proviene de la garganta de Ramón. Camino escupe el fragmento de carne y ve cómo él se lleva las manos a la cara para cubrirse. De entre sus dedos escapa sangre a raudales. Los gritos de dolor de Ramón se mezclan con los insultos.

—¡Puta, me las vas a pagar!

Con un reguero escarlata tras él, sale de la habitación para tratar de detener la hemorragia. Camino ha conseguido su objetivo: dejarle momentáneamente fuera de juego. Pero sabe que volverá, y que la hará sufrir más de lo que es capaz de imaginar.

96.

Lupe y Pascual sorben sus cafés en silencio.

Ambos están sumidos en sus propios pensamientos dándole vueltas a cómo meter mano a la que tienen encima. Nunca el Grupo de Homicidios estuvo tan huérfano. Paco Arenas que renunció tras aquel tiroteo que le dejó una bala alojada en el cráneo, Águedo con su pata chula por creerse Mbappé, Fito con su madre recién enterrada, la plaza sin cubrir que fue de Teresa durante veinte años y después por unas escasas dos semanas de Evita. Y Camino sin aparecer. Mientras tanto, aumenta la indignación generalizada ante la explosión del canal. Ya se han convocado manifestaciones para la tarde de hoy pidiendo explicaciones a los gobernantes.

Pascual duda si compartir con Lupe sus temores sobre Camino. Para eso tendría que admitir que ha vulnerado las normas y, lo que es peor, que ha hecho vulnerarlas a un compañero. Pero quizá sea la única forma de salir de esa incertidumbre que le corroe por dentro. No llega a decidirse, porque Ángeles Mora entra en la sala de *briefing* presa de la ansiedad. En los últimos días ha sufrido una transformación portentosa: de la elegancia que la caracteriza a un rostro ojeroso sin maquillar, un pelo grasiento que recuerda más al de una indigente que a la responsable de la Policía Judicial, y una camisa a medio meter. Simplemente inconcebible.

—¡Vargas! ¿Dónde está Vargas?

Ambos policías la miran y remiran sin poder dar una respuesta.

—¿Se puede saber dónde se mete siempre esta mujer?

—No ha venido.

Es Lupe quien contesta.

—¿Qué, tenía otro asunto que aclarar? —dice la comisaria con su tono más agrio.

—No lo sabemos. No aparece desde ayer. Tiene el móvil apagado y no somos capaces de localizarla.

La comisaria no da crédito.

—¡La avisé! Se lo dejé muy claro, de esta no se libra.

—No creo que haya faltado por propia voluntad. —Pascual ha hecho acopio de coraje y mira fijamente dentro de los ojos de la comisaria.

Ángeles deja escapar su amargura en forma de sarcasmo.

—Y entonces qué, oficial. ¿A Camino le han puesto una pistola en la cabeza para que no venga?

—Quizá.

La sorpresa da paso al estupor, pero Pascual vuelve a hablar antes de que a ninguna de las dos mujeres le dé tiempo a abrir la boca.

—Déjeme que lo explique.

Cuando Pascual acaba de exponer su teoría, Ángeles se deja caer en una silla. Iba dispuesta a emplazar a sus efectivos en la búsqueda frenética de Daniel, pero ahora se encuentra ante uno de los mayores dilemas de su vida. ¿Debe obedecer a sus superiores y tratar de proteger la vida de ese joven de dieciocho años recién cumplidos? ¿O quizá debería destinar parte de los esfuerzos a averiguar si se encuentra bien su inspectora de Homicidios, la siempre exasperante Camino Vargas?

El ruido desacompasado y estridente del fax la saca de la disquisición. Pascual y Lupe se dejan hipnotizar por el chirrido. Cuando termina de imprimir la primera de las hojas, él la agarra de un manotazo.

—Es de Italia.

—¿De Italia? —dice Lupe con extrañeza.

—De la comisaría de Caravaggio. Donde investigan los asesinatos de la granja de visones.

Mora asiente con gesto sobrio. Lo que le faltaba.

—Lee en voz alta, por favor.

A Pascual le tiembla la mano que sujeta el papel. Luego de un carraspeo, se lanza a ello:

> *A/A inspectora Vargas:*
> *Por orden de la subdirectora de la Polizia di Stato Barbara Volpe se le remiten los retratos robot de dos sospechosos de una investigación en curso.*
>
> *Contamos con indicios claros de que estas dos personas están integradas en una organización criminal, por lo que se ruega su difusión a través de todos los medios a su alcance.*

Los tres dirigen la vista hacia el fax, que sigue trabajando esforzadamente. Finaliza con el primero de los retratos y comienza con el segundo. Mora se adelanta ahora a capturar el papel.

Es la imagen de un hombre feúcho, con pinta de malote de manual. El retrato muestra una mirada huidiza y oscura bajo unas cejas espesas y una sonrisa curvada hacia un lado encajada en una mandíbula de caballo. Su fealdad no contribuye a generar confianza, aunque nadie dijo que los guapos fueran los buenos. Ah, sí, el cine americano sí que lo dijo. Da igual, a estas alturas ella ya debería saber que los malos están en todas partes. En las familias ricas y en las pobres, en los rostros atractivos y en los que jode hasta mirar. El caso es que el tipo que han reconocido en Italia no le suena de nada, como tampoco a Lupe ni a Pascual.

—Pediremos que lo contrasten en los registros, por si acaso.

Mientras, el fax ha acabado su ruidosa tarea y la sala ha recuperado un silencio balsámico.

Mora toma el segundo retrato y sus dedos, su mente, toda ella queda congelada en ese instante.

Pascual y Lupe se dan cuenta de que ha empalidecido. Observa el folio con fijeza y al mismo tiempo parece estar a punto de desvanecerse.

—Comisaria, ¿se encuentra bien? Ni que hubiera visto un fantasma.

Por toda respuesta, Mora voltea el retrato y se lo muestra a Pascual. Efectivamente, es la imagen de un fantasma. Con un peinado diferente y unas facciones más serias de lo que recuerda, pero es ella. La policía que falleció en la cacería del caso Especie: Evita Gallego.

97.

Paco no recuerda la última vez que pegó ojo.

Lo más que ha logrado es un estado de somnolencia inducido por los efectos del caballo. Cuando Fito y Josele se llevaron el cuerpo inánime del Loco y aquel médico le echó de su consulta cochambrosa, se sintió la persona más huérfana de la tierra. En una mañana gris como su ánimo, en mitad de un descampado a pocos pasos del lugar donde ha provocado la muerte de un ser humano. Algo tan execrable que se siente incapaz de compartirlo con nadie. Solución: la fácil, o la única que supo ver. Se preparó un chino allí mismo y se lo fumó. Solo cuando apuró la última calada y comprobó que a esa hora Camino ya debería estar en la Brigada, emprendió el regreso. Lo que ignoraba es que ella tampoco había ido por casa aquella noche. Ni que transcurriría todo el día sin noticias suyas, que llegaría la noche y seguiría sin aparecer. En el fondo, hasta lo agradeció. Camino notaría que algo iba mal nada más verle y no se siente ni remotamente preparado para afrontarlo. En todas esas horas de soledad, Paco tuvo demasiado tiempo para darle vueltas a lo ocurrido. Pensamientos nebulosos, mezclados con fantasías y pesadillas en duermevela, pero todo alrededor del mismo tema: el hombre al que ha arrancado la vida. En defensa propia, de acuerdo. Pero una defensa que nunca habría sido necesaria si no hubiera acudido a ese barrio, si no se hubiera drogado, si hubiera sido él, Paco Arenas, en lugar del fantoche en el que se ha convertido.

Una vez, no hace mucho, se prometió no volver a ser un cobarde nunca más. Fue entonces cuando por fin dio el paso con el que tanto había soñado: declarar su amor a Camino, separarse de Flor, irse a vivir con la mujer que amaba para estar junto a ella todo el tiempo que fuera posible. Camino le acogió con los brazos abiertos, demostrándole cuán privilegiado era al ser correspondido. Ahora sabe que la única forma de devolverle esa confianza es ser sincero. Contarle que encontró el caballo en el cajón de su cómoda, que se lo metió todo, que se ha enganchado, que está en un pozo sin fondo en el que sigue cayendo más y más, y que con cada acto se le hace más difícil volver a la superficie.

Eso es. Cuando Camino aparezca, se sincerará. Suena el teléfono y se abalanza sobre él con la esperanza de que sea ella. Pero la voz que oye es la de Pascual. De nuevo Pascual, como anoche. Al escuchar lo que le cuenta el oficial, mira los restos de heroína deseando que esto también sea una alucinación más. Sin embargo, Paco Arenas aún es capaz de separar la realidad de lo que no lo es. Y ahora sabe que, cuando crees que ya no puede haber más metros de caída, se abre un nuevo, insondable abismo.

«Ella no, por favor. Si le ocurre algo a ella, entonces sí que no salgo del pozo». Solo el hecho de pensarlo ya le hace sentir enfermo, le fallan las piernas, un puño de hierro le aprieta los pulmones y el estómago. El dolor de cabeza, el de la pierna y el brazo, todo se intensifica a un nivel demencial. Lo peor, sin embargo, es la desazón. «El último, es el último, lo prometo».

Pero pasarán las horas, y no habrá noticias, y ese último se convertirá en el penúltimo, y luego en el antepenúltimo. Y Paco no será más Paco, la lucidez encontrada en algún momento de la noche se habrá llevado los pocos restos que le quedaban de sí mismo y ahora será una piltrafa que tiembla de arriba abajo, tirada en el sofá, y que no deja de mirar las rebañaduras de heroína encima de la mesa.

De fondo, la televisión emite los dos temas estrella: el atentado de Torreblanca y el secuestro del niño rico. Saltan del uno al otro como si de una pelota de tenis se tratara. Ahora aquí, ahora allá. También muestran los retratos robot de dos posibles implicados. Pero nadie menciona lo único que a él le importa, que ha desaparecido una mujer, una mujer que es inspectora de policía, que estaba tratando de ayudar en los dos casos, que es bruta y desmañada y grosera a veces, pero que tiene un corazón muy grande, porque solo un corazón así puede amar a alguien como él.

98.

La unidad contraincendios está aparcada frente al portal.

Fito localiza a Susi. Tiene a la perra entre los brazos y está rodeada por varias vecinas. Baja del coche y corre a su encuentro.

—¿Cómo está Rumba?

—Bien, hoy me la había llevado a la pelu.

Él suspira aliviado. Bendita costumbre la de su chica, aunque haya perdido algunas clientas a causa de tener a la maneta por allí remoloneando. Mira hacia arriba, y Susi adivina la siguiente pregunta.

—Los bomberos ya han conseguido sofocarlo. Dicen que se ha iniciado en el dormitorio. Las cortinas y las sábanas ardieron, y luego prendió el resto. La cama, los armarios..., qué desastre, Fito, qué desastre.

Su novia se sorbe los mocos, compungida. Fito quiere seguir preguntando, pero uno de los bomberos se dirige a él.

—¿Es usted Adolfo Alcalá, el propietario de la vivienda?

—Junto con el banco y con ella —dice señalando a Susi.

—Debo comunicarle que el origen del fuego ha sido intencionado.

Es mal de ojo. Tiene que serlo. Porque así todo este sindiós cobra algo de lógica. Una lógica crédula y agorera, pero lógica al fin y al cabo. Al menos para él.

—¿Me oye? —el bombero reclama su atención.

—Sí, sí. Intencionado.

—Eso es. Daremos parte a la policía para que se instruya el procedimiento oportuno.

—Yo soy la policía.

—¿Usted qué?

—Soy policía, así que yo mismo me encargaré —dice recomponiéndose, al tiempo que extrae su placa y se la muestra al bombero.

El hombre no parece impresionarse.

—De todas formas hay que seguir los cauces. Imagino que tienen contratado un seguro.

Fito asiente con la cabeza.

—Querrán poner en marcha una investigación para determinar si han tenido algún tipo de responsabilidad en el siniestro y...

—¿Insinúa que hemos sido nosotros? ¿Que hemos quemado nuestra propia casa? —interviene Susi.

—Yo no insinúo nada, me limito a informarles del procedimiento. En el caso de que el tomador de la póliza haya sido el causante de forma intencionada, el seguro no cubrirá nada.

Susi se exaspera.

—Por favor, qué absurdo. Mi pareja es subinspector de Homicidios. Ha metido a muchos delincuentes en la cárcel. Está claro que alguien ha querido vengarse.

El bombero los mira de una forma diferente. En sus ojos hay un brillo que lo mismo pudiera ser de reconocimiento como de miedo. En todo caso, cambia el tono y el asunto.

—Siento mucho lo ocurrido. Afortunadamente, gracias al aviso de su vecina y la rápida intervención, no se ha propagado al resto de las habitaciones. En breve podrán ocupar su vivienda de nuevo.

* * *

Llueve sin tregua y todo se ve difuso. El cielo es de un gris cansado al que contribuye el humo oscuro que sale de las ventanas del apartamento. Susi y la perra se han refugiado en el coche mientras Fito acaba de arreglar todos los asuntos con el operativo desplegado frente a su portal. El pensamiento de Susi está anclado en los muebles del dormitorio. Cuántas veces hojeó las revistas de diseño fantaseando con una cama como aquella, con el cabecero de cuero acolchado color alabastro y el canapé de terciopelo en el mismo tono. Sus cortinas blancas de un algodón vaporoso, su tocador de ensueño, la alfombra beis que aporta calidez a la habitación... Y eso por no hablar del armario, y, sobre todo, de lo que había dentro de él. Su lencería, sus trajes de fiesta, su colección de zapatos... El último vestido que se compró. Le costó un ojo de la cara y ni siquiera lo había estrenado aún. Se pasa el día encerrada en esa peluquería y el poco tiempo semanal que tiene de descanso a menudo coincide con guardias de Fito. Solo trabajar, trabajar y trabajar para mantener un buen tren de vida que ni siquiera logra disfrutar después. Qué injusticia. Ella siempre ha sido creyente, no supersticiosa como su novio, no, creyente de las que no faltan a la iglesia un domingo, de las de medallita de la Virgen siempre cerca del pecho, de las de la estación de penitencia el Sábado de la Pasión y de las que lloró de pura dicha cuando hace unos años su hermandad tomó la alternativa y el Cautivo fue a la catedral a presidir el Vía Crucis de las Cofradías. Pero a su Dios nada de eso parece importarle. No hay más que ver cómo ha dejado morir a su suegra, qué barbaridad. Y ahora esto. Tanto sufrimiento para nada. En esta vida solo cuenta el maldito dinero y eso no hay forma de conseguirlo. «¿Eh, Dios? Eso no cae del cielo. No para gente como nosotros. Porque cuando por fin Fito tiene un buen sueldo y la pelu empieza a tirar p'alante, cuando por fin podemos permitirnos algún que otro capricho, vienes con las rebajas. Y nos lo quitas todo, coile, nos los quitas todo. Ya podía haber sido al revés. Ya podías darnos una puñetera alegría alguna vez. Un puñetero golpe de suerte. Tampoco era tanto pedir, vamos, digo yo».

Un nudo le bloquea la garganta y se da cuenta de que está llorando. Abre la guantera en busca de un paquete de clínex, pero lo único que ve son los papeles del coche, cedés antiguos y cacharrería diversa. Revuelve tratando de encontrar algo con que limpiarse: aparece un cargador de móvil, un conversor de mp3 que nunca llegaron a usar, un soporte de teléfono que se rompió hace mucho y allí quedó olvidado... «¿Y esto qué es?», mascula al ver un sobre marrón que permanece escondido bajo todo lo demás.

Los ojos casi se le salen de las cuencas al abrirlo. Está lleno, lleno a reventar de billetes de quinientos. Los *binladens*, esos que dicen que existen pero que nunca se ven. Ahí están, todos juntitos. Mira hacia arriba buscando el perdón divino por su arrebato anterior, pero se topa con el techo del coche. Luego escruta a través de las ventanillas para asegurarse de que nadie más ha visto lo que ella. Guarda otra vez el sobre en la guantera y permanece sentada, muy recta y muy quieta, casi conteniendo la respiración. Si algo tiene claro es que ella no se va a separar de ese sobre ni un segundo. Tanto si es cosa de Dios y de la Virgen como si no.

99.

Ramón aprieta un trapo contra su mejilla.

Está empapado en sangre, que no deja de manar. Coge la toalla de manos y la coloca sobre el trapo, presionando a su vez. Enseguida el rojo tiñe también el tejido de rizo blanco. Esa zorra le ha arrancado un trozo de carne. Necesitaría coser la herida, pero no tiene ni el material ni los conocimientos. En la Escuela de Práctica Jurídica no te enseñan a vértelas con caníbales. Claro que tampoco te enseñan a arrancar orejas. Hay ocasiones en que toca aprender sobre la marcha. De modo que va a la habitación, rebusca en los cajones de la cómoda hasta que da con uno de esos kits de costura que uno siempre tiene en casa aunque jamás use, y toma hilo y aguja.

La puñetera hebra se le escapa una y otra vez. Es imposible meterla en ese ojal diminuto. Se desespera, aúlla de dolor y de frustración y vuelve a probar. Un intento, dos, siete, ciento cuarenta y ocho mil. Quién fue el retorcido que inventó esto. Y, entre tanto, el móvil que no deja de sonar desde algún rincón de la casa. Le está sacando aún más de quicio, lo estrellaría si lo tuviera a mano, pero a saber dónde lo dejó. Sigue en el empeño y, cuando cree que no lo conseguirá, milagrosamente el hilo penetra en el ojal. ¡Sí! La euforia le invade por unos segundos, mezclada con la adrenalina y el dolor sordo de la mejilla en una combinación extraña. Respira, trata de calmarse, lo remoja todo bien en Betadine con cuidado de no desenhebrar el hilo y se sitúa frente al espejo.

Qué ingenuo pensar que había conseguido lo más difícil. Clavarse la aguja es doloroso, pero traspasar la carne, sentir cómo el hilo la atraviesa y seguir tirando para luego acometer una nueva perforación del otro lado, eso es lo jodidamente penoso. Daría lo que fuera por agarrar una botella de aguardiente y tragar hasta anestesiarse. Pero él no bebe alcohol, se lo tiene prohibido, hasta le ponía malas caras a Evita cuando traía una botella de vino ecológico a casa. Tampoco puede recurrir a los medicamentos, porque todos los testan en animales y hace mucho que dejó de comprarlos. Infusión de sauce, eso es lo único que tiene. Mierda de convicciones, para qué carajo le han servido. Exhala fuerte, grita una vez más y pasa de nuevo la aguja. Y así, entre la sangre que sigue manando, el sudor que le resbala desde la frente y las lágrimas que brotan por el insoportable dolor, unos minutos después ha acabado la tarea. Observa el resultado en el espejo. Es una chapuza lamentable, pero al menos ha logrado contener la fuga en masa de sus glóbulos rojos.

Árnica, acaba de recordar que también tiene árnica. Va a la cocina a buscarla y al entrar da una patada a algo. Es el móvil, que se ha caído de tanta vibración. Antes de que se agache a recogerlo, comienza a dar la matraca de nuevo. Es la pesada de Yasmina. Quién si no, si hace mucho que todos sus colegas se cansaron de llamarle. Ella no, ella sigue insistiendo, a pesar de haber intentado quitársela de en medio de todas las formas, algunas más educadas que otras. La llamada se cuelga y en la pantalla ve una notificación de mensaje junto con las llamadas perdidas. Procede de Yasmina también, pero la urgencia de sus palabras le hace desbloquear el móvil y leer el contenido completo en un gesto a medias entre la inercia y la curiosidad.

Cógeme el teléfono, por favor. Necesito saber si estás bien. He visto lo de Evita en la televisión, está en todas partes.

Ramón da un respingo al ver escrito ese nombre. Qué hace Yasmina mentándola, cómo se atreve esa también.

Y qué es lo que pretende decir, no entiende nada. Ahora no es inercia, sino una especie de automatismo el que le lleva a encender el televisor y a cambiar de canal hasta dar con la noticia a la que se refiere Yasmina. Y es ahí, en una tertulia regional, donde ve las imágenes de los retratos robot. Y es también ahí cuando el mando se le cae de las manos y acaba estampado en el suelo de la cocina. Como su corazón, que también se acaba de estampar y aún no sabe bien contra qué.

100.

A Carduccio no le ha sentado bien que le mande de regreso.

Pero si para algo no está Barbara ahora es para sensibilidades con el orangután de la comisaría. De esto se va a ocupar ella personalmente, ya lo cree que sí. Ha recorrido junto con Silvio los doscientos kilómetros que separan Bolonia de Milán, y en estos momentos están aparcando en un barrio de las afueras de la ciudad roja.

El carabinero los espera en la entrada del edificio. Podría llevar ahí horas o minutos, pero no hay impaciencia en su expresión. Saluda con ademanes castrenses pasando por alto las pintas de la subdirectora y su extraño cabello azul. A continuación, les pide que le acompañen a su piso, donde los invita a sentarse y les cuenta las novedades.

—Tenía tres días de descanso y me incorporé ayer. La reconocí en cuanto la vi en los carteles.

—¿Al otro tipo no?

Silvio ha tomado las riendas y Barbara le deja hacer. Sabe que ha de medir bien sus esfuerzos.

—No me suena, pero eso no significa que no haya venido por aquí. Con este trabajo no paro mucho, ya saben, y siempre entro y salgo por el garaje. Ni siquiera conozco a la mayoría de mis vecinos.

—Pero a ella sí.

—Tiene una bicicleta increíble —responde el carabinero.

Barbara arruga la frente en demanda de una explicación.

—Soy un loco de las bicis. La mía es una Trek X-Caliber 8, una *cross country* muy digna. Pero es que mi vecina está a otro nivel: va por la vida con una bici de bambú.

—Ajá.

La subdirectora asiente. Qué otro vehículo iba a usar una fanática del ecologismo.

—Y no es un modelo cualquiera, ¿eh? Es de una marca diseñada en Gana. Ligerísima y con más resistencia incluso que el acero. Se me van los ojos cada vez que la veo pasar.

—¿A la bicicleta o a la vecina?

A Silvio se le ha escapado el comentario, y Barbara gruñe al oír la machotada, más propia del inspector Carduccio que de su lechoncito. Luego se da cuenta de que lo ha dicho sin pensar y ahora está más colorado que nunca. Respira hondo antes de redirigir la conversación.

—¿Sabe cuál es su piso?

—Lo he buscado en un acta de la comunidad de vecinos. La plaza de garaje, la veintisiete, corresponde al portal dos, cuarto D.

—¿Propiedad de?

—Giuseppe Lombardi. Pero es un piso alquilado, vive ella sola.

—¿Cómo puede estar tan seguro?

—Por el buzón. Se llama Laura. —El carabinero sonríe ufano de su propia audacia.

—Buen trabajo —dice Barbara—. Pásele el nombre completo a mi compañero, que lo cotejen en el sistema. Y ahora vamos a ver qué nos cuenta esa tal Laura.

* * *

Un primer timbrazo comedido no produce efecto. Un segundo, más largo, va colmado de impaciencia. Ahora lo que suenan son palmetazos en la puerta, seguidos del vozarrón del carabinero.

—¡Laura! ¡¡¡Laura, abre!!!

Se abre una puerta, pero no es la del cuarto D, sino la que está pegada a ella, cuarto C. Aparece una señora más vieja que el mundo.

—¿Se puede saber qué es ese ruido? Estoy en mitad de una videollamada con mi nieta. Paren o llamo a la policía.

El carabinero va a explicarle cómo están las cosas, pero Barbara le refrena con un gesto. No quiere asustarla. Aún no es tiempo de poner esos puntos sobre esas íes.

—Estamos buscando a la mujer que vive aquí.

—No está.

—¿Cómo lo sabe, señora...?

—Montanari. Fulvia Montanari. Y lo sé porque hace tres días me pidió que le cuidara las plantas. Tiene un huertito maravilloso en el balcón. ¿No lo han visto desde la calle?

—¿Sabe dónde se ha ido?

Es Barbara quien lo pregunta. Siente una presión en el pecho que conoce muy bien. No tiene que ver con su enfermedad, sino con el ansia ante una pista que la acerca a un sospechoso a la vez que este se le resbala de entre los dedos.

—De vacaciones, supongo.

—¿Por cuánto tiempo?

—No tengo ni idea.

—Le está regando las plantas, señora Montanari —interviene el carabinero—. ¿Cómo no va a saber cuándo vuelve?

La anciana le mira como si reparara en él por primera vez. Tras unos segundos de escrutinio, habla de nuevo.

—Tú eres del portal dos, ¿no? El que tiene el piso encima de la farmacia.

El carabinero asiente estupefacto. Él no ha visto a esa mujer en su vida.

—Los jóvenes no reparáis en nada —dice ella como si le hubiera leído el pensamiento—. Pero yo te veo todos los días fumar en el balcón. Y tirar la colilla para abajo cuando crees que nadie se da cuenta.

Ahora es el carabinero quien se pone rojo como una sandía.

—Laura —recuerda Silvio—. Hablábamos de Laura.

Ella le dirige una mirada censora, molesta por la interrupción. Quería ver cómo reaccionaba el maleducado de los cigarritos.

—Pues no, no sé cuándo vuelve. Me da las llaves cada vez que se va, yo me paso a regar y, cuando está de regreso, viene a casa a recogerlas y me trae un regalito. Fin del intercambio.

—Está bien. Vamos a necesitar esas llaves.

Barbara saca la placa policial antes de que a Fulvia le dé tiempo a replicar. Ahora sí toca, no hay tiempo que perder. Con gesto cansado, la anciana la toma entre sus dedos nudosos y la examina durante unos segundos. Después le clava una mirada hosca.

—Esa placa está muy bien. Yo diría que incluso es verdadera, aunque soy una pobre vieja que no entiende de esas cosas. Si me la quieren dar con queso, me la dan.

—Señora, es verdadera y usted está en la obligación de obedecer a las fuerzas de seguridad.

—Van a necesitar algo más que eso para que traicione la confianza de una vecina. Y no me vengan con que podrían ir a por una orden judicial pero perderían un tiempo precioso y todo eso. Tengo el culo pelado de ver series de policías en el sillón.

Barbara se apoya en la pared y deja hacer a su compañero con un temple desconocido en ella. La realidad es que no puede con el cuerpo, por mucho que le fastidie aguantar de pie menos que esa vieja centenaria.

—Ya tenemos la orden —dice Silvio, tendiéndole a Fulvia un documento que ha sacado de la carpetita que siempre le acompaña—. ¿Le vale o quiere que llame al juez y habla usted con él?

La mujer se ajusta las gafas e, ignorando la retranca, aleja el papel todo lo que los brazos le dan de sí y lee con atención. Con demasiada atención.

—Ustedes ganan —dice al fin—. Voy a por esa llave.

Barbara observa cómo la mujer rebusca en un cajón de la entrada. Hay unos veinte llaveros revueltos. Se ve que es la señora que nunca se mueve de casa y a la que todo el vecindario le endilga las macetas, el pienso del gato y los peces de colores. Por lo menos Laura le trae algún obsequio.

—Dígame una cosa, señora Montanari. ¿Cómo son esos regalitos que le compra su vecina?

—Siempre me trae gastronomía de su tierra.

—¿Que sería?

—Un poco de todo. Pimentón de la Vera, aceitunas gordales, unas yemas de Ávila... O una botella de Chinchón. Ese fue mi regalo favorito. Siempre lo dejo caer para que repita, pero no se entera...

—Espere, espere. ¿Laura es...?

—¿Española? Claro. No me diga que no lo sabía.

101.

A Camino le duele todo.

Empezando por los huecos de uñas que faltan en su mano izquierda y siguiendo por la cabeza, el estómago, el pecho. Trata de sobreponerse y analizar con visión pragmática la situación en la que se encuentra. Ramón ha salido aullando por el mordisco, pero volverá en cuanto se recupere. Está cautiva y no dispone de mucho tiempo para que eso cambie, pero ¿cómo? Ramón la tiene atada a la silla, y en las muñecas le ha colocado sus propias esposas. Aparte del corcho y los elementos de tortura, no hay mucho más de lo que pueda servirse en esa habitación. ¿Cuánto tiempo llevará ahí? Quizá estén preocupados por su ausencia. O quizá no. Entre la riada, la cuenta atrás de Daniel y toda la que hay montada en Sevilla, que alguien se pregunte dónde está ella y concluya que hay que localizarla sería casi un milagro. Quizá Paco... Pero la noche anterior no pasó por casa, y puede pensar que es otra más. Sobre todo tras aquella pelea. Los ojos se le humedecen ante el recuerdo, y eso espolea su determinación. No puede permitir que sea el último recuerdo que Paco tenga de ella.

Forcejea con las esposas, aunque sepa de sobra que el diámetro está concebido para ajustarse a la muñeca. La presión del metal le hace daño, pero es un daño ínfimo comparado con el ardor que siente en las terminaciones nerviosas de los tres dedos en los que Ramón le ha amputado las uñas. También es ínfimo en comparación con la adrenalina que carga su cuerpo como única herramienta de supervivencia. Sigue tirando y tirando con denuedo. Vamos, ella es de manos pequeñas. Tienen que caberle. Además, la sangre que ha manado de sus dedos y le empapa manos y muñecas ejerce una función lubricante.

Oye gritos del otro lado de la pared. Es Ramón. Se pregunta qué demonios le pasa ahora, pero no hay tiempo para detenerse a pensar en una respuesta.

Cambia de técnica. Coge impulso y se tira al suelo con la suficiente fuerza para que la silla plegable se parta. Lucha con su propio cuerpo en posiciones y estiramientos imposibles, más propios de un maestro yogui que de la inspectora rellenita que ella es. Tras mucho esfuerzo, logra desenredar la cuerda que ata sus pies. Ahora se levanta con torpeza, venciendo el agarrotamiento de sus músculos, los temblores en las piernas que amenazan con dejarla caer, las miles de agujas en su cabeza que aún sufre los efectos de la concusión. Va hacia la mesa con las herramientas. Ramón no ha escatimado en gastos, ahí está el instrumental completo de un quirófano. Se pregunta si piensa utilizarlo todo con ella. Necesita algo para introducir en la cerradura de las esposas. Escoge unas pinzas de disección con la punta curvada, pero tras varios intentos se da cuenta de que son demasiado gruesas. Las cambia por un estilete y comienza de nuevo a manipularlo dentro de la cerradura. Es un proceso que puede llegar a ser muy lento, y ella lo que no tiene es tiempo. No lo está consiguiendo, no va a poder. Oye otro grito terrorífico y el estilete se le cae de las manos. Se agacha para cogerlo con un gañido de frustración. Justo cuando lo alcanza, escucha el sonido de unos pasos acercándose. Ramón vuelve a por ella.

* * *

Cuando Ramón entra en la estancia, sus ojos topan con un estilete a un palmo de su cara.

Lo sujeta Camino con ambas manos, que siguen apresadas.

—¡Quieto ahí!

En condiciones normales, le bastaría una bofetada para quitarla de en medio. Pero esto dista mucho de unas condiciones normales. Para estupefacción de Camino, Ramón aparta el estilete con un brazo indolente, la mira con ojos vacíos de contenido y se deja caer hasta quedar sentado en el suelo. Con la espalda apoyada en la pared, habla a Camino desde abajo. Su voz emerge con un tono ronco.

—Evita está viva.

—¿Qué dices?

—Está saliendo en la tele. Ahora.

—¿Evita? ¿Has perdido el juicio?

Pues claro que lo ha perdido, se contesta la inspectora ante sus manos ensangrentadas, las muñecas esposadas, el estilete que aún sostiene y que ese hombre pensaba usar contra ella.

—Ve a verlo tú misma. —Ramón señala en dirección a la puerta, y después deja caer los párpados como si eso fuera todo.

Camino no pierde el tiempo. Sale al pasillo, cierra la puerta tras ella y echa la llave. Luego manipula con el estilete hasta que, tras otros mil intentos infructuosos, por fin queda liberada de las esposas. Solo entonces se adentra por el piso. Desde la otra punta suena un televisor. Hay una tertulia de esas vespertinas en las que solo se escucha al que levanta más la voz. De fondo están reponiendo las imágenes de Torreblanca arrasada por el agua. Busca hasta dar con el móvil de Ramón. Comprueba que está bloqueado, pero siempre se puede llamar a emergencias, que es justo lo que está a punto de hacer cuando las imágenes de la televisión cambian y la voz de la presentadora la distrae de su maniobra.

Antes de irnos a publicidad, volvemos a difundir los retratos robot de dos personas que podrían encontrarse

*implicadas en las tragedias que se vienen sufriendo en la
ciudad de Sevilla. Si alguien los reconociera, le rogamos
que se ponga en contacto con el número que aparece en sus
pantallas.*

La forastera, la mujer que con tanto ahínco lleva días
persiguiendo. Por la que le pidió a Barbara que hicieran esos
retratos robot que el secuestro de Ramón le ha impedido
ver antes. Al fin la tiene delante. Pero resulta que el rostro
que contemplan sus ojos es el último que jamás habría esperado. Entonces comprende que está delirando, que nada de
esto es real. No ha escapado de Ramón y no está viendo lo
que está viendo. Ha debido desmayarse y está soñando, inconsciente. Porque ve a menudo a esa persona, pero solo de
noche, en sus sueños. Es el único lugar en el que ya es posible que Evita se le aparezca.

102.

La inspectora cierra los párpados con fuerza.

A su mente vienen imágenes de Evita como en un carrusel: el primer día que entró en la Brigada, con una infusión de roiboos en las manos y una sonrisa de colegiala en la cara. La primera vez que se la llevó con ella en el camuflado, lo poco que soportaba ese optimismo irredento y esa inocencia suya, la visita al matadero que les revolvió el cuerpo a las dos, el santuario de animales y el hallazgo de las gallinas liberadas..., las carcajadas de Evita cuando se enteró de que Camino tenía una granja de hormigas..., el día que Camino corrió hacia su casa pensando que Ramón podría hacerle daño y se los encontró a ambos dispuestos a ayudar.

Sonríe al recordar el mal pie con el que Evita entró en el Grupo de Homicidios. En eso, y en muchas más cosas de las que nunca llegó a reconocer, se sentía identificada con la joven. A Camino también le costó mucho hacerse con el favor del equipo. Aunque, al contrario que a ella, a Evita sí parecía afectarle, pues, a pesar de sus intentos de ser una más, todo le salía mal. Dejar a Águedo con el culo al aire en uno de sus escaqueos, ser llevada en su primer caso al escenario del crimen, que la mismísima comisaria estuviera orgullosa por la forma en que «la niña» se había comportado, darles a todos sin pretenderlo una lección sobre el *modus operandi* del criminal. ¿O acaso sí que lo pretendía? Camino ya no sabe qué pensar, pero las imágenes de Evita siguen pasando por su cabeza a un ritmo vertiginoso. El día que los indicios la llevaron a desconfiar de ella y la retiró del caso, el momento en que reingresó en el equipo y todos le pidieron perdón por la forma en que unos y otros se habían comportado, su valentía a la hora de presentarse voluntaria para ir a la cacería a salvar a Paco. Y luego su cuerpo inerte, su sangre empapando la tierra seca, los ojos que ella misma cerró al aceptar que nada podía hacerse ya.

Después vino el entierro. Se concentra en rememorarlo: una mañana fría en un ventoso cementerio a las afueras de León. Ha pasado poco más de un mes, pero el tiempo se ha estirado como goma de mascar. Se ve a sí misma. Permanece de pie en un segundo plano con su uniforme de gala. Tiene la boca seca y una bola en la garganta y lo observa todo con una confusa sensación de irrealidad. Una señora de unos sesenta años solloza sin tregua frente al ataúd. Tiene la mano entrelazada a la de una chica delgada y bajita, que se la aprieta con fuerza. A pesar del maquillaje, de la forma de vestir diferente e incluso del peinado, la similitud con la fallecida salta a la vista desde el primer instante.

Camino da un respingo. Abre los ojos buscando el retrato hecho por ordenador, que sigue en la pantalla.

—Eres clavadita a ella, hija de puta.

Al pronunciar esas palabras comprende en toda su magnitud lo que eso conlleva. Ni ella está dentro de una de sus pesadillas ni esa mujer es un fantasma. Es alguien que ha estado metida en esto desde el principio. La mujer misteriosa. La castellanoleonesa que habla español, pero con un acento que alguien como Almudena Cruz no dudaría en calificar de forastero. Y que alguien como Marta Martínez no dudaría en afirmar que es español. Laura Gallego. Una mujer cuyo parentesco abre nuevos interrogantes.

Y, si hay alguien que puede resolverlos, está al fondo del pasillo, encerrado en el cuarto de tortura que había preparado para ella. Solo que ha habido una inversión de roles. Ahora es Camino la que tiene el control.

103.

—No es Evita.

Ramón sigue sentado en el suelo, en el mismo lugar en el que le dejó. Tiene los ojos cerrados y ni tan siquiera parece haberla oído. Es como si hubiera entrado en un estado inerme del que no es capaz de salir.

—¿Me has oído, Ramón? Te he dicho que no es Evita.

Los párpados se entreabren, pero tras ellos solo se vislumbra una mirada perdida de pupilas dilatadas. Un temblor le recorre el cuerpo, el sudor le cae por la frente y los labios empiezan a tornarse violáceos. *Shock* de libro. Camino piensa en soltarle un guantazo para hacerle reaccionar. Ganas no le faltan, pero al final se decanta por la vía de la oratoria.

—Evita está muerta, Ramón. Los dos la vimos en el ataúd, ¿recuerdas?

—Yo... Yo..., la televisión...

—Lo que has visto es solo un dibujo de ordenador. Quien está detrás de la red criminal no es Evita, sino la mujer que más se le parece en el mundo.

Poco a poco, la cabeza de Ramón se levanta y sus ojos se clavan en los de la inspectora buscando asegurarse de que no le está tomando el pelo. Pero, cuando uno sabe que todas las piezas encajan, en realidad no necesita más confirmación que la que le dicta su propia mente. Pues claro. Cómo ha podido caer en esa confusión tan absurda.

—Laura.

—Sí. Y ahora vas a salir de esa empanada mental que tienes y vas a decirme todo lo que sepas de ella.

—Es su hermana.

—Eso ya lo sé, tarugo.

A que le arrea el tortazo al final. A que se lo arrea.

—Venía a menudo por Sevilla.

—Pero si vivía en Bolonia...

—Hay vuelos *low cost*. Se los pillaba de vez en cuando para pasar el fin de semana.

—¿Tan unidas estaban las hermanas?

—Qué va. Lo que pasa es que hizo amigos por aquí.

—¿Qué amigos?

—No sé, no nos contaba mucho.

Camino le coge por el cuello de la camisa.

—Ya basta de tonterías. Si Evita murió fue por culpa de esa gente, ¿te enteras? Y ahora puede morir otro chico.

Los ojos de Ramón se pierden en la pared de enfrente. Incluso con los zarandeos de Camino, tarda en reaccionar.

—Era su cumpleaños. Le organicé una fiesta sorpresa y conseguí que su hermana viniera desde Italia. Como Evita todavía no conocía a mucha gente en Sevilla, invité a mis compas del curro. Lo pasamos muy bien.

—¿A los de la protectora? ¿Quiénes exactamente?

—Salomé, Álex, Uriel... Todos menos Yasmina, que dijo que estaba mala. Era mentira, claro. No quería hacer nada por Evita —dice con rencor.

—No te vayas por las ramas.

—Fue con él con quien más conectó Laura, a los demás no les hizo ni caso. Se pasaron toda la noche hablando.

—¿Álex? ¿El barbudo de la oficina de prensa es quien está detrás de todo esto?

Camino recuerda al periodista con pinta de *hipster* y ojos azules tras unas gafas de aviador. El que la instruyó sobre el vocabulario antiespecista y le hizo ver que era más puta que las gallinas. Lo cual se limitaba a confirmar lo que otros muchos ya habían pensado antes. Pero Álex también fue quien aseveró que aquel diente por diente del Animalista no ayudaba en nada a la causa, que no podía provenir de alguien de adentro. «Puto falso», mascula para sí.

—No, a Álex ni le miró —aclara Ramón—. Quería decir con Uriel.

—¿Uriel? ¿El de la silla de ruedas? ¿Ese pánfilo?

Ramón asiente.

—Es bastante más espabilado de lo que parece. Evita y yo estábamos seguros de que andaban liados y que por eso Laura venía a Sevilla cada vez que podía.

—¿Hablaba de él?

—Qué va, no había manera de que soltara prenda. Pero Laura es que siempre ha sido muy suya. Un poco rarita esa chica.

104.

—*Dicen que podremos volver hoy mismo.*

Fito se ha acomodado en el asiento del conductor junto a su novia, pero ella no parece escucharle.

—Cierra la puerta.

Él obedece y los dos permanecen allí con el motor apagado y sin pinta de ir a ninguna parte. Rumba continúa inmóvil en el regazo de Susi, como si comprendiera la gravedad del momento. Por unos minutos, lo único que se oye es el golpeteo de la lluvia contra el vehículo. Aun así, cuando Susi toma aliento habla con un tono de voz que es casi un susurro:

—Lo he visto.

A Fito se le cae el alma a los pies.

—No sabes cuánto siento que hayas tenido que ver algo así.

—Ah, ¿lo sientes?

—Verás, tiene explicación, es cosa de Josele y...

—¿Cómo? ¿El dinero es de Josele?

—¿El dinero?

—El taco de billetes que hay en la guantera. Lo he calculado, hay por lo menos cien mil euros.

Fito suspira.

—Doscientos treinta mil.

—Puf, hasta para echar cuentas soy pobre.

Su novio la observa sin saber muy bien por dónde va a escapar, pero ella quiere respuestas. Todas las respuestas.

—¿Y por qué lo tienes tú si es de Josele?

—Es una historia muy larga.

—Ah. Pues mira, hoy justo me viene bien.

Fito no arranca, así que Susi continúa.

—Algo ganarás con ello, ¿no?

—Problemas.

—Los problemas te los resuelvo yo en un momentito. Que acabamos de perder mucho de lo que teníamos en ese incendio.

—No, Susi, no. Por ahí no vayas. Este dinero no nos pertenece. Puede que incluso sea el motivo por el que nos han atacado.

—Razón de más.

—Susi...

—¿A quién pertenece entonces?

—No lo sé —dice él, que no quiere compartir sus sospechas. No hasta que lo tenga todo mejor atado.

—Pues yo te lo digo. El dinero es del que lo encuentra. Y yo he abierto la guantera del coche y ahí estaba. En un vehículo de nuestra propiedad, por cierto.

—Cuando me has llamado iba a la Brigada a entregarlo.

—¿Te has vuelto loco o qué?

—Precisamente. Estoy a punto.

Susi le mira muy seria. De repente se percata de la angustia que está consumiendo a Fito. Respira de forma entrecortada, está sudando a pesar de encontrarse empapado por la lluvia y se agarra el pecho como si algo se le clavara por dentro. Al impasible y flemático de su novio está a punto de darle un ataque de ansiedad.

—¿Qué pasa, amor? ¿Qué es lo que te estás callando?

Fito la mira como un niño desvalido. Ahora es a él a quien se le caen las lágrimas. Ella le agarra de la barbilla con las dos manos, le da un beso en la boca y le atrae hacia sí. Él se recuesta en su pecho. Se clava la palanca de cambios en el costado, pero ni la siente. Por primera vez desde que se fueron a vivir juntos, Susi está viendo llorar a ese hombre.

—Sabes que puedes contar conmigo siempre.

Él gime con más fuerza. Luego su voz surge rota y atormentada.

—El dinero que hay en ese sobre está manchado de sangre. Y yo estoy metido en ello hasta las trancas.

* * *

Susi está fuera del coche. Se cerciora de que no hay nadie a la vista y abre una mínima rendija del maletero. Se asoma a través de ella. Su corazón da un vuelco cuando los ojos le confirman que hay un bulto enorme enrollado en una sábana blanca. Cierra deprisa y se mete de nuevo en el asiento del copiloto. Se santigua. Está pálida.

—¿Entiendes ahora por qué iba a la Brigada a contarlo todo?

Ella tarda casi un minuto en contestar. Le cuesta procesarlo, pero eso no impide que pueda ver la situación con mucha más claridad que él. Siempre fue la pragmática de los dos.

—Si haces eso, dile adiós a tu carrera como policía. Tendrás que dar gracias si no acabas en la trena tú también.

—Me da igual. Ese hombre acaba de morir y yo no pienso abandonar su cuerpo en un vertedero.

—No, no te da igual. Ni a mí tampoco. Ese hombre ya está fiambre, no puedes hacer nada por él. Y yo no pienso permitir que pierdas el trabajo y la vida por los que tanto has luchado.

Fito alza la cabeza, busca en los ojos de ella el significado de sus palabras. Con temor, pero también con la esperanza de algo a lo que aferrarse. Ella lo sabe, y se lo va a dar. Como se llama Susi que se lo va a dar. Le sujeta la cara de nuevo con ambas manos y le mira muy seria.

—Esto lo vamos a resolver de otra manera.

105.

—*Hola, papa.*

—¿Qué pasa, Susi?

Cuando tu hija de veintinueve años, que lleva viviendo con tu yerno desde hace casi una década, te llama por teléfono un día cualquiera, el cuerpo se te encoge un poco. Siempre te pones en lo peor. Sería bonito imaginar que te llama para saber cómo estás, interesarse por tu cada vez más quebradizo estado de salud, por cómo llevas el huertecito que has plantado a unos metros de tu lugar de trabajo, en ese descampado que a nadie le importa, o para informarse de si por fin te han dado esa cita para operarte las cataratas, que a estas alturas ves menos que un gato de escayola.

—Fito tiene un problema.

Para qué figurarse cosas que no son. Si una hija como la Susi te llama un día cualquiera es porque hay algo en su vida que no va bien. En la suya, que es la única que, en el fondo, les importa a los hijos que has criado.

—¿El madero? —contesta con un deje de desprecio.

—Fito, mi pareja. No sé por qué tienes que llamarle así.

—Porque es lo que es, un madero, y porque si te has dignado a levantar el teléfono es porque quieres que le ayude, y, si tengo que salvar el culo a un madero, puedo llamarle como me dé la gana.

Ante esa dialéctica irrebatible, Susi opta por ir al grano.

—Tiene un fiambre en el maletero. Y, para colmo, está en el ajo.

El espinazo del Enterraor se tensa como si un cable de acero tirara de él desde la cabeza hasta el final de la espalda. «Joder con el madero».

—Vaya con el cocinillas —dice en su lugar—. ¿A estas alturas no sabe aún que eres alérgica al ajo?

Susi es hija de fulleros y pareja de policía, así que hay pocas cosas que se le escapen. La vida te suministra las habilidades que necesitas para sobrevivir en tu entorno. Con naturalidad, se presta al juego de inmediato.

—Encima no veas el pestazo que me ha dejado en el coche. No lo soporto.

—¿La carne era de pollo o ternera?

A Susi no le hacen falta más de un par de segundos.

—De pollo, y del de jaula.

—¿Muslo o pechuga?

—Muslo.

—Ya veo. Qué mal te cuida ese hombre.

—La idea no fue suya.

—Al menos no ha echado a perder una carne cara. Eso sí sería para preocuparse.

Susi aguarda en silencio y su padre detecta la impaciencia.

—A ver, ¿no tenía que pasarle la ITV al coche? Pues que me lo traiga, que le hago una revisión previa y de paso lo limpio bien. No quedará ni rastro del olor.

—Gracias.

Y es ese simple «gracias» que te cuesta aceptar pero a la vez necesitas oír lo que te compensa para meterte en el follón que te metes, por mucho que te joda que así funcionen las reglas del amor padre-hija, que ya podía ser un poco más justo, pero justas no es que haya muchas cosas, esa es la verdad, y esto de justo y proporcionado y equitativo pues no tiene un mojón.

—Dile que deje el coche en el polígono. Entre la iglesia evangélica y el descampado hay un huerto con cebollas. Que meta la llave en el guardabarros delantero y se pire.

—Sí, papa.

—Pero que se pire, ¿eh, Susi? No le quiero ni de lejos.

—Que sí, que se lo digo —suspira ella.

—Y a ver si vienes un día a verme, coño. Que nunca se te pierde nada por aquí.

106.

—Qué horror.

Es Lupe quien lo suelta al ver el último vídeo que los captores de Daniel Torredealba han subido a su Instagram. El chico tiene churretones negros resbalándole por la cara, permanece con los ojos apretados y respira con dificultad mientras el petróleo ya le llega a la altura del pecho.

Pero, si el estado de Daniel es terrorífico, el de las dos personas que entran por la puerta parece sacado de un capítulo de *The Walking Dead*.

Camino Vargas trae el pelo revuelto, los ojos hinchados, un rastro de sangre seca en el labio partido y las ropas hechas un asco. Su mano izquierda está envuelta en un trapo bañado en carmesí. Empuja a Ramón Tejero, que va esposado y tiene un boquete en la mejilla cuyos bordes comienzan a inflamarse y que se ve traspasado por un hilo tirante, también empapado de sangre.

Pascual es el primero en recuperar el habla.

—¡Jefa! ¿Pero qué...?

—Llevadle al calabozo. Está detenido por atentado contra agente de la autoridad y homicidio en grado de tentativa.

—¡Qué cabrón! Ya sabía yo que no era de fiar —suelta Lupe, que mira a Ramón con desprecio. Luego, ante el gesto de desaprobación de Camino, se levanta, busca a un agente que la acompañe con las gestiones y se lo lleva.

—Por Dios, jefa, ¿qué ha pasado? —pregunta Pascual una vez que se llevan al detenido.

Pero Camino no está para ponerse a contar batallitas. Ahora no.

—Ponedme al día. ¿Qué sabemos de Daniel?

—Acaba de emitirse un nuevo vídeo. El petróleo le llega ya por el pecho.

Camino se deja caer en un asiento y suelta un puñetazo de rabia con la mano buena.

—¿No tenemos nada?

—Verás, recibimos unos retratos robot de Italia...

—Lo sé. Laura Gallego.

Pascual asiente. Ellos también han llegado a la misma conclusión.

—¿Sabemos algo de ella?

—Que se graduó en Química en la Universidad de Valladolid. Que cursó una beca Erasmus en Turín y que enganchó con unas prácticas en una empresa del sector petroquímico radicada en Bolonia. La contrataron y ya nunca se movió de allí.

—Qué más.

—Que cogió un vuelo el lunes por la tarde. Hizo escala en Barcelona y aterrizó en Sevilla tres horas después. Lleva aquí desde entonces. El del otro retrato robot es Salvatore Palumbo. No viajó con ella. Además, lo de Pureza fue anterior. Tiene al menos un cómplice en Sevilla.

—Eso también lo sé. Se llama Uriel Soto García. Hay que lanzar una orden de búsqueda y que nos den acceso a todas sus comunicaciones por vía prioritaria.

Pascual se saca la Moleskine y apunta a vuelapluma con sus dedos regordetes.

—Otra cosa —dice el oficial antes de ponerse en marcha—. Barbara Volpe.

—¿Qué pasa con ella?

—No ha parado de llamar preguntando por ti.

—¿Sabes el motivo?

—Tiene una orden para registrar la vivienda de Laura Gallego en Bolonia.

Por fin todos están alineados e investigando en la buena dirección. Si las circunstancias no fueran las que son y Camino no estuviera tan machacada como está, igual hasta se permitiría sonreír. No es el caso.

—Venga, Molina, ponte con lo de Uriel. Corre.

Pascual consulta el reloj, aunque en realidad no le hace falta. Sabe que restan menos de seis horas para que Daniel Torredealba empiece a tragar petróleo.

107.

Josele está en el patio cuando ve acercarse a Bangaly.

Jarrea como si se fuera a acabar el mundo y la mayoría de presos está de puertas para dentro, pero a él no le importa mojarse con tal de apurar los últimos minutos de aire libre. El agua le aclara las ideas, y eso es justo lo que necesita tras lo ocurrido. Levanta la mano para saludar al marfileño, uno de los pocos amigos que ha hecho en la cárcel. En los últimos años ha visto cómo el porcentaje de inmigrantes crecía en la prisión hasta situarse en más de la mitad. Una torre de Babel bajo llave, con causa en la situación precaria de los que vienen de fuera buscando su paraíso particular pero acaban delinquiendo para sobrevivir. Además, el hecho de no tener domicilio fijo donde poder encontrarlos hace que no les concedan la libertad bajo fianza, de ahí que buena parte de los reclusos sean preventivos en espera de ser juzgados. Es el caso de Bangaly, que lleva meses aguardando la vista oral por participar en el robo a una gasolinera, pero a quien no parece importarle demasiado. Desde que llegó a la costa de Cádiz no había comido tres veces al día hasta que puso un pie en la cárcel. Aquí tiene alimentación y alojamiento garantizados, e incluso sanidad. No es que quiera quedarse a vivir, pero no le hace ascos a una temporada cogiendo fuerzas.

El hombretón se aproxima hasta llegar a su altura y Josele le ofrece la mano, que, como siempre, Bangaly estrecha con demasiada fuerza. Es bastante más alto que la media y, aunque está flaco, tiene delineada la musculatura de brazos, torso y abdomen. Músculos forjados en el trabajo duro de quien se buscó la vida desde muy temprano. Ese tamaño y esa complexión junto con su tono de piel gris pardo hacen que resulte intimidatorio para muchos.

—¿Cómo fue la excursión? —Bangaly sonríe ensanchando sus voluminosos labios al tiempo que muestra una fila de dientes atestados de sarro que, no obstante, contrastan con su tez hasta parecer casi blancos.

—Bien.

—Vamos a pasear un poco.

—¿No te importa mojarte?

—Más me mojé en la patera.

Durante unos minutos los dos caminan en silencio por el patio. A Josele le agrada su compañía muda. Con Bangaly no hace falta hablar de nada, la mayoría del tiempo se entienden con los gestos más básicos. Al llegar a una de las esquinas, el marfileño se detiene y le observa con gesto grave.

—¿Conseguiste la pasta?

El cuerpo de Josele se tensa en un segundo. No es solo la forma en que le mira, ni el tono de voz frío y distante. Es que sabe que jamás le ha mencionado a Bangaly ese tema. Respira hondo antes de enfocar la vista en quien había tomado por un buen amigo.

—No sé de qué me hablas.

—Claro que sí.

Josele se gira para irse, pero Bangaly ya le ha asido por el hombro y le ha plantado una mano en la boca. Le levanta del suelo sin el menor esfuerzo y le constriñe contra la pared. Están en un punto ciego de la cámara del patio. Todos los presos los conocen perfectamente, son los que utilizan para los trapicheos. ¿Cómo ha podido ser tan ingenuo? Siente una presión intolerable en el brazo al tiempo que oye de nuevo la voz hostil de Bangaly.

—El Pulga tiene un mensaje para ti.

Después, un crujido como de rama seca. El dolor es enloquecedor y hace postrarse a Josele. Aun así, saca fuerzas para preguntar:

—¿Ese era el mensaje?

—Solo la primera parte. La segunda es esta: la casa de tu hermano ha ardido. No habrá más avisos. Devuelve la pasta o estáis todos muertos.

Ve alejarse a Bangaly desde el suelo. Él aún tardará unos minutos en tratar de levantarse. Tiene el brazo torcido en una posición extraña, parece una marioneta vieja de la que alguien se hubiera deshecho tras demasiado uso. Cuando su viejo amigo desaparece, escupe para dejar patente su desprecio, aunque sea solo ante sí mismo. Puto Bangaly. ¿Qué miseria le habrán pagado, qué favor le habrán prometido a cambio de su traición? Le odia con todas sus fuerzas, aunque en el fondo sabe que solo ha seguido las normas que rigen en ese lugar. Pero si algo tiene claro es que no obedecerá las instrucciones. Él ya está condenado a muerte, y ese dinero tiene que ser para su hermano Fito, una indemnización insignificante a cambio de haberle jodido la vida. Solo que, para que pueda disfrutarlo, primero tendrá que resolver esta cuestión.

108.

La casa sigue apestando a humo.

Llevan todo el día fuera para que se ventile, tal y como les han recomendado. Susi volvió a la peluquería a organizar el caos que había dejado y Fito, tras abandonar el coche en el lugar convenido, se fue a pasear por su antiguo barrio. Necesitaba pensar, pero la caminata lo único que ha logrado es desasosegarle aún más. Los rastros de la catástrofe persisten, y lo harán durante mucho tiempo. Le parece irreal cómo la vida puede cambiar en un suspiro. Hace unos días era un subinspector de policía moderadamente feliz, y en cuestión de cuarenta y ocho horas su madre ha muerto ahogada, el barrio de su infancia ha quedado destruido, ha descubierto que su amigo del alma se ha hecho adicto a las drogas y ha acabado implicado en un homicidio. Ojalá pudiera dar marcha atrás en el tiempo. Se llevaría a su madre a casa a pasar unos días, así fuera por la fuerza. Josele nunca habría salido de la cárcel y Paco no se habría puesto en peligro. Su propia vida no estaría del revés y un alma menos abarrotaría hoy el infierno, que es donde de todas formas habría acabado el Loco más temprano que tarde. Pero retroceder en el tiempo es algo que todo ser humano ha deseado desde que la especie existe, y hasta la fecha no hay constancia de que se haya logrado. Así que toca apechugar y tirar para delante, con mal de ojo o sin él. Porque Susi tiene mucha razón. Al fin y al cabo, él es un hombre decente que tan solo intentó ayudar a un amigo y a un hermano. Incluso puso en riesgo su propia salud permitiendo que le extrajeran toda esa sangre en aquel cuchitril para salvar a un desconocido.

En su camino de vuelta paró en un bar cualquiera, uno de esos lugares anodinos que son iguales a otros mil. Suelo lleno de servilletas arrugadas, huesos de aceituna y cáscaras de pipas, camarero graciosete, mesas pringosas a pesar de las medidas de higiene que rezan los letreros de la puerta. Uno de esos sitios cuya función principal es empapar los problemas en alcohol para que encojan antes de regresar a casa. Pidió un whisky y se lo bebió a traguitos, como en las películas. Solo que él no es un tío como los de las películas. El líquido dorado le revolvió el cuerpo. Probablemente tampoco le sirvieron el más exquisito. Con suerte, sería el de oferta en el Lidl en lugar de uno de garrafón.

Ahora entra en el piso y la pena que se ha instalado en su interior rezuma hacia fuera, traduciéndose en una espalda curvada, una cabeza hundida entre los hombros, una comisura de los labios caída. Hasta hoy, él se consideraba un hombre corriente, y le gustaba. Madrugar cada día, soñar con que le toque la quiniela, sentirse pletórico cuando gana su equipo, contar con la estabilidad de un trabajo indefinido, hipotecarse para pagar el piso, salir a correr de vez en cuando, meterse en el gimnasio a curtirse un poco. Y, por las noches, leer unas páginas de alguna novela y dormir haciendo la cuchara con su novia de siempre. No pedía más. Pero siente que todo se ha derrumbado. Que, aunque las cosas salgan bien, su vida no volverá a ser la que era.

Las ventanas siguen abiertas y Susi trapichea arriba y abajo analizando el estado de los objetos del dormitorio. Escucha un lamento suyo cada vez que encuentra un vestido echado a perder o uno de sus libros favoritos devorado por las llamas.

Fito ve el sobre en la mesita de la esquina del salón. Lo observa con inquina: lo responsabiliza de todos sus problemas. Sin embargo, una fuerza más poderosa que su voluntad hace que se levante y vaya hacia él. Mecánicamente, vacía su contenido en la mesa y comienza a hacer montoncitos con los billetes. Nunca ha visto tanto dinero junto, y tendría que admitir que esa tarea tiene un algo de relajante, de bálsamo que aligera los pensamientos que le ocupan. Solo que le dura poco, porque enseguida detecta que algo falla.

—¡Susi!

Su novia se asoma por el quicio de la puerta.

—Dime, cariño.

—Aquí falta dinero.

Ella se acerca y se sienta junto a él.

—Ya lo sé.

—¿Cómo que ya lo sabes? ¿Qué has hecho, Susi?

—Le he dado una parte a mi padre.

—¿Cómo dices?

—No me mires así, nos ha salvado el culo y ha arriesgado el suyo. Se merecía una ayudita.

—¡Susi!

—Con lo mal que lo ha pasado mi padre en esta vida, cariño, tú lo sabes.

—Cuánto —es lo único que el subinspector es capaz de articular.

—Cincuenta mil.

—Cincuenta mil —repite como si necesitara pronunciarlo él mismo. Después, con tono quejumbroso—: Teníamos que devolver ese dinero.

—¿Devolverlo? ¿Y a quién, si puede saberse?

—A su legítimo propietario.

—¡Si ni siquiera sabes quién es!

—Vi al Pulga con mi hermano en el funeral, creo que tiene algo que ver —confiesa—. Quizá si hablo con él...

—Mira, Fito. El dinero pertenece a quien lo encuentra, ya te lo he dicho. Y a nosotros nos apareció en esa guantera.

—¿Y si vienen a buscarlo? El incendio forma parte de todo este lío, estoy seguro. Dile a tu padre que no gaste ni un euro de ese dinero, por favor.

Susi toma aire y le mira como si fuera un niño de cinco años a quien hay que explicar las cosas muy sencillitas.

—Si lo hubieras entregado en la Brigada, podrían venir a buscarlo igual, y encima no tendríamos forma de protegernos. ¿Es que eso no lo pensaste entonces? —dulcifica aún más el tono, que es ahora casi un murmullo en su oreja—. Mi padre sabe cómo hacer las cosas. Se encargará de resolver este asunto para que nadie nos moleste.

—Entonces, le has contado todo.

—Claro, a ver si te piensas que ha nacido ayer.

—No sé, Susi. ¿Y qué pasa con el resto del dinero?

—¿Cómo que qué pasa? Tenemos la mitad de los muebles echados a perder, el puto seguro no nos va a pagar nada porque ha sido provocado y, para colmo, si algo sale mal con este lío, te quedarás sin trabajo y yo tendré que sacar la casa adelante sola.

—Yo no te dejaría nunca sola.

—Ni yo a ti, amor. Y ese dinero es nuestro seguro particular.

Fito permanece en silencio durante un lapso de tiempo que a Susi se le antoja eterno. Conoce bien a su pareja, sabe que no es como la mayoría de tíos del barrio. Cualquier otro no dudaría en trincar la lana y salir pitando. A él, en cambio, su sentido de la ética le exige mucho más que al resto. En el caso de que acceda, los remordimientos van a devorarle durante mucho tiempo.

—¿Seguro que tu padre se encargará de todo?

—De todo. Sabe cómo moverse, recuerda que ha sobrevivido sesenta y siete años en ese barrio sin pasar por el trullo. Si tiene que untar a alguien, lo hará.

—No quiero oírlo.

Susi asiente y toma nota en su cuaderno mental, del que nunca se escapa nada. Fito ya ha tenido suficiente, no puede con una sola transgresión más.

—Anda, asómate a la ventana —le dice con tono animoso.

Cuando Fito lo hace, ve su coche aparcado justo enfrente.

—¿Ves? Todo arreglado.

Él fuerza una sonrisa y vuelve a dejarse caer en el sofá. Alguien poco avispado podría pensar que se está dejando manipular por su chica, que está siendo un títere en manos de otro. Pero, en realidad, uno siempre tiene la última palabra, y es absurdo responsabilizar a otros de las decisiones que toma. Si Adolfo Alcalá, subinspector de Homicidios de la Policía Nacional, ha llevado su coche a un tipo para que se deshaga de un cadáver, ha sido porque así lo ha decidido. Y si el mismo Adolfo Alcalá renuncia a entregar doscientos treinta mil euros a la policía o a buscar a sus legítimos propietarios y se los reparte junto con su novia y su suegro es porque así, en el fondo, lo ha querido.

109.

Camino se ha plantado en la unidad de informática forense.

No es posible que no encuentren nada. Son casi las doce de la noche, faltan poco menos de cinco horas para que se acabe el tiempo y esos gañanes siguen sin una sola pista. Ni geolocalización, ni IP ni nada que les sirva para situar, siquiera en un radio aproximado, dónde puede encontrarse el tanque en el que Daniel está siendo sepultado en petróleo.

La recibe un joven con la cara llena de sueño y acné.

—¿Qué hay? —Camino no se anda por las ramas. Su tono deja a las claras que no es un «qué tal os va», sino un «dadme algo YA».

—Llevamos horas intentando ubicarlo, pero no hay forma. Capas infinitas de cifrado, enmascaramiento, rebote... Es como entrar en un laberinto de espejos y tratar de seguir tu imagen de uno a otro.

—¿Y el dinero?

—Lo ha pagado la madre casi todo, salvo unos cuantos cientos de euros.

—O. K. ¿Habéis analizado las imágenes de las dos grabaciones?

—Al detalle. Pero no hay un solo indicio que pueda sugerirnos algo.

Camino se desespera.

—¿Este chico va a morir y no sois capaces de dar con nada?

—Inspectora, hemos examinado centímetro a centímetro. Es un tanque como otros mil repartidos por toda Sevilla.

—¿Mil?

—Más, de hecho. Lo hemos cotejado con una vista satelital. —El informático gira una pantalla de veintiocho pulgadas—. Aquí puede ver los que hemos localizado, y eso suponiendo que se encuentre en el exterior y que esté cerca. Porque igual se han ido a Murcia.

Camino observa el mapa que le muestra. Más que mapa, es un cúmulo de puntos rojos superpuestos que cubren casi por completo el resto de la imagen. Buena gana, por ese lado también se da de bruces con un muro. Está a punto de levantarse cuando el chico vuelve a hablar.

—Estamos haciendo todo lo posible, créame. Pero lo único que hemos detectado es un ruido exterior que nos hace pensar que el depósito se encuentra en el campo. Aunque tampoco aporta mucho, porque es donde están casi todos los de ese tipo.

—¿Qué clase de ruido?

El chico teclea en el ordenador. Da marcha atrás hasta un punto concreto de la grabación y pone en funcionamiento un programa para filtrar los sonidos. Corrige aquí y allá, sube el volumen al máximo, y le alcanza unos cascos a la inspectora para que lo escuche sin interferencias.

Lo que oye Camino es un lamento ronco y continuado. Enseguida se da cuenta de que no es humano. Y no solo eso: lo conoce. Porque lleva semanas colándose cada noche en su dormitorio tanto como la propia Evita. Es el gimoteo de un ternero reclamando atención.

—Un mugido.

—Exacto. Puede haber una granja cerca.

Pero Camino ya está saliendo por la puerta. Porque sabe que no es una granja lo que tiene que buscar. Es un lugar en el que ella ya ha estado antes. El lugar al que Evita la llevó hace mucho menos tiempo del que parece. Un lugar abandonado en mitad de la nada, sin vecinos, sin testigos, pero con acceso ilimitado para alguien que trabaje en la protectora: el santuario de animales.

110.

Bolonia, Italia

Barbara no sale de su asombro.

En un *pen drive* escondido en el dormitorio de Laura han encontrado cientos de documentos. Cuanto más lee, más conmocionada se siente ante las pruebas palmarias de lo que tienen en marcha. Desde las motivaciones que los llevaron a su cruzada ambientalista hasta los miembros que conforman los diferentes nódulos o la planificación de cada uno de los asesinatos perpetrados.

Escoge un nuevo archivo al azar. Es el acta de una reunión fechada el 18 de octubre de ese mismo año, apenas una semana después de que un policía sevillano disparara a Rodolfo Cazalla Cruz.

En Sevilla, a 18 de octubre, siendo las 20.00 horas, se inicia la reunión extraordinaria de la célula española convocada a raíz de los últimos acontecimientos.

Orden del día:

1. Reorganización de competencias.

2. Planificación de próximos actos.

U. S. toma la palabra para recapitular los sucesos acaecidos el 12 de octubre. Tras ello, anuncia que S. P. se ha encargado de comunicar la muerte del compañero R. C. al resto de células, que habrán de ponerse a disposición de lo que les indiquemos y esperar nuevas órdenes. A continuación, pasa la palabra al compañero D. T. a fin de que informe de la situación económica tras el

411

alquiler del terreno para la caza con rehala cuyo resultado infructuoso...

—Fíjate en esto, jefa —Silvio, que está haciendo *scroll* en la pantalla de su móvil, interrumpe la lectura de Barbara. Ella le mira por encima de las gafas.

—¿Qué pasa ahora?

—El último vídeo del secuestrado, le llega el petróleo a la altura del pecho. Pobre chico.

—Hay que hablar con la inspectora Vargas. ¿Qué pasa, sigue con el teléfono apagado?

—Apagado o fuera de cobertura.

Barbara arruga la frente pero su cerebro continúa anclado en algo.

—Recuérdame cómo se llama el chico secuestrado.

—Daniel Torredealba.

—D. T. —masculla Barbara, cayendo en la cuenta—. Anda, lee esto. A ver si después sigues pensando que es un pobre chico.

111.

Las sirenas perturban el silencio de la noche.

El cricrí de los grillos se ha visto intimidado por ese sonido agudo y chirriante, y las luces azules despejan el camino no solo de hipotéticos vehículos, sino de cualquier bicho viviente que se atreva a pulular por allí con ese tiempo intempestivo.

Una patrulla tras otra recorren el trayecto al límite de velocidad que los baches, el barro y la lluvia les permiten. A la cabeza va el vehículo con la inspectora Vargas, sobre quien recae el mando de la misión, con el apoyo del Grupo Operativo Especial de Seguridad.

Los chalets hace mucho que quedaron atrás, y ahora lo único que se atisba en mitad de la oscuridad profunda es una masa boscosa rodeando el camino.

—Vamos, vamos, vamos.

Camino no deja de mirar el reloj mientras Pascual centra toda su atención en manejar el volante a través de la enfangada pista forestal. Tendrán suerte si no encallan en el barro o si un socavón no revienta alguna rueda.

Giran en una curva pronunciada y la inspectora achina los ojos tratando de hacer memoria.

—Afloja, debe de ser por aquí.

Los otros coches lo imitan, y tras unos doscientos metros, por fin, ahí está: la casita desvencijada con un par de naves anexas, todo ello cercado por una alambrada miserable.

Los ladridos se cuelan entre el ruido de las sirenas. «Mierda». Camino no recordaba que, junto con las cabras, las vacas, los conejos o las gallinas, también había perros. Resulta increíble lo que una fobia es capaz de provocar. Ha estado a punto de perder la vida a manos de un torturador, un chico está siendo engullido por el petróleo, y a ella lo que le produce un sudor frío en la nuca es la puñetera anticipación de tener frente a sí las fauces de un par de chuchos enclenques. No importa, se dice. Les pegará un tiro si es necesario, pero piensa sacar a ese chico de ahí a tiempo.

Aparcan y salen del coche a la vez que los policías que circulaban en la patrulla posterior. Luego se apean los de las dos furgonas policiales de la unidad de élite. En total son más de quince agentes de la autoridad parapetados tras los uniformes de seguridad. A un gesto de Camino, penetran dentro de la casucha. En la mesa de centro hay restos de comida, y en la chimenea aún perduran las brasas de una hoguera reciente. Pero allí no queda más que un gato tuerto que los mira con su ojo sano y cara de pocos amigos.

—¡A las naves! —grita la inspectora.

Entran en la más cercana. Los agentes GOES abren el camino alumbrando con la linterna acoplada a sus subfusiles MP5. El nerviosismo se mastica en el ambiente. El nerviosismo y el polvo, porque una nube de serrín ha enturbiado la visión que proporcionan los haces de luz al tiempo que se desata una algarabía ensordecedora. Los policías se pegan unos a otros formando una barrera compacta capaz de detener a cualquier enemigo que ose tratar de penetrarla.

Hay uno que osa, y lo hace en las carnes del más joven del grupo. Alberto López, con veintinueve años a sus espaldas y ocho meses portando en el uniforme el águila de los GOES, temperamental y asustadizo, aunque lo oculte tras un subfusil y unos bíceps del tamaño de la cabeza, siente el peso de un kilo con ochocientos veintitrés gramos chocando contra su hombro. Un segundo más tarde, algo que no acierta a identificar le pega un papirotazo en la

414

cara, y Alberto demuestra su condición de gatillo fácil justo antes de que la voz de la inspectora resuene en la nave oscura, provocando un eco que se va a ver amortiguado por la detonación de un cartucho del calibre nueve por diecinueve milímetros. Un «¡no disparéis!» que nadie escucha, porque al tiro de Alberto López le siguen los de Julio Rodríguez, César Pérez y Carlos Martínez.

Junto a la nube de serrín, más espesa ahora, se amalgama otra conformada por cientos de plumas. Las gallinas que quedan vivas cacarean sin tregua y se mueven frenéticas aleteando de aquí para allá. Y aun así, a pesar del polvo y el serrín y las plumas y el olor a muerte, todos los humanos allí congregados se dan cuenta de que en esa nave no hay rastro de petróleo ni de los secuestradores ni de Daniel Torredealba Peñalosa de Castro. Solo una escabechina de aves muertas y algún que otro huevo hecho tortilla.

Si Camino no supiera que el petróleo debe de haber sobrepasado ya el gaznate de Daniel, se enfrentaría a ese niñato que se cree que un subfusil de asalto es un juguete de patio de colegio y le pegaría un pescozón que le iba a estar picando hasta que madurara. Pero no hay tiempo, de modo que se gira sin volver la vista sobre la carnicería provocada. Solo dice una frase, y es suficiente para que todos se recompongan y continúen con la operación.

—Falta un edificio por registrar.

* * *

La puerta está atrancada. En una compenetración perfecta, aparece un policía con un ariete y arremete sin compasión. BUM, BUM, BUM. A la tercera, la madera resquebrajada se separa de los goznes y el agente deja el paso franco a sus compañeros. Camino no se lo piensa. Ella no tiene un arma con luz incorporada ni falta que le hace. Con la pistola en la mano derecha y la linterna en la izquierda, se introduce en el interior. Está oscuro y vacío, y, a diferencia de la otra nave, hay un silencio sepulcral. El resto de los focos de luz acompañan al suyo y barren todo el espacio en cuestión de segundos.

Al fondo, un cilindro de tres metros de diámetro. Y en las fosas nasales, horadándolas sin piedad a medida que avanza hacia él, un fuerte aroma con toque dulzón. El olor del petróleo crudo.

—¡Está ahí dentro!

La inspectora se lanza de cabeza hacia el depósito. Sube por la escalerilla hasta alcanzar la parte superior y asoma ojos y nariz. Desde arriba solo ve el color negro que lo invade todo y, en el centro, una cabeza con grumos del líquido viscoso.

—¡Daniel! Daniel, ¿estás bien?

No hay reacción.

—¡Aguanta! ¡Estamos aquí! ¡No respires! ¡Aguanta!

Camino no sabe si puede escucharla. Pero sigue así, desgañitándose, mientras los compañeros que vienen preparados con el equipo de protección impermeable despliegan toda la parafernalia necesaria para bajar a rescatar al chico. Una vez que logran sacarlo a la superficie y cargar con él fuera del depósito, varias mangueras de las que sale agua a cañonazos apuntan al cuerpo inanimado de Daniel hasta que, poco a poco, el color negruzco va desprendiéndose de su piel. Camino acerca su rostro al del chaval. Solo entonces siente su respiración débil. Y solo entonces se da cuenta de que está conteniendo la suya propia y se atreve ella también a volver a tomar aire.

Y es justo entonces también cuando repara en algo, y lo grita con todas sus fuerzas:

—¡Barred la zona, no pueden andar muy lejos! ¡Que no escapen! ¡Hay que atraparlos como sea!

Una inhalación más, un pensamiento, y añade una frase. No cometerá el mismo error dos veces. Ningún policía va a caer esta noche en acto de servicio.

—¡Vivos o muertos!

112.

—*Buen trabajo, Vargas.*

Mora le da una palmada en el hombro a la inspectora. Su equipo se ha ido a dormir, pero ella ha vuelto a la Brigada para informar a la comisaria, que aguardaba los resultados de la operación. Ahora las dos han acabado de ponerse al día.

—¿Qué pronóstico hay para el chico? —pregunta Camino con cautela.

—De momento, reservado. No saben cuánto ha podido afectarle la exposición prolongada. Pero está vivo, Vargas. Lo habéis encontrado a tiempo y su madre ya va camino de reunirse con él. Quédate con eso. Y vete a descansar, anda. De hecho, a ti también deberían haberte llevado al hospital —dice Mora, sin poder evitar una mueca de horror al mirarle la mano izquierda.

Sin embargo, Camino no está conforme. Los equipos de rastreo siguen peinando las inmediaciones, sin rastro de Laura ni de Uriel por el momento.

—No entiendo cómo es que no aparecen. Había brasas recientes en la chimenea, y el camino por el que llegamos allí es el único transitable.

—Los encontrarán, no pueden andar muy lejos —insiste la comisaria, que está ella misma a punto de derrumbarse de cansancio. Unas bolsas pronunciadas que sobresalen por debajo de las gafitas le dan la apariencia de un bulldog veterano—. Además, hay efectivos en sus domicilios y en los de su entorno. Nosotras necesitamos dormir algo.

Camino no dice nada, pero sigue en pie, resistiéndose a irse.

—Vargas, mucho me temo que el asunto del ecoterrorismo no es flor de un día. He hablado con el responsable de la unidad que nos pasó la información del petrolero y andan detrás de varios grupos. Hasta hace poco, los tenían catalogados como un tipo de terrorismo doméstico, más centrado en daños contra bienes materiales. Pero hay indicios de que su nivel de radicalización está aumentando a la par que la situación del planeta se agrava, y ya se considera la posibilidad de una amenaza internacional.

—¿Me cuentas esto y pretendes que me vaya a dormir como si nada?

—Sí. Hemos pasado la noche en blanco y no somos de ayuda en este momento. Esa gente aprovecha la creciente sensibilidad ecológica ante el deterioro del planeta para extender sus tentáculos, conseguir nuevos militantes y, como en el caso de Daniel Torredealba, financiación. Es algo que hay que acometer de otra forma, con investigación y recursos. Y ya se está organizando. Por la parte que nos toca, la de atrapar a esos dos matados, todo está en marcha. Vete a casa y descansa unas horas. Mañana continuaremos.

La inspectora asiente de mala gana y ve alejarse a la comisaria. En el fondo tiene razón. Tras el estrés del rescate, el agotamiento le ha sobrevenido con mayor fuerza y sabe que se quedaría dormida en cuanto parpadeara más despacio de la cuenta. Y ella está muy lejos de ser sobrehumana. Necesita el descanso tanto como cualquier otro. Apaga las luces de la planta y se dirige hacia el ascensor con el cuerpo entumecido, el dolor recorriendo cada nervio hasta la punta de los dedos de los pies. Y de las manos, sobre todo de la izquierda. Se la mira con pena. Ramón tenía razón, ya no podrá morderse esas uñas nunca más. Ya en la entrada del edificio, un agente le cede el paso para salir. Ella lo agradece y cruza la puerta. No está el patio como para insistir en cortesías. Pero el tipo le ha recordado algo.

Es el policía que ayudó a Lupe a llevarse a Ramón al calabozo. Se da la vuelta.

—Agente...

—López.

—López —repite ella, como si no supiera que se le volverá a olvidar—. El detenido que se llevaron antes, Ramón Tejero.

—¿Sí?

—Sigue ahí, ¿verdad?

—Por supuesto, inspectora.

—¿Sabe si ha estado en contacto con alguien?

—Solo con nosotros.

—¿Seguro? ¿Y su abogado? —insiste ella.

—Vendrá por la mañana.

—Está bien, gracias.

—De nada.

La inspectora se dispone a continuar, pero oye la voz del oficial de nuevo.

—Solo la llamada permitida.

Con eso le basta. Camino se da media vuelta y penetra de nuevo en las instalaciones de la Brigada.

* * *

Un agente de guardia ha conducido a Ramón a la sala de interrogatorios, quien se sienta con fastidio. El dolor le había dado un respiro y acababa de quedarse traspuesto en el catre cochambroso de la celda de detenidos, así que ahora en su cara se mezclan la somnolencia y la mala leche. Pero para mala leche la que trae Camino puesta.

—¿Qué has hecho, Ramón?

—Otra vez tú. Menos mal que era yo quien te perseguía a ti.

—Creía que eras lo bastante listo para darte cuenta de que las tornas han cambiado. ¿A quién has llamado?

—¿Qué quieres decir?

—Tenías derecho a una llamada telefónica y has hecho uso de él.

—Correcto.

—¿A quién has llamado? —repite, impaciente, Camino.

—Te recuerdo que yo mismo soy abogado, así que sé perfectamente que no puedes preguntarme eso —dice Ramón, recuperando su tono más arrogante—. Como sé perfectamente que ni siquiera puedes estar aquí sin mi asistencia letrada.

Camino no aguanta más chulerías. Exasperada, se pone en pie y le coloca la mano izquierda delante de las narices.

—¿Ahora me vas a venir con leyes, desgraciado? ¡Me has disparado con una pistola de aturdimiento, me has arrancado tres uñas, has intentado cortarme una puta oreja! ¿De verdad vas a decirme lo que puedo preguntarte?

Del otro lado del cristal, el agente a la espera comienza a ponerse nervioso.

Ramón se ríe en su cara. Pero es una risa impostada, de hombre rendido que todavía quiere aparentar que no lo está.

—Les has puesto sobre aviso, ¿verdad?

Como no contesta, Camino le coge por las solapas de la camisa.

—Dímelo, cabrón. O te arranco el otro moflete.

El agente se tensa aún más. Le intimida la inspectora, no sabe cuál es el límite en el que debe intervenir. Aunque le parece que debería ser antes de que Camino ejecute su amenaza.

Ramón tiene un nuevo brillo de provocación en la mirada.

—Sí, llamé a Laura. No iba a dejar que mataras también a la hermana.

—¿Es que no te das cuenta de lo que has hecho? ¡Van a seguir matando!

—Yo solo sé que Evita también la habría protegido.

Camino le dirige una mirada de odio. Ve al extremista que conoció en el santuario, al torturador de horas antes, al cretino que acaba de poner a salvo a una organización criminal que ha causado decenas de muertes. Y no puede más. Se abalanza sobre él y comienza a pegarle puñetazos, patadas, y sigue hasta que unas manos la agarran por detrás, le bloquean los brazos y la izan como a una marioneta para llevársela de allí, mientras ella continúa pataleando ante la visión de ese infeliz tumbado en el suelo, con una sonrisa perturbada y la herida de la mejilla abierta de nuevo.

113.

Silvio ha subido un par de cafés.

Barbara acompaña el suyo con varias píldoras que se mete en la boca de una vez.

—¿Estás bien? —pregunta él con gesto preocupado.

—Ese es el tipo de pregunta que no se le hace a una señora con un tumor maligno en la pierna.

—Quizá deberíamos parar un rato, hay todo un equipo ayudando...

—Ni hablar. No estamos ante un caso más, Silvio. —Barbara le enseña un papel que golpea con el dedo—. ¿Ves esto? Es la prueba de que ellos son los causantes de la inundación de aquel barrio sevillano. Todo planificado, de arriba abajo. Sabían dónde producir la detonación para hacer el máximo daño posible. Ya no son simples asesinos en serie. Son asesinos en masa.

Silvio siente un escalofrío.

—Así que fueron ellos... ¿Por qué matar a tantas personas inocentes?

—Por la misma razón por la que matan todos los terroristas. Fanatismo. Se creen adalides de la verdad que enseñan una lección al mundo. Héroes salvadores.

—¿Salvadores de qué? —Silvio se exaspera. Él se hizo policía porque cree en ese ente abstracto que es la justicia y que se encarga de reeducar al que cruza la línea. Él es de esos ingenuos que, aun tras veinte años de carrera, no es capaz de comprender la maldad que reside en el cerebro de unos cuantos.

—Salvadores del planeta —expone Barbara—. Piensan que con sus advertencias la ciudadanía se dará cuenta del mal camino que ha emprendido y rectificará. Eso es lo que dice Laura en los vídeos que grabó. En ellos vuelca toda su rabia ante la actitud pasiva de la población y explica la necesidad de pasar a las armas, a los asesinatos múltiples, a las bombas incluso.

—Tampoco entiendo por qué da la cara de esa forma. ¿Tan convencida está de esa verdad suya?

—Más que convencida. Incluso orgullosa de lo que hacen. Y quiere dejar constancia, supongo que por eso no se ha tomado muchas molestias en ocultarlo. Necesitan que sus motivos se conozcan, legitimarlos para que la gente comprenda el sentido de sus transgresiones.

—Por eso toda la escenificación en cada crimen —dice Silvio—. Querían que llegáramos a sus mismos razonamientos. Quien tortura a un animal, que muera como él. Quien mata a un árbol centenario, que acabe de la misma forma.

—Quien desequilibra un ecosistema, que sea eliminado como compensación —sigue Barbara, pensando en el pescador furtivo—. Y la ciudad que trate de domeñar un río, que sepa lo que es la furia de esas aguas recuperando el terreno perdido.

—Siempre camuflados bajo el rostro amable de la defensa de las especies y de la Tierra.

—Eso es. Aquí Laura lo dice bien claro. —Barbara apunta con el ratón sobre uno de los vídeos—. Su objetivo es poner fin a la destrucción del medio ambiente y a la explotación animal ante la inoperancia gubernamental en su protección.

—Maltrato animal, vertidos tóxicos, tala de árboles, el agua, los combustibles fósiles..., joder, ya se han metido con todo. ¿Qué más pueden querer?

—No lo sé, Silvio. Pero, si les falta algo por hacer, no voy a parar hasta averiguarlo. —Sin más, Barbara se sumerge de nuevo en los papeles de Laura.

114.

Camino abre la puerta con sigilo.

Al penetrar en el dormitorio, los ronquidos de Paco se le antojan el sonido más tranquilizador del universo. Observa con ternura su cara de bendito, el hilillo de baba resbalando por la mejilla izquierda, y siente cómo un calor agradable le llena el pecho. Quizá Mora tenga razón. Han rescatado al chico a tiempo, han averiguado quiénes son los cabecillas de la red criminal que tanto daño ha causado, y es solo cuestión de tiempo que los acaben pillando. Ella ha perdido la cuenta de la última vez que descansó. Ahora solo quiere dormir. Se descalza con sigilo, se despoja de pantalón, camisa y sujetador y sin más protocolos cae en la cama junto a Paco. Le da tiempo a abrazarse a él antes de ser engullida por un sueño profundo, tan profundo que ni siquiera sentirá los movimientos angustiados en la cama poco después, los gritos en mitad de la noche, de Paco pero también de ella misma, sus propias alucinaciones causadas por el dolor en los huecos de las uñas que ya no tiene.

* * *

La despierta Paco con carantoñas. Le parece que debe de ser muy temprano, hasta que se percata del punteado de luz que se cuela con fuerza por los agujeros de la persiana.

Paco la mira con arrobo y continúa besándola. Ha pasado mucho miedo. Mucho. Ahora sabe lo que debió sentir ella cuando él desapareció a manos de aquel loco que quiso matarle como a un jabalí. Lo que sintió el día que Mago murió y ella le llamó una vez tras otra sin poder localizarle. A fin de cuentas, somos el resultado de lo que nos toca vivir. Cada experiencia traumática la extrapolamos al futuro, creyendo que volverá para traernos de nuevo todo el dolor, todo el sufrimiento del pasado. Cada vez que Paco desaparezca, Camino recordará aquel día en que casi le pierde para siempre. Y, ahora, Paco sabe que él también está suscrito a ese nuevo e intolerable terror: el de perder lo que toda la vida has querido conseguir.

Pero cuando ha despertado ha sentido a Camino aferrada a él, y de repente el mundo que se había descuajeringado, que se había puesto cabeza abajo, se ha recompuesto y todo ha vuelto a encajar. Y se siente tan afortunado que la besuquea hasta que ella se queja sin poder evitar una sonrisa. Esa sonrisa.

—Vale, vale, déjame respirar.

—¿Es que no pensabas despertarte nunca?

La frase espabila a Camino de golpe y todo regresa a su cabeza.

—¿Qué hora es?

—Las cuatro de la tarde. Venga, que te preparo el desayuno. O la merienda, yo qué sé.

Paco sube la persiana y ella protesta. Es como si unos dedos invisibles le presionaran la frente, las sienes, el entrecejo, y se cebaran de forma perversa con sus globos oculares. Pero entonces recuerda también las consecuencias de su secuestro, comprueba el aspecto deplorable de su mano izquierda y se levanta directa al baño para que Paco no lo vea.

—¡Me voy a la ducha!

—Vale, te voy haciendo el café.

Paco deja escapar un suspiro mientras la ve alejarse. En el fondo, se siente aliviado de ganar un tiempo absurdo, de posponer las cosas un poco más. Él también tiene demasiado que contarle.

Pero no llegará a hacerlo. Porque cuando Camino salga de la ducha, ya algo más fresca y con los tres dedos vendados, consultará su correo electrónico antes de nada y verá los mensajes de Barbara, y entonces correrá al teléfono, y cuando escuche lo que tiene que contarle saldrá como una tromba de casa sin siquiera beberse ese café recién hecho.

115.

—¿De qué estás hablando?

La comisaria mira a Camino como si hubiera perdido el poco juicio que creía que tenía.

—Es el golpe final. Estaba todo en los papeles que encontraron en casa de Laura, en Italia.

Le entrega una carpeta con un fajo de documentos recién impresos. Contiene planos, fórmulas matemáticas, descripciones, fotografías panorámicas y de interior. Mora se incorpora en su sillón de ejecutivo y pasa las páginas sin entender la mayoría de lo que ve. Solo lo esencial, que ya es mucho: un atentado en una de las mayores fábricas de España dedicadas a la elaboración de productos fitosanitarios. O, lo que es lo mismo, una bomba química de proporciones apocalípticas.

—Pero... nos mataría a todos. A toda Sevilla.

—Y eso no es lo peor.

—¿Cómo que no es lo peor? —a Mora apenas le sale un hilo de voz—. ¿Qué quieren, cargarse el planeta entero? ¿No es lo que se supone que están defendiendo?

—Tú misma lo dijiste ayer, comisaria. Están jugando fuerte. Han pasado a la escala internacional, la amenaza planetaria. Quieren que Sevilla sea el ejemplo de lo que le puede pasar al mundo si el resto de la población no se pone las pilas. El ejemplo de cómo acabaremos todos.

—Entonces, las previsiones más agoreras de la unidad antiterrorista se han cumplido.

—Eso parece.

—Pero has dicho que eso no era lo peor. ¿Qué es entonces? —insiste Mora.

Camino inspira hondo.

—Lo peor es que están acorralados y saben que los perseguimos. Si pretenden culminar su plan, tienen que hacerlo cuanto antes. Y otra cosa más.

—¿Otra cosa?

—Está previsto un aumento del temporal. El viento va en dirección oeste, hacia la ciudad. Este es el momento de causar el máximo daño posible.

A Mora le tiemblan las piernas. Si no estuviera ya sentada, duda que pudiera mantenerse en pie. Se quita las gafas, se lleva los pulgares a la base del entrecejo, se las vuelve a poner. Luego levanta el teléfono y, mientras suena el primer tono, mira con angustia a su inspectora de Homicidios.

—Voy a comunicárselo al jefe superior.

—Hágalo. Tenemos un arma de destrucción masiva en la ciudad. Y a unos locos dispuestos a activarla.

116.

Fito recorre el carril bici con los ojos puestos en el tráfico.

Sus pensamientos siguen anclados en el mismo desvelo que le ha perseguido las últimas horas. Según Susi no tiene de qué preocuparse, el Enterraor se va a encargar de dejar todo bien atado. El cuerpo del Loco ya estará en un rincón del cementerio, y de alguna forma su suegro se apañará para que puedan escapar de esta pesadilla. De momento, él no puede dejar de mirar a uno y otro lado con el miedo pegado a los huesos. Le han incendiado la casa, ¿qué será lo siguiente? Cada viandante, cada motorista, cada coche que pasa ante sus ojos podría ir en su busca para ajustar cuentas. Y lo peor de todo es que ni siquiera tiene claro qué cuentas son esas.

Ha estado a punto de coger el Golf en lugar de la bicicleta, mucho más expuesta, pero la imagen del Loco en el maletero le ha hecho desechar la idea. Le da que tardará un tiempo en ser capaz de volver a conducir ese coche. Además, con su color naranja brillante es imposible pasar desapercibido. De modo que lleva veinte minutos cubierto con un impermeable dando pedaladas.

Si no fuera por la emergencia que los ha emplazado a todos con la máxima celeridad, hoy no se habría movido del sofá donde ha pasado la noche acurrucado junto a Susi. Ella es más echada para delante, se dio una ducha y se fue a lavar cabezas. Pero Fito no podía dejar de pensar en la suerte del muerto y su paradero, en el sobre, en Josele y en el Matasanos y en el Pulga, y, en medio de todo eso, en su madre metida en un nicho que alguien tapió a todo correr.

Y en un nuevo temor que le está mortificando: el estado de Paco. No se ha preocupado por él desde que el médico los desalojó de su consulta. Josele y él echaron el cuerpo al coche y se fueron pitando hacia la penitenciaría de Sevilla I. ¿Qué fue de Paco? ¿Volvió a casa a dormir tras la noche en vela que pasaron en aquella salita inmunda? Ojalá. El mono ya era patente en cada uno de sus gestos. Sumado a la ansiedad por el fallecimiento del Loco, le habrá sido difícil vencer la tentación. ¿Y si le va con el cuento a Camino? Con Susi y su padre también implicados, ya no puede permitir que eso ocurra. Solo queda la huida hacia delante. Debería ir a verle, asegurarse de que se sujeta bien la lengua.

Un bocinazo le saca de sus reflexiones. Con un respingo, frena la bicicleta y mira hacia su izquierda. Es Pascual desde su coche, detenido en un semáforo.

—Buenos días, subinspector. Te vas a mojar.

—Así se me refrescan las ideas —contesta Fito forzando una sonrisa que es más una mueca extraña. Y luego, la intentona—. Oye, iba para allá pero me ha surgido un imponderable, ¿te adelantas tú y se lo explicas a Camino?

—¿Yo? Ni de coña, no sé qué ha pasado pero está fuera de sí. Nos quiere a todos, sin excusas de ningún tipo. Es lo que ha dicho.

El semáforo cambia a verde y Pascual mete primera.

—Date prisa. Ya te escaparás después.

Mientras ve el coche de Pascual alejarse, Fito maldice para sus adentros y recuerda las palabras de Susi: «Lo importante es aparentar normalidad. Sobre todo, no hagas nada fuera de lo habitual». Ahora toca proteger su propio culo, nadie lo hará por él. Acudirá a la llamada y hará su trabajo lo mejor que pueda. Y cruzará los dedos para que Paco mantenga el pico cerrado.

117.

El Grupo de Homicidios se arremolina en torno a Camino.

Están en un polígono industrial a las afueras de la ciudad. El temporal ha escalado posiciones y ahora el viento sopla a más de sesenta kilómetros por hora, desgajando las ramas de los árboles. Todos llevan trajes especiales, botas de alta resistencia química, guantes de butilo, botella de aire comprimido y una máscara bastante aparatosa. La noche empieza a caer, y a su alrededor se dispersan unidades de protección civil, numerosas patrullas, ambulancias, operativos de bomberos, vehículos de la Guardia Civil y militares e incluso un helicóptero rasante.

—Como sabéis, ante una situación de ataque inminente entra en juego la Unidad Militar de Emergencias. La zona ya está asegurada. Hay controles de acceso tanto a pie como en coche en todas las entradas y se está procediendo a identificar a las personas presentes dentro del perímetro —explica la inspectora—. Todos nuestros indicativos ya se han desplazado también para prestar apoyo. Cualquier movimiento sospechoso será alertado de inmediato.

—¿Sabemos cómo pretenden hacerlo? —es Lupe quien lo pregunta.

—Provocando una explosión en el depósito de isocianato de metilo, una sustancia activa que se encuentra en la lista negra del Gobierno. Su retirada de la circulación es prioritaria, ya no se comercializa salvo autorizaciones excepcionales.

—No me lo digas. Se autorizó y la fábrica está petada —tercia Fito.

—Exacto. Si se produjera una deflagración el efecto sería demoledor. Al ser liberado el líquido por explosión se convierte en aerosol. Conclusión: una nube tóxica se expandiría por la ciudad.

—Nos asfixiaríamos todos, ¿no es así? —Lupe siente escalofríos solo de pensarlo. Lleva un aparato de respiración autónoma, pero, en caso de que aquello explote delante de sus narices, duda que le sirva de algo. Se acuerda de su hijo, como siempre que se le pasa por la mente que su vida pueda acabar. Y, para su sorpresa, a su cabeza viene también alguien más. Y no, no es Jacobo. Es el puñetero bailaor. Tonino y sus penetrantes ojos negros.

—Todo el que no hubiera muerto antes por la explosión —le contesta Camino—. Quien lo inhale durante un par de minutos puede decir *sayonara*. Y los que no caigan fulminados estarán expuestos a sufrir las secuelas. Sevilla entera será una inmensa zona cero.

—¿Qué secuelas?

Es mejor no saber, pero aun así Lupe no ha podido evitar la pregunta.

—Tumores, disfunciones inmunitarias, malformaciones congénitas, yo qué sé. Un porrón de cosas —Camino retoma su exposición—. Desgraciadamente, la lluvia y el viento en dirección a la ciudad empeoran las circunstancias. Pero los bomberos están al tanto de lo que puede ocurrir. Saben a qué sustancias nos exponemos y cómo responder a este tipo de emergencia química. Y los servicios sanitarios ya conocen las materias activas presentes en la fábrica y están capacitándose para controlar la forma de abordar cada intoxicación y distribuir lo necesario en todos los centros de salud. El plan de contingencia para una situación de atentado químico está en marcha.

—¿Sabrán reaccionar? —pregunta Fito.

—Será el caos —admite Camino—. Si la nube tóxica se expande y la gente comienza a huir en desbandada, que rece quien sepa, porque nada de lo que hagamos contendrá la catástrofe. Una estampida podría provocar tantos miles de muertos como el propio gas.

Tras las máscaras de oxígeno, los rostros están contraídos por el pánico. La inspectora se da cuenta de que los ha amedrentado.

—Pero si estamos aquí es para que no haya que llegar a eso. No vamos a permitir actuar a esos cabrones, ¿me oís?

—¿Qué pasa si no es hoy? —pregunta Pascual—. ¿Vamos a estar movilizados hasta que suceda algo?

—Hasta que suceda algo o hasta que los trinquemos.

—¿Por qué plaguicidas? —es Fito quien quiere saberlo.

—España está a la cabeza en el ranking tóxico. Somos los que más plaguicidas vendemos de Europa, y para nuestros amigos estas sustancias constituyen la principal causa del deterioro de los ecosistemas y de la pérdida de biodiversidad global. De ahí que consideren justificada cualquier acción para erradicarlas y así garantizar la supervivencia de muchas especies...

Camino se ve interrumpida por el tono del móvil de Fito. Él lo saca del bolsillo y su gesto cambia al ver la pantalla.

—¿Todo bien, Alcalá?

—Tengo que cogerlo.

Se aleja unos pasos, aunque no lo suficiente como para evitar que todos escuchen sus monosílabos. Un minuto después, Fito cuelga y se gira hacia el resto del grupo.

—Me voy, lo siento.

—¿Pero qué dices?

—Es personal.

—¿Qué personal ni qué ocho cuartos? ¿Todos jugándonos la vida y tú te quitas de en medio?

Fito no contesta.

—Puedo entender que no te interese mucho la pérdida de la biodiversidad planetaria —dice Camino con sorna—. Pero estamos ante una emergencia química, por Dios bendito. Te quedas y punto.

Para estupefacción de la inspectora, Fito Alcalá ignora la orden directa. Se aleja con paso autómata embutido dentro de su EPI.

—¡Alcalá! ¿No me has oído? ¡No puedes largarte, la ciudad está en peligro!

El subinspector se vuelve y la mira con ojos extraviados.

—Era de la cárcel, ha habido una reyerta en Sevilla I. Mi hermano ha muerto.

Y, sin más, se gira de nuevo y continúa con andar inconsciente. Tras de sí deja silencios perplejos. Recorre los metros hasta el camuflado en el que ha venido con sus compañeros, monta en el coche, salva los diferentes controles, conduce hasta la penitenciaría. Nadie le para. Tampoco iba a permitir que lo hicieran.

118.

Laura regresa junto a Uriel y se deja caer a su lado.

—Están por todas partes, tenemos que abortar el plan y pensar qué hacemos.

Él la mira como si no comprendiera.

—La situación es chunga, Uri. Si llegamos a tardar una sola hora más en venir, nos hubieran pillado tratando de entrar al polígono. Pero ahora estamos encerrados en esta puñetera fábrica. ¿Cómo salimos de esta? ¿Resistimos, tratamos de escapar de alguna forma, nos entregamos...?

—No —ahora suena categórico.

—¿No a qué?

—No a todo, Laura. Por nada del mundo nos vamos a entregar. Resistir es inútil, ahora que lo saben no se van a ir de aquí y nos acabarían pescando. Y sobre lo de escapar..., ¿crees que llegaría muy lejos con esta puñetera silla? Ya fue bastante difícil colarse aquí.

—No sé, quizá yo pueda robar un vehículo y...

—He dicho que no. No vamos a intentar escapar como unos vulgares delincuentes. Y tampoco vamos a abortar el plan.

—Ah. —Laura le lanza una mirada mordaz—. ¿Y se puede saber cómo...?

Al ver la cara de su compañero, la mirada de Laura pasa a la sorpresa y de esta al terror. Ha comprendido al instante lo que Uriel pretende. Y eso nunca estuvo previsto.

—Estamos dentro, llevamos todo el material. Podemos hacerlo perfectamente —Uriel confirma sus sospechas.

—Sin escapatoria, moriremos los primeros —replica Laura con un hilo de voz.

—Sabes que nada va a cambiar a menos que gente como nosotros fuerce la situación. Enseñaremos una lección al mundo. Apelaremos a la conciencia de millones de personas, les mostraremos el camino sembrando nuestra propia semilla. Muchos nos seguirán después de esto, créeme. Cada vez hay más hartazgo. Nos entenderán. Y se irán sumando, porque el mensaje es claro: el planeta no está en venta.

Laura asiente a sus palabras al tiempo que piensa en su madre. Después de la muerte de Evita, ahora ella. Nunca lo superará. Su madre no merece eso. Nadie lo merece.

—Yo no soy una kamikaze, Uriel.

—Pero podrías serlo, Laura. ¿Conoces el origen de la palabra? Los japoneses llamaron así al tifón que los liberó de la invasión de Kublai Khan. Significa «viento divino». Más tarde se lo aplicaron a los pilotos que se lanzaban contra el enemigo para salvar a su país de la destrucción en la Segunda Guerra Mundial. Héroes que dieron su insignificante vida a cambio de una gran causa. Kamikaze, el viento divino que libera de los corsés impuestos por el sistema opresor. Esta causa es aún más importante, Laura. Y eso es lo que seremos. El viento divino que traerá una nueva era en la que los humanos no se carguen todo lo que los rodea. El fin del Antropoceno.

Laura siente una garra que le oprime el diafragma. Trata de insuflarse aire, pero, cuanto más lo intenta, menos penetra en sus pulmones.

—Habíamos conseguido el dinero... Podíamos hacer lo que quisiéramos.

—Lo tengo previsto —el tono de Uriel está lleno de convicción—. Si no salimos de aquí, todo lo conseguido en la recaudación irá a parar al Fondo Mundial para la Naturaleza. Será de un donante anónimo, no podrán detectar el origen. Y lo sabrán usar mejor que nadie.

Ella le mira con asombro. Así que él sí había contemplado esa posibilidad, y no solo eso. Lo había preparado todo para cuando el momento llegara.

—Piénsalo, Laura. —Uriel le pone una mano en el hombro, le acaricia el cabello y la cara como si fuera una niña pequeña y la mira con ojos expectantes aguardando una respuesta que le haga sentirse orgulloso, orgulloso de ella, de su discípula, su mejor compañera, su admiradora incondicional.

Y Laura lo piensa al tiempo que lucha contra su propia mente, que pretende asfixiarla. Piensa en que quiere darle gusto, en que siempre dio por hecho que haría cualquier cosa por él y por su causa, aunque morir no se pusiera nunca sobre la mesa. Pero también piensa en lo que le espera después de salir de esa nave. Ser capturada como una terrorista internacional, pasarse el resto de la vida entre rejas, despreciada y maltratada por las propias reclusas, ser el epicentro en el que se focalice el odio de todos los medios, de toda la sociedad, que no habrá entendido una mierda. Porque, si ahora fracasan, si el Estado los sentencia y los encierra, nada de lo que han logrado habrá servido a su objetivo. El mensaje no llegará a ninguna parte, serán solo unos locos a los que se les fue la olla. Un lisiado a causa de un accidente medioambiental, una química frustrada y que se radicalizó aún más tras la muerte de su hermana. Laura piensa también en su madre, y se pregunta qué es más doloroso, si perder a otra hija o saber que fue la culpable de que su hermana muriera, que trató de matar a muchos más, y que nunca más vivirá una vida normal porque estará condenada a prisión permanente el resto de sus días. Laura piensa en todo eso, y llega a la conclusión de que no le queda una salida mejor. Que la única forma de acabar esto es con dignidad. Levanta la cabeza, sostiene la mirada de Uriel y le transmite con ella toda la decisión, el apoyo y el amor que la sostienen. Amor hacia él, sí, pero amor, sobre todo y por encima, hacia el conjunto de los seres del planeta, hacia ese mundo maravilloso que, sí, está a tiempo de sobrevivir. Porque, aunque muchos digan lo contrario, aún no es demasiado tarde. Y justo de eso se trata.

—Está bien —dice Laura esbozando una sonrisa asustada pero cargada de confianza—. Lo haremos.

119.

Susi se levanta en cuanto oye la puerta.

Es Fito, que viene derrengado y se deja caer en sus brazos como un peso muerto. Menos mal que la tía está fuerte, porque podrían haberse ido los dos al suelo.

—Lo siento, cariño, lo siento mucho —dice a la vez que le sostiene a duras penas.

—Ha sido en el patio, a plena luz del día. Dicen que por una rencilla entre presos, que se tapan unos a otros y no se sabe de dónde salió el pincho. Iniciarán una investigación que, por supuesto, no llegará a ninguna parte.

—Pobre Josele.

—Yo no me lo trago, ha sido una encerrona.

—¿Por qué crees eso?

Susi le ha conducido hasta el sofá y los dos se han sentado, las manos de ella apretando las de él.

—¿Por qué si no justo ahora? Se lleva un montón de pasta que ha trincado no se sabe de dónde, a nosotros nos queman la casa y a él le matan.

—Ya...

—Y hay otra cosa.

—¿Qué?

—Tenía un brazo roto, recién metido en cabestrillo. Cuando yo le dejé en la puerta de la cárcel estaba perfectamente. Se lo partieron nada más volver, quizá como aviso. ¿Tú crees que alguien en esas condiciones se metería en una pelea?

—No lo sé. Pero, oye..., he hecho algunas averiguaciones. —Susi observa de reojo su reacción.

—¿Que has hecho qué?

—Así como quien no quiere la cosa. Me he dado una vuelta por el barrio, me he tomado un café con mi prima, algo normal. Lo hago de vez en cuando.

Fito la mira con atención. Pero, antes de nada, ella se levanta, va a por un par de vasos y sirve un chorro generoso de ron en cada uno.

—Dale —le anima.

Él pega un trago con el morro torcido.

Tras beber ella también, Susi reanuda la narración.

—Acertaste con tu olfato de sabueso. Es el Pulga el que está detrás de todo esto.

—¿Cómo...?

Ella hace un gesto con la mano para que la deje proseguir.

—El Pulga y Josele dieron un buen palo a la sucursal de un banco hace unos meses. Para evitar riesgos, cada uno se fue por su lado y se reunirían después en el lugar convenido. No me preguntes por qué, pero la pasta la llevaba Josele. El caso es que no volvió a aparecer. El Pulga le buscó por todas partes, hasta que se enteró de que le habían pillado y le habían vuelto a meter en el maco, así que aparte de cagarse en todos sus muertos no le quedó más que aguantarse. Su plan de jubilación se había ido al garete.

Fito niega con la cabeza en un gesto triste.

—Ya sabía yo que ese dinero no podía venir de nada bueno...

—Espera, que aún sé más.

El subinspector contempla a su pareja admirado. Con esa sangre fría y esa red de contactos, sería un valor seguro en la policía.

—Hace unos días, la pasma..., perdón, unos del grupo de robos fueron a hablar con el Pulga. Resulta que nunca cerraron el caso y una pista los había llevado hasta él. Cuando le preguntaron por el dinero, el Pulga comprendió que Josele se la había jugado. Se había dejado trincar por un menudeo de nada, lo justo para estar una temporadita en el talego y burlar así a su socio. Y se había quedado con la pasta, claro.

—Me cago en Josele y en toda su puta generación —suelta Fito. Luego arruga la frente, piensa en el embrollo que por fin empieza a cobrar sentido—. Y entonces es cuando el Pulga reclama su parte, ¿no?

—Eso parece.

—Josele intenta asegurarse el dinero que tenía escondido cuando ve que la cosa se pone fea, pero, como a mí no es capaz de liarme, mete a Paco en el berenjenal —sigue elucubrando él—. Y el Pulga aprovecha el funeral de mi madre para exigirle que le entregue lo suyo antes de volver al talego. Pero Josele no lo hace, así que el otro empieza a jugar fuerte y nos quema la casa. Le aprieta con eso a la vez que manda que le partan el brazo.

—Pero... ¿por qué se lo carga si aún no tiene la guita?

—Eso es lo que no entiendo —admite Fito—. Quizá Josele le hinchó demasiado los cojones. O quizá se ha enterado de que la tenemos nosotros y ya no le hace falta. Y se ha vengado por la traición.

—Entonces ahora el Pulga irá a por nosotros...

—Eso me temo. Hay que juntar todo el dinero y devolverlo, Susi. Tienes que pedirle a tu padre la parte que le diste.

Su novia echa el cuerpo hacia atrás, queriendo distanciarse de esa decisión que no le gusta nada. Al mismo tiempo, y como si al Enterraor le hubieran pitado los oídos, el teléfono de Susi comienza a sonar.

—Es mi padre.

—Cógeselo, a ver qué quiere.

Susi descuelga vacilante.

—Hola, papa... Sí, sí, está aquí conmigo... Acaba de volver. Bueno, pues cómo va a estar... Claro, sí, yo se lo digo de tu parte... Ajá..., ajá..., ¿y cómo ha sido? Qué fuerte, papa. Dale el pésame de mi parte a la Aurora. No, claro, no iremos. Adiós, un beso.

Fito la mira con curiosidad.

—¿Qué pasa?

—Nada, que dice que siente mucho lo de Josele. Que te dé un abrazo de su parte.

La mirada curiosa se transforma en una de incredulidad.

—¿Tu padre, un abrazo? ¿A mí? El del oso, será.

—No digas tonterías, Fito. Para una vez que tiene un gesto contigo.

—Tienes razón —reconoce él—. Pero te ha dicho algo más, ¿no? ¿Quién es la Aurora? ¿Qué ha pasado?

Ella aprieta los labios, le mira como si tratara de sopesar si su chico puede hoy con más información.

—¿Qué ha pasado, Susi? —repite él, más nervioso.

Un suspiro, un nuevo sorbo al vaso de ron. Después lo suelta:

—El Pulga ha muerto. Esta tarde. Y apuñalado también.

La mente de Fito es un puzle en el que cada pieza gira desquiciada. Las pocas que tratan de colocarse lo hacen en sitios que no le gustan nada, así que las manda a seguir dando vueltas. ¿Quién ha matado a su hermano en la cárcel? ¿Ha sido por orden del Pulga? ¿Por qué lo ha hecho, por qué justo ahora? ¿Y quién ha matado al Pulga? ¿Cuánto tienen que ver las dos muertes con el robo del banco? ¿Cuánto con ellos mismos? ¿Es posible que sea Josele quien se haya asegurado de protegerle antes de morir? ¿Quién más podría estar interesado en hacerlo? Mira a Susi, que se está recogiendo el pelo en una trenza con aire desganado. Una apatía extraña, artificial, mal escogida para un momento en el que alguien se acaba de enterar de que la persona que podía hacerle daño acaba de morir. Es esa apatía lo que a Fito Alcalá no le cuadra un pelo. Lo que hace que las piezas encajen a su pesar, respondan a la última de sus preguntas y le provoquen un estremecimiento atroz, como si se acabara de transportar a Siberia, más aún, a la Antártida, más aún, a un lugar donde no es posible entrar en calor ni por dentro ni por fuera.

120.

—*Ya está.*

Uriel lleva un rato tecleando en el portátil que han traído consigo.

—¿Seguro?

—Sé lo que me hago, querida.

—Ya, pues bien que localizaron el tanque con el petróleo.

—¡No por mi culpa! La IP estaba perfectamente enmascarada, el error no pudo provenir de ahí.

Laura se muerde la lengua. Sabe que lo que menos necesitan ahora es ponerse a discutir.

—El protocolo específico de seguridad es de chiste —sigue él—. Jaquear los circuitos de vigilancia fue un juego de niños, y bloquear los termómetros no me ha parecido mucho más difícil.

—¿Cuánto tiempo tengo?

—Lo que tarden en darse cuenta del chanchullo. Suficiente para el siguiente paso.

Laura extrae el artefacto explosivo de la bolsa de deporte. Contiene una buena dosis de triperóxido de triacetona, más conocido como «madre de Satán», un compuesto tan casero como mortífero a base de acetona, agua oxigenada y ácido clorhídrico, y al que le ha añadido unos cuantos kilos de metralla, así, para hacer más pupa.

—Vamos —dice Uriel.

—¿Cómo? ¿Tú también vienes?

—No voy a quedarme aquí esperando, quiero ver cómo lo haces.

443

—Ya. Y cómo mi cuerpo se desintegra con el zambombazo —a Laura le sale una mezcla de sorna y amargura.

—Estaría bien. «Polvo eres y en polvo te convertirás». Polvo de estrellas, que eres tú, y que descansarás en la madre tierra para siempre. —Uriel da una última caricia a Laura.

—Muy poético todo.

—Sí, pero ya sabes que no me dará tiempo a verlo, desapareceré a la vez que tú. —Él retira la mano y endurece el gesto—. Venga, camina.

* * *

—Hemos detectado un fallo en el circuito de vigilancia.

Un compañero de la unidad antiterrorista se ha acercado al lugar donde aguarda el grupo de Camino.

—¿Qué?

—Es una grabación. Han vulnerado el sistema y han creado un bucle para que sus movimientos no queden registrados.

—O sea, que están aquí.

—Eso parece. Vamos a entrar.

Camino asiente y mira a Pascual y a Lupe. Es todo el equipo que le resta, y sin embargo se siente afortunada de tenerlos a su lado. Como se siente afortunada de haber compartido con ellos estos años, estos casos, esta locura de vida que es un Grupo de Homicidios en una ciudad donde lo mismo arrojan a una mujer muerta a una fuente llena de patitos de baño como le rebanan las piernas a otra; una ciudad donde explosionan un río o planifican una fuga de gas que arrase con todo ser vivo. En su mirada hay afecto, un afecto profundo que siempre, vaya usted a saber por qué, trató de ocultar. ¿Y qué consiguió con eso? ¿Demostró así ser más dura, más válida, estar más capacitada para este trabajo? En absoluto. Pero tampoco supo hacerlo mejor.

—Sois los mejores compañeros que una podría haber deseado.

Los ojos de Pascual se abren mucho, lo cual solo puede significar una cosa: ya sabe por dónde va.

—No se te ocurra, jefa.

—Estáis fuera de la misión.

—Ni de coña —replica Lupe.

—Estáis fuera —repite ella—. Ahora mismo os vais para casa. Tú, Quintana, te coges a tu niño y a tu marido y os largáis de aquí, lo más lejos que podáis. Hasta Málaga por lo menos, no paréis ni a mear. Molina, tú ve a casa de Noelia, reúnete con Sami. Y lo mismo. Te la llevas aunque sea secuestrada, y a su madre también, que la vais a necesitar. Aunque te quejes mucho de no tener la custodia, ser padre a tiempo completo tiene que ser una castaña de cuidado.

—Tú qué —dice Pascual, sabiendo la respuesta.

—Yo voy con ellos.

—Jefa...

Camino niega con la cabeza para que Pascual no siga. Mantiene la vista unos segundos más en esos dos compañeros con los que tanto ha compartido, y luego se da la vuelta, justo un segundo antes de que los ojos se le humedezcan. Y así, preguntándose por qué demonios oculta las lágrimas que comienzan a resbalar por su cara si justo acaba de pensar que esconder las debilidades no vale para nada, sigue caminando en dirección a la fábrica de químicos. Y se contesta lo que ya sabe. Que esa es ella, ya está.

* * *

En una misión de este calibre, una inspectora pinta menos que nada, por muy jefa de grupo que sea y por mucho que fuera ella quien los puso sobre la pista. De modo que se suma a la unidad operativa del Ejército en la que un capitán da las órdenes. Decenas de hombres y mujeres acorazados se distribuyen por toda la fábrica a fin de no dejar un solo resquicio donde mirar. Mientras, otro comando se dedica a sacar de allí todo el material posible y cargarlo en camiones que fuerzan las marchas a fin de alejarse al máximo del foco donde puede producirse la detonación. Necesitarían días, quizá semanas para dejar las instalaciones libres de mercancía peligrosa. Es como vaciar el Guadalquivir a cucharadas. Pero se consuelan pensando que cada camión cargado hasta las trancas puede restar magnitud a la catástrofe que está por venir, porque justo esa es la tarea en ese momento, ponerse en el peor de los escenarios para intentar minimizar sus efectos.

Camino se siente como un pato embutida en ese traje y para colmo se le empaña la pantalla del equipo que la aísla de la atmósfera exterior. Va con la pistola en alto, pero sabe que con ese campo de visión no acertaría ni a un palmo delante de sus narices. No conoce el espacio y así le resultará imposible hacerse siquiera una ligera idea de por dónde va.

—Al carajo.

Se desembaraza del aparato. Mochila, botella, pantalla y máscara, todo sale de una vez. Sigue sin total libertad de movimientos, pero al menos puede girar la cabeza a ambos lados y ver con normalidad. También puede oír mejor, de forma que, cuando la alarma comienza a emitir un pitido estridente, en su cabeza suena con más intensidad que en ninguna otra. Piensa en regresar a por el equipo de respiración olvidado sobre un palé, pero es o eso o dirigirse hacia la señal luminosa que muestra el lugar de donde parte el sonido. Que es justo lo que hace. Para kamikaze, la inspectora.

* * *

—¿Qué pasa?
Es Uriel quien grita desde abajo.
—Está controlado, no te preocupes.

446

«Y una mierda está controlado», masculla él para sus adentros mientras la alarma le mortifica los tímpanos. Acto seguido se pregunta si Laura se la está jugando. Si será capaz de hacerlo. Porque en ese caso no va a salirle bien. Nada bien. Con disimulo, extrae la pistola que guardaba en uno de los bolsillos de la silla de ruedas y la sostiene con la mano derecha dentro de la chaqueta.

Laura desciende por la escalinata de acero y regresa junto a él con las manos vacías.

—Ya está, impaciente. Detonará en diez minutos.

Uriel cambia la cara de preocupación por una sonrisa. Siente la euforia creciendo como la erupción de un volcán y eso le hace agarrar a Laura por la nuca, atraerla hacia sí y besarla en los labios. Más que besarla, le da un morreo torpe y pegajoso. Ella nota cómo la lengua de él penetra en su cavidad bucal y la inunda con un olor a ácido sulfhídrico, o, lo que es lo mismo, a una halitosis que echa para atrás al más pintado.

—Lo has hecho muy bien —dice él cuando la suelta.

Laura siente una cólera repentina que contrasta con la exultación de su compañero y que no entiende muy bien. No la entiende porque ella adoraba a Uriel, incluso en algún momento se cuestionó si lo que sentía era admiración o iba más allá, invadiendo el terreno del enamoramiento. Tampoco la entiende porque no se para a pensar que Uriel no tiene ningún derecho a obrar así, a dar por hecho que a ella le apetecía que la agarrara de esa forma y le metiera su lengua asquerosa hasta las amígdalas, que refregara sus labios contra los de ella sin pedir permiso, como si su euforia diera carta blanca para todo y los sentimientos de ella no contaran. ¿Acaso han contado alguna vez? No, claro que no. Porque Uriel es el típico que dice preocuparse por muchas causas pero por lo que nunca jamás se preocupa, es por los humanos que le rodean. Ni por ella ni por ningún otro. Como Yasmina, que todavía anda llorando por las esquinas a raíz de lo que le dijo tras llevarse el lechón del santuario. Claro que esa es Yasmina, que llora por todo. Y Laura ya no piensa más, porque de repente ve que bajo la chaqueta vaquera de Uriel asoma el mango de una pistola.

—¿Qué haces con eso?

—Por seguridad.

—Ya. —La ira crece, se densifica dentro de Laura—. No te fiabas de mí, ¿eh? Pensabas matarme de todas formas.

Uriel sonríe, y es la sonrisa peor fingida que ella ha visto jamás.

—A ver, Laura, no digas tonterías. Esto está a punto de reventar, vivamos con intensidad nuestros últimos momentos.

—Con intensidad... Con intensidad. Ya lo creo que los vamos a vivir con intensidad, no te jode. Sobre todo tú.

Y sin pensarlo, porque hemos quedado en que Laura ya no piensa más, le arrebata la pistola y le arrea un puñetazo en plena cara. La sangre brota de forma instantánea. Le salpica la ropa y después mancha los dedos que Uriel se lleva a la nariz.

—¡Estás loca!

—Menuda sorpresa —dice ella, cuya parte primitiva del cerebro (la que no piensa) ha olido la sangre y ha decidido sin consultar con nadie que no tiene ninguna intención de parar. El puño de Laura golpea de nuevo otra vez, y luego otra, y a la cuarta por su boca sale una maldición porque se ha hecho daño en el nudillo con los dientes rotos de Uriel. Pero eso no detiene su puño.

Él se tapa con ambos brazos la cara hasta que cae de la silla como un muñeco de trapo, y ahora Laura le da una patada en el estómago, y luego se acerca y, ¡zas!, un rodillazo en toda la cara ya magullada y sanguinolenta, pero ese rodillazo la ha hecho sentirse como deben de sentirse los luchadores de la UFC cuando van ganando en los combates que ella se chupa en el canal Gol: poderosa. Y si no le remata con una llave de sumisión es solo por dos motivos.

Uno, porque no tiene ni idea de cómo ejecutarla, que una cosa es verlo en la tele y otra ponerlo en práctica. Y dos, porque en ese momento oye ruido de pasos acercándose y sabe que no da muy buena imagen que la pillen de esa guisa. Además, hay una cosa en la que sí que estaba de acuerdo con Uriel: no va a dejarse atrapar por las buenas.

* * *

Cuando Camino llega al lugar de donde procedían los gritos, lo que ve la deja estupefacta. Uriel yace en un suelo manchado de sangre. La silla de ruedas se encuentra volcada junto a él, que está boca arriba con el rostro desfigurado y no parece tener mucho ánimo de moverse. La inspectora se acerca despacio, pero no se la juega. Antes de cerciorarse siquiera de tomarle el pulso, le coloca las esposas. Lo de cerciorarse en realidad no llega a hacerlo, ni antes ni después, porque en ese momento se produce una detonación y todo lo demás deja de existir.

* * *

Le ha disparado. Ni siquiera sabe por qué lo ha hecho. Pero estaba ahí, poniéndole las esposas a Uriel, «como si fuera un vulgar delincuente», que diría él, y ese tampoco era el plan. Así que, con las emociones a flor de piel por la paliza que acaba de cascarle, Laura apunta con la pistola que, por supuesto, se ha llevado consigo, y dispara contra la tipa con atuendo de astronauta. Y como ignora si ese traje acolchado constituye también una especie de chaleco antibalas gigante, pues hace lo más lógico y normal, que no es otra cosa que apuntar al único sitio que no lleva cubierto la inspectora Vargas: la cabeza.

* * *

Todos han oído el retumbar del disparo, y por un momento se han quedado inmovilizados. El primero en recuperarse es el capitán, que da la orden de dirigirse hacia allá. La segunda, Camino, que observa el punto exacto donde ha ido a alojarse la bala. Si lo que ha intentado es matarla, o está situada muy lejos o, lo que es más probable, va floja de puntería. Pero lo que sí tiene claro la inspectora es una cosa: quién es la persona que ha apretado el gatillo.

—¿Laura?

Nadie responde, pero ella está segura de que puede oírla.

—¡Laura, sé que eres tú! ¡Acércate, tenemos que hablar!

Y, ante el silencio enconado de aquella nave a reventar de químicos, una nueva tentativa:

—¡Vamos, sal! ¡Soy amiga de Evita!

* * *

¿Qué dice esa tía? ¿Amiga de Evita, eso es lo que ha dicho? Evita está muerta, pedazo de imbécil, eso para empezar. Qué amiga ni qué ocho cuartos. A menos que se refiera a antes, a antes de... Y entonces quién es... Leñe, eso va a ser. Amiga, dice. Su puta madre amiga. La va a oír.

—¿Camino? ¿Eres Camino Vargas?

* * *

Estupendo, ha identificado el lugar de donde procede la voz. Debe de estar oculta tras aquel contenedor. Pero, claro, con todo este jaleo no va a ser la única que quiera tener unas palabras con ella. Si no, a ver para qué ha venido medio Ejército y tres cuartos de agentes antiterroristas. En pocos segundos, muchos de esos hombres y mujeres blindados están por todas partes, y resulta que ellos no llevan pistolitas como su semiautomática Heckler & Koch USP Compact o como la Glock 17 de Laura, sino que van con esos fusiles de asalto G36, que te entra un no sé qué que qué sé yo nada más verlos. No a Camino, claro, a ella no. Probablemente tampoco a Laura, que ya está de vuelta de todo. A cualquier otro ser humano.

—Salga con las manos en alto o abriremos fuego —dice el capitán al mando.

Pero es un farol, porque la etiqueta de mercancía altamente combustible del contenedor tras el cual se oculta Laura es tan grande casi como el propio contenedor, y eso disuade al más pintado.

—Empiece cuando quiera.

Hay un instante de máxima tensión. Aunque no dura mucho, ya que Laura vuelve a hablar.

—Pero, si se decide, hágalo pronto. Porque el artefacto debe de estar a punto de explosionar y los fuegos artificiales le van a quitar la vez.

* * *

—No lo creo.

Algunas cabezas se giran hacia Camino sin dejar de apuntar en dirección a Laura.

—¿Me has oído, Laura? No va a pasar nada. Y no va a pasar nada porque no lo has activado.

Laura asoma un poco la cabeza desde su escondrijo, lo suficiente para atisbar a la inspectora. Y esa qué sabe. Es otro farol, seguro. Estos maderos están jugando al póker con ella. Pues vale, siempre se le ha dado bien. No como a Evita, a quien se le notaba todo en los gestos nerviosos, las facciones agravadas, el tono más agudo. De buena, tonta. Siempre se lo dijo. Laura era la dura de las dos. Curioso que fuera Evita quien se hiciera policía. Así le fue.

—Eso es justo lo mejor que podéis hacer vosotros: nada. Esperamos todos y *arrivederci*.

—Te lo voy a pedir bien una única vez, Laura —la voz de Camino resuena con firmeza—. Quiero que sueltes la pistola y la lances a ras de suelo para que quede a la vista. Y después quiero que salgas de ahí con las manos en alto.

No hay respuesta, ni tampoco ningún otro ruido. En las respiraciones contenidas y en los brazos que sujetan los fusiles se puede palpar la tensión del momento.

Camino se acerca al capitán que coordina la operación. Le susurra al oído.

—No ha colocado el explosivo en lo alto del tanque.

—¿Está segura de lo que dice?

—Lo he verificado. Lo dejó en aquella esquina escondido, donde su compañero no podía verlo.

—Estamos en una planta química, qué más da dónde lo coloque. El peo lo pega igual.

—No si no traspasa el tanque de isocianato de metilo. Ese es el gas más mortífero de todas las sustancias que hay en la fábrica. Se echó atrás al ver que no tenía escapatoria.

El capitán desvía la mirada del objetivo para fijarla en el artefacto una milésima de segundo.

—Inspectora, si se equivoca salimos todos volando.

—No me equivoco. He examinado con lupa los documentos en los que dejó trazado el plan.

Él asiente y da la orden para que rodeen a la malhechora. Poco a poco, la distancia entre los agentes y Laura se va acortando.

—Voy a disparar —amenaza ella, apuntando a unos y otros.

—Calma, Laura, calma. —Camino avanza por su flanco derecho.

Laura da un grito desesperado. Esa tipa tiene razón, en el último momento se dio cuenta de que no estaba preparada para morir. Pero quizá debió hacerlo y acabar con todo de una vez. Ahora no le resta otra salida. Pega con más fuerza el dedo al gatillo, pero no amedrenta a nadie. Siguen acercándose. Tampoco se ve capaz de disparar a quemarropa. Ella era la de la logística, diablos, no la que asesinaba a sangre fría. Para eso ya estaba Rodolfo, que lo disfrutaba como nadie, y luego Uriel, que tampoco se queda atrás.

Es justo la voz de este último la que se abre paso en ese instante.

—¡Todavía podemos conseguirlo! ¡Dispara al tanque, Laura!

Y sin pensárselo, porque Laura ya sabemos que no está para pensar más, alza la pistola y abre fuego. Camino comprende, pero sabe que es imposible que llegue a tiempo de quitarle el arma. Todo sucede en milésimas de segundo. Y aun así, aun sabiendo que no podrá pararla, lo intenta.

¡BUM!

* * *

No transcurren más de cinco segundos desde que resuena el disparo de Laura hasta que los agentes la inmovilizan, le retiran el arma y se la llevan esposada. También prenden a Uriel. Los dos tipos que le levantan están tan cuadrados y le tienen tantas ganas que ni se molestan en llevarle en la silla. Lo alzan por las axilas, arrastrando los pies como un pelele.

La tensión comienza a aflojarse al tiempo que los militares inician la retirada. En aquellos que se han levantado las máscaras se ven las sonrisas de júbilo y de satisfacción.

—Aseguraos primero de que no hay nadie más en las instalaciones —ordena el capitán.

Luego busca la mirada de Camino. Se ha dejado caer en el suelo y tiembla como un pajarillo.

—Buen trabajo, inspectora.

Camino se agarra al brazo del capitán y trata de sonreír, pero no le sale. Se levanta haciendo acopio de la máxima energía que es capaz de reunir. Es como si todo el cansancio del universo le hubiera sobrevenido de repente. Tiene los ojos rojos y congestionados y la cara luce un extraño tono azul grisáceo. El capitán se pregunta si es por el susto o si será acaso efecto de la luz artificial de la fábrica. Le da una palmada en el hombro.

—Lo ha hecho muy bien.

—El plan B... —murmura Camino con dificultad.

—¿El plan B?

La inspectora quiere explicarlo, pero cuando trata de articular nuevas palabras se da cuenta de que no le sale la voz. No entiende qué le ocurre. Los ojos le abrasan y está empezando a ver una mancha negra donde debiera estar el capitán. Hace un nuevo intento, pero siente una quemazón devorándola por dentro. Se lleva la mano a la garganta justo antes de que las piernas le fallen como dos pajitas de plástico y el suelo se lance contra ella hasta estrellársele en la cara.

El capitán comprende de inmediato. Tan de inmediato como ve caer a otros compañeros a su alrededor. Justo aquellos a los que se les veía la sonrisa.

—¡Fuga de gas! ¡Fuga de gas! ¡Poneos las máscaras!

Epílogo

Varios días después

Culminado el proceso de descontaminación en Sevilla.

Buenas tardes. Comenzamos este informativo con la noticia que ha acaparado la atención durante los últimos días. El ministro de Defensa ha comparecido hoy para informar de que la Unidad Militar de Emergencias y el Regimiento de Defensa, NBQ, han finalizado con éxito el proceso de descontaminación de la planta fitosanitaria ubicada en Sevilla.

Como les hemos venido informando durante todos estos días, gracias a la colaboración de todas las Fuerzas y Cuerpos de Seguridad fue posible la detección de la amenaza y, en consecuencia, se activó el plan de contención necesario por parte de la unidad del Ejército de Tierra encargada de la defensa nuclear, biológica y química. Así, se logró detener a tiempo a los ecoterroristas que pretendían perpetrar el atentado, evitando la explosión en el tanque de gas químico que habría arrasado la ciudad. La fuga provocada por una fisura en dicho tanque a raíz de un tiroteo entre los agentes y una de las ecoterroristas fue neutralizada de inmediato al sellar la fábrica, y se evacuó y descontaminó a todas las personas que se encontraban en su interior.

Por su parte, en declaraciones producidas en la mañana de hoy, la presidenta del Gobierno ha confirmado que el comando ecoterrorista está totalmente desarticulado, si bien desde la oposición se propondrá activar el nivel 5 de alerta antiterrorista, el máximo previsto, en aras de garantizar la presencia del ejército en todas las infraestructuras de riesgo crítico.

En el día de hoy han sido dados de alta otros tres miembros de la Unidad Militar de Emergencias que sufrieron los efectos de la intoxicación, y el pronóstico de los cinco que aún permanecen hospitalizados es favorable. Así, la única muerte que lamentar continúa siendo la de la inspectora de la Policía Nacional doña Camino Vargas, fallecida a causa de un edema pulmonar. Como saben, la investigación de esta inspectora fue esencial a la hora de frustrar el atentado. Sus restos serán incinerados mañana en un acto íntimo por expresa petición de la familia. Pasamos ahora a hablarles del gran partido que estamos todos esperando. Junto al hotel en el que se encuentra concentrada la selección española está nuestro corresponsal, Diego Blanco. Buenas tardes, Diego.

Posepílogo(s)

Dos semanas después
Milán, Italia

—*Tiene que entregarme el móvil.*

La enfermera espera impaciente.
—Venga, señora Volpe.
Barbara se despega del aparato de mala gana. No le ha dado tiempo a terminar el artículo del *Diario de Sevilla*. En fin, ya lo verá cuando salga. Si es que sale. La sanitaria empuja la camilla por el pasillo y la introduce en el ascensor. Cuando las puertas se abren, la dirige hacia los quirófanos. En la antesala aguarda un hombre gordito de rostro afable.
—Que vaya bien, jefa. Te estaré esperando.
Ella se conmueve al ver a Silvio al pie del cañón, aunque se cuida mucho de mostrarlo.
—Ni se te ocurra, tira para casa. No vas a verme drogada.
Cuando Barbara desaparece tras las cortinas verdes, Silvio esboza una sonrisa melancólica y se sienta en una de las butacas de plástico con su libro electrónico. Transcurre una hora, dos, tres. Salen varios médicos preguntando por los familiares de este o de aquel. La ansiedad del policía se acrecienta a cada minuto que pasa. La mayoría de los pacientes adormilados que están sacando entraron después que ella.
—Barbara Volpe.
Lo dice una médica de unos cincuenta años en cuyo rostro se refleja el cansancio. Silvio se pone de pie de un salto.

457

—¿Cómo ha ido?

—La buena noticia es que hemos limpiado todo.

De su garganta escapa un suspiro de alivio.

—¿Cuál es la otra?

—Ha habido que amputar.

Él asiente con gravedad. La doctora se da cuenta de que está tratando a duras penas de contener las lágrimas.

—¿Lo... lo sabe ya? —pregunta a pesar del nudo que se le ha formado en la garganta.

Ahora quien ejecuta un gesto de cabeza sobrio es la doctora.

—Así es. Y le diré lo que contestó.

—¿Qué?

—Que sabe de un asesino que casi se carga una ciudad entera sin necesidad de contar con las piernas.

—Eso es cierto.

—Y que nos hagamos una idea de todo lo que podrá hacer ella con una y del lado de los buenos.

Una lágrima rebelde se abalanza mejilla abajo por el rostro del policía.

—En fin, enhorabuena —dice la doctora—. La señora Volpe seguirá dando guerra. Hoy ha sido muy valiente.

—Siempre lo es —musita Silvio mientras la doctora le aprieta el brazo un segundo, en uno de esos gestos que humanizan la medicina—. Barbara Volpe tendrá una pierna menos, pero gracias a ella hay miles de vidas más en una ciudad lejos de aquí.

La doctora asiente sin saber a qué se refiere. Ha oído demasiadas historias extrañas en esa sala, y ella ahora tiene otra operación en la que centrarse.

—Se está espabilando, en unos minutos la subirán a planta —añade con una última sonrisa.

Sevilla, España

Suena el timbre.

Es Noelia, que trae a Samantha. Pascual abre y se deja caer de nuevo en el sofá junto al gato. Cuando ambas entran, ven un panorama desolador. La casa entera se encuentra patas arriba, el fregadero de la cocina americana está a reventar de loza y pelusas de gato corren por el suelo como rastrojos en mitad de un pueblo de *western* americano. Noelia lo escudriña todo sin decir palabra. Pisa el apartamento de su exmarido lo menos posible, pero sabe que está deprimido por la muerte de su jefa y que hoy tocaba arrimar el hombro. Después de todo, es el padre de su hija.

—¿Cómo estás? —Se sienta junto a él con el culo más fuera que dentro, sin poder disimular una mueca de desagrado ante el sofá lleno de pelos. Mientras, Samantha abraza al gato hasta agobiarlo. Es su forma de saludarlo a la vez que lo hace rabiar.

Pascual se encoge de hombros por toda respuesta. Para qué contarle a Noelia la angustia que tiene alojada en el pecho desde que supo que Camino no sobrevivió al envenenamiento pulmonar. Para qué ponerse a describir el cariño que le había tomado a esa jefa bruta, tosca, carente de empatía, pero con un corazón enorme que en balde trataba de esconder. Cómo echará de menos sus bromas, sus salidas de tono, el carisma inigualable que la envolvía a pesar de huir de cualquier tipo de liderazgo. Para qué decir que no le encuentra el sentido a volver al Cuerpo, a ponerse al frente de otro caso con una persona a la que no conozca de nada y a la que no tendrá ningún interés en conocer. Porque no habrá nadie como Camino Vargas, y es la única con la que él querría seguir compartiendo esa forma comprometida y caótica de perseguir homicidas por Sevilla.

—Sami también está un poco descolocada, ¿sabes? —dice Noelia, quitándose los pelos blancos que ya se aferran a su falda oscura como si fuera un imán.

—¿Sami?

—Por lo del influénser ese, jodido niñato. Estaba chochita con él.

Pascual mira a su hija. Noelia tiene razón: Samantha, tan concienciada con el planeta, tan ingenua ella con sus casi trece años, tan creyente en esa religión que persigue cuidar la Tierra para cuidar de todos nosotros, ha sufrido su primer desengaño. El chasco de descubrir que el tipo al que amas no es el que creías que era, el que a ti te hubiera gustado. Esa decepción que acaba llegando indefectiblemente, antes o después. Más bien tirando a antes.

—He traído algo —sigue Noelia, extrayendo del bolso una cajita alargada a espaldas de su hija, que ahora tira una pelota al gato esperando inútilmente que vaya a por ella—. Toma, para Samantha.

—¿Qué es esto? —Pascual observa el objeto, ceñudo.

—El trípode que le prometiste. Supuse que, con todo lo que ha pasado, lo habrías olvidado.

Claro que lo había olvidado. Pero fuerza una sonrisa y lo esconde detrás de un cojín.

—Se lo daré. Gracias.

—Bueno, yo me voy. Me paso sobre las nueve a recogerla.

Noelia vacila un momento. Al final, se inclina y le da un beso en la mejilla rasposa por la barba de una semana. Cuando regrese, tres horas después, se los encontrará riendo como dos críos chicos. Porque han completado un reto de padre e hija en TikTok, y Samantha ha acertado casi todas las preguntas de los mayores, aunque Pascual en cambio no haya dado ni una con las de la generación Bit. Bueno, sí, las de redes sociales. Y Sami estaba tan exultante que ha subido a su cuenta el vídeo en el que se la ve divirtiéndose con él, y ha puesto el hashtag #mejorpadredelmundo, y eso a Pascual no le cura, porque no hay nada que cure una pérdida como la que acaba de sufrir, pero que tu hija adolescente se enorgullezca de ti, o al menos que no se avergüence como es ley de vida, resulta que al oficial le resarce de muchas, muchas cosas. Las suficientes para volver a sonreír. Y es que, a pesar de todo, la vida sigue. Y hay que vivirla.

Lupe coge el teléfono.

Toma nota de forma apresurada. Cuando cuelga, su rostro refleja toda la consternación que siente. Desgrana las palabras con solemnidad.

—Homicidio. Causa de la muerte, tiroteo.

—¿Es que en este trabajo nunca hay un respiro? —dice Fito, cabeceando con frustración.

Él es ahora el mando de mayor rango, de modo que sopesa las circunstancias. Pascual se ha cogido unos días y Águedo no está para patear mucho, o al menos eso dice. En todo caso, mejor no tener que enfrentar una persecución y vérselas solo con el pata chula. En realidad tampoco es que haya mucho que sopesar, porque en ese Grupo de Homicidios ahora mismo solo hay una policía operativa, y no es mala.

—Quintana, te vienes conmigo.

* * *

—¿Me cuentas los detalles o qué?

Ya han salido del garaje y todavía Lupe no ha soltado prenda.

—Pues hasta tiene gracia la cosa.

Fito alza una ceja y reprueba el comentario con la mirada.

—No veas, estoy deseando partirme la caja.

—Para caja, la del entierro.

—¿Cómo?

—Que nos esperan en un entierro.

—Entonces esta vez sí que vamos tarde.

—Ahora eres tú el gracioso. Espera, que te explico. Resulta que María Lorena Alcántara falleció ayer a los noventa y dos años.

—¿Dispararon a una anciana de noventa y dos tacos?

—¿Me dejas que te cuente o qué?

—Dale.

—Total, que la señora falleció, los hijos le arreglaron el papeleo, y a primera hora se ha oficiado la misa. Luego, lo de siempre: al coche fúnebre y para el cementerio. La familia ahí congregada esperando, los operarios que abren la tumba donde ya paraba el marido, muerto hace la tira, y ¿qué se encuentran?

—No lo sé.

—Pues junto al saco de huesos de su marido hay otro tipo. Pero bastante más fresco. Vamos, que casi le faltaba saludar.

—¿Qué significa más fresco?

Un presentimiento de muy mal agüero comienza a tomar forma en la mente de Fito.

—Según el informe preliminar, entre diez y doce días desde la muerte.

—¿Y dices que murió en un tiroteo?

—Tiene un buen boquete.

—¿Sabemos de quién se trata?

—Estaba fichado, Gabino Montoya. Treinta y cuatro años, menudeo de droga, sustracción de vehículo, amenazas, lesiones. Una joya de hombre.

Fito quiere seguir preguntando, pero intuye que se puede volver en su contra y aguanta en silencio lo que queda de trayecto. Quince minutos después se encuentran en el lugar de los hechos, acordonado y con el dispositivo en marcha, juez y letrado incluidos. A los familiares ya los han sacado de allí. A tomar por saco el entierro.

Fingiendo una naturalidad que está muy lejos de sentir, el subinspector avanza hasta el foso cavado en la tierra, asoma la cabeza y fija la vista durante un minuto largo en el rostro medio descompuesto del Loco. Aquel al que le donó su sangre hasta quedarse casi azul. Aquel al que trasladó en el maletero de su coche. Aquel al que su suegro, maldito Enterraor fullero e impresentable, se suponía que iba a hacer desaparecer sin rastro.

El estómago se le ha revuelto, está casi tan lívido como el propio cadáver y tiene que retirarse apresurado para no vomitarle encima. Lo hace al pie de un ciprés. Hasta los higadillos. Hasta la bilis que le reservaba al Enterraor y a la madre que lo parió.

Todos apartan la mirada con un punto de conmiseración. Todos menos el juez San Millán, que le observa fijamente mientras en sus labios se dibuja una sonrisa de satisfacción.

—¿Lo veis? Un subinspector de Homicidios. Para que luego digan que el flojo soy yo.

Finca San Pelayo. Málaga, España

—*Paco, alguien ha venido a verte.*

Levanta la cabeza, desorientado. No sabe a qué día están, pero intuye que es demasiado pronto para que Flor y Rafa vuelvan a visitarle. Cuando se enteró de lo que le había ocurrido a Camino, el dolor fue tan intolerable que pensó que iba a perder la cabeza. En lugar de eso, lo que hizo fue tratar de que aquello no hubiera sucedido de la única forma que tenía a mano: esnifando todo el polvo que le quedaba. El resultado, una sobredosis que a poco no acaba con él. Tan decidido que estaba a que la parca no le alcanzara en muchos años, y sin embargo, de repente la vida dejó de tener sentido en un instante. Quizá hasta quería encontrarse de una vez con la señora de la hoz, aunque eso no se lo ha reconocido ni a él mismo. Tampoco se ha perdonado que fuera Rafa quien le hallara en ese estado, quien le salvara la vida y le rescatara de sí mismo. Un hijo nunca debería tener que hacer algo así por un padre. Por eso, porque no se lo perdona, aceptó ingresar en el centro de desintoxicación en el que Flor le consiguió una plaza. Por eso se deja llevar como alma en pena, en un intento vano de expiar los pecados de los que sabe que él mismo nunca se absolverá. Como el de no haber podido despedirse del amor de su vida. Como el de no haber impedido, no acierta a saber cómo, que fuera a aquel polígono sin ni siquiera tomarse el desayuno que le preparó, que se metiera en aquella operación, que no se protegiera a sí misma y al futuro compartido que por fin tenían al alcance de la mano.

465

—Hola, Paco.

Esa voz le aparta por un momento de sus tribulaciones.

—Ángeles.

La comisaria Mora en persona. Con su pelo plateado, de nuevo impecable, su traje sastre color crudo, sus gafas azules de directiva moderna. No entiende qué hace ahí. El pacto era que nadie podía saberlo, mucho menos en la Brigada, el lugar del que se fue por la puerta grande y al que no pensaba volver nunca más.

—Flor te lo ha contado —dice sin poder evitar la rabia, la vergüenza, el sonrojo.

—Escucha, Paco. Estoy aquí de forma absolutamente confidencial. Yo... —Mora traga saliva—. No quería venir, creo que no estás en condiciones. Pero fue rotunda en esto, no hubo forma de disuadirla.

Él la mira sin saber de qué habla.

—Si alguien se entera, puedo decirle adiós a mi carrera. ¿Me oyes, Paco? ¿Lo has entendido?

No, Paco Arenas no entiende nada. Aunque diga que sí con la cabeza, solo quiere que esa mujer desaparezca, que desaparezcan todos, que le dejen vivir o morir o vegetar. Su deseo se cumple, porque desaparece, sí, pero antes Mora le pone un sobre cerrado en las manos. Cuando él se decide a abrirlo, cuando sus dedos temblorosos por el mono que todavía no le ha abandonado extraen de él una hoja y sus ojos leen lo que hay escrito y su cerebro procesa, aunque parezca imposible procesarlas, esas pocas frases, se levanta y va en busca de Ángeles. Pero la comisaria se ha evaporado como un fantasma. Y solo le queda esa nota enigmática a la que agarrarse, en una caligrafía desmañada que conoce muy bien:

Lo siento, cariño, lo siento mucho. Siento no haber podido contarte la verdad. Sigue adelante. Nos vemos pronto. Te quiere, C.

Agradecimientos

Cada novela pone a prueba a esta autora y la hace crecer un poquito, pero no sería posible sin la participación de un amplio grupo de personas que le aportan su saber —y a veces mucho más que eso— con generosidad. De ahí que no quiera despedirme de estas páginas sin enviarles mi más sincero agradecimiento.

A Jesús M. Gómez, magistrado que me esclareció algunas diligencias cruciales en la investigación de los delitos aquí ficcionados.

A Sara Arguijo y Jota Díaz, que me instruyeron en el terreno del flamenco que pisa Tonino cada noche.

A Ismael Sánchez, por hablarme de transgénicos, plaguicidas y mil cosas más que solo él sabe. Y a Eduardo Gómez, quien también compartió conmigo sus experiencias sobre plaguicidas y accidentes.

A Paco Castro, que lo mismo me ilustra sobre cantos de pájaros que sobre desastres ecológicos.

Al subinspector de policía Adolfo Martín, por responder a mis preguntas en relación a interrogatorios de menores y algún que otro aspecto procedimental más.

Al historiador Marcos Pacheco Morales-Padrón, especializado en la historia del río Guadalquivir y su puerto, que atendió generosamente todas mis consultas.

A Luis, de la librería Martín, y a Agustín, de Tusitala. Que un librero te recomiende lo que necesitas y dé en el clavo como ellos hicieron no es fácil. Gracias por presentarme a Richard Powers, a Jorge Riechmann, a Jeremy Rifkin. Y gracias también a Alessandra Viola y Stefano Mancuso por adentrarme a través de las páginas de sus libros en la neurobiología vegetal. Qué apasionante descubrimiento.

Sumergirme en un terreno tan ajeno a mí como es la química se me antojaba una tarea titánica que, no obstante, acometí a modo de reto personal. Para ello hube de indagar y dar la brasa a muchas personas. Gracias a Paloma Cruz, que me iluminó el camino (y a Domingo, que me conectó con ella), a Cristina Olavarrieta (y su enlace Jesús), a Sara Santamaría (y Ana Martínez por el contacto) y a Carmen Flores, que movió Roma con Santiago para facilitarme información en las áreas de Registro, Seguridad y Calidad en una de las mayores fábricas de productos fitosanitarios de España. Y muy en especial a Miguel Ángel Sierra, divulgador y catedrático de Química Orgánica de la Universidad Complutense de Madrid, quien tuvo a bien someterse a mi particular interrogatorio.

Y por supuesto, gracias a Justyna Rzewuska por seguir creyendo en mí y apasionarse con cada manuscrito; a María Fasce, por cuidarme como se debe cuidar a un autor de tu casa, de tu familia; a Ilaria Martinelli, la mejor editora que una puede tener. Gracias por el entusiasmo y la complicidad. A José Luis Rodríguez por el trabajo minucioso, así como a todo el equipo de Alfaguara que ha mimado este texto. Y gracias también a todo ese otro equipo que se encarga de que vuele alto una vez sale de imprenta, en especial a las incansables Blanca Establés y María Contreras.

A mi familia y, como ella, a las amigas que siempre están ahí. Vanesa Pavelek, gracias por tus rescates divinos y por llevarme a un bar cuando más lo necesité. Sigue levantando esa ceja.

A Antonio Mercero. Yo soy tu frontón, pero tú eres el mío. Seguimos peloteando juntos.

A mis lectoras, a mis lectores, que piden más Camino y con ello me empujan a situarme a este lado de las páginas y seguir tecleando. Gracias infinitas por hacerlo.

Este libro se terminó
de imprimir en
Móstoles, Madrid,
en el mes de
enero de 2022

«Para viajar lejos no hay mejor nave que un libro.»
EMILY DICKINSON

Gracias por tu lectura de este libro.

En **penguinlibros.club** encontrarás las mejores
recomendaciones de lectura.

Únete a nuestra comunidad y viaja con nosotros.

penguinlibros.club

Penguin
Random House
Grupo Editorial

penguinlibros